Une femme sous la menace

Le Refuge de l'ange, 2008
Si tu m'abandonnes, 2009
La Maison aux souvenirs, 2009
Les Collines de la chance, 2010
Si je te retrouvais, 2011
Un cœur en flammes, 2012

Nora Roberts

Une femme sous la menace

Traduit de l'anglais (États-Unis)
par Joëlle Touati

Titre original
The Witness

Première publication aux États-Unis par G.P. Putnam's Sons, 2012.

© Nora Roberts, 2012
Tous droits réservés.

© Éditions Michel Lafon, 2013, pour la traduction française
7-13, bd Paul-Émile-Victor – Île de la Jatte
92521 Neuilly-sur-Seine
www.michel-lafon.com

Pour Laura Reeth,
maître du détail.

ELIZABETH

L'immense solitude et l'immense ignorance de l'enfance
déchirent l'âme comme la pire des flèches.

OLIVE SCHREINER

1

Juin 2000

La brève rébellion adolescente d'Elizabeth Fitch commença avec une coloration Pure Black, une paire de ciseaux et des papiers d'identité falsifiés. Elle s'acheva dans le sang.

Pendant seize ans, huit mois et vingt et un jours, elle avait docilement suivi les directives de sa mère. Le Dr Susan L. Fitch donnait des « directives », non des ordres. Elizabeth s'était pliée aux emplois du temps établis par sa mère, aux régimes élaborés par la nutritionniste de sa mère ; elle n'avait mangé que les repas préparés par la cuisinière de sa mère, porté seulement les vêtements sélectionnés par l'acheteuse personnelle de sa mère.

Le Dr Susan L. Fitch avait un style vestimentaire très strict, comme il convenait, selon elle, à son poste de chef du service de neurochirurgie au Silva Memorial Hospital de Chicago. Elle entendait que sa fille s'habille tout aussi sobrement.

Elizabeth avait été une élève studieuse et brillante, dans les filières choisies par sa mère. À l'automne, elle retournerait à Harvard poursuivre ses études supérieures, en vue de devenir médecin, comme sa mère – chirurgien, comme sa mère.

Elizabeth – jamais Liz, ni Lizzie, ni Beth – parlait couramment espagnol, français, italien ; elle se débrouillait en russe et possédait des notions de japonais. Elle avait appris le piano et le violon. Elle avait voyagé en Europe et en Afrique. Elle pouvait citer tous les os, muscles et nerfs du corps humain, et jouer les concertos pour piano de Chopin, le n° 1 et le n° 2, de tête.

Elle n'avait jamais embrassé un garçon, jamais flâné au centre commercial avec des copines, jamais assisté à une boum, jamais mangé de pizzas ni de sundaes au caramel.

À seize ans, huit mois et vingt et un jours, elle était le pur produit du rigoureux programme de sa mère.

Mais cela allait changer.

Susan préparait ses bagages, ses longs cheveux bruns rassemblés en un chignon à la française. Elle ajouta soigneusement un tailleur dans sa housse à vêtements, puis consulta le semainier qu'elle avait imprimé. Pour chaque jour de son séminaire médical, y figurait la tenue qu'elle porterait pour chaque conférence, chaque rendez-vous, chaque réunion, chaque dîner, avec chaussures, sac et accessoires assortis.

Tailleurs haute couture, chaussures italiennes, bien sûr. Élégance et qualité. Surtout pas de couleurs vives : uniquement du noir, du gris, à la rigueur du taupe. Elizabeth se demandait comment sa mère pouvait être aussi belle et se satisfaire de teintes aussi ternes.

Après deux semestres à la fac, elle osait espérer qu'elle commençait à développer son propre sens de la mode. À Cambridge, elle s'était même acheté un jean, un sweat-shirt à capuche et des bottines à talons compensés.

Elle avait payé en liquide, de façon à ce que sa mère ou le comptable ne lui posent pas de questions quand ils vérifieraient ses relevés de carte de crédit. Ces nouvelles acquisitions étaient cachées au fond de son armoire.

Le jour où elle les avait étrennées, elle s'était sentie tellement différente qu'elle était entrée dans un fast-food et avait commandé son premier hamburger, avec une grande barquette de frites et un milk-shake au chocolat.

Le plaisir avait été si intense qu'elle avait dû s'enfermer aux toilettes pour pleurer.

Les graines de la rébellion avaient été plantées ce jour-là. À moins qu'elles n'aient toujours été là, en sommeil, n'attendant pour se réveiller que les mauvais lipides et le sodium.

En tout cas, Elizabeth les sentait à présent germer dans ses entrailles.

– Ce n'est pas parce que tes plans ont été bouleversés, mère, que les miens doivent l'être aussi.

Susan cala un sac à chaussures dans sa valise, de ses belles mains de chirurgien aux ongles parfaitement manucurés – *french manucure*, bien sûr. Ici non plus, pas de couleur.

– Elizabeth, répondit-elle d'une voix aussi sévère que sa garde-robe, j'ai eu toutes les peines du monde à te faire inscrire à la dernière minute à cette session d'été. Grâce à ce stage, tu pourras intégrer la Harvard Medical School avec un semestre d'avance.

À cette perspective, l'estomac d'Elizabeth se contracta.

– Tu m'avais promis trois semaines de vacances. Nous devions partir à New York.

– On ne peut pas toujours tenir ses promesses. Si je n'avais pas été en congé, cette semaine, je n'aurais pas pu remplacer le Dr Dusecki au séminaire.

– Rien ne t'empêchait de refuser.

– Ç'aurait été égoïste et malavisé, répliqua Susan en époussetant une veste et en parcourant sa liste. Tu es suffisamment mature pour savoir que les contraintes professionnelles passent avant le plaisir et les loisirs.

– Mais pas assez mature pour prendre moi-même des décisions ? Je veux ces vacances. J'en ai besoin.

Susan jeta à peine un coup d'œil à sa fille.

– À ton âge, avec ta condition physique et tes capacités mentales, on n'a pas besoin de vacances. De toute façon, Mme Laine est déjà partie en croisière. Je ne pouvais pas lui demander de remettre ses congés. Il n'y aura personne à la maison pour faire le ménage et te préparer à manger.

– Je peux faire le ménage et me préparer à manger toute seule.

– Elizabeth, tout est réglé.

Le ton parvenait à être à la fois sec et patient.

– Et je n'ai rien à dire ? Est-ce de cette manière que je deviendrai indépendante et responsable ?

– L'indépendance s'acquiert pas à pas, de même que la responsabilité et la liberté de choix. Tu as encore besoin d'être guidée. Je t'ai envoyé par e-mail ton nouvel emploi du temps de la semaine et tu trouveras sur ton bureau toutes les informations concernant le stage d'été. Tu n'oublieras pas de remercier personnellement le Dr Frisco de t'avoir acceptée.

Tout en parlant, Susan ferma sa housse à vêtements, puis sa petite valise, et vérifia devant sa coiffeuse son chignon et son rouge à lèvres.

– Tu n'écoutes pas ce que je dis.

Dans le miroir, elle croisa le regard de sa fille. La première fois, pensa Elizabeth, que sa mère daignait la regarder depuis qu'elle était entrée dans sa chambre.

– Bien sûr que si. J'ai entendu tout ce que tu m'as dit, très clairement.

– Entendre n'est pas écouter.

– Peut-être, Elizabeth, mais la discussion est close.

– Ce n'est pas une discussion, c'est un décret.

Susan pinça furtivement les lèvres, seul signe d'irritation. Quand elle se retourna, son regard bleu était parfaitement calme.

– Je suis navrée que tu aies ce sentiment, mais je suis ta mère, et je dois prendre pour toi les dispositions qui me semblent les meilleures.

– En d'autres termes, il faut que je fasse, que je sois, que je dise, que j'agisse, que je veuille, que je devienne exactement ce que tu as planifié avant de te faire inséminer avec du sperme trié sur le volet !

Elizabeth s'entendit hausser la voix, incapable de la maîtriser, et ne put retenir les larmes qui lui montèrent aux yeux.

– Je n'en peux plus d'être le cobaye de ton expérience. Je n'en peux plus de suivre à la lettre ton programme soigneusement orchestré et chorégraphié. Je veux faire mes propres choix, m'habiller comme j'en ai envie, lire les livres que j'ai envie de lire. Je veux vivre ma vie, pas la tienne.

Susan arqua les sourcils, avec une expression vaguement intéressée.

– Il est tout à fait normal d'avoir cette attitude, à ton âge, mais le moment est malvenu pour s'insurger.

– Pardon… J'ai fait une entorse au programme.

Susan ouvrit son attaché-case et en vérifia le contenu.

– L'insolence est également typique de l'adolescence, mais impolie. Nous reparlerons de tout cela à mon retour. Je te prendrai un rendez-vous chez le Dr Bristoe.

– Je n'ai pas besoin de psychothérapie ! J'ai besoin d'une mère qui m'écoute et qui fasse attention à moi ! Merde !

– Ce langage signe un manque de maturité et d'intellect.

En rage, Elizabeth leva les mains au ciel et tournoya sur elle-même. Si elle ne pouvait être aussi posée et rationnelle que sa mère, il ne lui restait qu'à se déchaîner.

– Et merde ! Merde ! Merde !

– N'aggrave pas ton cas. Tu as tout le reste du week-end pour analyser ton comportement. Tes repas sont dans le réfrigérateur ou le congélateur, étiquetés, et la liste de tes affaires à emporter sur ton bureau. Mlle Vee t'attend lundi matin à 8 heures à l'accueil de l'université. Ta participation à cette session d'été t'assurera une place à la Harvard Medical School pour la rentrée prochaine. Maintenant, descends ma housse à vêtements, s'il te plaît. Mon taxi ne va pas tarder.

Oh, ces graines se développaient, perçaient au travers de cette terre en jachère, non sans douleur. Pour la première fois de sa vie, Elizabeth regarda sa mère droit dans les yeux.

– Non.

Là-dessus, elle tourna les talons, quitta la pièce en claquant la porte et se précipita dans sa chambre, où elle se jeta sur son lit. Là, elle attendit en contemplant le plafond, la vue brouillée par les larmes. D'une seconde à l'autre, sa mère allait venir lui réclamer des excuses, exiger l'obéissance. Elizabeth ne capitulerait pas.

Elles se disputeraient, pour de bon. Susan proférerait des menaces de punition, de conséquences. Elles crieraient, peut-être. Et peut-être que si elles criaient, Elizabeth parviendrait à se faire entendre. Peut-être que si elles criaient, elle pourrait dire ce qu'elle avait sur le cœur depuis un an. Ce qu'elle avait sur le cœur depuis toujours, en fait.

Elle ne voulait pas devenir médecin. Elle ne voulait pas que chaque instant de son existence soit programmé, elle ne voulait pas cacher un malheureux jean simplement parce qu'il ne correspondait pas au code vestimentaire de sa mère.

Elle voulait des amis, pas des relations sociales approuvées. Elle voulait écouter la musique que les filles de son âge écoutaient. Elle voulait savoir ce qu'elles se chuchotaient, et rire aux éclats avec elles.

Elle ne voulait pas être un génie ni un prodige.

Elle voulait être normale. Comme tout le monde.

Elle essuya ses larmes et se roula en boule, les yeux rivés sur la porte.

D'une seconde à l'autre, sa mère allait faire irruption. Elle devait être en colère. Elle allait forcément venir affirmer son autorité. Forcément.

– Je t'en prie, murmura Elizabeth tandis que les secondes s'étiraient en minutes. Ne m'oblige pas encore une fois à céder. S'il te plaît, je t'en supplie, ne m'oblige pas à céder.

Montre-moi que tu m'aimes. Pour une fois.

Au bout de plusieurs minutes, Elizabeth se releva. La patience, elle le savait, était l'arme la plus puissante de sa mère. Sa patience, et la certitude d'avoir toujours raison, lui donnaient une force redoutable. Contre laquelle sa fille n'était certainement pas de taille à lutter.

Vaincue, Elizabeth sortit de sa chambre et gagna celle de sa mère.

La housse à vêtements, l'attaché-case et la petite valise à roulettes n'étaient plus là. Elizabeth descendit l'escalier en sachant que sa mère n'était plus là non plus.

– Elle est partie. Elle m'a laissée.

Seule, elle parcourut du regard le salon impeccablement rangé, meublé et décoré avec une élégance discrète. Parfait. Tout était parfait : les tissus, les couleurs, les objets d'art, les antiquités transmises de génération en génération. Absolument parfait.

Et vide.

Rien n'avait changé, se dit-elle amèrement. Rien ne changerait jamais.

– Eh bien, moi, je vais changer.

Sans réfléchir, sans se poser de questions, elle remonta à l'étage et se munit d'une paire de ciseaux. Face au miroir, dans la salle de bains, elle étudia son visage. De son père biologique inconnu, elle avait hérité ses cheveux auburn, ses yeux verts, son teint pâle, une grande bouche. Du côté maternel, elle tenait ses pommettes hautes et saillantes.

Un physique gracieux, pensa-t-elle. Susan n'en aurait pas exigé moins de l'ADN du donneur. Mais elle n'était pas belle, elle n'était pas d'une beauté que l'on remarque, comme sa mère, non. Et cela, supposait-elle, avait dû être une terrible déception.

Elle pressa une main contre son reflet dans le miroir, ce reflet qu'elle détestait.

– Monstre ! Tu es un monstre. Mais à partir de maintenant, tu ne seras plus une lâche.

Elle inspira profondément, saisit une grosse mèche de ses longs cheveux et la coupa.

À chaque coup de ciseaux, elle se sentait un peu plus forte. Ses cheveux, son choix. Les mèches tombaient sur le plancher. Une image se forma dans son esprit. Les yeux plissés, la tête inclinée, elle continua de tailler avec des gestes plus lents, plus précis. Finalement, il ne s'agissait que de géométrie, et de science physique. Action, réaction.

Elle était libérée d'un poids, tant réel que métaphorique. La fille dans le miroir paraissait plus légère. Ses yeux semblaient plus grands, son visage moins pointu, moins tiré. Elle ressemblait à... quelqu'un d'autre.

Elle posa les ciseaux et, se rendant compte qu'elle avait le souffle court, s'efforça de calmer sa respiration. Elle caressa ses cheveux ras. Trop réguliers. À l'aide de petits ciseaux à ongles, elle rectifia la coupe.

Pas mal. Le résultat n'était pas parfait mais, au moins, elle n'avait plus la même tête. C'était le but de la manœuvre. Elle avait l'air, et se sentait, différente.

Mais la transformation n'était pas terminée.

Laissant les mèches éparses au sol, elle retourna dans sa chambre et enfila la tenue achetée en cachette. Elle allait aussi changer de couleur – c'était comme ça que disaient les filles. De couleur de cheveux. Et se maquiller. S'acheter encore d'autres vêtements.

Elle trouverait tout cela au centre commercial.

Dans le bureau de sa mère, elle prit les clés de la voiture puis, le cœur battant à cent à l'heure, descendit en courant au garage et s'installa derrière le volant.

– C'est parti, murmura-t-elle en appuyant sur la télécommande du portail et en enclenchant la marche arrière.

D'abord, elle se fit percer les oreilles, une décision audacieuse bien qu'un peu douloureuse. Après de longues hésitations, elle choisit ensuite une teinture, et prit aussi du gel, afin de se coiffer comme l'une des filles de la fac.

Elle acheta également pour 200 dollars de maquillage, ne sachant pas vraiment ce qu'il lui fallait. Après quoi elle s'assit sur un banc, car elle avait les jambes flageolantes et ses emplettes étaient loin d'être terminées. Le temps de se ressaisir, elle observa les adolescentes en goguette, les femmes adultes entre amies, les familles.

Elle avait encore besoin de vêtements. Or elle n'avait ni liste, ni plan, ni programme. Suivre ses impulsions était enivrant, mais épuisant. L'enthousiasme qui l'avait portée jusque-là faisait place à une migraine latente, et elle avait les oreilles en feu. La raison aurait voulu qu'elle rentre s'allonger un moment, puis qu'elle dresse une liste des articles à acheter.

Mais cela, c'était l'ancienne Elizabeth. La nouvelle allait juste reprendre son souffle.

Le problème, maintenant, était de savoir dans quels magasins se servir. Il y en avait tellement, et tant de choses dans les vitrines. Elle allait flâner, suivre les filles de son âge.

Elle rassembla ses sacs, se releva et bouscula quelqu'un.

– Excusez-moi, bredouilla-t-elle, avant de reconnaître une ancienne camarade de classe. Oh ! Julie…

– On se connaît ? lui jeta la blonde au brushing parfait et aux yeux chocolat.

– On était au lycée ensemble. J'étais élève-professeur dans ton cours d'espagnol. Elizabeth Fitch.

– Elizabeth, mais bien sûr. La tronche du lycée. Tu as changé.

– Je… J'ai juste changé de coupe.

Gênée, Elizabeth se passa une main dans les cheveux.

– Cool… Je croyais que tu avais déménagé.

– Je suis à l'université. Je suis rentrée pour les vacances.

– Ah, oui, c'est vrai que tu avais de l'avance.

– Et toi, tu rentres en fac l'an prochain ?

– Ouais, à Brown.

– Un excellent établissement.

– Il paraît, ouais.

– Tu fais du shopping ?

– Je n'ai pas un rond, répondit Julie avec un haussement d'épaules. Je suis juste passée voir mon copain, enfin mon ex. On a cassé. Il bosse chez Gap.

– Je suis désolée, compatit Elizabeth en observant la tenue de son interlocutrice : jean serré, taille très basse, tee-shirt moulant qui laissait voir le nombril, grand fourre-tout en bandoulière, sandales à talons compensés.

– Ce n'est pas grave, c'est moi qui l'ai largué. Il commençait à me gonfler. On devait passer la soirée ensemble, mais soi-disant qu'il travaille jusqu'à 22 heures et qu'il doit voir ses frères, après.

Elizabeth aurait voulu souligner que ce garçon ne méritait pas d'être pénalisé parce qu'il honorait ses obligations, mais Julie ne s'arrêtait plus de parler, alors qu'elle n'avait pas dû lui adresser plus de dix mots depuis qu'elles se connaissaient.

– Je vais aller faire un saut chez Tiffany, voir si elle veut sortir ce soir, vu que je suis libre, maintenant. J'espère bien me trouver un mec pour l'été. Et toi, tu t'es fait des nouveaux amis à la fac ? Tu vas aux bringues des confréries, et tout ça ?

– Je… Oui, il y a plein de gens sympas à Harvard.

– Harvard, ma chère… Tu n'aurais pas par hasard des copains qui passent l'été à Chicago ?

– Euh…

– Un étudiant, voilà ce qu'il me faut. J'en ai ras-le-bol de ces losers qui se font exploiter au centre commercial. Je veux un mec qui sait s'amuser, qui m'emmènera danser et me paiera à boire. Mais pour en rencontrer un, il faudrait que je puisse entrer en boîte de nuit, c'est là qu'ils traînent. Et ça, impossible à moins d'avoir une fausse carte d'identité.

– Je peux t'en faire une.

Sitôt ces paroles prononcées, Elizabeth se demanda ce qui lui était passé par la tête. Immédiatement, néanmoins, Julie glissa un bras sous le sien et lui sourit comme si elles avaient toujours été les meilleures amies du monde.

– C'est vrai ?

– Oui, ce n'est pas difficile, si on a le matériel : un scanner, une plastifieuse et un ordinateur avec Photoshop.

– Je savais que tu étais une tronche ! Tu veux quoi pour me faire un faux permis de conduire avec l'âge d'entrer en boîte ?

– Je te l'ai dit, j'ai tout ce qu'il faut.

– Mais non ! Combien tu veux ?

Un marché, réalisa Elizabeth, un échange de bons procédés.

– Je... Je dois m'acheter des vêtements, mais je ne sais pas quoi choisir. J'ai besoin d'aide.

– D'une copine pour faire les boutiques ?

– Oui, de quelqu'un qui sache me conseiller. Tu saurais, toi.

Une soudaine lueur d'intérêt dans les yeux, Julie afficha un grand sourire.

– Pas de problème. En fringues, je m'y connais. Tu me feras un faux permis si je t'accompagne faire du shopping ?

– Oui. Et j'aimerais aussi aller en boîte avec toi.

– Toi, en boîte de nuit ? Il n'y a pas que ta coupe de cheveux qui a changé, Liz.

Liz. Elle était Liz.

– J'aurais besoin d'une photo de toi, et d'un peu de temps pour fabriquer les faux permis. Ils pourront être prêts demain. On ira dans quelle boîte ?

– Au Warehouse 12, le club le plus branché de la ville. Brad Pitt y est allé quand il est venu à Chicago.

– Tu le connais ?

– Dans mes rêves ! Bon, allons faire les magasins.

Elizabeth avait le vertige. Julie la pilotait de boutique en boutique, sélectionnait des vêtements en un coup d'œil. Plus étourdissant encore, elle avait une copine. Quelqu'un qui lui tendait des fringues et lui disait, quand elle les essayait, qu'elle avait l'air cool, sexy, et même qu'elle était une bombe !

Personne ne lui avait encore jamais suggéré qu'elle puisse être séduisante.

Elle s'enferma dans une cabine avec une forêt de couleurs, un feu d'artifice de paillettes et de lamé, et dut s'asseoir par terre un instant, la tête sur les genoux. Tout allait tellement vite. Elle avait l'impression d'être prise dans un tsunami. Elle était emportée par la vague.

Les mains tremblantes, elle se déshabilla et plia soigneusement ses vêtements tout en examinant la montagne d'articles qu'elle avait emportée dans le minuscule réduit.

Que mettre avec quoi ?

– J'ai trouvé une robe canon !

Sans même frapper, Julie ouvrit la porte. Instinctivement, Elizabeth croisa les bras sur sa poitrine.

– Tu n'as encore rien essayé ?

– Je ne sais pas par où commencer.

– Tiens, enfile ça.

Julie lui tendit la robe en question, pas plus longue qu'une tunique, d'un rouge flamboyant, à fines brides argentées, fendue sur les côtés.

– Je mets quoi avec ?

– Commence par enlever ton soutien-gorge. Un soutif avec une robe pareille, ça le fait pas. Tu sais que tu es super bien foutue, dis donc.

– Prédisposition génétique, et exercice physique tous les jours.

– Ah, ouais…

Il n'y avait pas de honte à se montrer nue, se dit Elizabeth. Après tout, le corps humain n'était que peau, muscles, os et nerfs. Elle dégrafa son soutien-gorge et se glissa dans la robe.

– Elle est un peu courte, non ?

– Avec ta culotte de mémère, sûr que c'est pas terrible. Tu t'achèteras un string.

Elizabeth s'observa dans le miroir, de face, de profil, de trois quarts.

– Oh…

Qui était cette jeune fille en minirobe rouge ?

– J'ai l'air…

– Tu es superbe, déclara Julie, et Elizabeth vit un sourire se dessiner sur son propre visage.

– Superbe…

Elle acheta la robe, plus deux autres. Et des jupes. Elle acheta des petits hauts qui lui arrivaient au-dessus du nombril, et des pantalons taille basse. Elle acheta des strings. Et, dans le tourbillon du tsunami, des chaussures à talons aiguilles argentées, avec lesquelles il lui faudrait s'entraîner à marcher.

Et elle rit autant que n'importe quelle adolescente en virée shopping avec une copine.

Elle acheta un appareil photo numérique, et observa attentivement Julie se maquiller dans les toilettes du centre commercial. Puis elle prit plusieurs clichés d'elle, sur le fond neutre d'un mur gris pâle.

– Tu crois que ça passera pour une photo d'identité ?

– Oui, je me débrouillerai. Quel âge veux-tu avoir ? À mon avis, mieux vaut ne pas trop exagérer. Je reprendrai tous les éléments de ton vrai permis, je changerai seulement la date de naissance.

– Tu as déjà fait ça ?

– Des essais. Je me suis documentée sur la falsification d'identité et la criminalité cybernétique. C'est passionnant. J'aimerais faire des études de criminologie et travailler pour le FBI.

– Sérieux ? Comme Dana Scully ?

– Je ne la connais pas.

– *X-Files*. Tu ne regardes pas la télé ?

– Je n'ai le droit de regarder les émissions populaires qu'une heure par semaine.

Julie écarquilla ses grands yeux chocolat.

– Tu as quel âge ? Six ans ou quoi ?

– Ma mère a des opinions bien arrêtées.

– Tu es en fac, bon sang ! Regarde ce que tu veux. Enfin, bref, je passerai chez toi demain soir vers 21 heures, ça te va ? On prendra un taxi. Mais appelle-moi dès que tu auras fini mon permis, d'accord ?

– D'accord.

– Tu sais quoi ? Je suis trop contente d'avoir largué Darryl. Sans ça, je ne t'aurais jamais rencontrée. On va s'éclater, Liz, affirma Julie en riant et en exécutant un pas de danse. Bon, il faut que j'y aille maintenant. À demain soir, 21 heures. Ne me laisse pas tomber !

– Tu peux compter sur moi.

Épuisée, Elizabeth traîna ses sacs jusqu'à la voiture. Elle savait, à présent, de quoi parlaient les filles entre elles au centre commercial.

De garçons. De sexe. Julie avait couché avec Darryl.

De fringues. De musique. Elizabeth avait en tête une liste d'artistes en vogue. D'acteurs de cinéma et de télé.

Des autres filles. De comment s'habillaient les autres filles. De qui couchait avec qui. Et retour aux garçons.

Autant de sujets de conversation propres à sa génération. Qu'elle avait abordés aujourd'hui pour la première fois.

Julie semblait bien l'aimer. Peut-être deviendraient-elles amies. Peut-être deviendrait-elle aussi amie avec Tiffany, la meilleure copine de Julie, qui avait couché avec Mike Dauber pendant les vacances de printemps. Elizabeth connaissait Mike Dauber, ils avaient été dans la même classe. Un jour, il lui avait fait passer un petit mot – à faire passer à une autre fille. Mais c'était mieux que rien. Un contact.

De retour chez elle, elle étala ses achats sur son lit. Cette fois, elle les laisserait en vue. Et elle se débarrasserait de tout ce qu'elle n'aimait pas, c'est-à-dire de presque tout ce que contenaient ses armoires. Elle en ferait don à une œuvre de charité. Ensuite, elle regarderait *X-Files*, puis elle écouterait Christina Aguilera, 'N Sync et Destiny's Child.

Et elle se réinscrirait à la fac dans la section de son choix.

À cette pensée, son cœur cogna dans sa poitrine. Elle étudierait ce qu'elle avait envie d'étudier. Et quand elle serait diplômée en criminologie et en informatique, elle postulerait au FBI.

Aujourd'hui, tout avait changé.

Déterminée, elle prépara sa teinture, comme indiqué sur le mode d'emploi, et procéda à un test sur une mèche de cheveux cachée. Pendant le temps de pose, elle balaya la salle de bains, puis vida sa penderie, sa commode, et rangea sa nouvelle garde-robe.

Quand elle eut faim, elle descendit à la cuisine, réchauffa une barquette étiquetée, et la mangea en lisant sur son ordinateur portable un article à propos des falsifications d'identité.

Après avoir fait la vaisselle, elle remonta. Avec un mélange d'inquiétude et d'excitation, elle appliqua sa couleur et régla le minuteur. Puis rassembla le matériel nécessaire à la confection des faux permis. Elle ouvrit le CD de Britney Spears recommandé par Julie et l'inséra dans le lecteur de son ordinateur. Le volume à fond, de façon à pouvoir entendre la musique sous la douche, elle se rinça les cheveux, puis s'appuya des deux mains contre le carrelage, soudain saisie d'une légère appréhension.

Les femmes se teignaient les cheveux depuis des siècles, se remémora-t-elle en enveloppant les siens dans une serviette-éponge. À l'aide de baies, de plantes, de racines. C'était… un rituel de passage, décida-t-elle.

Un choix personnel.

En peignoir, elle se posta face au miroir.

— Mon choix, prononça-t-elle en détachant la serviette.

Elle contempla longuement la fille à la peau blanche, aux grands yeux verts et aux cheveux en brosse noir corbeau. Elle en palpa la texture, les ébouriffa.

Puis elle redressa les épaules et esquissa un sourire.

— Salut ! je m'appelle Liz.

2

Compte tenu du précieux soutien qu'elle lui avait apporté, Elizabeth se devait de commencer par le permis de Julie. Fabriquer le support fut relativement simple. D'après ce qu'elle avait lu, la qualité du document dépendait en grande partie de celle du papier et de la plastification. Cela ne présentait pas de problème : sa mère n'était pas du genre à faire des économies sur les fournitures scolaires.

Scanner et ordinateur produisirent une réplique correcte. Avec Photoshop, elle ajouta la photo numérique, la retoucha. Le résultat n'était pas mauvais, mais pas non plus parfait.

Il lui fallut plusieurs heures, et elle dut s'y reprendre à trois fois avant d'être satisfaite. À l'entrée d'une discothèque, on n'y verrait que du feu. Le faux permis passerait même sans doute à un contrôle de police plus rigoureux, mais elle préférait ne pas envisager cette éventualité.

Voilà donc pour Julie.

Il était trop tard pour lui téléphoner, constata-t-elle en regardant l'heure : près de 1 heure du matin. Elle l'appellerait dans la matinée.

À son tour, maintenant. D'abord, il lui fallait une photo.

Elle consacra plus de cinquante minutes à se maquiller. Consciencieusement, elle procéda selon les mêmes étapes que Julie au centre commercial : contour des yeux, ombre à paupières, rouge à lèvres, nuage de blush sur le haut des pommettes. Jamais elle n'aurait pensé que ce serait aussi amusant – et aussi long – de jouer avec les couleurs, les pinceaux et les crayons.

Liz faisait plus que son âge, jugea-t-elle en examinant son reflet dans le miroir. Liz était plutôt mignonne, elle paraissait sûre d'elle – et normale.

Encouragée par cette réussite, elle déballa le gel pour les cheveux.

Plus compliqué. Avec de la pratique, néanmoins, elle améliorerait la technique. Dans tous les cas, elle se plaisait davantage avec ses épis d'un noir brillant qu'avec ses longs spaghettis châtains tirant sur le roux.

Liz était une autre. Liz ferait des choses qu'Elizabeth n'aurait jamais imaginées. Liz écoutait Britney Spears et portait un jean qui révélait son nombril. Liz allait en boîte le samedi soir avec une copine. Elle dansait, elle riait, elle… draguait les garçons.

– Et les garçons draguent Liz, murmura-t-elle. Parce que Liz est jolie, marrante, et qu'elle n'a peur de rien.

Grâce au retardateur de son nouvel appareil, elle put se prendre en photo toute seule.

Elle travailla jusqu'à 3 heures passées. Son deuxième faux lui demanda moins de temps que le premier. Il était près de 4 heures quand elle rangea son matériel et se démaquilla, certaine qu'elle ne parviendrait jamais à s'endormir. Tant de choses se bousculaient dans son esprit. Néanmoins, elle sombra dans le sommeil dès l'instant où elle ferma les yeux. Et pour la première fois de sa vie, hormis lorsqu'elle était malade, elle dormit d'un sommeil de plomb jusqu'à midi.

À son réveil, elle se précipita devant le miroir, afin de vérifier qu'elle n'avait pas rêvé. Ensuite, elle téléphona à Julie, qui décrocha à la première sonnerie.

– Alors, c'est bon ?

– Oui, j'ai les deux permis.

– Ils sont bien ?

– D'excellentes contrefaçons. À mon avis, ils passeront comme une lettre à la poste.

– Génial ! Sois prête pour 21 heures. Je viendrai chez toi en taxi, je lui demanderai d'attendre. N'oublie pas : tu ne dois pas avoir l'air d'une gamine.

– Je me suis maquillée et coiffée, hier. J'aurai tout le temps de refaire ça mieux, cet après-midi. Et je mettrai mes chaussures à talons, pour m'y habituer.

– Très bien. À ce soir, alors. On va s'éclater !

– Oui, je…

Julie avait déjà raccroché.

Elizabeth passa toute la journée à parfaire ce qu'elle nommait désormais le Projet Liz. Elle enfila un nouveau pantacourt, un nouveau top, se maquilla, se coiffa. Elle marcha avec ses nouvelles chaussures et lorsqu'elle se sentit à l'aise, elle dansa.

Face au miroir, sur les tubes diffusés par la radio. Ce n'était pas la première fois qu'elle faisait cela – danser seule devant la glace, en essayant d'imiter les filles observées au bal du lycée. Où, chaque année, elle était misérablement restée sur la touche, trop jeune et trop insignifiante pour qu'un garçon la remarque.

Avec les talons, ce n'était pas facile de bouger, mais elle aimait ce léger déséquilibre qu'ils créaient, la forçant à garder les hanches et les genoux souples.

À 18 heures, elle mangea l'un de ses repas étiquetés en consultant sa boîte mail. Vide, pas de message de sa mère. Susan avait décidément une patience infinie, et une maîtrise sans pareille de l'art du silence. Mais cette fois, elle ne serait pas la plus forte. Cette fois, Susan devait s'attendre à un choc. Elle avait quitté Elizabeth, elle retrouverait Liz. Et Liz ne suivrait pas cette session d'été à l'université. Liz arrêterait ses études de médecine.

Liz ne serait pas chirurgien. Liz travaillerait pour le FBI, au département de la lutte contre la cybercriminalité. Elle se donna trente minutes pour faire quelques recherches sur les formations les mieux cotées dans ce domaine. Elle serait peut-être obligée de changer de fac, ce qui risquait de poser un problème. Jusque-là, c'étaient ses grands-parents qui finançaient ses études ; ils risquaient fort de lui couper les vivres.

Qu'à cela ne tienne, elle demanderait une bourse. Avec son dossier scolaire, on la lui accorderait. Elle perdrait un semestre, mais elle trouverait un job. Elle travaillerait. Elle assumerait le coût de son choix.

De toute façon, aujourd'hui était jour de fête, de découverte. Elle s'inquiéterait plus tard pour l'avenir. Elle éteignit l'ordinateur et monta se changer pour sa première soirée en boîte. Sa première soirée de liberté.

Comme elle s'était habillée beaucoup trop tôt, Elizabeth eut tout le loisir de cogiter, de se poser des questions, de douter. Sa robe était trop sophistiquée, son maquillage pas assez, sa coiffure ne lui allait pas. Personne ne l'inviterait à danser, parce que personne ne s'était jamais intéressé à elle.

Julie avait dix-huit ans, elle était plus vieille, elle avait de l'expérience. Elle savait comment s'habiller, comment se comporter en société, comment parler aux garçons. Forcément, Elizabeth commettrait des maladresses. Elle ferait honte à Julie, qui ne lui adresserait plus jamais la parole. Leur amitié naissante mourrait dans l'œuf.

La panique et l'excitation montant, elle se sentait fébrile et nauséeuse. À deux reprises, elle dut s'asseoir, la tête entre les genoux, afin de lutter contre la crise d'angoisse. Lorsque le timbre de la sonnette retentit enfin, elle se rua à la porte, les paumes moites et le cœur battant la chamade.

– Oh, putain !

Sous le regard de Julie, son malaise ne fit que s'intensifier.

– Je ne ressemble à rien, balbutia-t-elle. Je vais te donner ton permis, tu n'as qu'à y aller sans moi.

– Tes cheveux…

– Je ne sais pas quelle idée j'ai eue. Je voulais juste…

– Ça te va trop bien ! Tu es canon ! Je ne t'aurais pas reconnue. Oh, mon Dieu, Liz, tu fais carrément vingt et un ans, et tu es hypersexy.

– Tu crois ?

– Tu cachais bien ton jeu, répliqua Julie, une main sur la hanche.

– Je n'ai pas l'air trop cruche ?

– Tu es parfaite. Fais voir, tourne, que je te voie en entier…

Au bord des larmes, Elizabeth s'exécuta.

– Waouh ! Tu vas faire des ravages, ce soir.

– Toi aussi, tu es superbe, comme toujours.

– Merci, tu es gentille. Fais voir mon permis. Le compteur tourne, Liz.

– Oh, oui…

Liz ouvrit la pochette de soirée choisie dans la collection de sa mère et en sortit le faux permis de Julie, qui l'examina attentivement puis leva vers Liz un regard éberlué.

– On dirait un vrai. Vraiment.

– J'aurais pu faire mieux, avec du matériel plus sophistiqué, mais pour ce soir je crois que ça fera l'affaire.

– Tu es douée, murmura Julie. Tu sais que tu pourrais te faire du fric ? Je connais un tas de gens qui seraient prêts à débourser une fortune pour des faux papiers.

Une nouvelle vague de panique envahit Elizabeth.

– Surtout, n'en parle à personne. C'est juste pour ce soir. C'est illégal. Si quelqu'un apprenait…

Julie posa solennellement l'index sur son cœur, puis sur ses lèvres.

— Personne ne l'apprendra par moi.

Enfin… À part Tiffany et Amber, se garda-t-elle d'ajouter, certaine qu'elle parviendrait à convaincre sa nouvelle amie de fabriquer encore deux faux pour ses meilleures copines.

Sitôt qu'Elizabeth eut verrouillé la porte, Julie la prit par la main et l'entraîna en courant jusqu'au taxi. Au chauffeur, elle indiqua le nom de la discothèque, puis se glissa sur la banquette arrière. Elizabeth prit place à côté d'elle.

— Relax, lui dit Julie. On doit avoir l'air cool, genre les nanas qui vont en boîte tous les samedis soir. Donc, je t'explique : on rentre, tranquilles, on trouve une table et on commande des cosmos.

— C'est quoi ?

— Le cocktail qu'elles boivent tout le temps dans *Sex and the City*.

— Je ne connais pas.

— Peu importe. Ça fait classe. N'oublie pas, Liz, on a vingt et un ans et on est dans un club branché. On boit des drinks à la mode.

Elizabeth se pencha vers Julie et lui chuchota à l'oreille :

— Tes parents ne vont pas s'en apercevoir si tu as bu ?

— Ils se sont séparés l'hiver dernier.

— Oh ! je suis désolée…

Julia haussa les épaules et regarda par la vitre.

— C'est des choses qui arrivent. Enfin, bref, je ne vois pas mon père avant mercredi et ma mère est partie en week-end avec des amis. Ma sœur Emma passe la soirée avec son copain, et de toute façon elle s'en fiche. Je peux faire ce que je veux.

Elizabeth hocha la tête. Il n'y avait personne non plus chez elle.

— Au début, on dansera ensemble, poursuivit Julie. Ça nous permettra de mater les mecs, et ça leur permettra de nous mater.

— C'est pour cette raison que les filles dansent ensemble ? Je me suis toujours demandé…

— Pour s'amuser aussi. Il y a plein de mecs qui ne dansent jamais. Tu as ton téléphone portable ?

— Oui.

— Si jamais on se perd, on s'appelle. Si un garçon te demande ton numéro, ne lui donne pas celui de chez toi. Le mobile, pas de soucis, à moins que ta mère contrôle tes appels.

— Non. Je n'en reçois jamais.

— Avec le look que tu as ce soir, ça va changer. Si tu n'as pas envie de donner ton numéro, tu en files un faux. Ensuite… toi, tu es vraiment en fac, donc tu n'auras pas besoin de mentir. On dira qu'on est colocs, que je suis étudiante en arts plastiques. Tu es en quoi, toi, déjà…

— Médecine, en principe, mais…

— Médecine. Inutile de raconter des bobards quand ce n'est pas nécessaire. Ça évitera qu'on s'embrouille.

— Tu as raison. De toute façon, je n'ai pas très envie de parler de mes études.

— Tu n'es pas obligée. Et puis, tu verras, les garçons adorent parler d'eux. Oh là là ! On est presque arrivées…

Julie ouvrit son sac, y prit un petit miroir et retoucha son rouge à lèvres. Elizabeth fit de même.

— Tu peux payer le taxi ? lui demanda Julie. J'ai emprunté 100 dollars dans la cagnotte de ma mère, mais j'aimerais mieux ne pas tout dépenser…

— Bien sûr.

— Je te rembourserai. Mon père me file toujours plein de pognon.

— Non, ce n'est pas la peine.

Elizabeth régla la course, au prix de laquelle elle ajouta un généreux pourboire.

— Je vais au Warehouse 12 ! s'écria Julie dès que la voiture s'éloigna. Je n'arrive pas à y croire ! J'en ai la chair de poule. C'est trop génial !

— Qu'est-ce qu'on fait maintenant ?

— La queue. Ils ne laissent pas rentrer tout le monde, tu sais, même avec des papiers en règle.

— Pourquoi ?

— Parce que c'est un club branché, donc ils refoulent les nazes et les ringards. Mais ils acceptent toujours les belles nanas. Et on est des belles nanas.

La file d'attente était longue, la nuit agréable. Le brouhaha des conversations se noyait dans le bruit de la circulation. Elizabeth s'imprégna du moment : les sons, les odeurs, le spectacle. *Samedi soir*, se dit-elle… et elle attendait à l'entrée d'un club branché, parmi des tas de jeunes gens branchés, dans une robe neuve, une robe rouge, juchée sur de très hauts talons qui lui donnaient l'impression de dominer le monde.

Personne ne la regardait comme si elle n'était pas à sa place.

À la porte, un type en costume contrôlait les papiers, ses longs cheveux bruns noués en catogan. Une cicatrice barrait sa joue gauche. Un diamant brillait à son oreille droite.

— C'est un videur, chuchota Elizabeth à Julie. J'ai fait des recherches. Il est chargé de repérer les trouble-fête. Il a l'air costaud.

— Il ne nous fera pas de mal.

— L'établissement appartient au groupe Five Star Entertainment, dirigé par Mikhail et Serguei Volkov. Je crois qu'ils ont des liens avec la mafia russe.

Julie roula les yeux.

— La mafia est italienne. Tu n'as jamais vu *Les Sopranos* ?

Elizabeth ne voyait pas le rapport entre la mafia et l'opéra.

— La chute du communisme a entraîné une augmentation du crime organisé en Russie. La pègre existait déjà avant mais depuis…

— Liz, épargne-moi la leçon d'histoire.

— Pardon…

— Tu lui tendras ton permis et tu me laisseras parler, d'accord ? chuchota Julie puis, élevant de nouveau la voix en approchant de l'entrée : franchement, je ne regrette pas une seconde d'avoir largué ce loser. Je t'ai dit qu'il m'avait appelée trois fois aujourd'hui ? Le pauvre, il espère encore que je vais le reprendre.

Avec un petit sourire à l'intention du videur, elle lui présenta son permis et reprit le fil de la conversation.

— Je lui ai dit de m'oublier, que j'étais avec quelqu'un d'autre.

— À notre âge, il est de toute façon prématuré de s'engager dans une relation sérieuse.

— Tout à fait, acquiesça Julie en tendant le bras afin de recevoir le tampon de la boîte. J'ai envie de m'amuser, pas de me caser. La première tournée sera pour moi.

Avec un sourire de triomphe, elle s'écarta tandis que le videur contrôlait le permis d'Elizabeth et lui tamponnait le dos de la main.

— Merci.

— Bonne soirée, mesdemoiselles.

— Bonne soirée à vous ! lui lança Julie en attrapant Elizabeth par la main et en l'entraînant dans le mur de son. Super, on est rentrées ! s'écria-t-elle dans le vacarme.

Et elle sauta au cou d'Elizabeth. Surprise, celle-ci se contracta. Julie lui déposa une bise sur la joue.

— Bravo, tu es un génie.

— Je sais.

Julie la regarda en riant.

— Bon, une table, des cosmos, repérage et danse !

Elizabeth espérait que la musique couvrait les battements de son cœur, comme elle avait couvert le cri de joie de Julie. La foule était compacte. Elle n'avait pas l'habitude des lieux bondés. Tout le monde bougeait, parlait, dans une ambiance saturée de pulsations sonores : boum, boum, boum, boum. Sur la piste, les danseurs se secouaient en rythme, en nage. Toutes les tables étaient occupées, et l'on se pressait tout le long du grand bar incurvé.

Elizabeth suffoquait. Si Julie ne l'avait pas tenue fermement par la main, elle aurait fait demi-tour.

Finalement, Julie repéra une table pas plus grande qu'une soucoupe à dessert et joua des coudes afin d'y parvenir.

– Ouf ! Quel monde ! On essaiera de trouver une table plus près de la piste, dans un moment. C'est super, hein, ici ? Le DJ est excellent.

Enfin, elle regarda Elizabeth.

– Eh, ça va ?

– Il y a beaucoup de monde, et il fait chaud.

– Ben ouais, c'est mieux que s'il n'y avait personne et qu'on se gelait. Je vais aller commander au bar. Je paie les verres, puisque tu as payé le taxi. Au passage, je repère les mecs intéressants. Ouvre l'œil, toi aussi.

Sans la main de Julie à laquelle se raccrocher, Elizabeth croisa les siennes et s'efforça de respirer calmement, de lutter contre l'anxiété et la claustrophobie. Liz n'allait pas paniquer juste parce qu'elle prenait un bain de foule. Elle se concentra tour à tour sur chaque partie de son corps, en partant du bas pour remonter vers le haut, selon la technique de relaxation que son psychothérapeute lui avait apprise.

Apaisée, elle regarda autour d'elle. La boîte était en fait un ancien entrepôt. Les propriétaires – et leur architecte – avaient gardé les conduits, les piliers et les vieux murs de brique pour créer un décor industriel. La surface chromée du bar, des tables, des chaises et des tabourets réfléchissait les lumières changeantes des spots. *Une autre pulsation*, se dit-elle, *synchronisée avec la musique*.

De chaque côté de la salle, des escaliers métalliques menaient à un second niveau, ouvert. Des gens étaient accoudés aux balustrades, verre à la main. *Il doit y avoir un autre bar à l'étage*, pensa-t-elle. La vente d'alcool rapportait gros.

En bas, le DJ officiait depuis une plate-forme surélevée. *Observateur, comme elle*, se dit Elizabeth. En position d'honneur et d'autorité, au-dessus de la foule. Ses longs cheveux bruns volaient autour de son visage tandis qu'il manipulait les platines.

Juste sous son perchoir, des filles se déhanchaient de manière suggestive.

Son calme enfin retrouvé, Elizabeth se concentra sur la musique. Elle aimait le rythme saccadé et répétitif de la batterie, les riffs de guitare électrique. Elle aimait aussi la façon différente que chacun avait de danser : les bras en l'air, les coudes au corps, les poings serrés, dans la posture du boxeur ; les pieds campés au sol, effectuant des pas plus ou moins compliqués, ou encore comme montés sur des ressorts.

Julie déposa sur la table deux coupes triangulaires remplies d'un liquide rose et se laissa tomber sur un siège.

– J'ai failli les renverser. J'aurais été dégoûtée, à 8 dollars le verre.

– Les bars et les boîtes de nuit se font une marge énorme sur les boissons alcoolisées.

– J'imagine. Goûte, c'est délicieux ! Mais ne bois pas trop vite, il faut qu'on fasse durer nos cocktails jusqu'à ce qu'on trouve des mecs pour nous en offrir d'autres.

– Pourquoi nous offriraient-ils à boire ?

– À ton avis ? Parce qu'on est des belles nanas disponibles. Allez, bois, Liz, et allons danser.

Docilement, Elizabeth porta la coupe à ses lèvres.

– Hum… c'est bon. Et en plus, c'est joli.

– Eh, j'adore cette chanson ! Viens !

Julie la prit de nouveau par la main et l'entraîna sur la piste. Quand la foule se referma sur elle, Elizabeth ferma les yeux. *La musique*, pensa-t-elle, *se laisser porter par la musique.*

– Eh ! tu bouges bien…

Prudemment, elle rouvrit les yeux et les fixa sur Julie.

– Quoi ?

– J'avais peur que tu ne saches pas danser, mais tu as le groove.

– Oh… C'est un rythme tribal, conçu pour stimuler. Ce n'est qu'une question de coordination. Et de mimétisme. J'ai beaucoup observé les autres danser.

– Si tu le dis…

Elizabeth aimait remuer le bassin. Comme ses talons, ses déhanchés lui procuraient un sentiment de puissance, auquel s'ajoutait la caresse sensuelle de la robe sur sa peau. Les lumières créaient une ambiance surréaliste. Tout le monde semblait possédé par la musique.

Elizabeth se sentait bien. Lorsque Julie lui donna un coup de hanche, elle le lui rendit en riant joyeusement.

Elles dansèrent encore sur le morceau suivant. Puis, de retour à leur minuscule table, elles terminèrent leurs verres. Elizabeth héla une serveuse et lui en commanda deux autres.

– Ça m'a donné soif de danser, dit-elle à Julie.

– Je commence tout juste à m'échauffer. Et il y a un mec qui nous mate. Non, ne te retourne pas !

– Comment veux-tu que je le voie, si je ne me retourne pas ?

– Tu peux me croire sur parole, il est super mignon. Je vais rejeter mes cheveux en arrière et lui faire de l'œil. Et toi, comme par hasard, juste à ce moment-là, tu te retourneras. Il est blond, légèrement bouclé, tee-shirt blanc, jean et veste noire.

– Je crois que je l'ai aperçu, tout à l'heure Il parlait avec une femme, au bar, une blonde aux cheveux longs en robe rose décolletée. Il a un anneau à l'oreille gauche et une chevalière en or au majeur de la main droite.

– Tu as des yeux dans le dos ? Comment tu sais ça puisque tu ne l'as pas encore vu ?

– Je t'ai dit que je l'avais aperçu, tout à l'heure, au bar, répéta Elizabeth. Je l'ai remarqué parce que la blonde avait l'air furieuse contre lui. Je me souviens de tout, j'ai une mémoire eidétique.

– C'est grave ?

– Non, ce n'est pas une maladie. Oh ! fit Elizabeth en rougissant, tu plaisantais. On parle plus couramment de mémoire photographique, mais ce n'est pas tout à fait la même chose, c'est plus que visuel.

– Ah… Bon, tu es prête ?

Elizabeth observa avec intérêt le vif et gracieux mouvement de tête de Julie, son coup d'œil par-dessous ses longs cils, son sourire mystérieux.

Était-ce inné ? Acquis ? Un peu des deux ? En tout cas, elle pensait pouvoir reproduire ce comportement, même si sa coupe était désormais trop courte pour les effets de cheveux.

– Message reçu, chuchota Julie. Oh ! il a un sourire adorable. Oh ! il vient vers nous. Oh ! mon Dieu…

– C'est ce que tu voulais, non ?

– Oui, mais… il a au moins vingt-quatre ans, tu paries ?

– Salut, les filles. Je peux vous poser une question ?

Julie exécuta un autre effet de cheveux.

– Je vous en prie…

– Je crains que ma mémoire ne me joue des tours. Je n'oublie jamais les belles femmes, mais je n'ai aucun souvenir de vous deux. Dites-moi que vous n'êtes jamais venues ici.

– Non, c'est la première fois.

– Me voilà rassuré.

— Et vous, vous venez souvent ?

— Tous les soirs. Je suis le patron de l'établissement, déclara le jeune homme avec un sourire éclatant. Enfin, disons que j'ai des billes dans l'affaire.

— Vous êtes de la famille Volkov ? demanda Elizabeth sans réfléchir, en rougissant lorsqu'il tourna vers elle ses yeux bleus pétillants.

— Alex Gurevich, un cousin.

— Julie Masters, se présenta celle-ci en lui offrant une main qu'il embrassa avec cérémonie. Et voici mon amie Liz.

— Bienvenue au Warehouse 12. Vous passez une bonne soirée ?

— La musique est excellente.

Lorsque la serveuse revint avec les cocktails, Alex s'empara de la note sur le plateau.

— Les nouvelles venues dans mon club sont mes invitées, surtout quand elles sont aussi charmantes que vous.

Tout en lui souriant, Julie fit discrètement du pied à Elizabeth sous la table.

— Asseyez-vous…

— Avec plaisir. Vous êtes de passage à Chicago ?

Avant que la serveuse s'éclipse, Alex lui murmura quelque chose.

— Non, non, nous sommes d'ici, répondit Julie en sirotant son cocktail. On est étudiantes à Harvard, de retour chez papa-maman pour les vacances.

— Harvard… répéta-t-il avec un regard admiratif. Belles et intelligentes. Je suis déjà à moitié conquis. Si vous savez danser, je suis perdu.

— Nous vous fournirons une carte, répliqua Julie.

En riant, il lui tendit les mains. Elle en prit une et se leva.

— Viens, Liz, on va lui montrer comment dansent les filles de Harvard.

— Oh ! je ne veux pas vous gêner.

Alex lui tendit l'autre main.

— Avec deux cavalières, je serai l'homme le plus heureux de la soirée.

Elle s'apprêtait à décliner mais, dans le dos d'Alex, Julie lui fit un clin d'œil, si bien qu'elle se joignit à eux. Clairement, le beau blond aux yeux bleus avait des vues sur Julie. Néanmoins, elle lui était reconnaissante de ne pas l'avoir laissée seule à la table. Il la lâcha et posa les mains sur les hanches de Julie. Elle s'écarta et s'abandonna à la musique.

Alex fit un signe de tête à quelqu'un qui se trouvait derrière elle.

Juste au moment où elle se retournait, ce quelqu'un lui prit la main et la fit tourbillonner sur elle-même, manquant de peu la déséquilibrer.

– Comme d'habitude, mon cousin est gourmand. Deux filles rien que pour lui… Ayez pitié de moi, accordez-moi cette danse.

– Je…

– Ne refusez pas, charmante demoiselle, dit-il en l'attirant contre lui, avec un léger accent russe. Juste une danse, je vous en supplie.

Il était grand, musclé, aussi brun que son cousin était blond, les cheveux mi-longs, les yeux noirs, le teint mat. Quand il souriait, des petites fossettes se creusaient dans ses joues. Le cœur d'Elizabeth chavira.

– J'adore votre robe.

– Merci. C'est la première fois que je la porte.

– Le rouge est ma couleur préférée. Je m'appelle Ilya.

– Enchantée. Liz. *Priyatno poznakomit'sya*[1].

– Vous parlez le russe ?

– Un peu.

– Une beauté qui porte ma couleur préférée et parle ma langue maternelle. C'est mon jour de chance.

Oh non ! se dit Liz, au creux de ses bras, tandis qu'il lui prenait la main et la portait à ses lèvres. Oh non ! c'était son jour de chance à elle.

Le plus beau jour de sa vie.

---

1. Ravie de vous rencontrer.

3

Ils s'installèrent dans un box. Tout s'enchaînait naturelle-ment. Comme par magie, un nouveau cocktail rose apparut devant Elizabeth.

Elle était Cendrillon au bal, et minuit était encore loin.

Assis tout près d'elle, suspendu à ses lèvres, Ilya la dévorait du regard.

– Qu'étudies-tu à Harvard ?

Chaque fois qu'il effleurait le dos de sa main, son bras ou son épaule, elle était parcourue d'un délicieux frisson.

– La médecine.

Bientôt, elle changerait de filière, se promit-elle, en se gardant toutefois de s'aventurer sur ce terrain glissant.

– Futur médecin. Les études sont très longues, n'est-ce pas ? Dans quoi vas-tu te spécialiser ?

– Ma mère voudrait que je devienne neurochirurgien, comme elle.

– Pour opérer les cerveaux, il faut être soi-même un cerveau.

Du bout des doigts, il lui caressa la tempe.

– Je suis douée.

Il rit gentiment.

– C'est bien de se connaître soi-même. Tu dis que c'est le souhait de ta mère. Est-ce le tien ?

Elle but une gorgée de cocktail, en pensant qu'Ilya était lui aussi intelligent, ou tout du moins perspicace.

– Non, pas vraiment.

– Dans quoi aimerais-tu te spécialiser ?

– Je ne veux pas devenir médecin.

– Ah bon ? Que voudrais-tu faire ?

– Travailler au FBI, lutter contre la cybercriminalité.

– Au FBI ?

– Oui, enquêter sur les délits technologiques, la fraude informatique. Avec le progrès technique, le terrorisme et l'exploitation sexuelle, entre autres, prennent chaque jour des formes nouvelles. Plus les gens sont dépendants des ordinateurs et de l'électronique, plus ils s'exposent au vol, à l'escroquerie, à la pédophilie, et même au terrorisme.

– C'est ta passion ?

– Je… Je crois.

– Alors tu dois la suivre. On doit toujours obéir à ses passions, non ?

Quand il lui posa une main sur le genou, une chaleur diffuse se répandit dans son ventre.

– Je n'ai jamais obéi qu'à ma mère. Mais ça va changer.

– Tu dois respecter ta mère, mais elle doit aussi te respecter. Le désir le plus cher d'une mère n'est-il pas le bonheur de ses enfants ?

– Elle ne veut pas que je gâche mes capacités intellectuelles.

– Tes capacités intellectuelles n'appartiennent qu'à toi.

– C'est vrai. Et toi, tu es étudiant ?

– J'ai terminé mes études. Je travaille dans l'entreprise familiale, et j'en suis heureux.

Il fit signe à une serveuse de renouveler la tournée. Elizabeth ne s'était même pas rendu compte que son verre était presque vide.

– Parce que c'est ta passion, dit-elle.

– En effet, opina-t-il.

Et il se pencha vers elle pour l'embrasser.

Elle avait souvent tenté d'imaginer cette scène. Elle découvrit que l'imagination n'était pas son fort.

Elle savait que le baiser véhiculait une information biologique, par le biais des phéromones, que l'acte stimulait les terminaisons nerveuses des lèvres et de la langue. Une réaction chimique se déclenchait – une réaction plaisante, qui expliquait pourquoi, à quelques rares exceptions près, le baiser faisait partie de la culture humaine.

La pratique était cependant à mille lieux de la théorie.

De ses lèvres, tendres et douces, Ilya imprimait sur les siennes une pression croissante, sa main remontant lentement de sa hanche vers sa cage thoracique. Il dut sentir le bond que fit son cœur contre sa main lorsqu'il glissa la langue entre ses lèvres et l'entremêla lascivement à la sienne.

Elle retint sa respiration, et la relâcha en produisant un son involontaire, presque un gémissement de douleur – et le monde chavira.

– Exquise… murmura-t-il.

La vibration de sa voix contre sa bouche et la chaleur de son souffle firent naître un frisson le long de sa colonne vertébrale.

– Exquise, répéta-t-il en lui mordillant la lèvre inférieure, le regard plongé dans le sien. Tu me plais.

– Toi aussi, tu me plais. J'aime comme tu embrasses.

– Allons danser et nous nous embrasserons encore, dit-il en l'invitant à se lever. Tu n'es pas… Comment dit-on déjà ? Tu n'es pas blasée, voilà, comme la plupart des femmes qui viennent draguer en discothèque.

– Je n'ai pas beaucoup d'expérience dans ce domaine.

Dans la lumière des stroboscopes, les yeux noirs d'Ilya étincelaient.

– Alors j'ai une chance inouïe.

Elizabeth jeta un coup d'œil à son amie, qui échangeait avec Alex un baiser qui n'avait rien de tendre. Julie semblait toutefois apprécier, et participait activement.

Ilya ne dansait pas comme les autres, qui se secouaient avec frénésie. Elizabeth serrée entre ses bras, sa bouche contre la sienne, il la faisait tanguer langoureusement.

Cessant de se préoccuper de réactions chimiques et de terminaisons nerveuses, elle noua les bras autour de son cou, et lorsqu'elle sentit une pression contre son bas-ventre, elle ne se posa pas de questions, sachant qu'il s'agissait d'une réaction naturelle, physique, involontaire.

Elle était néanmoins consciente d'en être la cause. Il la désirait, elle que personne n'avait jamais désirée.

– Tu me rends fou, lui chuchota-t-il à l'oreille.

– Ce sont les phéromones.

Il la regarda en fronçant les sourcils.

– Quoi donc ?

– Rien, murmura-t-elle en posant la joue contre son épaule.

Elle savait aussi que l'alcool altérait le jugement, et qu'elle agissait sous son emprise. Quelle importance ? Elle releva la tête, et cette fois ce fut elle qui initia le baiser.

– Retournons nous asseoir, lui dit Ilya. Tu me coupes les jambes.

Main dans la main, ils regagnèrent la table. Julie, les yeux brillants, les joues écarlates, se leva en riant et attrapa son sac en titubant.

– Tu m'accompagnes, Liz ?

– Où ?

– Aux toilettes, pardi !

– Oh ! Excuse-moi…

Julie glissa un bras sous celui d'Elizabeth, à la recherche tant de stabilité que de solidarité.

– Oh ! mon Dieu, tu y crois ? On s'est dégoté les plus beaux mecs de la boîte. Ils sont trop sexy, surtout le tien, avec son accent. En tout cas, le mien embrasse vachement mieux que Darryl. C'est pratiquement lui le patron du club, tu sais. Il a une maison au bord du lac. Il va nous y emmener.

– Chez lui ? Tu crois que c'est raisonnable ?

– Bien sûr, affirma Julie en poussant la porte des toilettes. Oh merde, quel monde… Je vais faire pipi dans ma culotte ! Je commence à être soûle ! Et toi, ton mec, il embrasse bien ? Comment il s'appelle, déjà ?

– Ilya. Il me plaît beaucoup, mais je ne suis pas sûre que ce soit une bonne idée d'aller chez Alex.

– Tu ne vas pas me laisser tomber, Liz ! Je suis décidée à coucher avec Alex, mais je ne veux pas partir seule avec lui. Tu n'es pas obligée de coucher avec Ilya, si tu veux jouer les vierges effarouchées.

– L'acte sexuel est naturel et nécessaire, pas seulement pour procréer mais parce que, chez les humains, il procure du plaisir et permet d'évacuer le stress.

– Exactement, acquiesça Julie. Donc tu ne me traiteras pas de traînée si je couche avec Alex ?

– C'est un déplorable héritage des sociétés patriarcales que de considérer la sexualité pour le plaisir comme vitale chez les hommes mais comme un signe de dépravation chez les femmes. La virginité n'est ni un talisman ni un trophée. L'hymen ne confère ni vertu ni pouvoir. Les femmes sont en droit de rechercher la gratification sexuelle et d'avoir des partenaires multiples. Si les hommes ont cette liberté, il n'y a pas de raison qu'elles en soient privées.

Une rouquine filiforme adressa un grand sourire à Elizabeth.

– Bien parlé, frangine !

– Moi qui te prenais pour une coincée… murmura Julie. Tu parles comme une prof, mais tu es vachement libérée.

– Mon manque d'expérience ne fait pas de moi une prude pour autant. Même si je sais que je ne suis pas comme tes copines.

– Toi aussi, tu es ma copine, maintenant.

– J'espère. Tu sais, je n'ai jamais eu…

– Alors on va chez Alex tout à l'heure ?

Un W-C se libéra. Julie s'y précipita. Elizabeth regarda autour d'elle les filles qui se recoiffaient, se remaquillaient, faisaient la queue en papotant et en riant. Sans doute était-elle la seule ici à être vierge.

La virginité n'est pas sacrée, se remémora-t-elle. Il ne tenait qu'à elle de la garder ou de la perdre. Le choix lui appartenait. Sa vie lui appartenait.

– Alors on va chez Alex, Liz ?

– Oui, répondit-elle.

À la table, Ilya leva sa bière.

– Si ces filles ont vingt et un ans, j'en ai soixante !

Alex haussa les épaules en riant.

– Elles ne doivent pas en être loin. Et la mienne est chaude comme la braise, crois-moi.

– Elle est ivre, Alexi.

– Et alors ? Je ne l'ai pas forcée à boire. J'aime la chair fraîche et j'ai envie de m'envoyer en l'air ce soir. Ne me dis pas que la brunette te laisse de marbre.

– Elle est mignonne, acquiesça Ilya avec un sourire, bien qu'un peu jeune à mon goût. Et elle est un peu moins soûle que sa copine. Si elle est d'accord, je la mettrai volontiers dans mon lit. J'aime bien sa façon de penser.

– Arrête ton char ! rétorqua Alex avec une moue ironique.

– Je t'assure, elle n'est pas comme les autres. Elle est… rafraîchissante, c'est le mot.

– La blonde va la baratiner pour qu'on aille tous à la maison. Elle est partante, à condition que l'autre vienne aussi. Vous prendrez la chambre d'amis.

– Je préférerais l'emmener chez moi.

– Je viens de te dire qu'elles ne veulent pas se séparer. Je n'ai pas gaspillé deux heures à faire la cour à cette fille pour qu'elle me file sous le nez parce que tu n'auras pas été fichu de conclure avec sa copine.

Ilya baissa les yeux sur sa bière.

– Je vais conclure… *Dvojurodny brat*[2].

– À ton avis, cousin, qu'est-ce qui la fera craquer ? Ton appartement minable ou ma villa au bord du lac ?

---

2. Cousin.

Ilya haussa une épaule.

– Je préfère la simplicité de mon appartement, mais, d'accord, on ira chez toi. Par contre, je te préviens… Pas de drogue, Alexi.

– Oh ! je t'en prie…

Ilya se pencha en avant et frappa la table du poing.

– Pas de drogue, répéta-t-il. Restons dans la légalité. On ne les connaît pas, mais la mienne n'approuverait pas, je crois. Elle dit qu'elle veut travailler au FBI.

– Tu te moques de moi ?

– Non. Pas de drogue, Alexi, ou je ne viens pas, et tu devras te serrer la ceinture.

– OK. Les revoilà.

Sous la table, Ilya donna un coup de pied à Alex.

– Lève-toi, comporte-toi en gentleman, chuchota-t-il.

Lui-même se redressa et offrit une main à Liz.

– On a envie de partir, annonça Julie en enlaçant Alex. Tu nous emmènes chez toi ?

– Allons-y… Rien ne vaut une soirée privée.

– Ça ne t'embête pas ? demanda Ilya à Liz tandis qu'ils se dirigeaient vers la sortie.

– Non, Julie veut y aller, et comme on est ensemble, je…

– Je ne te demande pas ce que veut Julie, mais ce que toi tu veux.

– Rester avec toi.

Tout en se frayant un passage dans la foule, il lui prit la main et la pressa contre son cœur.

– Très bien. Moi aussi, j'ai envie d'être avec toi. Tu me parleras de toi. Je veux tout connaître de toi.

– Julie dit que les garçons, les hommes, n'aiment parler que d'eux-mêmes.

En riant, il lui passa un bras autour de la taille.

– Comment font-ils, alors, pour apprendre à connaître les femmes fascinantes ?

Près de la porte, un gars en costume s'avança vers lui et lui tapa sur l'épaule.

– Un moment, dit-il à Liz en s'écartant.

Elle n'entendit pas grand-chose de ce que les deux hommes se dirent en russe, mais elle voyait bien qu'Ilya était en colère. Et elle était à peu près sûre que le « *Chyort voz' mi* » qu'il proféra était un juron. Là-dessus, il fit signe à son interlocuteur qu'il revenait, puis il entraîna Liz à l'extérieur, où Alex et Julie les attendaient.

– J'ai un petit problème à régler, je suis désolé.

– Ce n'est pas grave, je comprends.

– Mince, Ilya, que quelqu'un d'autre s'en occupe ! grommela Alex.

– Le travail avant tout, répliqua Ilya sèchement. Je n'en aurai pas pour longtemps, une heure tout au plus. Va avec Alexi et ton amie, Liz. Je vous rejoins dès que possible.

– Oh ! mais…

– Viens avec nous, Liz. Tu attendras Ilya chez Alex. Il a plein de disques, de tous les styles, et une télé à écran plat.

– Va m'attendre chez Alexi, insista Ilya, et il embrassa Elizabeth longuement. Je vous rejoins sans tarder. Conduis prudemment, Alexi. Tu as de précieuses passagères.

Alex prit les deux filles par la taille.

– Mon cousin est trop sérieux, dit-il, il ne pense qu'à travailler. Moi, j'aime la fête. Nous sommes trop jeunes pour être sérieux.

Une grande berline noire s'immobilisa devant eux. Un valet en descendit et remit les clés à Alex, qui ouvrit la portière arrière. Prise au piège, Elizabeth s'installa sur la banquette, et se dévissa le cou pour regarder l'entrée du club tandis que la voiture s'éloignait et que Julie reprenait à tue-tête le refrain qui passait à la radio.

Sans Ilya, l'euphorie retomba vite. L'alcool et la voiture lui donnaient mal au cœur. Soudain lasse, elle appuya la tête contre la vitre.

Ils n'avaient pas besoin d'elle, se dit-elle. Julie et Alex chantaient et riaient. Il roulait beaucoup trop vite, prenait les virages sur les chapeaux de roues. Pourvu qu'elle ne soit pas malade, espérait-elle, en proie à des bouffées de chaleur. Elle s'appliqua à respirer lentement et régulièrement. Non, elle ne s'infligerait pas l'humiliation de vomir dans la voiture d'Alex. Elle baissa la vitre de quelques centimètres. Elle avait envie de s'allonger, de dormir. Elle avait trop bu, ce n'était qu'une autre réaction chimique.

Bien moins agréable que les baisers.

Elle se concentra sur sa respiration, sur le vent frais qui lui balayait le visage, sur les maisons, les voitures, les rues. Surtout, ne pas penser à son estomac ni à sa tête.

La voiture remonta Lake Shore Drive. À vol d'oiseau, ils n'étaient pas très loin de chez elle, de Lincoln Park. Si seulement elle pouvait rentrer se coucher au calme, le sommeil chasserait la nausée et la migraine.

Alex se gara devant une belle demeure ancienne. Au moins, le trajet était terminé.

– La vue est époustouflante, tu verras, dit-il à Julie. Je voulais acheter un loft, mais je suis plus tranquille, ici. Personne ne rouspète quand la musique est trop forte.

Julie se tortilla en gloussant lorsqu'il lui posa une main sur les fesses.

Elizabeth leur emboîta le pas, le cœur au bord des lèvres, pitoyable cinquième roue du carrosse.

– Tu vis là seul ? parvint-elle à articuler.

– Je ne manque pas de place pour mes invités, répondit-il en ouvrant la porte. Après vous, mesdames.

Et il donna à Elizabeth une petite claque sur le derrière.

Elle aurait voulu lui dire qu'il avait une belle maison, mais tout était trop neuf, trop brillant, trop moderne : un bar rouge vif, un immense canapé en cuir noir et un gigantesque écran de télé mural dominaient le salon, alors que les grandes baies vitrées ouvrant sur une terrasse auraient dû en constituer le point de mire.

– J'adore ! s'exclama Julie en se laissant tomber sur le canapé. C'est… décadent !

– Il y a de ça, chérie.

Alex s'empara d'une télécommande et la pièce s'emplit d'une musique assourdissante.

– Tu peux nous préparer des cosmos ? lui demanda Julie.

– Vos désirs sont des ordres, ma chère.

– Je pourrais avoir un verre d'eau ? demanda Elizabeth.

– Oh ! Liz, tu n'es pas drôle…

– Je suis un peu déshydratée. Et j'ai besoin d'air. Je peux sortir un moment ?

– Fais comme chez toi. *Mi casa es su casa.*

– Moi, j'ai envie de danser !

Tandis que Julie se trémoussait au milieu du salon, Elizabeth ouvrit la baie vitrée et s'échappa. La vue devait être magnifique, en effet, mais elle avait un voile devant les yeux. Elle s'appuya contre la balustrade.

Mais qu'est-ce qu'elles faisaient ? Où avaient-elles la tête ? Elles commettaient une erreur, une stupide et grossière erreur. Il fallait à tout prix qu'elles s'en aillent. Elle devait trouver un moyen de convaincre Julie de partir.

Le rire éméché de son amie lui parvenait par-dessus la musique.

Elle allait s'asseoir un moment, recouvrer ses esprits, attendre que son estomac cesse de se révulser. Elle pouvait peut-être prétendre qu'elle avait reçu un appel de sa mère. Après tout, elle n'en était plus à un mensonge près. Oui, elle allait inventer une excuse, une excuse crédible pour prendre congé. Dès qu'elle aurait de nouveau les idées claires.

– Ah, tu es là…

Elle se retourna. Alex sortit sur la terrasse, un verre d'eau dans une main, un cocktail dans l'autre – dont la seule vue suffisait maintenant à lui soulever le cœur.

– Merci, mais je veux juste de l'eau, je crois.

– Il faut entretenir l'ivresse, ma belle, dit-il en posant néanmoins la coupe de côté. Et ne reste pas là toute seule, ajouta-t-il en se collant à elle. On peut s'amuser tous les trois. Je peux m'occuper de vous deux.

– Je ne…

– Qui sait si Ilya va venir ? Travailler, travailler, travailler, il ne s'arrête jamais. Mais tu lui as tapé dans l'œil. À moi aussi, d'ailleurs. Allez viens, rentre. On va s'offrir du bon temps.

– Je crois… que je vais attendre Ilya. Je peux utiliser les toilettes ?

– Tant pis pour toi, baby, marmonna-t-il, et Elizabeth crut discerner dans son regard une lueur mauvaise. Les toilettes sont à gauche de la cuisine.

– Merci.

– Si tu changes d'avis, n'hésite pas ! lui lança-t-il tandis qu'elle regagnait le salon.

Julie tenait à peine debout. Elizabeth la saisit par le bras.

– Julie, tu as trop bu.

– Mais non ! riposta celle-ci en repoussant son amie. Je m'amuse comme une folle ! C'est la meilleure soirée de ma vie.

– Il faut qu'on parte.

– Tu es dingue ! La fête ne fait que commencer !

– Alex veut qu'on fasse une partie à trois.

– Il plaisante, Liz, ne t'affole pas. Ton chéri sera là dans deux minutes. Bois un coup, détends-toi…

– Je ne veux plus boire. Je suis malade. Je veux rentrer.

– Sûrement pas ! Oups ! Hors de question… Danse avec moi, Lizzy.

– Je ne peux pas, j'ai envie de…

Une main sur la bouche, elle se rua aux toilettes, manquant de peu glisser sur le carrelage de la cuisine. Appuyé dans l'encadrement des baies vitrées, Alex la regardait avec un sourire narquois.

Sitôt la porte refermée derrière elle, elle tomba à genoux devant la cuvette et régurgita un jet de liquide rosâtre. Épuisée, la pièce tournant tout autour d'elle, elle s'allongea sur le sol en pleurant.

Elle voulait rentrer. Elle voulait mourir.

La joue contre le sol frais, elle resta un instant immobile, parcourue de frissons. Puis, les joues ruisselantes de larmes, elle s'accrocha au lavabo pour se redresser, se rinça la bouche et s'aspergea le visage d'eau froide.

Avec un sanglot, elle releva la tête et se regarda dans le miroir : elle était pâle comme un linge, son mascara avait coulé, elle ressemblait à un sinistre Pierrot. Les mains tremblantes, elle tenta de se remaquiller. Le résultat fut pire encore.

Tant pis, elle ravalerait sa honte. Elle retournerait sur la terrasse prendre l'air. Quand Ilya arriverait, elle lui demanderait de la ramener chez elle. Il comprendrait, osait-elle espérer.

Il ne voudrait plus jamais la revoir. Il ne l'embrasserait plus jamais.

Cause-conséquence, se dit-elle. Elle avait menti tant et plus, elle devait en payer le prix.

Elle rabattit le couvercle des toilettes et, serrant sa pochette contre elle, se prépara à affronter les moqueries d'Alex et de Julie. Avec des gestes las, elle enleva ses chaussures. Quelle importance ? Elle avait mal aux pieds. Minuit avait sonné pour Cendrillon.

Avec autant de dignité qu'elle put en rassembler, elle traversa la cuisine au comptoir d'un blanc immaculé.

Dans le salon, Julie et Alex étaient enlacés sur le canapé, nus comme des vers. Stupéfaite, fascinée, elle resta un instant figée, à observer le tatouage sur le dos d'Alex. Sous ses coups de reins, Julie poussait des grognements gutturaux.

Se sentant coupable de les regarder, Elizabeth fit silencieusement demi-tour et gagna la terrasse par la porte de la cuisine. Elle allait s'asseoir dans le noir jusqu'à ce qu'ils aient fini. Elle n'était pas prude, la sexualité n'avait rien de malsain ; néanmoins, elle aurait préféré qu'ils fassent ce qu'ils avaient à faire derrière la porte d'une chambre fermée.

Elle avait soif, et la gorge irritée. Et froid… Elle se serait volontiers enveloppée dans un plaid. Elle se sentait vide, et terriblement fragile. Recroquevillée sur une chaise longue, dans un coin sombre de la terrasse, elle somnola.

Un bruit la réveilla, elle était frigorifiée. Un coup d'œil à sa montre lui indiqua qu'elle avait dormi seulement un quart d'heure. Elle se sentait toutefois encore plus mal qu'avant. Elle devait absolument rentrer. À pas de loup, elle s'approcha des baies vitrées entrouvertes.

Julie n'était plus dans le salon. Alex, en boxer noir, discutait avec deux hommes – entièrement habillés.

En se mordant la lèvre, elle s'avança un peu plus. Peut-être étaient-ils venus prévenir Alex qu'Ilya aurait du retard.

– Parle-moi en anglais, nom d'un chien ! Je suis né ici, moi.

Visiblement contrarié, Alex se dirigea vers le bar et se servit un verre de vodka.

– Qu'est-ce que tu veux, Korotkii, qui ne puisse pas attendre demain ? ajouta-t-il.

– Pourquoi remettre à demain ce que l'on peut faire aujourd'hui ?

Le dénommé Korotkii avait une silhouette massive et trapue. Ses biceps saillaient sous les manches courtes de son tee-shirt noir. Ses bras étaient couverts de tatouages. Comme Alex, il était blond, plutôt bel homme. *Un parent ?* se demanda Elizabeth. La ressemblance était subtile, mais il y avait un petit air de famille.

Son compagnon, plus grand, plus vieux, se tenait droit comme un soldat.

Alex engloutit sa vodka.

– Je ne travaille pas, à cette heure-ci.

– Parce que monsieur travaille, des fois ? ironisa Korotkii, avec un fort accent. C'est vrai, c'est du boulot de voler son oncle.

Devant le bar, Alex vidait un sachet de poudre blanche sur un petit miroir carré. Il s'immobilisa.

– De quoi parles-tu ? Je n'ai jamais rien volé à Serguei.

– Tu détournes de l'argent des discothèques, du restaurant… Tu te sucres sur les magouilles Internet, sur la prostitution, sur tout ce que tu peux. Ce n'est pas du vol, ça ? Tu prends ton oncle pour un imbécile ?

À l'aide d'un mince instrument métallique, Alex traça une ligne de poudre. *De la cocaïne*, comprit Elizabeth. Seigneur, dans quoi avait-elle mis les pieds ?

– Serguei sait qu'il peut me faire confiance, déclara-t-il. Je parlerai demain avec lui de tout ça.

– Tu crois qu'il ne sait pas comment tu te paies tes Rolex, tes costumes Armani, Versace, cette baraque, tous tes autres joujoux… et ta came, Alexi ? Tu crois qu'il ne sait pas que tu es de mèche avec les flics ?

La lame de rasoir tomba au sol avec un cliquètement métallique.

– Je ne suis pas de mèche avec les flics.

Il ment, pensa Elizabeth. Elle le voyait dans ses yeux, elle l'entendait dans sa voix.

– Tu t'es fait arrêter, avant-hier, pour détention de substances illicites, répliqua Korotkii avec un geste de dégoût en direction de la cocaïne. Tu as négocié avec la police. Tu as trahi ta famille pour acheter ta liberté. Tu sais ce qui arrive aux voleurs et aux traîtres, n'est-ce pas, Alexi ?

– Je parlerai à Serguei, je lui expliquerai. Il fallait que je leur balance quelque chose, mais je leur ai raconté des bobards, que des bobards. Je les ai amusés.

– Non, Alexi. À ce jeu, c'est toi qui as perdu.

– Je parlerai à Serguei.

L'autre homme, jusque-là resté immobile, s'avança, saisit les bras d'Alex et les lui bloqua dans le dos.

– Dis-lui de me lâcher, Yakov, gémit Alexi, terrorisé. Ne fais pas ça ! On est cousins, nos mères sont sœurs. Le même sang coule dans nos veines.

Dans sa peur, il s'exprimait à présent en russe.

– Tu es une honte pour ta pauvre mère. Tu déshonores notre sang. À genoux.

– Non, s'il te plaît !

Le caïd le força à s'agenouiller.

– Je t'en supplie ! Nous sommes du même sang… Laisse-moi une chance.

– Ta misérable vie ne vaut rien, siffla Korotkii. S'il ne tenait qu'à moi, je laisserais Yegor te réduire en miettes, mais ton oncle nous a demandé d'être cléments, par égard pour sa sœur.

– Je t'en supplie ! Aie pitié…

Korotkii sortit un revolver de l'arrière de sa ceinture, pressa le canon sur le front d'Alex et appuya sur la détente.

Les jambes d'Elizabeth se dérobèrent. Elle tomba à genoux, la main sur la bouche pour contenir son hurlement.

Bien qu'Alex fût à terre, Korotkii lui tira encore deux balles dans la tempe, l'air impassible, puis il se tourna vers la cuisine et ses traits se durcirent.

– Je ne me sens pas bien, Alex. Je voudrais m'allonger un moment. Tu viens… Qui êtes-vous ?

Korotkii lâcha une bordée de jurons et fit feu sur Julie, à deux reprises.

– Merde ! Pourquoi personne ne nous a dit qu'il était avec une poule ?

– C'en est une nouvelle, déclara son acolyte en s'approchant. Très jeune.

– Elle ne connaîtra pas la vieillesse.

La vision d'Elizabeth s'obscurcit. C'était un rêve. Un cauchemar. Induit par l'alcool. Elle allait se réveiller d'une seconde à l'autre. Recroquevillée dans le noir, elle regarda Alex. Il n'avait presque pas saigné. Si la scène était réelle, n'y aurait-il pas davantage de sang ?

Réveille-toi, réveille-toi, réveille-toi.

Sa terreur atteignit un nouveau sommet lorsque Ilya fit irruption dans le salon. Ils allaient le tuer, lui aussi. Elle devait lui venir en aide. Il fallait…

– Nom d'un chien ! Qu'avez-vous fait ?

– Ce qu'on nous a ordonné de faire.

– On vous avait dit de lui casser les bras et d'attendre demain soir pour le faire.

– Les ordres ont changé. Nous avons eu vent par notre informateur qu'il avait couché avec les flics.

– L'enfoiré…

Sous le regard horrifié d'Elizabeth, Ilya envoya un coup de pied dans le cadavre d'Alex, puis un deuxième, un troisième, avant de découvrir le corps de Julie. Il se passa une main dans les cheveux.

– Merde ! Était-ce nécessaire ?

– Elle nous a vus.

– Pauvre gosse… Où est l'autre ?

– Quelle autre ?

Les beaux yeux noirs d'Ilya se glacèrent.

– Elles étaient deux. Elle était avec une copine, une petite brune en robe rouge.

– Yegor, cherche-la !

Avec un hochement de tête, cran d'arrêt à la main, le caïd s'engagea dans l'escalier qui montait à l'étage. Ilya fit signe à Korotkii de se rendre dans la cuisine. Lui-même s'approcha de la baie vitrée.

– Liz… murmura-t-il. Tout va bien, Liz. Je suis là pour te protéger.

De sa botte, il retira un couteau qu'il cacha derrière son dos. En apercevant les chaussures d'Elizabeth, il alluma les lumières extérieures et se précipita vers la balustrade.

– Il n'y a personne à l'intérieur ! lui lança Korotkii depuis la porte.

– Elle était là. Elle est partie. Retrouvez-la.

4

Elle courut droit devant elle, les yeux écarquillés de terreur, étouffée par le cri qu'elle ne pouvait lâcher. S'ils l'entendaient, s'ils l'attrapaient, ils la tueraient.

Comme Julie.

Elle résista à l'instinct de gagner la rue. Ils étaient peut-être plus nombreux. Comment savoir, si elle arrêtait une voiture, qu'ils ne seraient pas dedans ? Comment savoir, si elle frappait à une porte, qu'elle ne tomberait pas sur l'un d'eux ? Elle devait s'enfuir, le plus loin possible, le plus vite possible. Sans se faire voir.

Une barrière sur son chemin, elle l'escaladait. Une haie, elle fonçait à travers. Ses pieds nus étaient à vif. Elle évitait la lueur de la lune, les étendues à découvert, se ruant à toute vitesse de coin sombre en coin sombre.

Un chien aboya lorsqu'elle traversa le jardin d'une villa.

Pourvu qu'ils n'entendent pas. Pourvu qu'ils ne la rattrapent pas.

Ne pas regarder en arrière.

Frappée par une douleur fulgurante au côté, elle s'étala de tout son long. L'espace de quelques terrifiantes secondes, elle crut avoir reçu une balle. Elle demeura étendue sur le sol, hors d'haleine.

Une crampe, ce n'était qu'une crampe. Qui réveilla la nausée. À quatre pattes, en larmes, contractée par les spasmes, elle vomit quelques filets de bile.

Le choc, se dit-elle en claquant des dents. Elle transpirait et grelottait à la fois, la tête lui tournait, son pouls battait à toute allure. Elle était en état de choc, or elle ne pouvait pas se permettre de perdre ses moyens.

Afin de se réchauffer, elle se frictionna vigoureusement les bras en s'efforçant de ralentir sa respiration. Dans sa chute, sa pochette lui avait échappé. Elle la ramassa. Elle avait réussi à la garder jusque-là, preuve réconfortante qu'elle conservait un minimum de sang-froid.

Appeler la police, voilà ce qu'il fallait faire.

— Sors ton téléphone, se chuchota-t-elle. Compose le 911. Dis-leur… Dis-leur…

— Urgence police secours, j'écoute.

— Aidez-moi. J'ai besoin de vous.

— Que vous arrive-t-il, madame ?

— Il les a tués, articula-t-elle d'une voix étranglée par les sanglots. Il les a tués, je me suis enfuie.

— Vous avez été témoin d'une fusillade, madame ?

— Il les a tués. Il a tué Julie. Je me suis enfuie.

— Je vous envoie les secours. Où êtes-vous ?

— Je ne sais pas, bredouilla-t-elle, la main sur la bouche, à deux doigts de craquer. Je me suis enfuie, je suis partie en courant. Je crois que je suis près de Lake Shore Drive. Attendez. Ne me laissez pas.

— Je suis là. Quel est votre nom ?

— Elizabeth. Elizabeth Fitch.

— Elizabeth, pouvez-vous m'indiquer un point de repère ? Un nom de rue ?

— Attendez… Je suis derrière une maison. Une maison en pierre grise avec des tourelles.

Elle s'en approcha, en tremblant violemment lorsqu'elle s'avança dans la lumière des éclairages de sécurité.

— Il y a une allée pavée et un grand garage, ajouta-t-elle. Des terrasses et… et des jardins.

— Pouvez-vous aller jusqu'à la rue ?

— Je n'en suis pas loin. Il y a des lampadaires. J'ai peur qu'ils me voient.

— Ne coupez pas la communication, Elizabeth. Nous utilisons le signal de votre téléphone pour vous localiser.

— Je vois le nom de la rue. Je vois le numéro de la maison.

Elle les indiqua.

— Les secours sont en route. Ils ne vont pas tarder. Êtes-vous blessée ?

— Non… Non, je me suis enfuie. J'étais à l'extérieur quand ils sont arrivés. Sur la terrasse. Ils ne savaient pas que j'étais là. Ils ne m'ont pas vue. Il les a tués. Avec un revolver. Il a tué Julie.

– Je suis désolé, madame. Où cela s'est-il produit ?

– Je ne sais pas. Nous n'aurions jamais dû aller chez ce type. Sur Lake Shore Drive. Julie est morte.

– Qui est Julie, Elizabeth ?

– Ju… Julie Masters. Mon amie Julie. Il y a une voiture qui arrive. Je dois me cacher.

– Il s'agit du véhicule de police, n'ayez pas peur.

– Vous êtes sûr ? balbutia-t-elle, terrorisée. Vous êtes sûr ?

– Je suis en contact radio avec eux. Ils approchent de l'adresse. Je leur demande d'allumer le gyrophare. Vous allez le voir.

– Oui, oui. Merci, mon Dieu ! Je le vois. Merci, monsieur.

– Vous ne risquez plus rien, maintenant, Elizabeth.

Ils voulurent la conduire à l'hôpital, mais cette perspective ne faisant qu'accroître son état de panique, ils l'emmenèrent au poste de police. Enveloppée dans une couverture, elle grelotta durant tout le trajet.

Dans une pièce meublée d'une table et de quelques chaises, l'un des agents resta avec elle tandis que l'autre allait lui chercher un café.

– Racontez-moi ce qui s'est passé.

Il lui avait dit son nom, se souvint-elle. Officier Blakley. Il avait une expression sévère et les yeux fatigués, mais il lui avait donné une couverture.

– Nous sommes allées en boîte, Julie et moi, nous sommes allées dans une discothèque.

– Julie Masters ?

– Oui.

– Quelle discothèque ?

– Le Warehouse 12. Je… J'avais fabriqué des faux permis de conduire.

Plus de mensonges. Elle devait dire la vérité, à présent. Le policier prenait des notes sur un calepin. Il ne parut guère surpris.

– Quel âge avez-vous ?

– Seize ans, dix-sept en septembre.

– Seize ans, répéta-t-il en l'observant, le visage et le regard impassible. Où sont vos parents ?

– Je n'ai que ma mère. Elle est partie à une convention médicale.

– Nous devrons la prévenir.

Elizabeth ferma les yeux.

– Oui. Elle est à Atlanta, à l'hôtel Westin Peachtree Plaza. Elle s'appelle Susan Fitch.

– Très bien. Donc vous avez falsifié vos papiers pour entrer au Warehouse 12 ?

– Oui, je le regrette. Vous pouvez m'arrêter, mais il faut retrouver ceux qui ont tué Julie.

– Vous avez dit au 911 que vous étiez chez quelqu'un, et vous me dites maintenant que vous étiez en discothèque…

– Nous avons rencontré Alex dans la boîte de nuit. Nous sommes allées chez lui. Nous n'aurions jamais dû. On avait bu. Nous n'aurions pas dû non plus. Je ne me sentais pas bien, alors je suis sortie prendre l'air sur la terrasse.

Des larmes roulèrent le long de ses joues.

– Pendant que j'étais dehors, poursuivit-elle, deux hommes sont arrivés. Ils ont tué Alex et lorsque Julie est entrée dans le salon, ils l'ont tuée elle aussi. Je me suis enfuie.

– Vous ne savez pas où habitait cet Alex ?

– Je peux retrouver la maison. Je peux vous y emmener ou vous faire un plan. Mais je n'ai pas regardé l'adresse. C'était idiot. J'ai été idiote. Je vous en supplie, on ne peut pas la laisser là-bas.

– Connaissez-vous le nom de famille de cet Alex ?

– Je… Oui ! Gurevich. Alexi Gurevich. Celui qui l'a tué l'appelait Alexi.

Blakley se figea, son regard se fit plus pénétrant.

– Vous dites que vous étiez chez Alexi Gurevich et que vous avez été témoin d'un double meurtre ?

– Oui ! Oui ! Oui ! S'il vous plaît, je vous en supplie !

– Une minute…

Le second agent était revenu avec une tasse de café. Blakley se leva et lui parla à voix basse. Son collègue jeta un coup d'œil à Elizabeth puis ressortit promptement de la pièce.

– Compte tenu de votre âge, nous alertons les Services de l'enfance, déclara Blakley. Un enquêteur va venir s'entretenir avec vous.

– Mais Julie ? Je ne peux pas d'abord vous emmener chez Alex ? On ne peut pas la laisser là-bas.

– Nous savons où réside Gurevich.

Elizabeth resta seule une quinzaine de minutes, jusqu'à ce que quelqu'un lui apporte un gobelet de potage provenant d'un distributeur. Elle crut qu'elle ne pourrait rien avaler, mais dès la première gorgée son estomac en réclama davantage.

Malgré la soupe et le café, la tension nerveuse se mua en fatigue écrasante. Elle posa la tête sur la table et ferma les yeux.

Dans la pièce adjacente, l'inspecteur Sean Riley s'avança au côté de sa collègue Brenda Griffith devant le miroir sans tain.

– C'est donc notre témoin.

– Elizabeth Fitch, seize ans, fille du Dr Susan L. Fitch, chef du service de neurochirurgie à l'hôpital Silva Memorial.

– La Protection de l'enfance va arriver.

– A-t-on vérifié ses déclarations ?

– Gurevich a pris une balle dans le front, et deux derrière l'oreille. Faible calibre, bout portant. Les papiers de la jeune victime féminine indiquent qu'elle s'appelait Julie Masters et qu'elle avait vingt et un ans, mais d'après le témoin l'âge est falsifié. Les agents mandatés sur le lieu du crime ont signalé qu'elle a été abattue de deux balles dans la tête.

– Pauvre gamine… marmonna Riley, vingt et un ans de service, douleurs lombaires chroniques, le cheveu clairsemé. Sa copine a de la chance d'être toujours en vie.

– Allons voir ce qu'elle peut nous dire, déclara Brenda. Laisse-moi prendre les choses en main, et ne la brusque pas. Si la moitié de ce qu'elle a raconté est vraie, elle a passé une nuit de cauchemar. Ah ! voilà la Protection…

– Je vais lui chercher un Coca, je te rejoins.

Elizabeth se réveilla dans un sursaut de terreur. Une femme d'âge moyen se tenait en face d'elle, plutôt jolie, les cheveux noirs attachés en queue-de-cheval.

– Excusez-moi, je ne voulais pas vous faire peur. Je suis l'inspectrice Griffith. Et voici Mme Petrie, des Services de protection de l'enfance. Mon coéquipier va nous rejoindre dans un instant. Il est allé vous chercher une boisson fraîche.

– Je me suis endormie. Combien de temps… Oh, mon Dieu, c'est presque le matin. Julie…

– Je suis navrée pour votre amie.

– C'est ma faute. Nous n'aurions jamais dû y aller. Je savais que ce n'était pas une bonne idée. Je voulais juste… J'ai fabriqué des faux permis.

– On m'a dit cela. Puis-je voir le vôtre ?

Elizabeth le sortit de sa pochette. Griffith l'examina, le retourna, arqua les sourcils, regarda Elizabeth.

– C'est vous qui l'avez fait ?

– Oui. Julie tenait absolument à aller au Warehouse 12. Je sais que c'est illégal. Je n'ai aucune excuse. Suis-je en état d'arrestation ?

Griffith échangea un regard avec Petrie, puis reporta son attention sur Elizabeth.

– Nous verrons cela plus tard. Connaissiez-vous Alexi Gurevich avant aujourd'hui ?

– Non. Il nous a offert des cocktails… répondit Elizabeth en se prenant le visage entre les mains. Mon Dieu… Est-ce que tout cela s'est réellement passé ? J'avais cherché des renseignements sur le Warehouse 12 avant d'y aller. Je n'étais jamais allée en boîte. J'avais vu sur Internet que les patrons sont soupçonnés de faire partie de la mafia russe. Mais je n'aurais jamais cru… quand il est venu nous parler… Ni Ilya…

– Ilya ? Parlez-vous d'Ilya Volkov ?

– Oui. Nous avons dansé avec eux, et puis nous sommes allés nous asseoir dans un box, et il m'a embrassée. Je n'avais jamais embrassé un garçon. Je voulais savoir comment c'était. Il était si gentil avec moi…

Elle s'interrompit, une lueur de frayeur dans les yeux, lorsque la porte s'ouvrit.

– Elizabeth, voici mon coéquipier, l'inspecteur Riley.

– Tenez, un Coca… Ma fille n'est bonne à rien, le matin, tant qu'elle n'a pas eu sa dose de Coca.

– Merci. Je n'ai pas le droit d'en boire, en principe…

Elizabeth eut un petit rire.

– C'est idiot, hein ? ajouta-t-elle. J'ai bu de l'alcool à m'en rendre malade, j'ai assisté à deux meurtres, et je n'ose pas désobéir aux consignes diététiques de ma mère…

Elle ouvrit la cannette et remplit son gobelet en plastique.

– Merci, répéta-t-elle.

Griffith attendit d'avoir à nouveau son attention.

– Elizabeth, vous-même, Julie, Gurevich et Ilya Volkov avez quitté le Warehouse 12 pour vous rendre au domicile de Gurevich ?

– Non, Ilya avait quelque chose à régler à la discothèque. Nous sommes partis sans lui. Il n'est arrivé qu'après.

– Gurevich et Julie ont-ils été assassinés par Ilya Volkov ?

– Non. Par un dénommé Yakov Korotkii. Je peux le décrire, ou le dessiner, ou aider un dessinateur de la police à établir son portrait. Je me souviens très bien de son visage. J'ai une mémoire eidétique. Je n'oublie rien… Je n'oublie rien, répéta-t-elle, la voix montant dans les aigus, le corps parcouru de tremblements.

– Elizabeth a subi un sévère traumatisme, intervint Petrie. Je crois que nous devrions la laisser tranquille pour aujourd'hui.

– Non, non, protesta-t-elle. Je veux vous aider. Je vais bien, je vous assure.

– Sa mère nous a autorisés à l'interroger, déclara Griffith.

– Ma mère ?

– Nous l'avons prévenue. Elle prendra l'avion dès demain matin. Elizabeth ferma les yeux.

– D'accord.

– Elizabeth, c'est important… Comment savez-vous que l'homme qui a tué Gurevich et Julie était Yakov Korotkii ?

– Alex l'a plusieurs fois appelé par son nom. Julie… Elle devait être aux toilettes. Je m'étais assoupie sur la terrasse. Leurs voix m'ont réveillée. Alex parlait avec deux hommes.

– Deux ?

– L'autre était plus grand, plus costaud. Korotkii l'appelait Yegor. Korotkii a accusé Alex de voler son oncle, un certain Serguei. Alex niait, mais il mentait. Je voyais qu'il mentait. Korotkii lui a dit qu'ils savaient qu'il coopérait avec la police, que Serguei était au courant. Alex l'a supplié. Voulez-vous que je vous rapporte leurs propos exacts ?

– Nous y reviendrons ultérieurement. Continuez.

– Le grand costaud a forcé Alex à se mettre à genoux. Korotkii a sorti un revolver de l'arrière de sa ceinture et il a tiré une balle dans le front d'Alex. Ça n'a presque pas fait de bruit. Et puis il lui a encore tiré deux balles dans le côté de la tête. J'ai failli pousser un cri. Je me suis mis la main sur la bouche pour me retenir. Korotkii a traité Alex de… Il a employé une insulte russe très forte.

– Vous parlez le russe ?

– Un peu. Je n'avais jamais entendu cette expression, mais elle était… parlante. Tout s'est passé très vite. Julie est arrivée de la cuisine. Elle a dit : « Alex, je ne me sens pas bien, je voudrais m'allonger un moment. » Korotkii s'est retourné et il a tiré. Elle est tombée. Elle était morte, c'était évident, mais il lui a tiré dessus une deuxième fois. Il jurait en russe. Je n'ai pas compris ce qu'il disait. J'avais la tête pleine de cris. Je n'entendais plus rien. Et puis Ilya est arrivé. J'ai cru qu'ils allaient le tuer, lui aussi. Je voulais le mettre en garde, je voulais l'aider, mais…

– Arrêtez-vous une minute, l'interrompit Riley avec douceur, d'une voix sincèrement compatissante. Prenez votre temps.

– Ils ont parlé en russe, je n'ai pas tout compris. Ilya était en colère, mais pas parce que Alex était mort.

Elle ferma les yeux, reprit son souffle, et relata mot pour mot la conversation qu'elle avait entendue.

– Voilà qui est pour le moins précis, commenta Riley.

– J'ai une mémoire eidétique. Je me suis enfuie, parce que Ilya savait que j'étais là. Ils m'auraient tuée. Je suis partie en courant, droit devant moi, sans me demander où j'allais. J'ai abandonné mes chaussures sur la terrasse. Les talons étaient trop hauts. Je n'ai pas réfléchi. Si j'avais réfléchi, je les aurais emportées. Ils ont dû les trouver. Donc ils savent que j'ai tout vu, tout entendu.

Griffith posa une main sur la sienne.

– Nous vous protégerons, Elizabeth, je vous le promets. Nous assurerons votre sécurité.

Et sur ces mots, elle quitta la pièce avec Riley.

– Oh ! bon sang… murmura-t-elle dans le couloir, cette petite est incroyable !

– Un témoin visuel avec une mémoire d'ordinateur, qui parle russe par-dessus le marché. Nous tenons cette ordure de Korotkii, et ce marlou d'Ilya Volkov. Avec un peu de chance, on pourra aussi coffrer Serguei. Si cette fille tient le coup, elle va anéantir le clan Volkov.

– Elle tiendra le coup, affirma Griffith, le regard dur. Nous devons la placer en résidence protégée. Il va falloir appeler l'US Marshals Service.

– Je ne vois pas d'autre alternative, en effet. Tu as vu sa réaction quand on lui a parlé de sa mère ? Elle a eu l'air presque aussi terrifiée de savoir qu'elle arrivait demain que par tout ce qu'elle a vu cette nuit.

– À mon avis, être privée d'argent de poche est le cadet de ses soucis.

Elizabeth se laissa piloter par les policiers. Peu lui importait où ils l'emmenaient. Elle n'avait qu'une envie : dormir. Elle monta donc en voiture avec les deux inspecteurs et Mme Petrie, et s'endormit quasiment à la minute où le véhicule démarra. Arrivée à destination, elle les suivit docilement, d'une démarche de somnambule, jusqu'à une petite maison en bois. Elle accepta le tee-shirt et le pantalon en coton que lui donna l'inspectrice Griffith, et trouva la force de se changer avant de s'étendre sur le lit une place d'une chambre à coucher exiguë, sous la couverture emportée du poste de police.

Bien que redoutant les cauchemars, elle ne put s'empêcher de fermer les yeux. Elle sentit les larmes couler à travers ses paupières closes.

Puis plus rien.

Elle se réveilla en fin de matinée, la gorge sèche et le ventre creux, dans l'ignorance de ce qui allait advenir d'elle. Toute sa vie, elle avait su exactement ce que l'on attendait de sa part, à quel moment. Pour la première fois, elle n'avait pas de liste, pas de programme à suivre.

Elle avait honte d'avoir faim, envie d'un bol de café, d'une douche, de se brosser les dents. Julie n'aurait plus jamais faim, Julie n'accomplirait plus jamais les gestes ordinaires du quotidien.

Elle grimaça en posant ses pieds endoloris sur le plancher, et sentit que son corps tout entier était perclus de courbatures. Ce n'était qu'un juste retour des choses. Elle méritait de souffrir. Puis elle se souvint que sa mère devait rentrer d'Atlanta. Peut-être était-elle déjà là. La punition maternelle serait terrible.

Elle entrouvrit la porte et tendit l'oreille.

Des voix lui parvenaient, indistinctes, ainsi que l'arôme du café. Elle-même dégageait une odeur écœurante. Elle était prête à recevoir n'importe quel châtiment. Avant, toutefois, elle espérait pouvoir se laver.

Elle se dirigea vers la pièce d'où provenaient les voix. Et s'immobilisa sur le seuil.

Dans la petite cuisine jaune et blanche, un homme qu'elle n'avait pas vu la veille, grand et mince, en jean et chemise blanche, remplissait une tasse de café. Il lui adressa un sourire.

Il portait un holster à l'épaule.

— Bonjour. Je suis le marshal adjoint John Barrow. N'ayez pas peur, Elizabeth. Vous êtes en sécurité, ici. Tout à l'heure, nous vous conduirons dans une autre résidence protégée.

— L'inspectrice Griffith est là ?

— Elle s'est absentée un moment, elle ne va pas tarder à revenir. Elle vous a apporté des vêtements et quelques affaires de première nécessité.

Elizabeth le regarda avec des yeux ronds.

— Vous lui avez donné vos clés, et lui avez dit qu'elle pouvait aller chez vous, prendre des vêtements, votre brosse à dents, ce genre de trucs.

— Ah oui, je me souviens.

– Vous voulez du café ? De l'aspirine ?

– Je… Je voudrais prendre une douche, si c'est possible.

– Bien sûr, acquiesça-t-il avec un sourire.

Il avait les yeux bleus, d'un bleu profond et chaleureux.

– Je vous apporte votre sac, ajouta-t-il. Je suis ici avec le marshal adjoint Theresa Norton. Nous sommes là pour vous protéger, Elizabeth. Liz, peut-être ? On vous appelle Liz, d'habitude ?

– Julie m'appelait Liz, murmura-t-elle, les yeux brûlants de larmes.

– Je suis désolée pour votre amie. Vous traversez une rude épreuve, Liz. Mais Theresa et moi-même veillons sur vous, à présent.

– Ils me tueront s'ils me retrouvent. Je le sais.

Il plongea ses yeux bleus dans les siens.

– Ils ne vous retrouveront pas. Vous pouvez me faire confiance : avec nous, vous ne risquez rien.

Elle voulait le croire. Il avait un visage bienveillant, mince, intelligent et instruit.

– Pendant combien de temps devrai-je me cacher ?

– Chaque chose en son temps. Je vais vous chercher vos affaires.

Elle resta immobile jusqu'à ce qu'il revienne avec son sac de voyage.

– Voulez-vous que je vous prépare quelque chose à manger pendant que vous faites votre toilette ? Je ne suis pas un cordon-bleu, mais je ne vous empoisonnerai pas.

– Merci. Je veux bien, oui, si ça ne vous dérange pas.

– Pas le moins du monde.

– Où se trouve la salle de bains ?

– Par là, à droite.

Il la suivit des yeux, prit sa tasse de café, puis la reposa lorsque sa collègue arriva de l'extérieur.

– Elle est réveillée. On lui donnerait plutôt douze ans que vingt et un. Elle n'aurait jamais dû mettre les pieds dans cette boîte.

– Tu as vu le permis qu'elle a fabriqué ? Digne d'un faussaire de haut vol. Comment va-t-elle ?

Petite, musclée, un visage de poupée, Theresa se servit un café.

– Comme tu peux l'imaginer. Je n'ai jamais vu une fille de son âge aussi polie. Elle a demandé si Griffith était là, mais pas posé la moindre question à propos de sa mère. Ça en dit long sur leurs relations… Je vais lui préparer des œufs et du bacon.

Joignant le geste à la parole, il ouvrit le réfrigérateur.

– J'appelle le procureur ? Il a dit qu'il voulait lui parler dès que possible.

– Laisse-lui le temps de se remplir le ventre. Mais, ouais, autant qu'il la voie ici et qu'elle comprenne la gravité de sa situation avant qu'on la transfère.

– Sa jeunesse est fichue… Elle va passer les plus belles années de sa vie en résidence protégée. Comment une gamine suffisamment intelligente pour entrer à Harvard à seize ans a-t-elle pu se fourrer dans un tel pétrin ?

– On a vite fait de se fourrer dans le pétrin, à seize ans, répondit John en déposant deux tranches de bacon dans une poêle.

– Bon, je vais appeler le proc'. Je lui dis de venir dans deux heures. Ça laissera le temps à la petite de s'habiller, de manger un morceau et de se ressaisir.

– Par la même occasion, renseigne-toi sur l'heure d'arrivée de sa mère.

– OK.

5

Lorsque Elizabeth revint dans la cuisine, en jean et tee-shirt bleu ciel festonné de dentelle, John lui avait servi une assiette de bacon, œufs sur le plat et pain de mie grillé.

Elle regarda l'assiette.

– C'est copieux.

Du bacon ? Sa nutritionniste aurait fait une crise cardiaque. À l'idée de sa réaction, elle esquissa un sourire.

– Tu as l'air affamée.

Sans se départir de son sourire, elle se tourna vers John.

– Je le suis. Mais je n'ai pas le droit de manger du bacon, en principe.

– Pourquoi ?

– Aliment industriel, sodium, graisse animale. Ma mère et ma diététicienne m'ont établi un régime très strict.

– Ah bon ? Comme tu veux, mais ce serait dommage de le jeter.

Alléchée par l'odeur, Elizabeth prit place à table.

– Je suis bien d'accord, d'autant plus que vous vous êtes donné la peine de cuisiner pour moi.

Elle goûta un morceau de bacon, ferma les yeux.

– Hmm… c'est bon.

– Tout est bon dans le cochon, approuva John en posant à côté de son assiette un grand verre de jus de fruit et trois comprimés d'aspirine. Prends-les, lui dit-il. Pour la gueule de bois, c'est souverain.

Le sourire d'Elizabeth s'effaça.

– Nous n'aurions pas dû boire.

59

– Non, mais tu fais toujours ce que tu devrais ?

– Oui. Enfin, jusqu'à hier, oui. Et si j'avais fait ce que j'aurais dû faire, hier, Julie serait toujours vivante.

– Liz, Julie est morte parce que Korotkii est un assassin sans pitié, et les Volkov des gens très dangereux. Julie et toi, vous avez agi sottement, c'est un fait. Pour autant, elle ne méritait pas de mourir. En tout cas, tu n'es pas responsable. Prends les aspirines, bois ton jus de fruit. Et mange.

Elle obéit, davantage par habitude que par réel désir, à présent. Néanmoins, elle se régala.

– Que va-t-il se passer maintenant ?

John apporta sa tasse de café à la table et s'assit en face d'elle.

– La suite des événements dépend en grande partie de toi.

– Parce que mon témoignage est nécessaire pour inculper Korotkii de meurtre, son acolyte de complicité et Ilya de complicité par assistance. Serguei Volkov pourrait également être inquiété. Si j'ai bien compris, c'est lui le plus recherché par la police. J'en déduis qu'il est à la tête de l'organisation.

John se renversa contre le dossier de sa chaise.

– Tu es rudement au courant, dis donc.

– J'ai suivi des cours de droit criminel sur Internet, et j'ai beaucoup lu sur le sujet.

– Depuis hier ?

– Non, répondit-elle dans un rire étranglé. Depuis que je suis à la fac. C'est un domaine qui m'intéresse.

– Tu ne fais pas des études de médecine ?

Elle baissa les yeux sur son assiette, découpa consciencieusement un morceau de blanc d'œuf.

– Si.

John se leva, ouvrit le réfrigérateur, y prit une cannette de Coca, puis une deuxième, qu'il lui montra avec un regard interrogateur.

– En principe, je n'ai pas le droit… Mais je veux bien, merci.

Il décapsula les deux cannettes, puis se rassit. Une jeune femme blonde entra dans la cuisine.

– Liz, je te présente le marshal adjoint Norton. Theresa, Liz.

– Comment vous sentez-vous, Liz, aujourd'hui ?

– Mieux, je vous remercie.

– Liz me demandait ce qui allait se passer maintenant, bien qu'elle semble au fait des procédures. Theresa a contacté le bureau du procureur. Quelqu'un va venir prendre ta déposition. Si ta mère n'est pas encore arrivée, un représentant des Services de l'enfance assistera à l'entretien. Ta coopération est volontaire, Liz, mais…

– Je pourrais être citée à comparaître, en tant que témoin capital. Ce ne sera pas nécessaire. Je dois coopérer, je témoignerai de mon plein gré. Pouvez-vous me dire si les Volkov font partie de la mafia russe ?

– Entre ce que nous pensons et ce que nous pouvons prouver…

– Je veux savoir ce que vous pensez. Il me semble important de pouvoir me faire une idée de la situation. Je suis peut-être mineure, légalement, mais je ne suis plus une enfant. J'ai un QI de 210, et d'excellentes capacités de compréhension. Je me suis conduit bêtement, je le reconnais, mais je ne suis pas idiote. Si les deux meurtres auxquels j'ai assisté ont été commandités par le *pakhan*, le parrain, je suis une cible. Si je décide de témoigner, Korotkii, ou quelqu'un d'autre, se chargera de me réduire au silence. Et pour peu qu'ils ne m'aient pas éliminée avant, et que mes déclarations mènent à des arrestations, ils me traqueront sans relâche pour me tuer, en représailles.

Elle s'interrompit pour boire une gorgée de Coca, à même la cannette, se surprenant elle-même par ce geste.

– Je n'étais pas dans mon état normal, hier soir, ou plutôt ce matin, reprit-elle. À cause de l'alcool, et du choc. Je ne me rendais pas vraiment compte de la situation. Je suis maintenant parfaitement lucide. Si les Volkov ne sont que des escrocs, je risque déjà gros. S'ils font partie de la mafia Rouge, c'est encore pire. Je veux savoir.

Elle regarda les deux agents échanger un regard.

– Dès que j'aurai accès à un ordinateur, ajouta-t-elle, je pourrai me renseigner par moi-même.

– Je m'en doute, murmura John. Nous pensons, nous savons, même, pour être honnête, que les Volkov appartiennent au crime organisé. Nous savons qu'ils sont impliqués dans des trafics d'armes, d'êtres humains, de drogue, dans des fraudes informatiques – c'est leur spécialité. Ils pratiquent aussi l'extorsion, et diverses formes de banditisme. Ils forment une organisation tentaculaire, avec des entreprises légales considérables : night-clubs, restaurants, boîtes de strip-tease, immobilier, etc. Ils ont déjà eu maille à partir avec la justice, mais la hiérarchie reste intouchable. Nous savons que Korotkii est l'homme de main de Serguei Volkov. Mais nous n'avons jamais réussi à l'interpeller.

— Il a pris du plaisir à tuer Alex. Il éprouvait pour lui un profond mépris. Julie, en revanche… Tuer Julie l'a ennuyé, ni plus ni moins. Je suis désolée, je ne peux pas finir mon assiette.

— Ce n'est pas grave.

Elle contempla ses mains un instant, puis releva les yeux vers John.

— Je ne pourrai pas retourner à Harvard. Je ne pourrai pas retourner chez moi. Si je témoigne, je relèverai du Programme de protection des témoins, n'est-ce pas ?

— Vous anticipez, lui dit Theresa.

— Toujours. Sauf hier soir, et je le paie cher. Pourrai-je intégrer une autre université, sous un autre nom ?

— C'est possible, répondit John. Nous prenons soin de nos témoins, Liz. Tu pourras vérifier sur Internet.

— Je n'y manquerai pas. Ils ne savent pas qui je suis. Je veux dire, Ilya ne connaît que mon prénom, Liz. En plus, personne ne m'appelle jamais Liz. Et je… Avant d'aller au Warehouse 12, je me suis coupé et teint les cheveux. Je n'ai pas du tout cette allure, d'habitude.

— Votre coiffure vous va très bien, déclara Theresa.

— En temps normal, je n'ai pas du tout le même style vestimentaire qu'hier soir. Je peux peut-être témoigner sans qu'ils sachent qui je suis. Je suis consciente que les chances sont minces, mais j'aimerais essayer d'y croire. Pour l'instant, tout du moins.

Le mobile de Theresa sonna. Elle le sortit de son étui de ceinture.

— Norton, j'écoute. D'accord. Entendu, acquiesça-t-elle et elle coupa la communication. Votre mère arrive, Liz.

Elizabeth se leva et apporta son assiette dans l'évier.

— Je vais faire la vaisselle, dit-elle.

— Je l'essuie ?, proposa John.

— Non, si vous n'y voyez pas d'objection, j'aimerais être seule un moment avant de voir ma mère.

— Pas de problème, opina-t-il en lui posant une main sur l'épaule. Ne t'en fais pas, Liz, tout va bien se passer.

Elle hocha la tête, en prenant soin de garder les mains sous l'eau, de façon à ce qu'il ne les voie pas trembler.

Lorsque deux agents en civil firent entrer sa mère, elle avait repris contenance. Dans le salon sommairement meublé, elle se leva, et vit au premier coup d'œil que les excuses qu'elle avait préparées ne seraient pas du tout adéquates.

— Pour l'amour de Dieu, Elizabeth, qu'as-tu fait à tes cheveux ?

Décontenancée, elle se passa une main sur le crâne.

– Je... Je regrette.

– J'espère bien.

– Docteur Fitch, je suis le marshal adjoint Barrow, et voici le marshal adjoint Norton. La situation est délicate, des précautions maximales doivent être prises afin de protéger votre fille. Asseyez-vous, nous allons vous expliquer tout cela en détail.

– Ce ne sera pas nécessaire, je suis au courant. Si vous le permettez, j'aimerais m'entretenir avec ma fille seule à seule.

– Je suis désolé, docteur Fitch, dans l'intérêt de votre fille, l'un d'entre nous au moins doit rester en permanence avec elle.

Elizabeth jeta un coup d'œil à John. Ne l'avait-il pas laissée seule dans la cuisine, un instant plus tôt ?

– Très bien. Assieds-toi, Elizabeth.

Susan resta debout.

– Rien ne justifie ton comportement, dit-elle. Si les faits que l'on m'a rapportés sont exacts, tu as enfreint la loi en fabriquant des faux papiers, que tu as utilisés pour entrer dans un night-club avec une autre mineure. Où tu as consommé de l'alcool. Est-ce vrai ?

– Oui.

– Tu as ensuite accompagné chez lui un homme que tu ne connaissais pas. As-tu eu des relations sexuelles avec lui ?

– Non.

– Je dois absolument savoir la vérité. Tu as peut-être contracté une MST, ou une grossesse.

– Je n'ai pas couché avec lui, ni avec personne.

Susan dévisageait sa fille froidement, comme elle aurait examiné un spécimen au microscope.

– Je ne te crois pas. Tu subiras un examen dès que possible. Tout acte entraîne des conséquences, tu le sais.

– Je n'ai pas couché avec lui ni avec personne, répéta Elizabeth platement. Julie a couché avec Alex, elle est morte. La conséquence me semble disproportionnée, par rapport à l'acte.

– Vous vous êtes mises en danger.

Les paroles de sa mère la cinglaient comme des pierres.

– Je sais. Je n'ai pas d'excuse.

– Il n'y en a pas. Cette fille est morte, et tu es sous protection judiciaire. Tu devras aussi sans doute répondre d'inculpations criminelles.

– Docteur Fitch, intervint John, je puis vous assurer qu'il n'y aura pas d'inculpations.

— Est-ce vous qui décidez ? rétorqua Susan, et elle se retourna aussitôt vers Elizabeth. Les filles de ton âge commettent des erreurs de jugement, c'est un fait, et ont besoin de défier l'autorité, je te l'ai concédé lors de la conversation que nous avons eue avant mon départ pour Atlanta. Je ne m'attendais toutefois pas à un tel gâchis de la part de quelqu'un d'aussi intelligent que toi, à qui l'on a donné la meilleure éducation qui puisse être. Tu peux remercier la Providence d'être toujours en vie.

— Je me suis enfuie.

— Il te restait au moins un minimum de bon sens. Maintenant, va chercher tes affaires. Je vais passer un coup de fil à l'hôpital. Un gynécologue t'examinera et nous rentrerons à la maison.

— Mais… je ne peux pas rentrer à la maison.

— Ce n'est pas le moment de manifester ton indépendance.

— Elizabeth est sous la protection de l'US Marshals Service, déclara John. Elle est l'unique témoin d'un double homicide. L'homme qui a commis ces meurtres est soupçonné d'appartenir au clan Volkov, la mafia russe, docteur Fitch, au cas où vous n'en auriez pas encore été informée.

— On m'a dit que cet homme ne l'avait pas vue, répliqua Susan sur le ton sans appel du médecin chef, et que ni lui ni ses associés ne connaissaient le nom de ma fille. J'ai l'intention de la ramener à la maison, où elle recevra une sanction appropriée pour sa conduite malheureuse.

— Quelles que soient vos intentions, docteur Fitch, Liz est sous la protection de l'US Marshals Service.

John s'exprimait si posément que Susan en resta sans voix.

— Elle sera transférée ce soir en un lieu plus sûr que celui-ci, poursuivit-il. Votre domicile n'est pas un lieu sûr, et sa sécurité est notre priorité. J'imagine qu'elle est aussi la vôtre.

— J'ai les moyens de faire appel à des services de sécurité privés, au besoin. J'ai contacté mon avocat. On ne peut pas forcer Elizabeth à témoigner.

— Ils ne me forcent pas, j'ai accepté.

— Tu continues à faire preuve d'un piètre jugement. C'est moi qui décide.

Il l'avait appelée Liz, songea Elizabeth. Il l'avait appelée Liz et il avait bravé le Dr Susan L. Fitch, devant elle. Elle serait donc Liz. Elle ne s'écraserait pas, comme Elizabeth.

— Non, dit-elle, et le monde ne s'écroula pas. Je dois témoigner. Je ne peux pas rentrer à la maison.

Le choc se peignit sur le visage de Susan.

– As-tu la moindre idée des conséquences que cela va entraîner ? Tu ne pourras pas participer à l'université d'été, ni poursuivre tes études à Harvard l'an prochain. Tu prendras du retard et tu mettras ta vie, Elizabeth, ta vie, entre les mains de personnes dont le seul but est d'arrêter cet homme, quoi qu'il t'en coûte.

– Julie est morte.

– Et l'on n'y peut rien changer, mais cette décision risque de ruiner ta vie, tes projets, ton avenir.

– Comment pourrais-je rentrer à la maison comme s'il ne s'était rien passé ? Reprendre le cours de ma petite vie ? De toute façon, tes projets n'ont jamais été les miens. Si le but est d'arrêter les assassins, je ferai tout pour qu'il soit atteint. Le tien se limite à ce que je t'obéisse, à ce que je suive le chemin que tu m'as tracé. Je ne peux pas. Je ne peux plus. Je dois essayer de faire ce qui me semble juste. Voilà la conséquence, mère. Et je l'accepte.

– Tu ne fais qu'aggraver ton erreur.

– Docteur Fitch, le procureur fédéral va venir s'entretenir avec Liz…

– Elizabeth.

– Vous serez là pour entendre ce qu'il lui dira, quelles mesures vont être prises. Vous pourrez ensuite prendre le temps de la réflexion. Je comprends que vous soyez en état de choc. Nous vous transférerons, vous et votre fille, quelque part où vous pourrez rester ensemble quelques jours, le temps de considérer tous les aspects de la situation, de discuter.

– Je n'irai nulle part avec vous, rien ne m'y oblige. Elizabeth, je te laisse deux jours pour reprendre tes esprits. Je dirai au Dr Frisco que tu es malade et que tu rattraperas les cours que tu as manqués. Réfléchis bien, Elizabeth, avant qu'il soit trop tard pour faire machine arrière.

Elizabeth ne répondit pas. Susan pinça les lèvres.

– Contacte-moi quand tu voudras rentrer à la maison, dit-elle. Au revoir, marshall.

Et elle se dirigea vers la porte. John la devança.

– Un instant, madame Fitch.

Puis, dans sa radio :

– Ici Barrow. Mme Fitch s'en va. Escortez-la jusqu'à son domicile.

« Entendu. Qu'elle sorte. La voie est libre ».

– Vous n'approuvez pas ma décision, dit Susan.

– Vous vous fichez royalement de mon approbation, mais non. Non, pas du tout.

– Vous avez raison, je n'ai que faire de votre approbation.

Là-dessus, elle prit congé sans un regard en arrière.

Theresa s'assit sur le bras du fauteuil d'Elizabeth et lui posa une main sur l'épaule.

– Tout le monde ne réagit pas de la même manière, dans la peur et l'affolement, dit John.

– Elle n'a pas peur, elle est en colère, ce que je comprends.

– Elle commet une erreur, dit Theresa. C'est ta mère, je sais, mais permets-moi de te dire qu'elle ne sait pas ce qu'elle fait.

– Elle ne commet jamais d'erreur, et elle n'a jamais été une mère pour moi. Je peux aller un moment dans la chambre ?

– Bien sûr, acquiesça John. Mais tu sais, Liz, les gens qui ne commettent jamais d'erreur, ça n'existe pas.

– Quelle garce… murmura Theresa lorsque Elizabeth eut quitté la pièce. Il faut avoir un cœur de pierre pour traiter sa fille comme ça dans de pareilles circonstances.

– À aucun moment elle ne l'a touchée. À aucun moment, elle ne l'a prise dans ses bras. Elle ne lui a même pas demandé comment elle allait, elle ne lui a même pas dit qu'elle était contente qu'elle soit saine et sauve. Cette gamine sera sans doute mieux sous protection judiciaire qu'elle ne l'était dans son contexte familial.

Elizabeth passa deux heures avec M. Pomeroy, du bureau du procureur. Elle dut faire de nouveau le récit de la nuit précédente. Pomeroy était accompagné de trois collègues en costume sombre. L'un d'eux prenait des notes, alors que l'interrogatoire était enregistré. Les inspecteurs Riley et Griffith étaient eux aussi présents, si bien que la petite pièce semblait pleine à craquer.

Pomeroy se renversa contre le dossier de sa chaise, les sourcils froncés.

– Vous dites avoir bu plusieurs cocktails alcoolisés, Elizabeth. Combien ? Trois, quatre ? Davantage ?

– Un peu plus de quatre, je n'ai pas fini le dernier. Arrivée chez Alex, je lui ai demandé un verre d'eau. Il m'a préparé un autre cosmo, mais je n'en voulais plus. Je ne me sentais pas bien.

– Vous avez d'ailleurs été malade. Après quoi, vous avez somnolé sur la terrasse. Consommez-vous régulièrement de l'alcool ?

– Jamais. À part une goutte de vin de temps en temps. Ma mère tient à ce que je développe mon palais. C'était la première fois que je buvais des cocktails.

– Votre première expérience, donc, des alcools forts. Vous en avez absorbé presque cinq verres, vous avez vomi, vous vous êtes endormie, ou vous avez perdu connaissance. Et vous prétendez pouvoir identifier les individus qui ont abattu Alexi Gurevich et Julie Masters ? À quelle distance vous trouviez-vous ?

– Trois ou quatre mètres. Je les ai vus très distinctement. Ils étaient dans la lumière.

– Êtes-vous sûre d'avoir bien vu, avec tout l'alcool que vous aviez ingurgité, après avoir été malade ?

Honteuse, elle baissa les yeux sur ses mains, croisées sur ses genoux.

– Je n'étais sans doute pas au mieux de mes capacités de réaction et de jugement. Mais je voyais et j'entendais parfaitement bien.

Pomeroy fit un signe de la tête à l'un de ses assistants, qui aligna une série de photos sur la table.

– Reconnaissez-vous l'un de ces hommes ?

– Oui, répondit Elizabeth en désignant l'un des clichés. C'est Yakov Korotkii, celui qui a tué Alex et Julie. Il a les cheveux plus courts, maintenant.

– L'aviez-vous déjà rencontré ?

– Jamais. C'était la première fois que je le voyais.

Le procureur rassembla les tirages. Son collaborateur en étala une deuxième série.

– Et là, reconnaissez-vous quelqu'un ?

– Yegor. J'ignore son nom de famille. Il était avec Korotkii. Il a immobilisé Alex et l'a forcé à se mettre à genoux.

Une nouvelle série de photos remplaça la précédente.

– Et là ?

– Ilya, murmura Elizabeth, les lèvres tremblantes, en le désignant. Ilya Volkov. Il n'est arrivé qu'après… quelques minutes après… Julie et Alex étaient déjà morts. Il était en colère. Il parlait en russe.

– Comment savez-vous qu'il était en colère ?

– Je parle un peu le russe. Voulez-vous savoir ce qu'ils se sont dits ?

– S'il vous plaît.

Elle prit une inspiration, rapporta la conversation.

– Et je me suis enfuie. Je savais que s'ils me trouvaient, ils me tueraient. Ensuite, j'ai appelé le 911.

– C'était ce qu'il fallait faire. Dès que nous aurons arrêté ces hommes, vous serez convoquée à une séance d'identification. Eux ne vous verront pas.

– Oui, je sais.

– Votre témoignage nous aidera à mettre des individus très dangereux derrière les barreaux. Nous vous en sommes infiniment reconnaissants.

– Je vous en prie.

Pomeroy esquissa un sourire.

– Nous aurons prochainement l'occasion de nous reparler. Nous sommes appelés à nous revoir souvent dans les semaines à venir. Si vous avez besoin de quelque chose, Elizabeth, de quoi que ce soit, l'un des marshals vous l'apportera. Vous pouvez aussi me contacter. N'hésitez pas, nous sommes à votre disposition.

– Merci.

La tension dont elle n'avait pas eu conscience jusque-là se relâcha au départ de Pomeroy.

Comme Theresa l'avait fait plus tôt, Griffith s'assit sur le bras de son fauteuil.

– Il a été dur avec toi parce que de rudes épreuves t'attendent encore. Ce ne sera pas facile de témoigner. La défense fera tout pour te discréditer.

– Je sais. Participez-vous toujours à l'enquête ?

– Elle relève de la juridiction du procureur, mais nous y collaborons. Comment te sens-tu ?

– Ça va. Tout le monde a été très gentil avec moi. Merci d'être allée me chercher mes affaires.

– Il n'y a pas de quoi. As-tu besoin d'autre chose ?

– Mon ordinateur portable. J'aurais pu y penser plus tôt, mais j'avais l'esprit confus.

– Tu ne pourras pas envoyer d'e-mails, ni participer à des discussions en ligne ou poster des messages.

– Ce n'est pas pour ça. Je veux étudier, faire des recherches. Si je pouvais avoir mon ordinateur, certains de mes livres…

– Je m'en occupe.

Voilà qui la réconfortait.

À la tombée de la nuit, elle monta en voiture avec John et Theresa. Griffith et Riley les suivaient, un autre véhicule les précédait.

Ils pénétrèrent dans le garage d'une modeste maison à deux niveaux, au fond d'un grand jardin. À l'exception de leur voiture, le garage était vide – pas d'outils, pas de caisses, pas de bric-à-brac. La porte menant à la partie habitation était pourvue de plusieurs verrous.

L'homme qui l'ouvrit avait les cheveux grisonnants. Presque aussi grand que John, plus costaud, en jean et polo blanc, il portait une arme au côté, dans un holster.

Il s'écarta pour les laisser entrer dans la cuisine, plus spacieuse que celle qu'ils venaient de quitter. L'électroménager était plus moderne, et le sol carrelé de beige.

– Liz, voici le marshal adjoint Cosgrove.

– Bill, se présenta-t-il en lui serrant la main avec un sourire engageant. Bienvenue. Ma collègue Lynda Peski est en train de faire une ronde à l'extérieur. Cette nuit, c'est nous qui veillerons sur vous.

– Ce n'est plus...

– Nous reviendrons demain matin, lui dit John. Mais nous attendons que tu sois installée avant de partir.

– Je te montre ta chambre ? suggéra Theresa.

Et avant qu'Elizabeth ait pu acquiescer ou protester, elle s'empara de son sac et s'engagea dans le couloir.

– Elle paraît plus jeune que je l'imaginais, commenta Bill.

– Elle est épuisée, et encore un peu sonnée. Mais elle est solide. Elle a répondu pendant deux heures aux questions de Pomeroy, sans flancher. Les jurés l'adoreront.

– Une adolescente qui fera tomber les Volkov... fit Bill en secouant la tête. Incroyable...

Issu d'une misère noire, Serguei Volkov, dans la fleur de l'âge, était aujourd'hui un homme fortuné. À dix ans, déjà un voyou accompli, il connaissait chaque recoin, chaque trou à rats de son sordide ghetto de Moscou. Il avait treize ans lorsqu'il avait commis son premier meurtre. Il avait égorgé sa victime avec un couteau de combat de fabrication américaine volé à un rival, un garçon de seize ans à qui il avait cassé le bras.

Il avait toujours ce couteau.

Petit à petit, il s'était élevé dans les rangs de la *bratva*[3] moscovite. Avant son dix-huitième anniversaire, il avait été promu capitaine. L'ambition l'avait mené plus haut encore. À la chute de l'Union soviétique, par un coup sanglant et impitoyable, il avait pris la tête de l'organisation, avec son frère Mikhail. En cette trouble période de transition, il s'était constitué un réseau dans les sphères les plus puissantes du pays.

———

3. Mafia russe.

Il avait épousé une femme au visage avenant et aux goûts de luxe, qui lui avait donné deux filles, deux filles auxquelles, à sa très grande surprise, il vouait une tendresse infinie. Il avait pleuré la première fois qu'il les avait tenues dans ses bras, à leur naissance, submergé de joie, d'émerveillement et de fierté.

Mais lorsque, enfin, il avait tenu son fils, il avait gardé les yeux secs. Cette joie et cette fierté-là étaient trop fortes pour les larmes.

Ses enfants, l'amour qu'il leur portait et les ambitions qu'il nourrissait pour eux l'avaient poussé à émigrer en Amérique, où il pourrait leur offrir des opportunités, une vie plus riche.

Il avait marié sa fille aînée à un avocat, et tenu dans ses bras le premier de ses petits-enfants. Il en avait pleuré. À la seconde de ses filles, l'artiste, la rêveuse, il avait acheté une galerie d'art.

Quant à son fils, ah ! son fils, l'homme d'affaires diplômé de l'université de Chicago, là était son digne héritier : intelligent, fort, clairvoyant, courageux. Tous les espoirs, toutes les aspirations du petit bandit moscovite s'étaient réalisés dans ce garçon.

En attendant Ilya, Serguei jardinait dans sa propriété de la Gold Coast. Quelques fils d'argent dans ses cheveux bruns, d'épais sourcils noirs au-dessus d'un regard d'onyx, Serguei était un bel homme, qui entretenait sa forme physique avec rigueur et satisfaisait sa femme, sa maîtresse, à l'occasion une fille de petite vertu.

Ses jardins étaient sa seconde source de fierté. Il avait des jardiniers et des paysagistes, bien entendu, mais il passait lui-même plusieurs heures par semaine à entretenir ses massifs et planter de nouveaux spécimens. S'il n'était pas devenu *pakhan*, Serguei avait la conviction qu'il aurait pu s'épanouir dans l'existence très simple d'un jardinier.

En short, des étoiles tatouées sur ses genoux maculés de terre, il continua de bêcher en entendant son fils approcher.

– Alors, tu l'as retrouvée ? demanda-t-il à Ilya.

– Pas encore, mais ça ne saurait tarder. J'ai envoyé l'un de mes hommes à Harvard. Dès que nous connaîtrons son nom, ce sera un jeu d'enfant.

– Les femmes mentent, Ilya.

– Je ne crois pas qu'elle ait menti sur ce point. Elle étudie la médecine là-bas, bon gré mal gré. Sa mère est chirurgien, ici, à Chicago. À mon avis, c'est vrai aussi. On est sur les traces de la mère.

Ilya s'accroupit devant le parterre coloré.

– Je n'irai pas en prison, dit-il.

– Non, tu n'iras pas en prison. Pas plus que Yakov. J'y veillerai. Mais je ne suis pas content que l'un de mes plus valeureux capitaines soit enfermé dans une cellule.

– Il ne parlera pas.

– Je ne me fais pas de souci, il ne dira rien. Yegor non plus. La police américaine ? *Musor* ! siffla Serguei avec un geste méprisant. Ils n'arriveront pas à faire craquer des hommes comme eux, et nous convaincrons le juge de les libérer. C'est cette fille qui m'inquiète, Ilya. Elle a tout vu, et elle est encore en vie. Yakov ne savait pas qu'elles étaient là, elle et son amie.

– Si je n'avais pas été retenu au Warehouse, j'aurais fait en sorte qu'il n'y ait pas de témoin.

– Mauvaise communication. Un problème qu'il faudra régler.

– Tu m'avais dit de le surveiller, papa, de le tenir à l'œil jusqu'à ce qu'on le discipline.

Ilya se redressa et remonta ses lunettes de soleil.

– Je lui aurais coupé moi-même la main pour le punir d'avoir escroqué la famille, ajouta-t-il. Tu lui as tout donné, mais il voulait toujours plus. Plus de pognon, plus de came, plus de femmes. Mon cousin… *Suki*. Ce traître nous crachait à la figure.

– Nous n'avons appris qu'hier soir qu'il avait été arrêté et qu'il avait passé un marché avec les flics. Il fallait agir vite. J'ai envoyé Yakov et Yegor chez lui. Peut-être avons-nous confondu vitesse et précipitation. L'erreur est humaine, comme disent les Ricains.

– Je devais le tenir à l'œil, répéta Ilya. Et cette fille m'intriguait. Elle était fraîche, naturelle. Triste. Un peu triste. Elle me plaisait.

– Une de perdue, dix de retrouvées ! Celle-ci est déjà morte. Tu restes dîner avec nous, n'est-ce pas ? Tu ferais un immense plaisir à ta mère, et à moi aussi.

– Bien sûr, papa.

6

Deux semaines avaient passé, plus le début d'une troisième. Elizabeth pouvait compter sur les doigts d'une main le nombre de fois où elle avait été autorisée à sortir de la maison. Toujours accompagnée.

Elle n'était jamais seule.

Elle qui avait tant désiré de la compagnie, elle trouvait à présent le manque de solitude plus oppressant que les quatre murs de sa chambre.

Elle avait son ordinateur portable, accès bloqué au courrier électronique et aux forums de discussion. Par ennui, et par curiosité, elle avait craqué les systèmes de verrouillage. Non qu'elle eût l'intention de contacter quiconque, elle en retirait juste la fierté d'avoir réussi.

Elle gardait ce petit triomphe pour elle.

Elle faisait des cauchemars, qu'elle gardait aussi pour elle.

On lui apportait des livres, des disques. Elle n'avait qu'à demander. Dévorer la fiction et la musique populaires désapprouvées par sa mère aurait dû lui procurer un sentiment de liberté. Mais non, elle ne prenait que davantage conscience de tout ce qu'elle avait manqué, du peu qu'elle connaissait de la vraie vie.

Sa mère n'était pas revenue.

Chaque matin, John et Theresa prenaient la relève de l'équipe de nuit. Chaque soir, Bill et Lynda prenaient la leur. Parfois, ils préparaient à manger. Les petits déjeuners semblaient être la spécialité de John. La plupart du temps, ils apportaient des plats tout prêts. Des pizzas ou des hamburgers, du poulet ou des spécialités chinoises. Par mauvaise conscience, Elizabeth s'était mise à la cuisine. Les recettes n'étaient que des formules, découvrit-elle. Les modifier relevait de l'expérience.

Cette nouvelle occupation lui plaisait. Elle aimait les arômes et les textures des aliments, éplucher, émincer, surveiller la cuisson,

– Qu'y a-t-il au menu aujourd'hui ?

Assise devant la table, elle se tourna vers John qui venait d'entrer dans la cuisine.

– Je crois que je vais tester un sauté de poulet.

– Bonne idée, acquiesça-t-il en se servant un café. Ma femme en fait, de temps en temps, aux légumes. C'est la seule manière d'en faire manger aux petits.

Elle savait que John et son épouse Maddie avaient deux enfants : un garçon de sept ans, Maxfield, en hommage au peintre Maxfield Parrish ; et une fille de cinq ans, Emily, comme Emily Brontë. Il lui avait montré des photos, tirées de son portefeuille, et raconté des anecdotes amusantes. Afin de paraître plus humain, elle l'avait compris. Et elle le voyait en effet désormais sous un autre jour, mais force lui avait été également de prendre conscience qu'elle n'avait elle-même aucune anecdote amusante à raconter sur son enfance.

– Est-ce qu'ils se font du souci pour vous ? Parce que vous travaillez dans la police ?

– Max et Em ? Ils sont trop petits. Ils savent que je poursuis les méchants, pour l'instant ça s'arrête là. Maddie s'en fait sûrement un peu, oui, forcément. Et elle est souvent seule à la maison, ce n'est pas facile.

– Vous m'avez dit qu'elle était greffière.

– Oui, jusqu'à la naissance de Max. On s'est rencontrés au tribunal, le plus beau jour de ma vie. Tout juste si je me rappelais mon nom, assis à côté d'elle. La plus belle femme que j'avais jamais vue. Je ne sais pas comment j'ai réussi à la convaincre de venir prendre un verre avec moi, encore moins de m'épouser.

– Vous êtes un homme très solide, et séduisant. Vous êtes gentil, large d'esprit, vous vous intéressez à plein de choses. Et le fait que vous représentiez la loi, portiez une arme, peut plaire aux femmes, à un niveau viscéral.

Les yeux rieurs, il s'assit à la table.

– Tu ne ressembles à personne, Liz.

– C'est bien ce qui me désole…

– Il n'y a pas de raison. Tu es d'une intelligence effarante, courageuse, sensible, et tu t'intéresses à plein de choses, toi aussi : la science, la justice, la santé et l'alimentation, la musique, la littérature, la cuisine maintenant.

– Vous m'apprendriez à manier une arme à feu ?

Il la regarda par-dessus sa tasse de café.

– Pour quoi faire ?

– Élargir mes centres d'intérêt.

– Liz…

– Je fais des cauchemars. Je n'arrête pas de rêver de la nuit des meurtres. C'est normal, je sais, mais…

– Mais c'est dur.

– Oui, acquiesça-t-elle. Je rêve aussi de la séance d'identification. Korotkii me regarde, à travers le miroir sans tain, et il me voit, je le sais, parce qu'il a un sourire vicieux. Il sort un pistolet de derrière son dos. Personne ne réagit. Et il tire à travers la vitre.

– Il ne t'a pas vue, Liz.

– Je sais. C'est une crainte irrationnelle, subconsciente. J'essaie d'en faire abstraction, de m'occuper tout le temps pour ne pas y penser.

– Tu voudrais que je contacte ta mère ?

– Pourquoi ?

Devant l'étonnement sincère d'Elizabeth, John réprima un juron.

– Tu sais qu'un psychologue se tient à ta disposition. Tu as jusqu'à présent refusé de le voir, mais…

– Je n'ai pas besoin d'un psy. Je comprends mes réactions. Je sais que je dois en passer par ce processus mental. Ce qui me dérange, c'est de me sentir impuissante, sans défense.

– Et tu crois qu'en apprenant à te servir d'une arme, tu te sentiras plus forte, moins vulnérable ?

– Je crois, oui.

– Alors je t'apprendrai.

John sortit son pistolet, retira le chargeur et le posa sur la table.

– C'est un Glock 19, modèle standard. Le magasin contient quinze balles, mais celui-ci n'est pas chargé. Pour l'instant, c'est plus prudent. D'ailleurs, commençons par parler de sécurité.

Après lui avoir exposé les règles de base, il l'invita à se lever et lui montra comment tenir l'arme, comment viser… lorsque Theresa entra dans la pièce.

– Grands dieux, John !

– Il n'est pas chargé, se hâta de préciser Elizabeth.

– Je répète : grands dieux !

– Laisse-nous une minute, s'il te plaît, Liz.

À contrecœur, davantage même qu'elle ne l'aurait imaginé, elle rendit le pistolet à John.

– Je monte dans ma chambre.

– Tu es dingue ou quoi ? s'écria Theresa sitôt qu'Elizabeth eut disparu.

– Elle veut apprendre à se servir d'une arme.

– Et moi, je veux George Clooney à poil dans mon lit. Ce n'est pas pour autant que je vais le kidnapper.

– Elle fait des cauchemars.

Theresa ouvrit le réfrigérateur et y prit un Coca.

– Je suis désolée pour elle, mais la laisser manipuler ton arme de service n'est pas une solution.

– Elle pense que si. Elle ne veut pas se sentir sans défense, et c'est tout à fait compréhensible. On a beau lui répéter à longueur de temps qu'elle est en sécurité, que nous la protégeons, il n'empêche qu'elle est impuissante, c'est vrai. Je conçois qu'elle en éprouve un sentiment de malaise.

– Moi aussi, John, moi aussi je comprends qu'elle ait peur, mais nous n'y pouvons rien.

– Sa vie ne sera plus jamais la même, nous ne devons pas l'oublier. Et n'oublions pas non plus, Theresa, qu'elle n'est pas qu'un témoin, mais une adolescente. Si ça peut l'aider de savoir se servir d'un pistolet, je suis prêt à lui apprendre. Parce qu'elle mérite au moins de dormir tranquillement.

– C'est vrai, tu as raison, mais…

– Mais quoi ?

– Je réfléchis.

– Très bien, continue de réfléchir. Pendant ce temps, je vais demander au boss l'autorisation de l'emmener au stand de tir.

– Autant frotter une lampe magique…

En souriant, John sortit son téléphone mobile et s'isola dans l'autre pièce. Avec un soupir, Theresa monta à l'étage, où elle frappa à la porte de leur jeune protégée.

– Entrez.

Elizabeth était assise en tailleur sur le lit.

– J'espère que vous n'en voulez pas à John. C'est ma faute.

Theresa s'assit au bord du lit.

– Non, j'ai été surprise, c'est tout. John m'a dit que tu fais des cauchemars.

– Dans mes cauchemars, je ne peux pas me défendre, et il me tue. C'est pour ça que je veux apprendre à tirer. Vous ne serez pas toujours là, John et vous, ou Bill et Lynda. Le jour où je ne pourrai plus compter que sur moi-même, je veux être capable de me défendre. Ma mère non plus ne sera pas là.

– Tu ne sais pas…

– Si, je sais, répliqua Elizabeth calmement, elle-même étonnée par son absence d'émotion. Lorsque viendra le moment où vous devrez me relocaliser, me donner une nouvelle identité, elle ne viendra pas avec moi. Sa vie est ici, sa carrière. J'aurai bientôt dix-sept ans. Si nécessaire, je peux demander à être émancipée. Je le serai. À dix-huit ans, je toucherai une partie de l'argent que ma mère et mes grands-parents ont placé pour moi. Le reste à vingt et un. En attendant, je peux travailler pour me payer mes études. Je sais un peu cuisiner maintenant. Mais je suis incapable de me défendre s'il m'arrive quelque chose.

– Tu es suffisamment intelligente pour t'être renseignée sur le programme de protection des témoins. Nous n'avons jamais perdu personne qui ait suivi nos consignes de sécurité.

– J'ai suivi des consignes toute ma vie, j'ai l'habitude !

– Ne t'énerve pas, Liz.

– Pardon, j'ai eu une réaction agressive. Mais le fait est qu'ils ne cesseront jamais de me traquer. Ils voudront se venger, me faire subir des représailles. Je sais que vous ferez tout votre possible pour qu'ils ne me retrouvent pas, mais j'ai besoin de savoir, si le pire venait à se produire, s'ils me retrouvaient, que je suis capable de me défendre.

– Il y a d'autres manières de se défendre qu'avec une arme.

– N'empêche que vous en portez une.

– Deux, même, corrigea Theresa en se tapotant le mollet. Arme d'appoint autorisée. Si tu veux apprendre à tirer, John te donnera des leçons. Mais il y a d'autres moyens. Je pourrais te montrer des techniques d'autodéfense.

Intriguée, Elizabeth se redressa.

– Des vraies techniques de combat ?

– Je pensais plutôt aux arts martiaux, mais, oui, si tu veux, je peux t'initier au combat rapproché.

– Je veux bien. Je suis une bonne élève.

– On verra, on en reparlera.

John se posta dans l'encadrement de la porte.

– Réveil à 5 heures, demain matin, annonça-t-il. Nous avons la permission d'utiliser le stand de tir.

– Merci. Merci mille fois.

– C'est OK pour toi, Theresa ?

– Cinq heures du mat', putain… Oui, c'est OK.

Trois fois par semaine, avant le lever du soleil, John l'emmenait au stand de tir du sous-sol. Elle s'habitua à la sensation du revolver entre ses mains, sa forme, son poids, le recul. Il lui apprit à viser dans la masse corporelle, à grouper ses tirs, à recharger.

Lorsque tomba la nouvelle que le procès était ajourné, elle évacua sa frustration sur la cible.

Les jours où elle ne s'entraînait pas à tirer, Theresa lui donnait des cours d'autodéfense. Elle apprit à utiliser à son avantage le poids et l'élan de son adversaire, à se dégager d'une prise, à frapper de l'épaule.

Elle faisait toujours des cauchemars. Mais plus toutes les nuits. Et parfois, dans ses cauchemars, c'était elle qui gagnait.

Au bout d'un mois, son ancienne existence semblait n'être plus qu'un souvenir. Elle vivait désormais dans la modeste maison à deux niveaux entourée d'une clôture de sécurité et dormait chaque nuit sous la garde des marshals fédéraux.

Lynda lui prêtait des romans d'amour, des policiers, des histoires d'horreur de sa propre bibliothèque. Lorsque vinrent les grosses chaleurs d'août, elle lui rafraîchit sa coupe de cheveux et lui montra comment retoucher les racines. Pour meubler les longues soirées, Bill lui apprit à jouer au poker.

Le temps passait avec une infinie lenteur.

– J'aimerais avoir de l'argent, dit-elle à John.

– Tu veux que je t'en prête ?

– C'est gentil mais, non, merci. J'ai un compte d'épargne. Je voudrais faire un retrait.

– Ce serait prendre des risques inutiles que d'aller à la banque. Si tu as besoin de quelque chose, il suffit de nous demander.

– Ma mère peut aller à la banque, elle. C'est comme le revolver, question de sécurité.

Elle y avait longuement réfléchi. Elle avait tout le loisir de réfléchir.

– Quand j'aurai témoigné, et que je serai relocalisée, tout ira très vite. À ce moment-là, j'aimerais avoir de l'argent, de l'argent à moi. Je serai plus tranquille si je sais que je peux subvenir moi-même à mes besoins, sans être obligée de demander.

— Quelle somme as-tu en tête ?

— Cinq mille dollars.

— C'est énorme, Liz.

— Pas tant que ça. Il me faudra un nouvel ordinateur, et d'autres choses. Je veux penser à demain. Pour l'instant, je vis dans un cocon, mais il faudra bien que j'en sorte un jour. Je dois penser au reste de ma vie, qu'importe où je serai, qu'importe qui je serai. Je veux retourner à l'école. J'ai un fonds destiné à financer mes études, il faudra le transférer. Mais j'aurai d'autres dépenses.

— Je verrai ce que je peux faire.

— J'aime votre réponse. Avec ma mère, c'est toujours oui ou non, jamais peut-être, parce que « peut-être », c'est de l'indécision. « Je verrai ce que je peux faire », ce n'est pas « peut-être », ce n'est pas de l'indécision. Ça veut dire que vous allez essayer. C'est mieux que non, et presque aussi bien que oui.

John hésita un instant avant de demander :

— Et ton père dans tout ça ? Tu ne parles jamais de lui. Je sais qu'il ne vit pas avec vous. Mais dans les circonstances...

— Je ne sais pas qui est mon père. Un donneur.

— Un donneur ?

— Oui. Quand ma mère a décidé d'avoir un enfant, de faire cette expérience, elle a sélectionné un certain nombre de donneurs, en fonction de leur physique, leur QI, leurs antécédents médicaux, leur histoire familiale, etc. Elle a retenu le meilleur candidat et elle s'est fait inséminer.

Elle s'interrompit, regarda ses mains.

— Je sais, c'est un peu choquant, ajouta-t-elle.

— Crois-tu ? murmura John.

— J'ai dépassé ses attentes, intellectuellement. J'ai toujours eu une santé excellente. Je suis svelte, robuste, pas trop vilaine. Ma mère m'a toujours donné ce qu'il y avait de mieux, en matière d'alimentation, de confort, d'éducation. Mais sur le plan affectif, il n'y a aucun lien entre elle et moi.

John en était malade, écœuré.

— C'est sa faute.

— J'ai longtemps cru que c'était la mienne, mais j'ai compris maintenant que je n'étais que sa créature. Elle m'a rejetée, elle m'a reniée, parce que je commençais à échapper à son contrôle. J'aurais peut-être pu faire en sorte qu'elle soit fière de moi, mais je n'aurais jamais rien pu faire pour qu'elle m'aime.

Incapable de se contenir, John la prit contre lui et lui caressa les cheveux, jusqu'à ce qu'elle pousse un long soupir.

– Tout va bien se passer, Liz.

– J'espère.

Par-dessus son crâne, il croisa le regard de Theresa, voilé de larmes. *Une bonne chose qu'elle ait entendu cette conversation*, pensa-t-il. Liz pouvait désormais compter sur le soutien sans faille et toute l'affection de deux marshals fédéraux.

Entouré de son frère et de son neveu, d'Ilya et de l'un de ses plus fidèles capitaines, en tablier rouge par-dessus sa chemisette et son pantalon de lin, sa Rolex et sa croix en or étincelant de mille feux sous le soleil de midi, Serguei surveillait le barbecue, l'une des rares traditions américaines qu'il avait adoptées. Sous l'œil vigilant des femmes, les enfants s'amusaient dans la piscine. Les plus grands jouaient à la boccia ou au volley sur la pelouse, leur musique à tue-tête. Une longue table était dressée à l'ombre, les boissons au frais dans des glacières.

Le *pakhan* n'aimait rien tant que les bruyantes réunions de famille.

Dans un nuage de fumée, il retourna les steaks et badigeonna les brochettes de légumes d'une marinade dont lui seul avait le secret.

– La mère reste jusque tard à l'hôpital, dit son neveu Misha. Elle dîne une fois par semaine avec son amant. Quatre fois par semaine, elle va faire de la gym dans un club huppé, où elle a son coach personnel. Elle va aussi régulièrement chez le coiffeur et chez la manucure. Elle vit comme si elle n'avait pas de fille.

Tout en déposant les brochettes sur un plateau, Serguei se contenta de hocher la tête.

– Je suis allé chez elle, enchaîna le capitaine. J'ai épluché ses appels téléphoniques : à l'hôpital, son amant, ses confrères médecins, le salon de coiffure. Aucun à la police, ni aux marshals ou au FBI.

– Elle doit bien voir sa fille, intervint Mikhail, plus enveloppé que son frère, les cheveux plus grisonnants. C'est une mère, tout de même.

– Je crois qu'elles ne sont pas très proches, déclara Ilya en sirotant une bière.

– Une mère est une mère, insista Mikhail. Elle sait forcément où est sa fille.

– On n'a qu'à l'enlever, suggéra Misha. Sur le chemin de l'hôpital. On saura… la persuader de nous dire où est sa môme.

– Si c'est une bonne mère, elle ne dira rien, répliqua Serguei en disposant les steaks sur un autre plateau. Elle préférera mourir. Si ce n'en est pas une, ce que nos sources semblent indiquer, elle ne sait peut-être pas. Si on s'en prend à elle, les flics transféreront la gamine et renforceront la sécurité. Mieux vaut ne pas toucher à la mère.

– Dans leur maison, reprit le capitaine, toutes les affaires de la gosse ont été mises dans des cartons.

– Vous voyez, ce n'est pas une bonne mère. Inutile de prendre des risques de ce côté-là. J'ai ma petite idée pour éliminer la gamine sans risquer d'être mis en cause. Dis à Yakov d'être patient, Misha. La prochaine fois que nous serons réunis, ce sera pour célébrer son retour. Allez, tout le monde à table.

L'été traînait en longueur et Elizabeth tentait de se convaincre que, si elle ne se trouvait pas là, elle aurait sans doute fini par consentir à suivre cette session universitaire à l'hôpital. Sinon, elle n'aurait pas fait grand-chose d'autre que ce qu'elle faisait ici. Étudier, lire. En prime, elle écoutait de la musique et regardait la télé. Grâce aux rediffusions estivales de *Buffy contre les vampires*, elle commençait à s'initier au langage des jeunes.

Quand elle retournerait à la fac, elle s'intégrerait plus facilement. Mieux valait considérer le côté positif de sa résidence forcée. Elle avait appris à tirer au pistolet, des techniques d'autodéfense, à jouer au poker.

Et elle ne deviendrait pas chirurgien.

En temps voulu, elle prendrait une nouvelle identité, un nouveau départ dans la vie, dont elle tirerait le meilleur parti. Elle étudierait ce qui lui plaisait. La carrière au FBI semblait compromise ; toutefois, elle se gardait de poser des questions à ce sujet. En l'absence de réponse définitive, elle conservait un peu d'espoir.

Elle s'était installée dans une routine confortable.

Son anniversaire ne bouleversa pas la routine. Elle avait dix-sept ans, voilà tout, elle ne se sentait pas différente. Cette année, il n'y aurait pas de repas de fête – côte de bœuf et légumes braisés, suivis d'un gâteau à la carotte. Elle n'aurait pas non plus la voiture que sa mère lui avait promise. Sous réserve, naturellement, de résultats scolaires à la hauteur.

Ce n'était qu'un jour comme les autres, un jour qui la rapprochait de sa comparution devant la cour et de ce qu'elle considérait comme la liberté.

Ni Theresa ni John n'y ayant fait allusion, elle supposait qu'ils avaient oublié sa date de naissance. Après tout, pourquoi s'en seraient-ils souvenus ? En cadeau, elle s'offrit une journée de relâche dans ses études, et décida de concocter un dîner qui sortait de l'ordinaire – surtout pas une côte de bœuf.

Il pleuvait à torrents. La cuisine n'en paraissait que plus chaleureuse.

– Hmm… ça sent bon ! la complimenta Theresa. Tu me donnes presque envie d'apprendre à faire autre chose que des macaronis au fromage.

– J'ai testé une nouvelle recette, des boulettes de bœuf en sauce.

– Elles ont l'air délicieuses.

– Si vous voulez en emporter chez vous, je vous en mettrai dans un récipient. J'en ai fait des tonnes. Vous aurez juste à faire cuire des pâtes.

– Au fait, j'ai reçu un coup de fil de Lynda : elle est malade. Steve Keegan la remplacera, ce soir. Je parie qu'ils vont manger comme des ogres, avec Bill.

– Ah… J'espère que Lynda n'a rien de grave. Vous le connaissez bien, le marshal Keegan ?

Elizabeth était toujours un peu contrariée par les changements de routine.

– Pas vraiment. John le connaît mieux que moi. C'est un gars qui a de la bouteille, Liz, ne t'inquiète pas.

– Non. C'est juste qu'il me faut un peu de temps pour m'habituer aux nouvelles têtes. Peu importe. Je lirai, après dîner, et je me coucherai probablement de bonne heure.

– Le jour de ton anniversaire ?

Les joues d'Elizabeth s'empourprèrent.

– Je n'étais pas sûre que vous le saviez.

En riant, Theresa se pencha au-dessus de la casserole pour en humer les arômes.

– Tu n'as pas de secrets, ici. Je sais que tu adores lire, mais tu n'aurais pas une idée plus amusante pour ton anniversaire ?

– Pas vraiment.

– Alors il te faut de l'aide, conclut-elle en quittant la pièce après avoir donné une tape sur l'épaule de la jeune fille.

Elizabeth regarda l'heure. La relève n'allait pas tarder. La sauce et les boulettes pouvaient mijoter jusqu'à ce que Bill et son collègue aient envie de manger, mais elle en avait vraiment préparé une énorme quantité. Elle en donnerait à Theresa et à John.

En quelque sorte, elle inverserait le processus des cadeaux d'anniversaire.

– Voilà de l'aide !

Elle se détourna du placard où elle cherchait des récipients.

Un paquet rose avec un gros ruban entre les mains, Theresa souriait malicieusement. À côté d'elle, John tenait un petit sac cadeau et une grande boîte blanche de pâtisserie.

– Vous… vous m'avez fait des cadeaux.

– C'est ton anniversaire, non ? Et on a aussi acheté un gâteau.

John posa la boîte sur la table et souleva le couvercle.

– Un croquant chocolat caramel.

– C'est moi qui l'ai choisi, précisa Theresa. Joyeux anniversaire, Liz !

Orné de fleurs en pâte d'amande, le gâteau portait le même message, en lettres de sucre rose.

– Merci. Ce n'est pas du gâteau à la carotte, murmura Elizabeth.

– Ma religion m'interdit toute pâtisserie à base de légumes, déclara Theresa.

– C'est pourtant bon, le gâteau à la carotte, je vous assure. Mais celui-ci a l'air meilleur. On dirait… on dirait un vrai gâteau d'anniversaire. Il est magnifique.

– Il faudra garder de la place pour le gâteau et pour les glaces, dit John. On voulait acheter des pizzas, mais comme tu t'es lancée dans la préparation des boulettes….

Soudain, tout s'illuminait, comme si le soleil venait de percer à travers la pluie battante.

– Vous restez ?

– Je répète : c'est ton anniversaire. Il est hors de question que je loupe ce beau gâteau et les glaces. Attendons les autres pour nous mettre à table, mais je crois que tu devrais ouvrir tes cadeaux tout de suite.

– C'est vrai ? Je peux ?

– Manifestement, le petit génie ne comprend pas la magie des anniversaires. Tiens ! dit Theresa en plaçant le paquet rose entre les mains d'Elizabeth. Ouvre-le vite. J'ai hâte de savoir si ça va te plaire.

– J'en suis certaine, affirma Elizabeth en détachant soigneusement le ruban.

Elle souleva le couvercle d'une boîte, et découvrit un cardigan imprimé de minuscules violettes, aux manches et au col bordés de dentelle.

– Il est magnifique. Oh, il y a le caraco assorti !

– Ce n'est pas le twin-set de ta mère. Tu peux le porter avec un jean, ou avec une jupe pour faire plus habillé. J'ai trouvé qu'il te ressemblait.

Personne ne lui avait jamais dit qu'elle ressemblait à des violettes et des dentelles.

– J'adore, sincèrement. Merci beaucoup.

– À mon tour. Ma femme m'a aidé à choisir. Si tu n'aimes pas, tu t'en prendras à elle.

– C'est très gentil de sa part. Vous la remercierez pour moi.

– Regarde peut-être d'abord ce que c'est.

Émue, Elizabeth plongea la main dans le papier chiffon et en retira un petit écrin. Des boucles d'oreilles, trios de fines gouttelettes d'argent assemblées par une perle minuscule.

– Qu'elles sont belles…

– Je sais que tu portes toujours tes petites boucles dorées, mais Maddie a pensé que celles-ci te plairaient.

– Elle ne s'est pas trompée, j'adore. Je n'en avais pas d'autres que mes clous. Je me suis fait percer les oreilles le jour avant… le jour avant. Ce sera ma première vraie paire de boucles.

– Essaie-les, insista Theresa. Je vois que tu en meurs d'envie.

– J'avoue…

Dans un élan de joie, Elizabeth passa un bras autour du cou de Theresa et l'embrassa avant de déposer une bise sur la joue de John. Et, serrant ses cadeaux contre son cœur, elle s'élança dans l'escalier.

– Elle fait des progrès, soupira Theresa. Elle nous a embrassés, elle qui évite tout contact, d'habitude.

– Sa mère ne l'a pas habituée aux effusions. Je lui ai téléphoné, pour lui dire que nous allions fêter l'anniversaire de sa fille et que nous pouvions nous arranger pour qu'elle vienne. Elle a décliné. Poliment.

– Même polie, une garce reste une garce. Tu sais, je serai contente quand tout sera fini pour la petite, et pour nous. Mais elle me manquera.

– À moi aussi. Je vais appeler Maddie, lui dire que Liz a aimé les boucles. Quelle heure est-il ? Bizarre que Cosgrove et Keegan ne soient pas encore là…

– Pendant que tu téléphones, je dresse la table. Si tu appelles Cosgrove, demande-lui s'il peut acheter un bouquet de fleurs quelque part. Ça fera plus festif.

John approuva de la tête, tout en parlant à sa femme.

Une cuillère à la main, Theresa s'apprêtait à goûter la sauce lorsque John lui lança :

– J'ai eu Cosgrove, ils arrivent.

– Entendu.

La main sur son arme, par habitude, Theresa se dirigea vers la porte du garage et attendit le signal. Trois coups rapides, trois coups lents.

– Vous allez vous régaler, les gars. On a…

Bill entra en trombe.

– On risque d'avoir des ennuis. Où est John ?

– Dans le salon. Qu'est-ce…

– Bill pense qu'on a été suivis, dit Keegan. Où est la gamine ?

– Elle…

Quelque chose cloche, pensa Theresa.

– Vous avez prévenu le central ? demanda-t-elle en sortant son téléphone.

Elle esquiva presque le premier coup, qui l'atteignit néanmoins à la tempe. Du sang lui coula dans l'œil. Elle s'empara de son arme en criant à John :

– Intrusion !

La crosse du pistolet de Keegan s'abattit vicieusement à l'arrière de son crâne. Elle tomba en renversant une chaise.

Arme au poing, John s'aplatit contre le mur du salon. Il devait absolument monter rejoindre Liz.

– Ne tire pas, chuchota Keegan à Cosgrove en rengainant son pistolet et en prenant celui de Theresa. Pas de trace, n'oublie pas.

Bill hocha la tête et hurla :

– Je le tiens, John ! Je le tiens, ce salaud ! Theresa est à terre ! Elle est blessée ! Occupe-toi de la gosse ! Keegan appelle des renforts…

John entendit la voix de Keegan, à travers le martèlement de la pluie, faisant rapidement le rapport de la situation.

Il s'avança dans le couloir, et se retrouva nez à nez avec Cosgrove. Il reconnut la lueur mauvaise dans ses yeux.

– Lâche ton arme ! Lâche ton arme ! cria John.

– Theresa est à terre. Ils vont essayer de passer par-devant, se défendit Cosgrove.

– Baisse ton arme, tu m'entends, baisse ton arme !

John vit Bill jeter un regard sur la gauche. Il pivota, envoya un coup de coude à Keegan avant que celui-ci ne le frappe. Cosgrove fit feu. La balle atteignit John au côté. Malgré la douleur, il se rua dans l'escalier, en tirant par-dessus son épaule. Une autre balle le toucha à la jambe. Il ne ralentit pas pour autant. Il entrevit Keegan se précipiter à ses trousses en armant son pistolet.

Et reçut une troisième balle dans les côtes.

Sa vision se brouilla. Il continua néanmoins à gravir les marches. Elizabeth apparut sur le palier.

– Retourne dans la chambre !

Il plongea sur elle et parvint à refermer la porte avant de s'effondrer à genoux.

– Oh, mon Dieu !

Elle s'empara du tee-shirt qu'elle venait d'enlever et le pressa sur l'abdomen de John.

– C'est Cosgrove et Keegan.

– Mais ce sont des marshals…

En serrant les dents, il risqua un regard vers son ventre et lutta pour ne pas défaillir.

– Ils ont été achetés. Theresa est blessée, peut-être morte…

– Oh, non !

– Ils savent que je suis là avec toi, et que je n'hésiterai pas à tirer s'ils franchissent cette porte. (Tant qu'il pouvait tenir son arme, se garda-t-il d'ajouter.) Mais ils savent aussi que j'ai été touché. C'est grave, Liz.

De sa main gauche, il lui saisit le poignet.

– Ça va aller, John. On va appeler une ambulance.

Le tee-shirt était imbibé de sang, l'hémorragie sévère.

– J'ai perdu mon téléphone. Keegan… Il a sûrement des complices dans le service. Je ne sais pas qui. N'appelle personne, Liz, n'appelle personne.

– Allongez-vous, ne bougez pas. Il faut que je stoppe l'hémorragie. *Compression*, se remémora-t-elle, et elle appuya plus fort.

– Écoute, écoute-moi ! haleta-t-il en lui serrant le poignet. Débrouille-toi pour sortir d'ici. Par la fenêtre. Saute et va-t'en. Cache-toi.

– Je ne veux pas vous laisser.

– Va-t'en, file. Prends ton argent. Tu ne peux plus faire confiance à la police. Ils sont infiltrés. Prends ton argent, ce dont tu as besoin. Va-t'en, vite !

Elle s'exécuta, afin qu'il se calme. Il était toutefois hors de question qu'elle l'abandonne. Elle fourra son argent dans son sac, quelques vêtements de rechange, son ordinateur portable.

– Voilà… Ne vous inquiétez pas. Les secours vont arriver.

– Non. J'ai reçu plusieurs balles, Liz, j'ai perdu trop de sang. Je ne m'en sortirai pas. Je ne peux pas te protéger. Il faut que tu t'enfuies. Prends ma deuxième arme. Au mollet. Prends-la. Si tu es poursuivie, sers-t'en.

– Ne me demandez pas de vous laisser, je vous en supplie, je vous en supplie !

Elle pressa sa joue contre la sienne. Il était froid. Trop froid.

– Je ne te le demande pas, je te l'ordonne. C'est mon job. Ne me fais pas passer pour un raté. Va-t'en ! Vite !

– Je vais chercher de l'aide.

– Non. Cours. Ne t'arrête pas. Ne te retourne pas. Par la fenêtre. Dépêche-toi.

Il attendit qu'elle s'en approche.

– Compte jusqu'à trois, dit-il en rampant vers la porte. À trois, file. Je vais faire diversion.

– John…

– Compte, Liz.

Elle compta, puis enjamba la fenêtre, agrippée à la gouttière. Des bourrasques de pluie lui cinglaient le visage. Des coups de feu retentirent. Elle sauta au sol et se mit à courir.

Elle était à moins de cinquante mètres lorsque la maison explosa derrière elle.

BROOKS

Avant tout, sois loyal envers toi-même ;
et, aussi infailliblement que la nuit suit le jour,
tu ne pourras être déloyal envers personne.

WILLIAM SHAKESPEARE

7

Arkansas, 2012

Être chef de police dans une petite bourgade assoupie au fin fond des monts Ozarks n'était pas marrant tous les jours.

Encore moins quand il fallait arrêter un gars de votre ancienne équipe de foot parce qu'il était devenu un abruti patenté. Brooks ne considérait pas le fait d'être un abruti patenté comme un délit... Néanmoins, il avait été obligé d'amener Tybal Crew cuver au poste.

Brooks ne considérait pas non plus l'abus de whisky comme un délit. À l'occasion, tout le monde avait le droit de se soûler, mais lorsque vos abus de boisson s'accompagnaient systématiquement de violences conjugales, il était contraint d'intervenir.

Et cela ne l'amusait pas le moins du monde.

D'autant moins qu'avant midi, Missy Crew – ex-cheftaine des pom-pom girls du lycée de Bickford – ne manquerait pas de se pointer au commissariat en jurant ses grands dieux que Ty ne l'avait pas frappée, oh non ! Elle était rentrée dans une porte, dans un mur, ou elle avait trébuché dans les escaliers.

Ni les sermons, ni la sympathie, ni le charme, ni les menaces ne la convaincraient – pas plus que lui – qu'ils avaient besoin d'aide. Ils s'embrasseraient comme si Ty revenait d'une année au front et ils rentreraient chez eux baiser comme des lapins. Dans une semaine ou deux, Ty se sifflerait de nouveau une bouteille de Rebel Yell et ce serait le même manège.

À sa table préférée du Lindy's Café & Emporium, Brooks ruminait la situation tout en prenant son petit déjeuner.

Il était revenu à Bickford six mois plus tôt, après l'infarctus de son père – qui avait tenté d'apprendre les mystères de l'algèbre à Ty Crew, ainsi qu'à tous les gamins qui se succédaient sur les bancs du lycée. Dieu merci ! avec le régime et le programme d'exercices auxquels l'avait soumis son épouse, le pauvre homme était non seulement aujourd'hui en pleine forme, mais en meilleure forme qu'il ne l'avait jamais été.

L'incident avait tout de même secoué Brooks, si bien qu'après dix ans dans la police de Little Rock, dont les cinq derniers au grade d'inspecteur, il avait éprouvé le besoin de se rapprocher de ses parents. Le poste de chef était vacant : on le lui avait confié.

Globalement, il ne regrettait pas sa décision. Bickford ne lui avait jamais manqué… Néanmoins, maintenant qu'il y était revenu, il se rendait compte à quel point il était attaché à cet endroit où il avait grandi. Il aimait la petite ville, ses artisans, ses musiciens, ses yogis, ses médiums, ses restaurants et ses boutiques-ateliers qui faisaient le bonheur des touristes.

Dans les années soixante, une communauté de hippies s'était établie à Bickford. Dieu seul savait comment la mère de Brooks avait atterri là une dizaine d'années plus tard, et pourquoi elle avait troqué son prénom de Mary Ellen contre celui de Sunshine, ou Sunny, comme on l'appelait encore couramment. Toujours est-il que Sunshine, originaire de Pennsylvanie, avait charmé – ou dévergondé, selon qui racontait l'histoire – le jeune professeur de mathématiques Loren Gleason et n'était plus jamais repartie.

Ils s'étaient promis un amour éternel sur les berges de la rivière, et mis en ménage. Quelques années et deux bébés plus tard, Sunny avait cédé à la pression tout en douceur que seul le père de Brooks savait exercer : le couple s'était marié officiellement.

Tout en sirotant son café, Brooks observait la rue.

À cette heure matinale, la plupart des magasins étaient encore fermés. Toutefois, le Vegetable Garden avait déjà sorti son ardoise et affiché le menu du jour ; à la boulangerie, on faisait la queue, et le Cup O'Joe était plein. On était à peine en mars, mais la saison touristique avait commencé. D'ici une semaine, les poiriers de Chine qui bordaient l'artère principale seraient en fleur. Dans les bacs le long des trottoirs, les jonquilles pointaient déjà le nez.

Le camion de Sid Firehawk passa dans la rue en pétaradant. Avec un soupir, Brooks songea qu'il devrait délivrer à Sid une énième injonction à changer son pot d'échappement.

Ivrognes et pollueurs sonores... Certes, ce n'était pas une sinécure, mais Brooks n'appartenait pas à cette catégorie de flics que les braquages et les crimes sordides excitaient. Du reste, il avait vu suffisamment d'horreurs à Little Rock.

Il se déplaça sur la banquette, afin de suivre des yeux la charmante Abigail Lowery. S'il s'asseyait toujours à la même place, c'était un peu dans l'espoir de l'apercevoir, il devait admettre. La mystérieuse Abigail Lowery aux yeux verts de félin, malheureusement presque toujours cachés derrière des lunettes de soleil.

Elle ne venait en ville que deux ou trois fois par mois, toujours tôt le matin, jamais le même jour. D'un pas décidé, elle faisait quelques courses et repartait. Brooks avait très envie de lier connaissance avec cette jolie brune dynamique, comme il les aimait, mais elle paraissait plus sauvage qu'un ermite. Pour autant qu'il le sache, elle ne sortait presque jamais de sa belle propriété impeccablement entretenue, selon les informations qu'il avait subtilement soutirées aux livreurs FedEx et UPS.

Il savait qu'elle avait un potager, beaucoup de fleurs, une serre et un dogue anglais bringé répondant au nom de Bert. Elle était célibataire – tout du moins, elle vivait seule avec son chien et ne portait pas d'alliance. Les livreurs la disaient polie et généreuse, quoique distante, voire froide.

Les gens de la ville la disaient bizarre.

– Un peu plus de café ? s'enquit Kim, la serveuse.

– Volontiers, merci.

Brooks se décala encore un peu plus vers la fenêtre.

– Tu faisais une tête d'enterrement, tout à l'heure, et te voilà tout frétillant.

La jeune femme lui tapota la joue d'un geste maternel.

– C'est elle qui te fait cet effet ? demanda-t-elle en désignant Abigail du menton. Elle est bien roulée, je te l'accorde, mais c'est une drôle de fille. Ça fait presque un an qu'elle habite dans le coin et elle n'a jamais mis les pieds ici, ni dans aucun autre restau, d'ailleurs. On ne peut pas dire qu'elle fasse marcher le commerce local, elle commande presque tout sur Internet.

– Il paraît.

– Je n'ai rien contre le shopping en ligne, remarque... j'en fais moi aussi, des fois. Mais on a quand même tout ce qu'il faut ici. À ce qu'on dit, elle ne parle à personne. Polie, mais pas loquace. Je me demande ce qu'elle fait, toute la journée toute seule chez elle.

– Discrète, courtoise, solitaire. Probablement une tueuse en série.

En riant, Kim s'éloigna avec son pot de café.

Brooks ajouta du sucre dans sa tasse, les yeux rivés sur l'épicerie où Abigail avait disparu. Et s'il allait acheter une bouteille de Coca ? Il trouverait bien un moyen de l'aborder.

Il souleva une hanche, sortit son portefeuille de l'arrière de son pantalon, compta quelques billets et se leva.

– Merci, Kim. À plus, Lindy.

Le grand échalas à la tresse grise qui lui descendait jusqu'aux fesses le salua en agitant sa spatule.

Brooks sortit du café d'un pas nonchalant. Il était aussi grand que son père et, depuis que ce dernier surveillait son alimentation, ils étaient tous les deux aussi sveltes. Sa mère prétendait qu'il avait les cheveux de jais de l'Algonquin qui avait capturé son arrière-arrière-grand-mère pour en faire son épouse. Mais sa mère disait souvent n'importe quoi, volontairement ou non. Quant à ses yeux, ils étaient d'une couleur indéfinissable, changeante, entre noisette, vert et ambré, avec parfois des reflets bleus. Il avait le nez légèrement tordu, séquelle d'un maladroit revers de batte de base-ball. Parfois il disait aux femmes, quand elles lui posaient la question, qu'il avait été boxeur.

Parfois, il disait n'importe quoi, lui aussi.

L'épicerie fine vendait des produits de luxe à des prix rédhibitoires. Il aimait flâner entre les étals de fruits et légumes exotiques ou biologiques, humer le parfum des herbes aromatiques, contempler l'incroyable variété des huiles gastronomiques et, chaque fois qu'il passait dans le rayon des ustensiles de cuisine, il ne manquait pas de s'interroger sur l'utilité de cette myriade de gadgets.

Facile à repérer, elle examinait l'étiquette d'une bouteille de vinaigre aromatisé.

Et bien que ce fût moins flagrant, il remarqua qu'elle portait une arme sous son sweat-shirt à capuche. Il s'avança dans le rayon.

– Mademoiselle Lowery ?

Elle tourna la tête et, pour la première fois, il put admirer ses yeux. Du même vert que la mousse d'un sous-bois ombragé.

– Oui ?

– Je suis Brooks Gleason, chef de police.

– Oui, je sais.

– Votre panier a l'air lourd, laissez-moi le porter.

– Non, je vous remercie.

– Que prépare-t-on de bon avec du vinaigre de framboise ?

Devant son regard froid, il afficha le plus cordial de ses sourires.

– Si vous voulez bien m'excuser, je…

– Il faut dire que je ne suis pas un cordon-bleu. À part les steaks au barbecue, je ne sais pas faire grand-chose.

– Alors vous n'avez pas besoin de vinaigre de framboise. Excusez-moi.

D'ordinaire, son sourire amadouait les femmes. Cependant, refusant de se laisser décourager, il lui emboîta le pas en direction de la caisse.

– Vous vous plaisez dans la maison du vieux Skeeter ?

– Oui.

D'une poche de son sac, elle sortit un portefeuille. Et l'inclina vers elle de façon à ce qu'il ne puisse pas voir ce qu'il contenait.

– J'ai grandi ici. Je me suis expatrié quelque temps à Little Rock. Je suis revenu au bercail à peu près six mois après votre arrivée. Qu'est-ce qui vous a amené à Bickford ?

– Ma voiture.

Le caissier étouffa un petit rire.

Une dure à cuire. Qu'à cela ne tienne, il en avait vu d'autres.

– Belle voiture, d'ailleurs, que vous avez. Je voulais dire, qu'est-ce qui vous a attirée dans les Ozarks ?

Lorsque le total de ses achats s'afficha, elle tendit quelques billets au caissier.

– J'aime le calme.

– Vous ne vous sentez pas trop seule, là-haut ?

– J'aime le calme, répéta-t-elle en prenant sa monnaie.

Brooks s'appuya contre le comptoir. Elle était nerveuse, constatat-il. Impassible, mais il connaissait bien cette attitude hautaine destinée à masquer la tension.

– Que faites-vous, là-bas ?

– J'y habite. Merci, dit-elle à l'employé lorsqu'il eut chargé son sac-cabas.

– Je vous en prie, mademoiselle Lowery. À bientôt.

Elle épaula son sac, chaussa ses lunettes de soleil et prit congé sans plus de cérémonie.

– Pas très causante, hein ? commenta Brooks.

– Non. Toujours très polie, mais pas bavarde.

– Elle paie toujours en liquide ?

– Euh… Il me semble, oui, maintenant que vous le dites.

– Hmm… Bonne journée !

Songeur, Brooks regagna son véhicule. Ne pas aimer parler était une chose. Porter une arme en était une autre. Il connaissait beaucoup de personnes qui possédaient des armes à feu ; très peu, en revanche, la trimballaient pour aller acheter du vinaigre de framboise.

Enfin, il avait, semblait-il, une bonne excuse pour aller faire un tour chez elle.

Il s'arrêta d'abord au poste. Il avait sous ses ordres trois agents à temps plein, deux à mi-temps et une standardiste à temps complet, relayée les week-ends par un stagiaire. Quand viendrait l'été, que les esprits s'échaufferaient, que l'oisiveté entraînerait des actes de vandalisme et que les touristes regarderaient davantage le paysage que la route, il ajouterait des heures supplémentaires aux temps partiels.

– Ty tourne comme un ours en cage, l'informa Ash Hyderman, le plus jeune de l'équipe, vautré à son bureau.

Pendant l'hiver, il avait tenté de se laisser pousser le bouc, sans grand succès. Son fin duvet brun lui donnait l'air d'un gamin barbouillé de chocolat. Il n'avait toutefois pas renoncé.

– Je lui ai servi un petit déjeuner, comme vous m'aviez dit. Il pue comme une prostituée de bas étage.

– D'où sais-tu ce que sentent les prostituées de bas étage, Ash ?

– J'ai de l'imagination. Je peux rentrer chez moi ? J'ai passé toute la nuit à écouter ses divagations d'ivrogne. Je suis lessivé.

– Il faut que j'aille faire un petit contrôle. Boyd et Alma ne vont pas tarder à arriver. Tu pourras partir dès qu'ils seront là.

– Vous allez où, patron ? Vous voulez du renfort ?

Ash aurait été ravi qu'une bande de vandales soit en train de saccager la ville. Juste pour pouvoir venir en renfort.

– Un petit truc à vérifier. Je n'en aurai pas pour longtemps. Je reste en contact radio, au cas où. Tu diras à Boyd d'essayer de faire entendre raison à Missy quand elle viendra pleurer que Ty ne l'a pas touchée. Autant pisser dans un violon mais qu'il essaie quand même.

– À mon avis, elle aime se faire battre.

– Personne n'aime prendre des gnons dans la figure, Ash, mais parfois on s'y habitue. Je reste en contact radio, répéta-t-il en prenant congé.

Abigail était énervée : l'une de ses activités préférées avait été gâchée par un chef de police indiscret qui n'avait rien de mieux à faire que de la suivre pas à pas dans les rayons de l'épicerie. Elle avait élu domicile dans ce joli coin des Ozarks précisément parce qu'elle ne voulait pas de voisins, pas de contacts, rien qui vienne troubler la routine qu'elle s'était choisie.

Elle ralentit en s'engageant sur la petite route privée qui serpentait à travers bois jusqu'à sa propriété. Il lui avait fallu des semaines pour mettre au point des détecteurs de mouvement qui ne se déclenchent pas dès qu'un écureuil ou un lapin approchaient de la maison. Il lui avait ensuite fallu les installer, ainsi que des caméras, et les tester.

Mais le jeu en valait la chandelle. Elle aimait ce grand chalet en rondins aux galeries ouvertes. La première fois qu'elle l'avait vu, il lui avait évoqué une maison de conte de fées.

Une erreur, elle le savait. Elle qui s'interdisait de s'attacher à quoi que ce soit, elle était tombée amoureuse de cet endroit. Si calme qu'elle entendait le gazouillis du ruisseau. Si loin de tout, au milieu de la forêt. À la fois isolé et sûr.

Elle s'était elle-même chargée de le sécuriser, elle ne faisait confiance à personne.

À part Bert, se corrigea-t-elle en coupant le contact. Le gros chien était assis devant la maison, sur le qui-vive, les oreilles dressées, aux aguets. En descendant de sa voiture, elle lui fit signe de se relâcher. Il bondit vers elle, ses soixante kilos de muscles frétillants de joie.

– Bon chien, lui dit-elle en lui flattant l'encolure. Si tu savais ce qui m'est arrivé… Je faisais mes courses tranquillement, et voilà que le chef de la police débarque à l'épicerie pour m'assommer de questions. Qu'est-ce que tu penses de ça, mon grand ?

Elle ouvrit les deux serrures carénées, la serrure à piège, puis désactiva l'alarme dont elle changeait le code tous les trois ou quatre jours.

– Grossier personnage, n'est-ce pas ? Je suis d'accord avec toi.

Elle referma la porte, plaça la barre de blocage, et traversa le salon, dédié à la relaxation. Elle aimait se pelotonner devant la cheminée, Bert à ses pieds, avec un bon bouquin ou un bon film en DVD. Il lui suffisait d'appuyer sur un bouton pour que les vues des caméras de surveillance s'affichent sur le grand écran plat.

Dans la cuisine, par habitude, elle vérifia la porte qui donnait sur l'arrière, les témoins placés sur les fenêtres. Mais elle n'avait pas peur, ici. Elle pensait, enfin, avoir trouvé le refuge idéal. Néanmoins, la vigilance restait de mise. Elle alluma le moniteur de la cuisine, le synchronisa avec les caméras de sécurité, puis rangea ses courses – ce qu'elle avait réussi à acheter avant d'être importunée – et donna à Bert l'un des biscuits gourmets pour chien qu'elle conservait dans une boîte métallique.

– On va aller faire notre ronde de vérification, tu en profiteras pour te dégourdir les pattes. Ensuite, je me mettrai au boulot et si on a le temps…

Elle s'interrompit. Bert se figea, en alerte. L'alarme du chemin bipait.

– On n'attend pas de livraison, aujourd'hui. Sûrement quelqu'un qui s'est trompé de route. Je devrais mettre un portail, mais on reçoit tellement de colis…

La main sur son holster, elle zooma sur la voiture qui approchait.

– Oh, non… Qu'est-ce qu'il veut encore ?

Bert grogna.

– *Pillow*, lui intima-t-elle, le code pour « tranquille ».

Le chien se détendit, sans la quitter du regard.

– Viens ! lui dit-elle.

Bert n'avait pas son pareil pour décourager les visiteurs indésirables.

Elle désactiva l'alarme, déverrouilla la porte et s'avança sur le porche tandis que le chef de la police se garait derrière sa voiture. Voilà qui ne lui plaisait guère. Il ne la bloquait pas, pas complètement. Elle pouvait manœuvrer et contourner son véhicule, au besoin. Mais l'intention était là.

– Mademoiselle Lowery…

– Monsieur Gleason… Il y a un problème ?

– Vous m'enlevez les mots de la bouche. J'allais vous poser la même question. En préambule, permettez-moi de vous dire que c'est un très gros chien que vous avez là.

– Tout à fait.

La hanche en avant, les pouces dans les poches de son pantalon, le policier avait une attitude décontractée. Mais son regard, nota Abigail, était perçant, observateur. Empreint d'autorité.

– Il va me sauter à la gorge si je m'approche ?

– Seulement si je lui en donne l'ordre.

– Ne le faites pas, vous serez aimable. Si on allait à l'intérieur ?

– Pour quelle raison ?

– Ce serait plus convivial, non ? Mais nous sommes très bien ici. Jolie maison. Plus jolie que dans mon souvenir.

Brooks désigna de la tête un carré de jardin couvert de plastique noir.

– Fleurs ou légumes ?

– Fleurs. Si vous êtes venu jusqu'ici pour me demander si j'ai des problèmes, je peux vous assurer que non.

– J'ai une autre question. Pourquoi portez-vous une arme ?

Abigail regretta de ne pas avoir ses lunettes de soleil. La surprise dut se lire dans ses yeux.

– Je vis seule. J'ai une arme et un chien pour me protéger.

– Vous aviez cette arme sur vous, tout à l'heure, à l'épicerie… Est-ce bien nécessaire d'être armée pour faire ses courses ?

Observateur, se dit-elle de nouveau, en se reprochant intérieurement de ne pas avoir pris un revolver plus petit.

– J'ai un permis de port d'arme cachée. Je suis en règle.

– J'aimerais le voir, si ça ne vous ennuie pas.

Sans un mot, elle tourna les talons. Il la suivit sur le porche.

– Je vous l'apporte, je reviens.

– Vous allez finir par m'intriguer. Que cachez-vous ? Un labo d'amphet', un bordel, un arsenal, une fabrique d'explosifs ?

– Rien de la sorte. Je ne vous connais pas, c'est tout.

– Brooks Gleason, chef de police.

Sarcastique et affable à la fois. Décidément, cet homme avait plus d'un atout dans sa manche.

– Votre nom et votre fonction ne changent rien au fait que je ne vous connaisse pas.

– Exact. Mais vous avez ce molosse qui me regarde d'un sale œil parce qu'il sait que ma visite n'est pas la bienvenue. Il doit peser une bonne cinquantaine de kilos.

– Soixante.

Brooks examina Bert longuement.

– Attendez-moi ici si vous ne voulez pas qu'il vous fasse une démonstration.

– D'accord… soupira-t-il tandis qu'elle disparaissait dans l'escalier.

Prudent, Brooks se tenait parfaitement immobile, ne tournant que la tête. Triples serrures, barre de blocage, fenêtres sécurisées, système d'alarme high-tech. Qui diable était cette Abigail Lowery, et de quoi – ou de qui – avait-elle si peur ?

Elle redescendit, un document à la main, qu'elle lui remit.

– Un Glock 19 ? Ça ne rigole pas.

– On ne rigole pas avec les armes.

– Vous n'avez pas tort, acquiesça-t-il en lui rendant son permis. Et vous n'avez pas tort non plus quand vous dites que vous ne me connaissez pas. Je peux vous donner le nom de mon ancien capitaine à Little Rock. J'ai travaillé là-bas pendant dix ans avant d'être muté ici. Je suis un bon flic, Abigail. Si vous me dites quel genre d'ennuis vous avez, j'essaierai de vous aider.

– Je n'ai pas d'ennuis, répliqua-t-elle d'une voix ferme et posée. En revanche, j'ai du travail, et je suis sûre que vous aussi. Je vous prie de vous en aller.

Il sortit une carte de visite et la posa sur le guéridon près de l'entrée.

– Si vous changez d'avis, n'hésitez pas à m'appeler. Je suis là pour vous aider.

– Je n'ai pas besoin d'aide.

– Votre maison est davantage protégée que ma banque. Je ne pense pas que ce soit pour empêcher le chien de s'enfuir.

Il descendit la première marche du porche, puis se retourna.

– Vous aimez les énigmes ?

– Oui, mais je ne vois pas le rapport.

– J'adore les énigmes, moi aussi. À bientôt, Bert.

Là-dessus, il regagna son véhicule.

Après avoir verrouillé toutes les serrures, Abigail s'accroupit et pressa son visage contre le cou massif du chien, les yeux fermés.

8

À l'accueil du poste de police, cheveux gris et ventre de notable, Boyd Fitzwater pianotait laborieusement sur le clavier de l'ordinateur. Il leva la tête à l'arrivée de Brooks.

– Missy Crew est venue. Évidemment, son œil au beurre noir est un accident. Elle a fait preuve d'imagination, cette fois. Elle s'est pris les pieds dans le tapis, Ty a essayé de la retenir dans sa chute.

– Elle est tombée sur son poing ?

– Comme il était un peu éméché, il a eu un geste maladroit.

– Et comment explique-t-elle que le voisin nous ait appelés pour nous signaler qu'elle s'était enfuie en hurlant, à moitié nue ?

– Elle a vu une souris…

Brooks secoua la tête d'un air désespéré.

– Tu as laissé partir Ty ?

– Je pouvais difficilement faire autrement.

– D'accord, mais cette situation ne peut plus durer. La prochaine fois que Ty fait des siennes, qu'on me prévienne, même si je ne suis pas de service. Je veux leur dire quelques mots.

– J'ai essayé, chef, vous savez. J'ai même demandé à Alma de lui parler, en pensant qu'elle écouterait davantage une femme.

– Peine perdue ! déclara Alma Slope en faisant irruption dans la pièce, les ongles peints en bleu électrique, assortis à son collier et à la fleur dans ses cheveux.

Elle but une gorgée du café qu'elle avait à la main, laissant une trace de rouge à lèvres sur la tasse. Derrière ses lunettes à monture papillon incrustée de brillants, ses yeux vert pâle – la seule chose qu'Alma avait de pâle – exprimaient son irritation.

La standardiste prétendait avoir soixante ans, mais comme elle en paraissait déjà autant lorsque Brooks avait quitté Bickford, il était incapable de lui donner un âge.

– On est allées s'asseoir toutes les deux dans la salle de détente, poursuivit-elle, un poing sur la hanche de son Levi's délavé, et je lui ai parlé comme à une copine. Elle a fondu en larmes, j'ai cru que c'était bon signe. Penses-tu… Son Tybal chéri est doux comme un agneau, qu'elle m'a raconté, il ne s'énerve que quand il boit. Et tiens-toi bien, ils essaient de faire un bébé !

– Seigneur…

– Elle est persuadée que Ty se calmera sur la boisson quand il sera papa.

– La prochaine fois qu'il fait des siennes, qu'on me prévienne, répéta Brooks. Merci d'avoir essayé, Alma. Boyd, tu peux partir en patrouille, s'il te plaît ? J'ai de la paperasse à régler.

– Pas de problème.

– Vous voulez du café, chef ? s'enquit Alma.

– Avec plaisir.

Brooks se rendit dans son bureau, alluma son ordinateur et se posta devant la fenêtre. Il se considérait comme un homme placide, certains le disaient un peu mou. Il était donc surpris que l'incident Abigail Lowery l'ait à ce point chiffonné.

Le chien, entre autres. Une belle bête, pour sûr, mais il ne faisait pas l'ombre d'un doute qu'il l'aurait déchiqueté s'il avait fait un faux mouvement, ou si sa maîtresse le lui avait ordonné. Brooks ne craignait pas les situations troubles, il aimait les éclaircir. C'était son rôle de gardien de la paix. En revanche, il n'aimait pas, mais alors pas du tout, se trouver à son désavantage devant une femme armée et son cerbère.

Cela dit, elle n'avait pas enfreint la loi. N'empêche…

Il y avait des individus antipathiques de nature. Bien qu'il n'eût jamais compris ces gens-là, il les connaissait, il savait comment les prendre. Or cette fille n'entrait pas dans cette catégorie. Elle était bizarre, pour le moins, à la fois mal à l'aise et sûre d'elle, directe et secrète. Un léger accent du Nord. Proche de la trentaine, aurait-il dit et il se trompait rarement sur les âges – Alma était un cas à part.

Mince, silhouette athlétique, jolie et naturelle. Pas de maquillage, habillée simplement, boots de campagne bien cassées. Pas de bijoux, pas de vernis à ongles, pas de couleurs vives. « Ne me regardez pas, disait son apparence, je ne veux pas qu'on me remarque. »

– Qu'est-ce qui te turlupine ?

Alma posa une tasse de café sur son bureau.

– Rien. Je réfléchis.

– À la nana qui a acheté la maison du vieux Skeeter ?

– Tu lis dans les pensées ?

– Je laisse ça à ma fille.

La fille d'Alma, Calliope, tirait les cartes et lisait les lignes de la main ainsi que les auras. Elle comptait parmi le cercle des amis proches de la mère de Brooks.

– Comment va-t-elle ?

– Elle a animé une soirée de fiançailles, récemment, qui lui a valu trois nouvelles réservations.

– Super !

– Il faut bien qu'elle gagne sa croûte. Il paraît que tu as tenté d'engager la conversation avec Mme Lowery....

Brooks s'assit dans son fauteuil, les pieds sur son bureau, et invita sa collègue à prendre place en face de lui.

– Elle n'est franchement pas causante. Que sais-tu d'elle ?

– Pas grand-chose, à mon grand désespoir... à part ce que je tiens de Dean McQueen, qui s'est occupé de la vente de la propriété. Elle l'a contacté par mail, après avoir vu la petite annonce sur Internet. Elle lui a posé quelques questions, l'a remercié poliment. Quelques jours plus tard, elle lui a fait une offre, inférieure au prix demandé, mais Dean m'a dit que c'était un peu plus que ce qu'il espérait obtenir, et elle payait cash.

– Cash ?

– Parfaitement. À la signature. Les Skeeter ont sauté sur l'occasion. Enfin, tu connais Dean, c'est un commercial, il aime se vanter. À ce qu'il paraît, il n'a pas réussi à lui faire décrocher beaucoup plus que des « oui » ou des « non ». Elle a fait virer des arrhes d'une banque de Kansas City. Et elle est arrivée avec son chien et une remorque derrière sa voiture. Elle a signé les papiers, réglé le solde par chèque de banque, sur un compte à Fairbanks, Alaska, cette fois. Dean a voulu l'inviter à déjeuner, elle a refusé. Il lui a proposé de l'accompagner à son nouveau logis, elle a refusé. Elle a pris l'acte de propriété, les clés, elle a remercié tout le monde et au revoir.

– Une énigme... murmura Brooks.

– Pour vivre heureux, vivons cachés ? À mon avis, on ne peut pas être très heureux quand on se cache.

Alma se leva pour répondre à un appel radio. Au même moment, le téléphone de Brooks sonna.

– Département de police de Bickford, Gleason à l'appareil, j'écoute.

Chassant Abigail Lowery de ses pensées, il s'occupa de sa paperasse puis sortit effectuer une patrouille à pied, durant laquelle il écouta patiemment le propriétaire d'une boutique de poteries se plaindre que son voisin le marchand de bougies recommençait à se garer devant le portail de son garage.

Pour la énième fois, Brooks alla toucher deux mots au contrevenant.

Il acheta un panini jambon-fromage, dont il déjeuna tardivement à son bureau.

Tout en grignotant les frites rapportées avec le sandwich, il consulta le fichier des immatriculations automobiles. Abigail Lowery avait vingt-huit ans, il avait vu juste. Son permis de conduire ne comportait pas de restriction. Elle était donneur d'organes, elle n'avait jamais eu d'accident, jamais d'amende.

Il accéda à son casier judiciaire.

Vierge.

Il aurait pu s'arrêter là : elle était une bonne citoyenne, respectueuse de la loi, et n'avait même jamais commis le moindre excès de vitesse.

Mais…

Par curiosité, il la chercha sur Google. Il trouva plusieurs Abigail Lowery, dont aucune n'était celle qui l'intéressait. Se prenant au jeu, il retourna aux bases de données de la police et interrogea le fichier d'enregistrement des armes à feu. Qui lui révéla une belle surprise.

– Un véritable arsenal, murmura-t-il.

En plus du Glock 19, elle détenait des permis pour un Glock 36, un Glock 26, un Beretta 9 mm, un Sig Sauer longue distance, un Colt Defender 9 mm, un Smith & Wesson 1911 et deux Walther P22.

Que faisait donc cette femme avec autant d'armes de poing ? Alors qu'il travaillait dans la police, lui-même n'en avait que deux, diable ! outre son arme de service.

– Qui es-tu, bon sang ?

– Salut, Brooks !

Dans une pose de pin-up, Sylbie se tenait sur le seuil de son bureau, ses cheveux blonds retombant en cascade sur les épaules d'un petit haut de dentelle ceinturé à la taille, par-dessus un jean si moulant qu'il semblait n'être qu'une fine couche de peinture sur ses jambes interminables.

Au lycée, il avait été raide dingue de cette fille au regard de tigresse. Ils étaient sortis ensemble, elle lui en avait fait voir de toutes les couleurs.

Machinalement, il mit son ordinateur en veille.

– Comment vas-tu, Sylbie ?

– Oh, bien… Je bosse depuis l'aurore, je m'accorde une petite pause. Je passais juste te faire un petit coucou. Tu fais quelque chose, ce soir ?

D'une démarche aguichante, elle s'avança vers le bureau et s'y percha dans un nuage de parfum provocateur.

– Je suis de garde.

– Le chef de la police ne peut pas s'octroyer un congé exceptionnel ?

– La loi doit rester vigilante.

En riant, elle rejeta sa glorieuse crinière.

– Allons, Brooks… susurra-t-elle en se penchant vers lui. J'achèterai une bonne bouteille de vin, tu pourras profiter de moi.

Il l'avait revue quelques fois depuis son retour à Bickford et il devait bien s'avouer que c'était plutôt elle qui avait profité de lui.

– C'est très gentil, Sylbie, mais je travaille, ce soir.

– Passe chez moi après ton service.

– Je ne crois pas.

– Tu me vexes.

– Ce n'était pas mon intention.

Toutefois, il ne voulait pas non plus retomber entre ses griffes. L'époque du lycée, où elle lui avait brisé le cœur, était depuis longtemps révolue. Du reste, elle était divorcée depuis peu – pour la deuxième fois.

– Si tu veux jouer à te faire désirer… dit-elle en se laissant glisser à bas du bureau.

– Je ne joue pas, Sylbie, répliqua-t-il en se levant avant qu'elle s'assoie sur ses genoux.

Gêné, il jeta un coup d'œil vers la porte. Encore plus gênée, Abigail Lowery s'apprêtait à frapper.

– Mademoiselle Lowery, lui lança-t-il avant qu'elle fasse demi-tour.

– Excusez-moi de vous avoir dérangé, je reviendrai.

– Entrez, je vous en prie. À plus tard, Sylbie ?

– Autour d'une bouteille de vin ? murmura-t-elle avec un sourire langoureux.

Puis, se tournant vers Abigail :

– C'est vous qui habitez dans la maison du vieux Skeeter ?

– Oui.

– Tout le monde se demande ce que vous fabriquez là-bas toute seule.

– La curiosité est un vilain défaut.

– La curiosité est humaine. En tout cas, enchantée… Sylbie MacKenna.

– Je vous ai acheté une poterie. Vous faites de très belles choses. Monsieur Gleason, je reviendrai vous voir un autre jour.

– Non, non, puisque vous êtes là… Sylbie s'en allait, de toute façon.

– À plus, Brooks, minauda celle-ci.

– Charmante, commenta Abigail. Désolée de vous avoir dérangés. La dame qui est à l'accueil m'a dit…

– Pas de problème. Asseyez-vous.

– Je ferme la porte ?

– Si vous voulez.

Un silence s'installa quand elle se fut assise sur la chaise visiteur.

– Je peux faire quelque chose pour vous ? lui demanda Brooks.

– Je… J'ai été un peu désagréable, ce matin. Je n'étais pas préparée.

– Vous avez besoin de vous préparer pour répondre à quelques questions de routine ?

– Je ne suis pas très sociable. À l'épicerie, j'ai été gênée par votre intérêt pour mes achats.

– Ce n'était qu'un prétexte pour engager la conversation.

– Oui.

Elle était exactement l'opposé de Sylbie, se dit Brooks, aussi réservée que sa petite amie de jeunesse était exubérante.

– Bickford est une petite ville, une petite ville touristique peuplée d'adeptes du New Age, de vieux hippies, de babas cool de seconde génération et d'artistes. Nous sommes chaleureux.

– Moi pas, navrée. Je recherche le calme et la solitude. J'étais furieuse que vous soyez venu chez moi, après l'épisode de l'épicerie. J'ai mes raisons de porter un pistolet, que je ne suis pas obligée de vous révéler. Je n'ai commis aucun crime.

– Content de l'apprendre.

– J'aime ma maison, j'aime cette ville. Je m'y sens bien. Je veux juste qu'on me laisse tranquille.

– Comme l'a dit Sylbie, la curiosité est humaine. Plus vous paraissez mystérieux, plus les gens s'interrogent.

– Je ne suis pas mystérieuse.

– Oh que si ! répliqua Brooks en se levant et en contournant sa table de travail.

Il la vit tressaillir et se crisper. Il brûlait d'envie de lui demander qui lui avait fait du mal, qui elle craignait. Jugeant toutefois plus judicieux de s'en abstenir, il s'adossa près d'elle contre le bureau.

– Vous êtes une jeune femme très séduisante, qui vit seule, avec un gros chien, en dehors de la ville. Personne ne sait d'où vous venez, ni ce que vous êtes venue faire là. Nous sommes dans le Sud, les gens se méfient toujours un peu des étrangers. En tant que Yankee, on vous accordera une certaine latitude. Nous aimons les excentriques, ici, les excentriques collent à l'image de la communauté. Si les gens décident que vous en êtes une, ils arrêteront de se poser des questions.

– C'est un peu le cas. Je peux l'être davantage, s'il suffit de si peu pour leur plaire.

Brooks ne put s'empêcher de sourire.

– Vous n'êtes décidément pas comme tout le monde, Abigail. Que faites-vous dans la vie, si ce n'est pas un secret d'État ?

– Je suis programmatrice informatique et créatrice de logiciels, free-lance. Je conçois aussi des dispositifs de sécurité, essentielle- ment pour de grandes entreprises.

– Intéressant. Et pas si difficile à dire…

– La plupart de mes clients exigent la confidentialité.

– Je comprends. Vous devez être très intelligente.

– Je le suis.

– Où avez-vous fait vos études ?

Elle le dévisagea froidement.

– Voyez-vous, quand vous me posez toutes ces questions, j'ai l'impression de subir un interrogatoire.

– Libre à vous de m'en poser.

Elle soutint son regard.

– Je n'en ai pas.

– Puisque vous êtes si intelligente, vous allez bien en trouver une, répliqua Brooks en allant prendre deux Coca dans un mini-réfrigérateur.

Il lui en tendit un, décapsula l'autre.

– Pourquoi êtes-vous entré dans la police ?

– Vous voyez ? Très bonne question, dit-il en revenant s'appuyer à son bureau, dans le contre-jour du paysage montagneux se dessinant derrière la fenêtre. J'aime résoudre les problèmes. J'ai des principes. Je ne crois pas en grand-chose, mais je crois qu'il y a d'un côté le bien, de l'autre le mal. Certes, tout le monde n'a pas la même idée du bien et du mal, ce sont des notions subjectives. Quand vous travaillez dans la police, vous êtes confronté parfois à du tout noir et à du tout blanc, mais parfois c'est à vous de trancher : dans cette situation, avec ces gens-là, le mal est-il à l'œuvre, ou bien ne s'agit-il que d'une situation à laquelle il faut remédier ?

– Voilà qui paraît bien compliqué.

– Pas tant que ça. Tout problème a une solution. Il suffit de faire fonctionner ses petites cellules grises. Et son instinct.

– L'intellect est plus fiable que l'émotion. L'intellect s'appuie sur des faits concrets. Les émotions sont irrationnelles.

– Et humaines. À quoi serviraient les lois si elles n'étaient pas humaines ?

Brooks posa son Coca, reprit celui qu'Abigail avait entre les mains, le lui ouvrit puis le lui rendit.

– Vous voulez un verre ?

– Oh, non merci. Monsieur Gleason…

–Appelez-moi Brooks. Vous savez pourquoi je m'appelle Brooks ?

– C'était le prénom de votre grand-père ?

– Pas du tout. Alors, vous n'êtes pas curieuse ?

– Je… Si, un peu.

– Brooks Robinson.

– Pardon ?

– Brooks Robinson était l'un des meilleurs joueurs de Baltimore, d'où ma mère est originaire. Quand elle a vu Brooks remporter le prix du meilleur joueur des World Series, en 1970, elle s'est juré que son fils s'appellerait Brooks.

– Il faut vraiment aimer le base-ball.

– Elle adore. D'où vient le prénom d'Abigail ?

– Ce n'est qu'un prénom.

– Chic et rétro, il me plaît.

– Merci, dit-elle en se levant. Je dois m'en aller, à présent. J'ai encore du travail à finir, aujourd'hui. Excusez-moi si j'ai été un peu bourrue ce matin. J'espère avoir éclairci les choses.

– J'apprécie que vous soyez venue me voir. Et mon offre tient toujours : si vous avez besoin de quoi que ce soit, appelez-moi.

– J'espère que ne ce sera pas nécessaire. Je vous remercie pour votre amabilité, et pour le Coca. Au revoir.

Elle lui rendit la cannette, qu'il garda entre les mains, perplexe, quand elle eut disparu dans le couloir. Qu'est-ce que cela révélait de lui, qu'il envisage sérieusement d'y faire prélever des empreintes et un échantillon d'ADN ?

Non, il ne pouvait décemment pas faire une chose pareille, pour diverses raisons. Il alla néanmoins la vider dans l'évier de la salle de détente, puis la rapporta dans son bureau, la glissa dans un sachet de pièce à conviction, et la rangea dans un tiroir.

Au cas où.

Tout le restant de l'après-midi, il se sentit agité, dans un état d'esprit inhabituel. Il n'avait pas envie de passer la soirée seul, mais puisqu'il avait dit à Sylbie qu'il était de garde, il ne pouvait même pas aller boire une bière au McGrew's Pub, où il aurait trouvé quelqu'un avec qui faire une partie de billard ou tailler une bavette.

Au lieu de rentrer chez lui, il s'arrêta donc chez ses parents.

Des échafaudages se dressaient sur un côté de la maison, jamais vraiment terminée. Sa mère réalisait une nouvelle fresque murale ; des fées sexy aux cheveux flottants et aux ailes diaphanes. Sur la façade, des êtres à la peau tannée et aux muscles effilés chevauchaient des dragons aux écailles iridescentes de rubis, d'émeraude et de saphir.

Du beau travail, estimait-il. Peut-être un peu étrange pour des gens qui avaient déjà des petits-enfants, mais, au moins, personne ne pouvait louper la demeure O'Hara-Gleason.

Il gravit les marches rouge cerise du porche flanqué de lutins aux oreilles pointues, et pénétra dans un univers de musique, de parfums et de couleurs, où régnait un confortable désordre dominé par les œuvres d'art de sa mère, égayé par les fleurs que son père rapportait à la maison au moins deux fois par semaine.

La cuisine, la pièce la plus grande, mariait l'ultramoderne – un piano de cuisson avec barbecue d'intérieur, une armoire à vins vitrée – au charme rustique des meubles en bois. Des petits pots d'herbes aromatiques s'alignaient sur le rebord des fenêtres. Devant les vitres, des pendeloques de cristal de toutes formes jouaient avec les rayons du soleil. Un flot de clarté se déversait du puits de lumière aménagé entre les poutres du plafond, sur le citronnier presque aussi haut que le réfrigérateur, et sur les guirlandes de fleurs, de lianes et de fruits que sa mère avait peintes sur les murs.

Une odeur de pain frais s'échappait du four et la casserole dont Sunshine remuait le contenu en chantant dégageait de délicieux arômes.

De l'avis de Brooks, elle savait tout faire.

Son pied nu battait la mesure, elle avait tressé ses longs cheveux bruns, des créoles d'argent se balançaient à ses oreilles. Un *Peace and Love* tatoué sur sa cheville droite annonçait sa sensibilité sixties.

– Salut, maman.

Elle sursauta, puis se retourna en riant.

– Salut, fiston. Je ne t'ai pas entendu arriver.

– Tu ne risquais pas. Combien de fois devrai-je vous répéter, les enfants, de ne pas mettre la musique aussi fort ?

– Ça favorise le processus créatif, répondit Sunny, s'emparant néanmoins d'une télécommande pour baisser le son. Comment vas-tu ?

– Comme ci, comme ça. Où est papa ?

– Il avait une réunion parents-prof, il ne va pas tarder. Tu restes dîner ?

– Qu'est-ce qu'il y a à manger ?

– Minestrone, pain au romarin et salade de haricots verts.

– Parfait.

Brooks ouvrit le réfrigérateur, y prit une bière et la montra à sa mère avec un regard interrogateur.

– Si tu insistes.

Il en sortit une autre, les décapsula toutes deux.

– Qu'est-ce qui t'arrive, mon grand ? lui demanda-t-elle avec un petit coup affectueux dans les abdos. Tu as des ennuis ?

– Pas vraiment. Sylbie est venue me voir au poste cet après-midi, elle voulait qu'on passe la soirée ensemble.

– Et tu as préféré venir chez ta maman ?

– J'adore ton minestrone. Je lui ai menti.

– Toi, la créature si rare, le flic honnête ?

À son tour, il lui décocha une petite bourrade.

– Toi et tes clichés de baba cool attardée… Enfin, bref, c'est une chose de mentir à un suspect, ça fait partie du boulot. C'en est une autre de mentir gratuitement, que je n'aime pas.

– Je sais. Pourquoi as-tu menti, alors ?

– Pour éviter une scène, je suppose, mais c'est idiot. C'est reculer pour mieux sauter. Je ne veux pas d'une liaison avec Sylbie. Entre elle et moi, tout est fini depuis belle lurette. D'autant plus que je ne l'intéresse pas. Elle cherche juste des aventures sexuelles.

– Et toi, tu cherches autre chose. Mon garçon a grandi.

Sunny essuya une larme imaginaire.

– Peut-être, je ne sais pas. Mais je ne veux pas d'une relation avec Sylbie. À la première occasion, elle me fera porter les cornes. J'aurais mieux fait d'être clair avec elle.

– Cette fille n'est pas heureuse, Brooks. Elle ne s'identifie qu'à travers son corps et sa sexualité. Je suis sûre qu'elle a pourtant davantage à offrir. Mais je vois qu'il y a autre chose qui te tracasse…

– J'ai officiellement rencontré Abigail Lowery, aujourd'hui.

– Ah ! voilà qui est intéressant… Je veux des détails.

Sunny se hissa sur l'un des tabourets alignés devant le comptoir et invita son fils à prendre place à côté d'elle.

– Au premier abord, elle est aussi aimable qu'une porte de prison, mais je crois qu'elle souffre surtout de troubles relationnels.

– La pauvre…

– La pauvre porte un Glock sous son sweat pour aller faire ses courses.

– Un revolver ? Quand les gens comprendront-ils enfin que les armes…

– Je sais ce que tu penses des armes, maman.

Elle haussa les épaules.

– Je ne le répéterai jamais assez. Enfin, continue.

Il lui raconta la rencontre à l'épicerie fine, la visite qu'il lui avait rendue, le chien, les verrous. Quand il en arriva au nombre d'armes à feu qu'elle possédait, Sunny alla chercher deux autres bières.

– De quoi a-t-elle peur ?

– C'est la question que je me pose. Et en tant que chef de la police, je compte bien trouver la réponse.

– Cette fille semble si seule, elle me fait de la peine, s'apitoya Sunny. Tu dis qu'elle est informaticienne, qu'elle conçoit des systèmes de sécurité… Elle fait peut-être du cyberespionnage.

– Franchement, elle n'a pas l'air d'être une espionne.

– Les espions sont censés cacher leur jeu, non ? Passer inaperçus.

– Justement, elle ne passe pas inaperçue.

– D'accord. Alors, peut-être qu'elle fuit un mari violent…

– Elle n'a jamais porté plainte, j'ai vérifié.

– Les femmes battues n'ont pas toujours ce réflexe. Certaines préfèrent s'enfuir.

Brooks repensa à Missy et son œil au beurre noir.

– Et certaines restent. En tout cas, vu comme elle est armée et barricadée, cette femme a peur de quelque chose ou de quelqu'un de très dangereux. Et que ça lui plaise ou non, elle est ici sous ma responsabilité.

9

Sunny doutait, en roulant sur la petite route en lacets menant chez Abigail Lowery, que son fils approuverait. Elle avait cependant l'habitude de faire ce qui lui plaisait, du moment que cela ne causait de tort à personne – ou que ce tort ne fût mérité. En tout cas, elle avait une parfaite excuse pour rendre visite à l'étrange jeune femme : celle que Brooks lui avait lui-même rendue la veille.

Le temps était splendide. Une légère brise agitait le feuillage des cornouillers. Par une aussi belle journée, tout le monde ne pouvait être que de bonne humeur. En gage de bienveillance, Sunny avait préparé une tarte aux myrtilles. Personne ne résistait à sa tarte aux myrtilles.

Elle descendit de sa voiture, gravit les marches du perron et frappa à la porte. Lorsque celle-ci s'entrouvrit prudemment de quelques centimètres, elle afficha son sourire le plus amical.

– Bonjour, mademoiselle. Je suis Sunny O'Hara, la maman de Brooks.

– Oui ?

– Je sais que mon fils est passé vous voir, hier. Je me suis dit qu'il était grand temps que je vienne me présenter, moi aussi. Voilà bientôt un an que vous êtes là et je n'avais pas encore eu l'occasion de le faire.

– C'est très gentil à vous, madame O'Hara, mais…

– Appelez-moi Sunny. Je vous ai apporté une tarte aux myrtilles.

– Oh !

De sa vie, Sunshine n'avait jamais vu personne être aussi déconcerté par une tarte.

111

– Merci beaucoup, c'est très aimable de votre part, mais vous me pardonnerez, j'ai du travail…

– Vous avez bien quelques minutes, Abby ? Vous appelle-t-on Abby ?

– Non.

– Peu importe ! Abigail, il faut que je vous dise que je suis du genre à m'imposer. Vous perdrez moins de temps en m'invitant à entrer quelques minutes qu'en essayant de vous débarrasser de moi. Je suis au courant, vous avez un revolver sur vous ou à portée de main. Je suis contre les armes, mais je ne vous ferai pas de sermon. Pour ma part, je ne suis pas armée, continua-t-elle avec un sourire aussi radieux que son surnom. Et je n'ai rien de dangereux, excepté ma tarte. Elle est affreusement calorique, mais vous êtes mince comme un fil, vous pouvez vous permettre un petit péché de gourmandise.

– Je ne voudrais pas me montrer désobligeante…

– Je vous propose un marché, déclara Sunny d'un ton enjoué. Invitez-moi à entrer, dégustons une part de tarte, ensuite vous me mettrez dehors. Je ne me vexerai pas.

Prise au piège, contrariée, Abigail retira la main du pistolet fixé sous le guéridon près de la porte.

Elle ne doutait pas une seule seconde que cette femme était la mère de Brooks Gleason. Elle avait la même insolence déguisée en cordialité, la même forme de visage.

Sans un mot, elle ouvrit la porte plus largement.

– Voilà, ce n'était pas si… Oh, quel chien magnifique ! s'écria Sunny en collant le plat à tarte entre les mains d'Abigail.

Et sans la moindre crainte, elle s'accroupit auprès du molosse.

– Bonjour, mon gros ! Je peux le caresser ? Nous avons perdu notre Thor il y a six semaines. Il avait dix-sept ans, le pauvre, il ne voyait plus rien.

– Je suis désolée.

– J'ai pleuré toutes les larmes de mon corps. Heureusement, nous avons toujours notre bon vieux Chuck, notre chat. Mais ce n'est pas pareil.

Désemparée, Abigail tenait gauchement le plat à tarte.

– « Ami », dit-elle au chien. « Ami », Bert. Vous pouvez le caresser, maintenant.

– « Ami » ? C'est du français. Vous êtes française ?

– Non, mais je parle français.

– Et toi, Bert, tu parles aussi français ?

Les yeux voilés de larmes, Sunny se redressa en reniflant.

– Excusez-moi, je ne me suis pas encore remise de ce deuil.

– La mort est difficile.

– Oh oui… soupira Sunny en rejetant sa tresse derrière son épaule et en regardant autour d'elle. Vous êtes très ordonnée, je vois.

– Je… Oui. Je me sens mieux quand tout est bien rangé.

– Personnellement, je me sens mieux dans la pagaille. De toute façon, je suis incapable de garder ma maison en ordre. J'ai un tableau qui irait très bien dans votre salon. C'est mon métier. Je suis artiste.

– Ah…

– Je peins surtout des scènes mythiques et mythologiques. Des fées, des sirènes, des divinités, des dragons, des centaures… ce genre de choses.

– La mythologie est un terrain fertile pour les artistes et les écrivains. Ah…. Est-ce vous qui avez peint les fresques sur la maison de Shop Street ?

– Oui, c'est notre maison.

– Très beau travail, très intéressant.

– Merci. Et si vous prépariez du café pour accompagner la tarte ?

Abigail baissa les yeux sur le plat qu'elle avait toujours entre les mains.

– Madame O'Hara…

– Sunny.

– Sunny, je ne suis pas de bonne compagnie.

– Ne vous en faites pas, ma belle, je suis un vrai moulin à paroles !

Aussi déstabilisante que fût la situation, Abigail avait sans doute tout intérêt à accorder à cette femme les quelques minutes qu'elle lui réclamait. À l'évidence, en effet, elle ne s'en débarrasserait pas autrement.

– Bon, je vais faire du café.

Deux fois en deux jours qu'elle recevait de la visite, songea-t-elle en se dirigeant vers la cuisine. Madame O'Hara ne lui voulait sans doute aucun mal, mais…

– Est-ce votre fils qui vous envoie ?

– Pas du tout. Il risque même d'être furieux s'il l'apprend… Oh ! Vous aussi, vous cultivez des herbes ? Comme moi. Vous voyez, nous avons déjà un point commun. J'adore cuisiner. La cuisine se rapproche un peu de la peinture, sauf qu'au lieu de mélanger des couleurs, vous mélangez des aromates et des épices.

– Pour ma part, je considère la cuisine comme une science. Il suffit d'appliquer des formules. Si vous vous écartez de la formule, vous créez une nouvelle recette, ou une nouvelle variante.

– Je vous envie votre serre, dit Sunny en s'approchant de la fenêtre. Votre potager est immense… C'est génial !

– Je n'achète quasiment jamais de légumes.

– Nous non plus, remarquez. Je me suis installée ici dans les années soixante-dix. J'avais des amis qui vivaient là en communauté, ils m'ont accueillie parmi eux. On ne mangeait que ce qu'on cultivait, on tissait nos vêtements, on vendait nos créations. Nous n'habitons plus ensemble, chacun a fait son petit bonhomme de chemin, mais nous sommes presque tous restés dans la région. De vieux hippies.

– Vous apparteniez à la contre-culture.

– J'aime à penser que c'est encore le cas.

Tandis qu'Abigail préparait le café, sortait tasses et soucoupes, Sunny jeta un coup d'œil dans le bureau. Et fronça les sourcils en découvrant sur l'écran de l'ordinateur des images de l'allée, de l'arrière et des côtés de la maison.

– Eh bien, dites donc… On ne risque pas de vous cambrioler. Vous concevez des systèmes de sécurité, c'est bien cela ?

– Oui.

Mal à l'aise en société, avait dit Brooks. Néanmoins, cette drôle de fille avait pris la peine de sortir de jolies assiettes à dessert, un sucrier, des serviettes en tissu, et versé du lait dans un petit pichet. Elle savait recevoir, quand bien même ses hôtes n'étaient pas attendus et pas particulièrement bienvenus.

Sunny se hissa sur l'un des tabourets de comptoir. Si Abigail en avait deux, jugea-t-elle, c'était sans doute parce qu'ils se vendaient par paire.

– Asseyez-vous, lui dit-elle, parlez-moi de vous.

– Il n'y a pas grand-chose à raconter.

– Il y a toujours quelque chose. Qu'aimez-vous ?

– Mon travail.

À contrecœur, Abigail prit place au côté de sa visiteuse.

– Je plains les gens qui n'aiment pas leur boulot. Et à part ça ?

– Je travaille beaucoup.

Devant le froncement de sourcils de Sunny, elle s'efforça de trouver autre chose à dire.

– Bert a besoin d'exercice, nous faisons de grandes balades. C'est ce qui m'a plu dans cette propriété, qu'elle soit en pleine nature. Je jardine. J'aime lire, regarder la télévision.

– Moi aussi, je regarde beaucoup la télé. On dit que c'est abrutissant, mais ça reste à prouver… Et vous aimez la solitude.

– Oui.

– Quand mes enfants étaient petits, j'aurais donné n'importe quoi pour quelques heures de tranquillité.

– Vous avez plusieurs enfants ?

– Brooks a deux sœurs aînées. J'ai eu mes deux filles dans ce chalet. Mon homme voulait un vrai mariage, une vraie maison. Nous nous sommes mariés devant le juge de paix. Avec l'argent que nous avions mis de côté… je faisais des cartes de vœux qui se vendaient comme des petits pains, nous avons acheté cette vieille bicoque sur Shop Street et commencé à la retaper. Et puis Brooks est arrivé. Je n'ai jamais rien regretté. Jamais.

Abigail était un peu déroutée, mais fascinée, par les confessions de cette femme qu'elle ne connaissait ni d'Ève ni d'Adam.

– Vous avez eu beaucoup de chance.

– Oh oui ! Comment trouvez-vous ma tarte ?

Elle baissa les yeux sur son assiette. Captivée par le récit de Sunny, elle n'avait pas encore fini sa part.

– Délicieuse.

– Je vais vous noter la recette.

Sunny sortit un carnet et un stylo de son grand sac à main en patchwork.

– Vous la connaissez par cœur ?

– Depuis le temps que je la fais… C'est le dessert préféré de Loren.

– Vous souriez quand vous parlez de lui.

– C'est vrai ? Nous sommes mariés depuis trente-six ans. Il me rend toujours heureuse.

La chose la plus merveilleuse que l'on puisse dire d'une relation de couple, songea Abigail quand elle se retrouva seule, en parcourant la recette qu'elle tenait à la main. À ses moments perdus, elle la taperait à l'ordinateur.

Consciencieusement, elle débarrassa les assiettes et les tasses, et remarqua avec surprise qu'elle n'avait pas vu le temps passer : elle avait discuté pendant plus d'une demi-heure avec une inconnue !

– Je suppose que ce n'en est plus une maintenant…

Incapable d'analyser ce qu'elle ressentait, elle ne savait qu'en penser. Elle jeta un coup d'œil à son travail, à son chien.

– Allez viens, Bert, on va se promener.

– Tu as fait quoi ?!

Brooks regardait sa mère d'un air ahuri.

– Tu m'as très bien entendue… j'ai apporté une tarte à Abigail. Elle m'a offert le café, on a bavardé un moment. Je la trouve sympathique.

– Maman…

– Mal à l'aise en société, c'est vrai, mais elle n'est pas timide, juste un peu bloquée au niveau communication. Et le premier pas franchi, elle est très agréable. Nous avons échangé des recettes.

À son bureau, Brooks se prit la tête entre les mains.

– Tu… Tu as entendu ce que je t'ai dit hier soir ?

– Parfaitement.

– Il se peut qu'elle soit en cavale. Il se peut qu'elle ait de graves ennuis. Il se peut, si ces ennuis la rattrapent, qu'elle soit en danger. Et toi, tu te pointes chez elle avec une tarte ?

– Aux myrtilles. J'ai été obligée d'en faire deux, pour que ton père ne soit pas jaloux. Au fait, elle a des caméras tout autour de sa propriété. J'ai vu les images sur son ordinateur.

– De mieux en mieux…

– Elle parle français à son chien.

Brooks releva la tête.

– Hein ?

– Elle lui a dit en français de se laisser faire. Il est très gentil, et très fidèle, ça se voit. Il ne la quitte pas d'une semelle. C'est sûrement un très bon chien de garde. Heureusement qu'elle l'a pour lui tenir compagnie. Mais cette fille a besoin d'amis. Bon, allez, sur ce, il faut que je file, j'ai quelques courses à faire.

– Maman, je t'interdis de retourner chez elle tant que je n'en saurai pas davantage à son sujet.

– Brooks…

Il avait trente-deux ans, mais ce ton, ce regard, lui faisaient toujours froid dans le dos.

– Tu es adulte, mais tu n'as pas à m'interdire quoi que ce soit. Si tu veux en savoir davantage à son sujet, pourquoi n'irais-tu pas lui rendre une visite amicale, comme moi ?

– Et lui apporter une tarte, peut-être ?

– Je te conseille plutôt une bouteille de vin.

Il opta pour un pinot gris de gamme moyenne. Ce choix lui semblait approprié, convivial sans trop d'ambiguïté. De toute façon, il n'y avait aucune ambiguïté. Il cessa donc de se tracasser et se concentra sur la route.

L'averse de la nuit précédente avait rendu la campagne plus verdoyante encore. À présent, le soleil de fin d'après-midi chatoyait entre les branches, éclaboussait le bitume et se reflétait sur les eaux bouillonnantes du petit torrent qui serpentait sur le bas-côté.

De la fumée s'élevait de la cheminée du chalet.

Elle se tenait sur le porche, son chien à ses pieds, en blouson de cuir noir, jean et bottes noires jusqu'aux genoux, revolver au côté, terriblement sexy.

N'eût été son expression ouvertement hostile.

Sa bouteille de vin à la main, il descendit de voiture.

– Bonsoir ! lança-t-il, désinvolte, en s'avançant vers elle. Je vous ai apporté un bon petit vin, pour me faire pardonner.

– De quoi ?

– De la visite de ma mère. J'ai eu le malheur de lui dire que j'étais passé vous voir, elle n'a pas pu s'empêcher de venir faire sa commère. Toutes mes excuses pour ce… dérangement.

– Et vous revenez me déranger ?

– J'espère que non. Vous revenez de balade ?

– Pourquoi ?

– Vous avez de la boue sur vos bottes. Vous emportez toujours une arme quand vous sortez promener votre chien ?

Elle était toujours armée, point à la ligne, mais cela ne le regardait pas.

– J'ai fait du tir à la cible… Ce n'était pas la peine d'apporter du vin.

Il lui tendit la bouteille.

– Un bon petit vin est toujours bienvenu. Où pratiquez-vous le tir ?

– Pourquoi toutes ces questions ? Pourquoi ces visites répétées, avec de la tarte, avec du vin ? Quel est votre problème, dans la famille ? Pourquoi souriez-vous ?

– À quelle question voulez-vous que je réponde en premier ? (Devant son regard de pierre, il haussa les épaules.) Bon, je les prends dans l'ordre, alors. Je suis de nature curieuse, et je travaille dans la police, les questions font partie de mon métier. Quant à ma curiosité, il y a de fortes chances que je l'aie héritée de ma mère, qui est du reste une personne très conviviale, d'où sa visite, et la tarte. Je l'ai traitée de commère, mais je suis mauvaise langue. Pour le vin, je vous ai déjà expliqué. De mon point de vue, nous n'avons pas de problème, dans la famille. Nous sommes juste tels que nous sommes. Vous avez le droit d'avoir un point de vue différent. Et je souriais parce que ça vous éclaire le visage de vous mettre en colère, ça vous va bien. Ai-je répondu à toutes vos questions ?

Elle esquissa un sourire. Cet homme avait décidément du bagout.

– Vous vous croyez drôle ?

– Oui. C'est sûrement un défaut, mais personne n'est parfait. J'ai répondu à vos questions, vous n'avez toujours pas répondu à la mienne. Où pratiquez-vous le tir ?

– En quoi cela vous regarde-t-il ?

– Simple curiosité, d'une part. De l'autre, en tant que chef de la police, je me dois de m'assurer que vous savez manier les armes que vous portez.

– Je suis une excellente tireuse.

– C'est vous qui le dites. Je pourrais vous affirmer que je danse le tango comme un Argentin, mais tant que vous ne m'avez pas vu à l'œuvre, vous n'êtes pas obligée de me croire.

– Si je vous montre que je sais tirer, vous me laisserez tranquille ?

– Je ne vous le promets pas, je peux être amené à revenir. Imaginez qu'un psychopathe tente de vous enlever… ou des aliens. Il y a pas mal de gens, dans le coin, qui jurent avoir vu des extraterrestres. Beau Mugsley se fait enlever par une soucoupe volante au moins deux fois par an.

– C'est ridicule !

Abigail ne savait tout bonnement pas quels arguments opposer à un tel personnage, à la fois si saugrenu et si avenant. Ajoutez à cela sa ténacité et sa curiosité de flic, elle se sentait poussée dans ses derniers retranchements.

– Bon, je vais satisfaire votre intérêt déplacé pour mes capacités de tireuse à la cible. Ensuite, vous pourrez partir.

Il remarqua la main posée sur la tête du chien avant qu'elle descende les marches du porche.

– Il paraît que votre chien parle français, dit-il en lui emboîtant le pas. J'ai fait deux ans de français au lycée, mais il ne m'en reste quasiment rien. Il faut dire que la prof était canon. Je passais plus de temps à la regarder qu'à l'écouter.

– Les jeunes garçons sont très souvent obsédés par le sexe. Et cette obsession ne passe pas forcément avec l'âge.

– On ne peut pas nous reprocher notre programmation génétique. Impressionnant… dit-il en s'arrêtant devant le stand de tir.

Là où il s'attendait à une paire de cibles circulaires, elle avait un trio de silhouettes sur poulie, exactement comme dans les stands de tir de la police. Un casque antibruit et des lunettes de protection étaient posés sur un banc de bois.

– Je n'en ai pas d'autres, dit-elle en les mettant.

– Ce n'est pas grave.

Il recula, les mains sur les oreilles, tandis qu'elle se positionnait. *Posture de pro*, observa-t-il. Et visiblement elle avait de la pratique. À une bonne quinzaine de mètres, elle tira une série de six coups sans sourciller, puis rengaina son pistolet avant de ramener la cible.

– Beau tir groupé, commenta-t-il.

Les six projectiles avaient transpercé le cœur de la silhouette.

– En effet, vous êtes une excellente tireuse, ajouta-t-il en la regardant ramasser les balles et les jeter dans un seau. Vous permettez que j'essaie ?

Elle ne répondit pas mais ôta son casque et ses lunettes, puis les lui tendit.

– *Pillow*, intima-t-elle au chien qui attendait patiemment sur son séant.

– Pardon ?

– Je parlais à mon chien. Je lui disais de se tenir tranquille. Autrement, en vous voyant sortir votre arme, il aurait… réagi.

– Je n'y tiens pas.

Brooks passa la bouteille à Abigail, chaussa les lunettes et le casque. À son tour, il se mit en position, et fit feu.

En rangeant son pistolet, il jeta un coup d'œil au chien. Bert n'avait pas bougé.

Abigail ramena la cible, l'examina, la compara avec la sienne, presque identique.

– Vous êtes également un bon tireur.

– Il vaut mieux, dans mon métier. Je pratique aussi le tir à la carabine, en amateur. Ma mère a une sainte horreur des armes, c'est peut-être pour ça que je les aime. Esprit de rébellion.

– Avez-vous déjà tiré sur quelqu'un ?

– Jamais, et j'espère ne jamais avoir à le faire. J'ai dû tirer mon arme quelques fois, mais je n'ai pas eu besoin de faire feu.

– Vous en seriez capable ?

– Oui.

– Comment pouvez-vous l'affirmer si la situation ne s'est jamais présentée ?

– Protéger et servir. Protéger d'abord. C'est la raison principale pour laquelle je travaille dans la police. Mais j'aimerais autant ne jamais devoir tirer sur personne. Et vous ?

À son tour, Brooks ramassa ses balles.

– Si j'ai déjà tiré sur quelqu'un ? Non. Mais vous n'êtes pas obligé de me croire.

– Pourriez-vous ?

– Oui, répondit-elle, et elle attendit un instant. Vous ne me demandez pas comment je peux l'affirmer ?

– Non. Il vous reste de la tarte ? Avant que vous me demandiez pourquoi, je vous le dis : maintenant que me voilà rassuré sur votre habileté à manier les armes, je crois que nous pourrions déboucher cette bouteille et déguster un verre de vin avec une part de tarte.

– Le vin n'était qu'un subterfuge.

– En partie, mais je vous assure qu'il est très bon.

Il a le charme de sa mère, pensa Abigail, *et la même facilité à obtenir ce qu'il veut*. Du reste, elle ne pouvait nier qu'elle le trouvait physiquement attirant. Une réaction purement hormonale, absolument naturelle.

– D'accord, je vous offre une part de tarte. Mais je ne coucherai pas avec vous.

– Vous êtes blessante.

– Excusez-moi, je ne voulais pas vous vexer, dit-elle en reprenant le chemin de la maison.

Et, décidant de se montrer très claire :

– Non pas que je n'aime pas le sexe, bien au contraire.

– Décidément, nous n'arrêtons pas de nous trouver des points communs. Si ça continue, d'ici une semaine, nous serons les meilleurs amis du monde.

– Si je cherchais des amis, je m'inscrirais à un club de lecture.

Elle se dégelait, pensa-t-il, ravi de ses sarcasmes.

– J'aime lire, moi aussi, un point commun de plus. Mais nous parlions de sexe.

– L'acte sexuel est une fonction physique naturelle, et une expérience agréable.

– Jusque-là, nous sommes d'accord.

Une à une, elle déverrouilla toutes les serrures de la maison puis, à l'intérieur, reprogramma l'alarme.

– Si vous m'avez apporté cette bouteille de vin pour me draguer, je répète : je ne coucherai pas avec vous.

Enchanté par cette conversation, il la suivit dans la cuisine.

– Pourquoi ? Outre le fait que nous n'avons pas même encore partagé un verre de vin.

– Vous posez trop de questions, vous me fatiguez.

– Maudite curiosité ! Ciel, Abigail, vous souriez ?

– Probablement un rictus.

Elle ôta son blouson et l'accrocha dans une penderie. Puis elle sortit un tire-bouchon et, bien qu'il fît mine de le lui prendre, elle ouvrit la bouteille elle-même, d'un geste habile et efficace.

– Donc, vous n'avez rien d'autre à me reprocher que ma curiosité…

– Vous êtes aussi envahissant. Si nous avions une aventure et que je voulais y mettre un terme, ce serait problématique.

– Qu'est-ce qui vous donne à penser que vous pourriez vouloir mettre un terme à cette aventure ?

Elle posa deux verres sur la table, ainsi que deux petites assiettes et deux fourchettes à dessert.

– La loi des moyennes.

– Si ce n'est que ça… Je défie la loi des moyennes.

– Présomptueux !

Elle versa le vin et tendit un verre à Brooks en le dévisageant.

– J'aime votre nez.

– Abigail, vous êtes fascinante. Pourquoi aimez-vous mon nez ?

– Il a été cassé. Cette légère asymétrie donne du caractère à votre visage. J'aime les physionomies de caractère.

– Il n'empêche que vous ne voulez pas coucher avec moi.

Elle eut de nouveau un sourire.

– Je suis certaine que vous avez plein d'autres opportunités.

– Il est vrai… à la pelle.

Brooks attendit qu'elle ait sorti la tarte et l'ait découpée avant de lui demander :

– Et vous, vous voulez savoir pourquoi je ne coucherais pas avec vous ?

Il l'avait surprise, remarqua-t-il. Piquée, même.

– Oui.

– Vous êtes jolie, vous me plaisez, vous avez une façon de me regarder comme si vous voyiez jusque dans les tréfonds de mon âme. Je ne sais pas ce qu'il y a de sexy là-dedans, mais toujours est-il que ça m'excite. Vous avez besoin d'aide.

– Je ne veux pas d'aide.

– Je ne parle pas de « vouloir », je dis seulement que vous avez besoin d'aide, et j'ai un faible pour les gens qui ont besoin d'aide.

J'aime bien votre chien, même s'il me paraît aussi dangereux que votre Glock. J'aime votre façon de parler, comme si vous aviez oublié comment on fait. J'aimerais sentir votre bouche sous la mienne. Mais...

Avec un soupir exagéré, il leva les mains et les laissa retomber.

— Mais bien que je sois un homme, reprit-il, qui s'emballe dès qu'une femme le regarde, je préfère généralement commencer par apprendre à la connaître, l'emmener dîner, discuter avec elle, ce genre de choses.

— Je ne sors jamais.

— Vous ne m'étonnez guère. Mais nous avons commencé à faire connaissance.

Elle lui coula un regard gêné.

— Non, nous ne nous connaissons pas.

— Selon vos critères, répliqua-t-il en agitant vers elle une fourchetée de tarte. Je n'ai pas tout à fait les mêmes. Et puis, c'est vous qui avez commencé à me faire des avances...

— Sûrement pas. Ne vous méprenez pas. Et parlons d'autre chose, s'il vous plaît.

— En tout cas, si ce n'étaient pas des avances, ça y ressemblait. Mais vous avez raison, changeons de sujet. C'est vous qui avez conçu le système de sécurité ici ?

— Oui, répondit-elle, de nouveau sur la défensive.

— Les caméras, aussi ?

— Oui. Évidemment, ce n'est pas moi qui fabrique le matériel.

— Évidemment, répéta Brooks en se penchant en arrière pour regarder la station informatique dans le bureau attenant à la cuisine. Sacrée installation !

— C'est mon boulot.

— Je sais me servir d'un ordinateur, mais dès qu'il tombe en panne, je suis obligé de faire appel à mon père. C'est un as de l'informatique. Ça doit être son côté matheux. Vous étiez bonne en maths ?

À une époque, se souvint-elle, elle était bonne en tout.

— Plutôt, oui. J'aime bien les maths, ce n'est que de la logique.

— J'aurais pu m'en douter. J'aime bien votre maison, dit-il en reportant son attention sur elle et en buvant une gorgée de vin. Ma mère a flashé sur votre cuisine.

— Vous devriez lui offrir un chien.

— Pardon ?

– Elle dit qu'elle n'est pas prête à en reprendre un, mais vu la façon dont elle s'est comportée avec Bert, il est clair qu'elle a besoin d'un chien dans sa vie. Elle... Excusez-moi, bredouilla Abigail en rougissant. Je me mêle de ce qui ne me regarde pas.

– Elle aimait ce bon vieux Thor, c'est vrai. Nous l'aimions tous. Ça nous a filé un coup quand il a fallu le faire piquer.

Brooks se pencha vers Bert, mais résista à l'envie de le caresser.

– Vous pensez vraiment qu'elle est prête à accueillir un autre chien ?

– Je n'aurais pas dû aborder ce sujet.

– Trop tard. J'aimerais connaître votre opinion.

– Dans ce cas, oui, je pense. Elle aurait l'impression de trahir Thor si elle prenait elle-même un autre chien. Mais si c'est un cadeau, de l'un de ses enfants par exemple, c'est différent.

– C'est vrai. Merci... Elle vous a trouvée sympathique.

– Moi aussi. Vous pouvez emporter ce qui reste de tarte. Et le plat. Vous le lui rendrez.

Sur ces mots, Abigail se leva.

– Vous me mettez dehors ?

– Oui. Il faut que je donne à manger à Bert, et j'ai du travail. Vous direz à votre mère que j'ai apprécié sa tarte.

– Je n'y manquerai pas.

À son tour, Brooks se leva et prit le plat.

– Et merci pour le vin. Je vous raccompagne.

Devant la porte d'entrée, il attendit qu'elle ouvre tous les verrous, désactive l'alarme. Puis il posa la tarte sur le petit guéridon.

– Dites à votre chien de se tenir tranquille.

– Pourquoi ?

– Parce que je vais poser les mains sur vous et je ne tiens pas à ce qu'il me les arrache.

– Je n'aime pas qu'on me touche.

– Vous aimez le sexe. Un baiser se situe entre le simple contact physique et l'acte sexuel. Vous n'êtes pas curieuse, Abigail ?

– Un peu.

Elle le fixa de son regard perçant, puis se tourna vers le chien.

– « Ami », lui dit-elle en posant une main sur le bras de Brooks. « Ami », Bert.

Elle se crispa toutefois lorsque Brooks lui prit la main – celle du pistolet.

– « Ami », murmura-t-il. Au moins un mot de français que j'ai retenu. Soyons amis, Abigail.

Troublé par son regard pénétrant, en alerte, il lui effleura la joue et posa ses lèvres sur les siennes, avec une infinie douceur. Puis, les yeux dans les yeux, il attira son corps contre le sien et se fit un peu plus insistant, jusqu'à ce qu'elle passe un bras autour de son cou, une main dans ses cheveux.

En s'écartant, il lui lâcha la main et reprit la tarte en secouant la tête.

– Je crois que je vais être obligé de revenir...

– Ce serait une erreur.

– Pourquoi ?

– Pour nous deux.

– Je n'en suis pas si sûr... À bientôt, Abigail. À plus, Bert !

Elle referma la porte avant même qu'il ait regagné sa voiture.

– Ce serait une erreur, répéta-t-elle en regardant son chien.

10

Brooks fut occupé presque toute la journée : à ficher une bonne frousse à trois jeunes voleurs à l'étalage ; à régler un accident de la circulation – c'est-à-dire, essentiellement, à empêcher les deux conducteurs d'en venir aux mains ; à établir ensuite les procès-verbaux ; et à écouter Sid Firehawk rouspéter quand il le verbalisa enfin pour son pot d'échappement percé.

En guise de récompense, il s'apprêtait à aller se chercher un café crème et une petite douceur à la boulangerie lorsque Alma passa la tête dans son bureau, des *Peace and Love* arc-en-ciel gros comme des mandarines se balançant à ses oreilles.

– Grover vient d'appeler. Il y a un litige à Ozark Art.

– Quel genre de litige ?

– Il m'a juste dit que ça commençait à dégénérer. Si tu pouvais y faire un saut…

– OK, je vais aller voir. Tu veux que je te rapporte quelque chose de la boulangerie ?

– Arrière, Satan !

– Comme tu veux.

Brooks se leva et prit sa veste.

– Attends ! le retint-elle. Disons que si un cookie au chocolat et aux noix de macadamia atterrissait sur mon bureau, avec un *latte* allégé, ce ne serait pas de ma faute.

– Personne ne pourrait te le reprocher.

Dehors, Brooks leva la tête vers le ciel. Les températures refusaient de se stabiliser : un jour caniculaire, le lendemain bien au-dessous des normales saisonnières. Avec un temps pareil, la tornade

125

menaçait. Le ciel demeurait cependant de la couleur inoffensive du denim délavé.

Comme tous les samedis après-midi, Shop Street fourmillait de badauds, touristes et gens du coin. En passant devant l'épicerie fine, il pensa à Abigail, et continua jusqu'à Ozark Art, à l'angle de la rue.

À travers la vitrine, il ne semblait pas y avoir le moindre problème dans la boutique. En fait, ni Grover ni aucun client n'était là. La clochette tintinnabula lorsque Brooks poussa la porte. Il jeta un coup d'œil aux peintures et aux sculptures, aux poteries et aux objets en verre soufflé.

Un diffuseur de parfum en bambou répandait une senteur boisée. *Une œuvre de Grover, sans doute*, songea-t-il distraitement. Avec son air de gnome, Grover était un magicien des arômes.

Brooks s'avança vers l'arrière-boutique. Des talons résonnèrent sur le plancher et Sylbie apparut, les cheveux en désordre et le regard ensommeillé.

— Ah, enfin, te voilà… chef.

— Que se passe-t-il, Sylbie ?

— Viens voir par là, répondit-elle en lui faisant signe de l'index replié.

— Où est Grover ?

— Parti faire une course. C'est moi qui surveille la boutique.

Brooks suivit Sylbie dans la réserve.

— Il a téléphoné au poste pour demander que la police vienne régler un différend.

— Viens avec moi, ce ne sera pas difficile à régler.

— Non. Explique-moi d'abord de quoi il s'agit.

— D'accord…

Elle portait une robe à motifs noirs et blancs. Qu'elle enleva.

— Bon sang, Sylbie, ça ne va pas !

En riant, elle rejeta ses cheveux en arrière et s'appuya contre l'encadrement de la porte, entièrement nue à l'exception d'une paire d'escarpins rouges à talons hauts, laissant voir le bout de ses orteils aux ongles peints du même rouge vif.

— Tu n'es pas venu me voir, l'autre soir, Brooks. J'ai été obligée de me siffler la bouteille de vin à moi toute seule.

— Je t'avais dit que j'étais de garde. Rhabille-toi.

— Tu ne disais pas la même chose, avant…

— Rhabille-toi, répéta-t-il, sans pouvoir s'empêcher de la regarder.

— Embrasse-moi.

– Qu'est-ce que c'est que cette histoire ? C'est toi qui as demandé à Grover d'appeler un officier ?

– Pas n'importe quel officier, mon lapin, répondit-elle en lui soufflant un baiser. C'est toi que je voulais.

– Arrête ce cinéma, rétorqua-t-il sèchement. Si tu n'as pas remis ta robe d'ici dix secondes, tu es en état d'arrestation.

– Oh… Tu veux jouer à ce petit jeu ?

– Regarde-moi, bon sang ! Ai-je l'air de jouer ?

Avec une expression offensée, elle ramassa sa robe et la remit.

– Tu n'as pas à me parler sur ce ton, dit-elle.

– Je suis le chef de la police, et je suis en service.

Elle ajusta les brides de sa robe, avec deux petits claquements provocateurs.

– Pfff ! Il ne se passe jamais rien dans ce trou paumé.

– Je vais te dire ce qui va se passer : je vais aller trouver Grover et lui coller une amende pour avoir appelé la police sans raison.

– Tu ne le feras pas.

– Je vais me gêner !

– Ne fais pas ça, Brooks, l'implora-t-elle en s'avançant vers lui. S'il te plaît… C'est moi qui lui ai demandé de téléphoner.

– Ça lui servira de leçon. Et à toi aussi.

– Pourquoi es-tu si dur ? larmoya-t-elle. Pourquoi m'obliges-tu à te supplier ? Tu étais fou de moi, au lycée.

– Nous ne sommes plus au lycée.

– Je ne te plais plus ?

Il connaissait ces larmes. Elle en avait versé des torrents, mais il ne se laisserait plus attendrir.

– Écoute, Sylbie, tu es une belle femme, probablement la plus belle femme que j'aie jamais vue. Tu as du talent et quand tu le veux bien, tu es de compagnie agréable. Mais tout est fini entre nous depuis longtemps.

– Tu ne disais pas ça, il y a quelques semaines, dans mon lit.

– C'est vrai, et je suis désolé, Sylbie. Sexuellement, on s'est toujours bien entendus, tous les deux, mais il n'y a jamais rien eu d'autre entre nous.

– Tu t'en fiches, non, du moment que tu prends ton pied…

– Tu te rabaisses, Sylbie, tu ne devrais pas. J'ai une plus haute opinion de toi.

– Tu es vraiment idiot, rétorqua-t-elle, le rouge aux joues. Je m'offre à toi et tu refuses.

– S'il n'y a que le sexe qui t'intéresse, tu trouveras plein de volontaires.

– Tu ne veux vraiment plus, toi ?

– Non, répondit-il, soulagé d'avoir enfin eu le courage d'être franc. J'espère que nous resterons en bons termes. Maintenant, écoute-moi, je vais te faire une promesse : si jamais tu me refais un coup pareil, tu sauras ce que c'est que de passer une nuit en garde à vue.

– Tu as changé, Brooks, répliqua-t-elle, le regard dur et froid.

– J'espère bien, riposta-t-il en regagnant la boutique.

Lorsqu'il en sortit, Grover fumait une cigarette sur un banc devant le magasin voisin.

– Eh, salut, chef !

– Bonjour, Grover. Viens avec moi, s'il te plaît.

– Euh… bredouilla le petit homme rondelet et dégarni.

– Tu vas devoir payer une amende pour appel injustifié à la police.

– Mais je…

– La prochaine qu'une jolie fille te demandera de faire un truc idiot, tu y réfléchiras à deux fois.

– Mais elle m'a dit…

– Tu t'arrangeras avec elle. En tout cas, n'appelle plus la police si tu n'as pas besoin de la police. Nous avons d'autres chats à fouetter. Tu sais que je pourrais te mettre en prison ?

Grover devint blême et se leva en tremblant.

– En prison ? Mon Dieu, je…

– Ne recommence pas. L'amende se monte à 2 000 dollars.

– Je… Je… Je…

Grover semblait sur le point de s'évanouir, Brooks se tenait prêt à le rattraper.

– Exceptionnellement, nous pouvons la minorer à 25 dollars. Ta bêtise te donne des circonstances atténuantes. Passe au poste la régler avant la fin de la journée, sinon, elle remonte à 2 000 dollars. Ai-je été clair ?

– Oui, monsieur.

– Je paierai, Grover, déclara Sylbie en sortant sur le trottoir. C'est ma faute. Je paierai.

– Arrangez-vous comme vous voudrez, dit Brooks, pourvu qu'elle soit payée avant 17 heures.

Bien que la scène lui eût coupé l'appétit, Brooks se rendit tout de même à la boulangerie acheter le cookie et le *latte* d'Alma, qu'il déposa sur le bureau de celle-ci avant de s'enfermer dans le sien.

Après s'être interrogé un instant sur le motif à inscrire sur la contravention, il opta pour un équivoque « Fausse alerte », rédigea le PV puis l'apporta à Alma.

– Grover ou Sylbie passeront le payer, lui dit-il. Ne me pose pas de questions.

Brooks s'interrompit à l'arrivée de Ash.

– Il a encore fallu que je chasse les skaters du parking de la banque. Et que je verbalise Dolly Parkins pour excès de vitesse. Il a aussi fallu que je remonte les bretelles du fils Draper, au city-stade, parce qu'il brutalisait encore un gamin. Un cookie me calmerait les nerfs.

Alma croqua dans son biscuit en roulant les yeux de plaisir.

– Mmm…

– Tu n'es pas sympa.

Brooks les laissa et retourna s'enfermer dans son bureau, où il reprit ses recherches sur Abigail Lowery. Elle était titulaire d'un master d'informatique, découvrit-il, et d'un diplôme d'ingénieur en sécurité, tous deux passés au prestigieux Massachusetts Institute of Technology. Cela lui prit un peu de temps, mais il apprit aussi qu'elle travaillait en free-lance pour une société du nom de Global Network. Il entreprit de chercher des renseignements sur ladite société.

Privée, fondée par une certaine Cora Fiense, trente-trois ans, dont il ne trouva pas de photo en ligne. Il scanna néanmoins quelques articles à propos de la petite entreprise haut de gamme dirigée par une agoraphobe qui fuyait les mondanités.

Le site Internet de Global Network ne donnait pas de réelle information sur cette femme, ni sur ses collaborateurs. Il indiquait simplement les domaines d'intervention de la firme : analyse et conception de systèmes de sécurité.

Brooks se renversa contre le dossier de sa chaise en se demandant pourquoi il persistait. Abigail n'avait rien fait de mal, pour autant qu'il sache. Il avait toutefois le pressentiment que s'il continuait à fureter, il finirait par déterrer… quelque chose.

Il afficha son écran de veille lorsqu'on frappa à la porte.

– Oui ?

– Je m'en vais, lui dit Alma. J'ai transféré les appels sur ton poste. Ash reste à l'accueil jusqu'à 20 heures. Boyd est en patrouille.

– OK.

– Sylbie et Grover sont venus payer l'amende ensemble.

– Très bien.

– Je te rappelle que tu n'es plus en service depuis dix minutes. Tu peux rentrer chez toi.

– Je ne vais pas tarder. Merci, Alma.

Il consulta son calendrier. Lundi, sa semaine débuterait par la réunion mensuelle avec les conseillers municipaux. Et il devait terminer ses rapports d'inspection trimestriels avant la fin du mois. De la paperasse administrative qu'il pouvait emporter chez lui. Son planning social ne débordait pas de rendez-vous. Sa faute à lui, il l'admettait. Il envisagea un instant de faire un saut au pub, ou de passer un coup de fil à l'un de ses amis. Mais il n'était pas d'humeur. L'incident Sylbie l'avait déprimé. Et énervé. Car le fait est qu'elle l'avait tenté, la diablesse…

Pour l'heure, il avait besoin de se changer les idées. Il allait passer chez Mya, se faire inviter à dîner, jouer avec ses neveux. Rien de tel pour se vider l'esprit qu'une partie de Wii ou de PlayStation avec deux moutards surexcités.

Sa veste sur le bras, il éteignit son ordinateur et lança un bonsoir à Ash en se dépêchant de quitter le poste avant que le fleuriste ferme boutique. Une invitation à dîner valait bien un bouquet de tulipes.

À la sortie de la ville, il prit la route menant à la grande villa bruyante de sa sœur puis, sur un coup de tête, bifurqua au premier carrefour.

Un feu de bois crépitait dans la cheminée. Un potage de *pasta e fagioli* mijotait sur la cuisinière. Abigail avait confectionné une jolie petite meule de pain aux olives, et trié une salade verte qu'elle s'apprêtait à assaisonner d'une sauce au vinaigre de framboise.

Elle avait terminé tout le travail prévu pour sa journée, effectué quatre-vingt-dix minutes de musculation et de cardio. Bert avait eu lui aussi sa séance d'exercice. Elle avait l'intention de dîner devant un film, éventuellement d'en regarder un deuxième en grignotant du pop-corn.

Et malgré toutes les visites reçues dans la semaine, elle avait été productive. Le chèque qu'elle toucherait pour le contrat qu'elle venait d'honorer renflouerait son compte en banque et lui assurerait la tranquillité d'esprit pendant un certain temps.

– D'abord un film d'action ou d'aventures, ensuite une comédie, dit-elle à Bert en remuant la soupe. Et un peu de vin. Le chef de la police avait raison : ce rosé est délicieux. Les soirées ne seront bientôt plus assez fraîches pour qu'on fasse du feu, alors profitons-en. Je crois qu'on…

Tous deux tressaillirent lorsque le système de sécurité bipa.

– Encore de la visite ? murmura-t-elle en posant machinalement la main sur son arme. Oh, non, pas lui…

De son écran de contrôle, elle zooma sur le véhicule de patrouille, afin de s'assurer que Brooks était derrière le volant, et seul. Puis, après un instant d'hésitation, elle enleva son holster. Inutile qu'il lui demande pourquoi elle le portait chez elle un samedi soir. Elle le rangea dans un tiroir et attendit que Brooks se gare. Au moins, il s'était garé à côté de sa voiture, cette fois, sans la bloquer.

Elle déverrouilla les serrures, ôta la barre de sécurité et entrebâilla la porte, la main sur le pistolet sous le guéridon.

– De quoi venez-vous vous excuser, cette fois ? demanda-t-elle en voyant le bouquet de tulipes.

– De rien. Oh… les fleurs. C'est drôle, je les avais achetées pour me faire inviter à dîner chez ma sœur et voilà que je me retrouve ici…

– Vous ne comptez tout de même pas vous faire inviter chez moi ? répliqua-t-elle, ne le trouvant pas crédible pour un sou.

– Ce modeste présent me vaudrait-il cet honneur ?

Elle entrouvrit la porte un peu plus largement.

– Allez donc vite l'offrir à votre sœur.

– Je vous l'offre à vous. J'ai passé une journée exécrable. Je pensais aller chez Mya me changer les idées, mais finalement j'ai préféré venir vous voir.

– Ce n'est pas moi qui vous changerai les idées.

– Rien que de vous voir, je suis déjà de meilleure humeur. Ça sent rudement bon…

– Je ne sais pas ce que vous venez chercher ici.

– Pour tout vous dire, je ne le sais pas moi non plus. Vous êtes en droit de me claquer la porte au nez. Je vous offre quand même les fleurs.

Personne ne lui avait jamais offert de fleurs, mais elle s'abstint de le préciser.

– J'allais juste me servir un verre du vin que vous avez apporté l'autre fois, et vous voilà maintenant avec des fleurs. Je me sens dans l'obligation de vous inviter à entrer.

– J'accepte volontiers.

Elle referma tous les verrous derrière lui. Quand elle se retourna, il lui tendit le bouquet.

– Merci… même si elles étaient pour votre sœur, à l'origine.

– Tout le plaisir est pour moi.

– Il faut que je les mette dans l'eau.

Il la suivit à la cuisine, d'où provenait le délicieux fumet.

– Parfaite soirée pour un potage et un feu de cheminée, commenta-t-il, dans l'espoir d'être convié à les savourer. Il risque de geler cette nuit. Et demain, on aura de nouveau des températures de plein été. Vous avez déjà connu une tornade ?

– Je suis préparée.

Tandis qu'elle arrangeait les tulipes, Brooks tira une chaise et s'y assit.

Elle les posa sur le comptoir, puis l'observa comme lui aurait observé un suspect.

– Je vous sers un verre de vin ?

– Ce n'est pas de refus.

Elle sortit la bouteille, deux verres à pied, et les remplit.

– On dirait que vous avez envie de me parler de votre mauvaise journée. Je me demande bien pourquoi, je ne fais pas partie de vos proches.

– C'est peut-être justement la raison. De plus, vous avez joué un rôle dans mon problème, indirectement.

– Comment cela ?

Il dégusta une gorgée de vin, elle resta debout.

– Je me suis retrouvé dans une situation très gênante, aujourd'hui. Avec une femme que je fréquentais quand j'étais au lycée. L'amour de ma vie, à l'époque, si vous voyez ce que je veux dire.

Abigail eut une vision, aussi claire que de l'eau de roche, du visage d'Ilya Volkov. Le seul homme dont elle avait failli tomber amoureuse.

– Non, pas vraiment, répondit-elle.

– Vous n'avez jamais eu le cœur brisé ?

– J'avais plusieurs années d'avance, à l'école. Je n'étais jamais avec des garçons de mon âge.

– Ça n'empêche pas. Enfin, bon… Cette fille était ma première. La première fois vous marque pour toujours, non ?

– Vous voulez dire les premiers rapports sexuels ? Je n'ai aucun attachement affectif pour mon premier partenaire.

– Vous n'êtes pas très bon public, Abigail, mais je continue quand même. Quand cette fille m'a plaqué, pour un gars plus vieux que moi, le capitaine d'une équipe de foot, elle m'a fait mal, très mal.

– Désolée.

– Je m'en suis remis, tout du moins je croyais m'en être remis. Quand je suis revenu de Little Rock, la jeune femme en question se séparait de son deuxième mari.

– Je vois le genre.

Brooks prit soudain conscience de l'image qu'il donnait de Sylbie.

– Elle n'est pas aussi cruelle qu'on pourrait le penser à m'entendre, dit-il. Mais elle m'a mis en colère, tout à l'heure. Je reprends mon histoire... Il y a quelque temps, nous avons revisité le passé, Sylbie et moi, pour ainsi dire.

– Vous avez couché avec elle ?

– Une fois ou deux. Mais le cœur n'y était plus, de mon côté. Je crois qu'on ne peut pas revenir en arrière.

– Quel intérêt, de toute façon, si c'était déjà une erreur au départ ?

– Bien vu. Mais le sexe, voyez-vous... J'ai décidé qu'il fallait que je lui résiste, désormais, et que je devais être clair avec elle... ce que j'aurais dû faire tout de suite, d'ailleurs, au lieu de me trouver toutes sortes d'excuses. Cet après-midi, elle... elle m'a fait appeler par le gars qui tient la boutique où elle expose ses poteries et où elle travaille à temps partiel.

Il est exactement comme sa mère, pensa Abigail.

Il se pointait, il déballait sa vie privée, et il trouvait le moyen d'en faire un récit qui la captivait.

– Sous quel prétexte ?

– Un différend nécessitant mon intervention. Quand je suis arrivé, elle était seule, avec l'idée de me coincer dans l'arrière-boutique.

– Pour coucher avec elle ?

– Oui. Elle s'est déshabillée et s'est plantée toute nue en face de moi, en chaussures rouges.

– C'est une femme sûre d'elle. Elle était persuadée que vous seriez partant.

– Sûre d'elle sur certains plans, mais je n'étais pas partant du tout. J'étais...

– Dans une situation embarrassante, avez-vous dit tout à l'heure.

– Très embarrassante. Non pas que...

– Elle vous excitait, c'est normal.

– Naturel, en effet, une sorte de réflexe. Mais j'étais surtout furax qu'elle se soit servie d'un pauvre type pour m'attirer dans ses filets. Alors que j'étais en service, par-dessus le marché.

Abigail considérait cet incident comme une fascinante illustration de la complexité des rapports humains.

– Il semblerait qu'elle n'ait pas compris à quel point vous prenez votre métier au sérieux.

– Je ne suis plus un adolescent en rut. Je suis le chef de la police, nom d'un chien !

Cet accès de colère et la culpabilité qui à l'évidence le dévorait ajoutaient encore à l'intérêt de l'anecdote.

– Vous êtes encore furieux contre elle, et contre vous pour votre réflexe naturel.

– Sans doute, oui. J'ai été forcé de lui dire que tout était irrévocablement terminé entre nous, en partie pour les raisons que je viens de vous exposer, en partie parce que, bon sang ! elle n'avait pas une once de respect ni pour moi ni pour elle. En plus, elle m'obligeait à pénaliser ce pauvre Grover.

– Ça fait beaucoup de raisons.

– Et ce n'est pas tout. J'ai aussi compris, en regardant cette femme superbe que j'avais aimée comme on peut aimer à seize ans, qu'elle ne m'attirait plus, parce que je suis attiré par vous.

– Je vous ai déjà dit que je ne coucherai pas avec vous. Croyez-vous que c'était pour piquer votre intérêt ?

– Non, je vous crois sincère, à part en ce qui concerne ce que vous cachez derrière ces portes soigneusement barricadées. Mais je crois aussi que vous n'auriez pas dit une chose pareille si vous n'étiez pas un minimum attirée par moi.

Elle fit volte-face.

– Ce n'était pas judicieux de venir ici alors que vous êtes encore sous le coup de la colère, et probablement encore un peu excité par cet incident.

– C'est vrai, ce n'était pas malin.

– Si je revenais sur…

Il leva la main pour l'interrompre.

– Accordez-moi une faveur. Dans l'immédiat, ne revenez sur rien. Si vous avez changé d'avis, je risquerais de sauter sur l'opportunité. Sinon, eh bien, je serais juste un peu déprimé. Je ne suis pas venu là en quête d'une aventure sexuelle, bien que, comme je vous l'ai dit, je serais ravi de saisir cette opportunité si elle se présentait. Mais laissons cette conversation de côté pour aujourd'hui. En revanche, j'accepterais avec plaisir une assiette de potage.

Abigail ne voulait pas tomber sous le charme de cet homme, elle ne voulait pas s'engager dans une liaison avec cet officier de police qui lui faisait des confidences dans sa cuisine. Logiquement, elle aurait dû le congédier. Or elle ne parvenait à s'y résoudre, et se demandait ce qui se passerait si elle commettait une petite folie.

– Je comptais dîner en regardant un film.

– J'adore les bons films.

– J'avais l'intention de regarder *Potins de femmes*.

Il poussa un long soupir.

– C'est bien ma veine…

Lorsqu'elle sourit, il eut l'impression que toute la pièce s'illuminait.

– Non, en vérité, je voulais regarder *Die Hard 4*.

– Vous auriez mérité un bouquet deux fois plus gros.

Il découvrit qu'elle cuisinait à merveille, et qu'il aimait la vinaigrette au vinaigre de framboise. Il apprit aussi qu'elle était une spectatrice extrêmement attentive, qui ne bavardait pas pendant qu'elle regardait un film – ce dont il avait horreur.

Le chien semblait s'être accoutumé à sa présence, il dormait aux pieds de sa maîtresse. Néanmoins, Brooks ne doutait pas une seconde que s'il avait un geste déplacé, le dogue se réveillerait afin de le rappeler à l'ordre.

Confortablement installé à un bout du canapé, repu, il savourait donc tranquillement cette soirée au coin du feu, devant un bon film, en charmante compagnie. Lorsque le générique défila, Abigail se leva et ramassa les couverts.

Comme de juste, Bert se redressa et posa sur le visiteur un regard signifiant clairement : je t'ai à l'œil, mon gars.

– Je vais faire la vaisselle, proposa Brooks.

– Non, j'ai mes petites habitudes.

– Laissez-moi au moins vous aider à débarrasser, dit-il en empilant les bols avant qu'elle puisse protester. Je vous dois bien ça, vous m'avez remonté le moral.

– J'en suis ravie, mais vous devriez vous en aller, maintenant.

– OK, acquiesça-t-il en riant. Pour vous remercier, j'aimerais vous inviter à dîner.

– Nous venons de dîner.

– Un autre jour.

– Je ne vais pas au restaurant.

– Jamais ?

– Jamais, je suis mieux chez moi.

– J'apporterai le dîner ici, dans ce cas. Que diriez-vous d'une pizza ? Elle aimait les pizzas.

– Ce n'est pas nécessaire.

– Ce n'était pas non plus nécessaire de m'offrir un bol de ce succulent potage. Considérez que nous serons quittes, après. Je parie que vous n'aimez pas être redevable.

– Je ne suis pas de bonne compagnie.

– Vous vous trompez. Je vous passerai un coup de fil.

– Je ne vous ai pas donné mon numéro.

– N'oubliez pas que je travaille dans la police, répliqua-t-il malicieusement en lui effleurant la joue du bout du doigt, un geste si intime qu'elle sentit son pouls s'emballer.

Effectivement, elle ne devait pas l'oublier, elle ne pouvait pas se le permettre.

– Je vous raccompagne.

– Si je vous embrasse, votre chien ne va pas me sauter à la gorge ? demanda-t-il tandis qu'elle déverrouillait la porte.

– Non. Sauf ordre contraire, il vous tient pour un ami.

– OK.

Cette fois, il posa les mains sur ses hanches et l'embrassa fougueusement.

Un instant, elle oublia. À son contact, blottie contre lui, elle oublia tout. Elle avait envie de sentir le grain de sa peau sous ses doigts, la chaleur de son corps contre le sien. Elle avait envie de ses mains, de ses lèvres sur ses seins, sur son corps frémissant de désir. Elle avait envie, terriblement envie, de cette étreinte primaire qu'elle ne s'était pas autorisée depuis près d'un an.

Quand il s'écarta d'elle, sa raison et sa chair se livrèrent bataille. Si elle laissait la chair gagner…

– Bonsoir, Abigail.

– Bonsoir.

– À plus, Bert, ajouta-t-il en descendant les marches du perron.

Puis il s'immobilisa et se retourna avec un sourire.

– Un dîner, un film et un baiser d'au revoir… Je crois que l'on peut qualifier cette soirée de deuxième rendez-vous.

– C'est…

– J'attends le troisième avec impatience, dit-il en lui adressant un clin d'œil avant qu'elle referme la porte.

11

Brooks se demandait pourquoi les conseillers municipaux tenaient absolument à ce qu'il assiste à leur réunion mensuelle. Il ne s'y sentait pas à sa place, et n'était donc pas mécontent qu'elle soit passée, et de se rendre à présent chez Lindy avec son vieil ami Russ Conroy, actuellement adjoint au maire, qui venait d'annoncer sa candidature aux prochaines élections.

– Monsieur le maire, ça t'ira comme un gant.

– Attends, je n'y suis pas encore.

Brooks connaissait Russ depuis le jardin d'enfants, ils avaient été dans la même classe tout au long de leur scolarité. Brooks avait été témoin au mariage de Russ, trois ans plus tôt. Il était à présent le parrain de sa fille Cecily, dix-huit mois.

Il avait vu Russ, petit rouquin chétif au visage moucheté de taches de rousseur et aux dents en avant, évoluer du poste de réceptionniste à celui de P-DG de l'hôtel de luxe appartenant à la famille Conroy depuis des générations. Le gamin avec qui il avait fait les quatre cents coups était devenu un homme d'affaires audacieux, un mari dévoué et un papa gâteau. Mais jamais Brooks ne s'était douté qu'il voterait un jour pour lui.

Russ poussa la porte du snack-bar et se dirigea vers une table.

– Bickford a été généreuse avec moi, dit-il. Elle m'a donné une belle maison, une belle carrière, et surtout Seline et CeeCee. Je veux à mon tour apporter quelque chose à ma ville, la faire prospérer, l'aider à développer ses atouts touristiques.

Brooks s'installa en face de son ami.

– Je suis sûr que tu seras à la hauteur, affirma-t-il.

Oui, Russ était né pour la politique, songea-t-il.

– Monsieur le maire… murmura-t-il en soulevant sa tasse.

– Monsieur le chef de la police…

– Eh oui ! nous sommes devenus des adultes responsables. Surtout toi, le père de famille.

– Le deuxième est en route.

– Pas vrai ?!

La fierté et la joie se peignirent sur le visage de Russ.

– La naissance est prévue pour septembre.

– Félicitations… Tu ne chômes pas, dis donc, de ce côté-là.

– On voulait attendre le mois prochain pour l'annoncer, mais les rumeurs courent vite. Seline est malade comme un chien le matin. Ses collègues, dont ton père, ont tout de suite deviné.

– Il ne m'en a rien dit.

– Elle lui a demandé de garder le secret. Ton père est une tombe.

– Ça, c'est vrai.

– Et toi, ça marche, les amours… s'enquit Russ en levant ses épais sourcils roux. Qu'est-ce que tu as fait, samedi soir ?

– Rien de bien folichon. J'ai été appelé pour une bagarre chez Beaters, semée par Justin Blake.

– Ce gamin est une teigne.

– Pire que ça ! Il boit, il se drogue, et il se croit tout permis. Son père n'a pas apprécié que je le mette en cellule de dégrisement.

– Lincoln est lui aussi un sale type, qui s'imagine pouvoir tout acheter avec son pognon. Je suis surpris qu'on serve encore son môme, chez Beaters.

– D'après les témoins, on a refusé de le servir, justement. Il était déjà soûl comme un cochon.

– Triste samedi soir pour toi.

– D'autant plus que je suis resté au poste une bonne partie du dimanche matin, à cause de ce petit voyou. Et le pire, c'est que son père et son avocat l'ont fait libérer. Il s'en tire avec une obligation de soins, quelques travaux d'intérêt général, une amende, plus des dommages et intérêts pour les dégâts qu'il a commis. Même pas dix-neuf ans et il s'est déjà fait virer de deux facs. Deux arrestations pour conduite en état d'ivresse, et je ne compte même plus ses diverses infractions au code de la route. On lui a retiré son permis pour un an, mais apparemment ça ne l'empêche pas de prendre des cuites monumentales et de semer la zizanie partout où il met les pieds.

Russ repoussa une mèche poil de carotte de son front.

– Tu as besoin d'un peu de détente, mon pote, ajouta-t-il. Tu sais que Seline a toute une liste d'amies qu'elle rêve de te présenter.

– Si elle fait une chose pareille, je t'étrangle.

– Je disais juste ça comme ça. Tu vois toujours Sylbie ?

– Non, c'est terminé, pour de bon, cette fois.

– Alors…

– Pour tout te dire, j'ai une touche avec Abigail Lowery.

– Sérieux ? s'exclama Russ, les yeux pétillants, en se penchant par-dessus la table. Raconte-moi tout.

– Je dois retourner travailler.

– Maintenant que tu as commencé, je veux en savoir plus.

– Disons qu'elle est intéressante, mystérieuse et sexy. Elle a un chien qui fait flipper, et elle sait tirer au pistolet.

– Qu'est-ce qu'elle fiche avec toi, alors ?

– On aura l'occasion d'en reparler. Pour le moment, il faut vraiment que je retourne travailler. Paie-moi mon café et je voterai pour toi.

– Ça marche. Eh ! viens dîner à la maison avec elle, un de ces soirs.

– Ça, ce n'est pas gagné, soupira Brooks en se levant.

Lorsque Brooks passa chez ses parents, en fin d'après-midi, Sunny et Loren plantaient des fleurs dans le massif devant la maison, la première coiffée d'un chapeau de paille à larges bords, le second d'une vieille casquette de base-ball ayant appartenu à Brooks. Il aimait les voir jardiner côte à côte, la musique s'échappant des fenêtres grandes ouvertes.

Loren se redressa en entendant la voiture de son fils, lequel observa avec satisfaction qu'il avait bonne mine et l'air en forme. Un jour, peut-être, il cesserait de voir son père comme il l'avait vu à l'hôpital avant le pontage : affaibli, vieilli, terrifié.

Sunny se redressa à son tour, les mains sur les hanches. Brooks n'oublierait jamais non plus la peur qu'il avait lue dans le regard de sa mère, malgré le courage dont elle avait fait preuve tout le temps qu'ils arpentaient la salle d'attente en priant.

À présent, ses parents étaient de nouveau eux-mêmes, Dieu merci ! fourbus d'avoir jardiné, content de voir leur fils, et toujours l'un auprès de l'autre.

En espérant ne pas avoir commis une grosse erreur, il descendit de sa voiture et prit la caisse de transport sur la banquette arrière.

– Salut, fiston ! lui lança son père.

– Salut p'pa, salut m'man.

– Qu'est-ce que tu trimballes, là-dedans ?

– Je vous ai apporté un cadeau.

Le contenu de la caisse s'agita et poussa un jappement.

– Brooks, je t'avais dit que je n'étais pas prête…

– On peut encore le rendre. Tu connais Petie. Il a accepté de faire une entorse à la règle de la fourrière pour que tu puisses le voir avant de signer les papiers.

– Brooks, je ne veux pas… Oh, mon Dieu, regarde comme il est mignon !

– D'après Petie, c'est un croisé de berger belge, de retriever et de Dieu sait quoi. Un brave petit bâtard, quoi.

– Oh, Brooks… Loren, fais quelque chose.

– On pourrait le sortir de cette caisse, tu ne crois pas ?

– Tu as raison. Ce n'est pas un criminel. Il n'a rien à faire en cage.

Brooks posa la caisse, l'ouvrit et en sortit une petite boule de poils tremblante.

– Il a dix semaines, précisa-t-il. Si personne ne l'adopte d'ici la fin du mois, il est bon pour le grand voyage.

– Ne dis pas des choses pareilles, Brooks ! lui intima sa mère.

– Pauvre petite bête condamnée à une mort prématurée…

Sunny croisa les bras sur sa poitrine en soupirant, tandis que son mari se retenait de pouffer de rire. Brooks approcha la truffe du chiot de son oreille.

– Tu es sûr ? OK. Il me dit de vous dire qu'il a été très malheureux.

– Donne-le-moi, dit Sunny en s'approchant et en le prenant dans ses bras.

Frétillant de joie, le chiot lui lécha le visage.

– Oh, non ! Oh, non ! Oh, non ! protesta-t-elle, en se frottant la joue contre son pelage.

Derrière son dos, Loren fit un signe du pouce à son fils.

– Il a soupé ? s'enquit-il en lui grattant les oreilles.

– Pas encore. J'ai tout ce qu'il faut dans la voiture. Enfin, si maman veut bien lui sauver la vie.

– Tu mériterais une bonne fessée, répliqua-t-elle en tenant à bout de bras le chiot qui agitait ses quatre pattes dans le vide et remuait frénétiquement la queue. Loren, il va arracher les fleurs, faire caca partout et abîmer les meubles.

– Très certainement.

Sunny posa le chiot par terre et enlaça son mari.

– Viens voir là, espèce de garnement.

– C'est à moi que tu parles ? demanda Brooks.

– À ton avis ?

En l'embrassant, elle lui tira l'oreille puis posa la tête sur son épaule et fondit en larmes.

– Merci, sanglota-t-elle.

Elle renifla, reprit contenance.

– Bon, dit-elle, je vais lui montrer où il devra faire ses besoins. Tu peux sortir ses affaires de la voiture.

– Comment se fait-il que tu lui aies apporté ce chiot ? s'enquit Loren lorsqu'elle eut disparu derrière la maison.

– Quelqu'un m'a soufflé l'idée.

– Quelqu'un de très avisé. Allons chercher ses affaires.

– J'ai pensé qu'il valait mieux racheter du neuf, pour qu'il n'ait pas l'impression de n'être qu'un substitut, déclara Brooks en déchargeant son coffre : jouets, panier, os à mâcher, laisse, collier, gamelle. Voilà les papiers. Il faudra le faire vacciner.

– On l'emmènera chez le vétérinaire. Sunny est folle de joie. La maison était vide, tu sais, sans Thor. Chuck va être content, lui aussi.

– Il quittera peut-être le canapé, de temps en temps.

– Ça va le ragaillardir, c'est sûr, d'avoir de nouveau un compagnon. Que dirais-tu de hamburgers au barbecue ?

– Je dirais… Et mince ! maugréa Brooks lorsque sa radio grésilla. Gleason, j'écoute.

« Tu es déjà chez tes parents, Brooks ? »

– Oui, répondit-il à Alma.

« Mme Willowby a soi-disant de nouveau un intrus chez elle. »

– J'y vais. J'y suis dans deux minutes.

Brooks coupa la communication en haussant les épaules.

– Mme Willowby nous appelle au moins deux fois par semaine, précisa-t-il à son père. Le plancher qui craque, un robinet qui goutte, le soleil qui se reflète bizarrement sur les vitres, et elle se figure qu'on la cambriole. Je vais encore devoir me farcir ses biscuits rances et son thé tiède après avoir inspecté sa maison de fond en comble.

– On t'attendra pour faire cuire les hamburgers.

– Je serai de retour d'ici une demi-heure.

– Ne t'inquiète pas, on ne bouge pas.

Une ou deux fois par semaine, lorsque sa charge de travail lui en laissait le temps, Abigail consacrait quelques heures à ses affaires personnelles : paiement des factures non réglées par prélèvement automatique, achats en ligne, revue de presse, lecture de ses blogs favoris.

Mais surtout, une ou deux fois par semaine, elle s'adonnait au piratage.

Elle consultait les comptes bancaires de sa mère, l'évolution de ses actions en bourse, son planning à l'hôpital. Elle savait que le Dr Susan L. Fitch allait prendre en mai trois semaines de congés et partir en Provence. Elle savait quels hôtels Susan avait réservés, sur quelle compagnie de charter privée elle voyagerait avec son amant, un certain Walter P. Fennington III, qu'elle fréquentait depuis plusieurs mois.

Elles ne s'étaient ni revues ni parlé depuis le jour où Susan l'avait laissée avec John et Theresa dans la première résidence surveillée à Chicago. Régulièrement, néanmoins, Abigail s'assurait que les Volkov ne lui avaient pas fait subir de représailles. Elle n'avait toutefois guère de craintes. Pourquoi s'en seraient-ils pris à sa mère ? Ils avaient des infiltrés dans la police, qui savaient que Susan Fitch ne savait rien, qu'elle se fichait royalement de cette fille si méticuleusement conçue, puis lâchement abandonnée.

Elle avait programmé une recherche automatique, de façon à ce que son ordinateur lui signale toute mention des Volkov dans les médias. Ilya s'était fiancé, le mariage serait célébré à l'automne. Sa future épouse appartenait à une riche famille affiliée à une autre *bratva*. Probablement un mariage d'intérêt, bien que la jeune femme fût ravissante.

S'introduire dans les ordinateurs d'Ilya devenait de plus en plus difficile, mais elle ne rechignait pas à l'effort. À chaque visite, elle copiait et téléchargeait tous ses fichiers et e-mails, les archivait, consultait tous les sites qu'il avait consultés. Elle était au courant de ses affaires aussi bien que lui-même, de chacune de ses rentrées et sorties d'argent, du moindre de ses achats de vêtements ou de chaussures. Elle connaissait sa vie, celle de sa fiancée, de ses petites amies.

Elle savait tout de lui.

Et elle savait que les Volkov continuaient de la chercher.

Elle n'était pas une priorité, mais, par principe, Elizabeth Fitch devait être éliminée. Tant que Serguei Volkov serait à la tête de l'organisation, elle resterait une cible. Et il ne faisait pas l'ombre d'un doute dans son esprit qu'elle le demeurerait lorsque Ilya succéderait officiellement à son père.

Elle savait que Yakov Korotkii était toujours l'homme de main du parrain. Elle avait dressé une liste de toutes les personnes qu'il avait exécutées. Elle savait – pour avoir également piraté ces organismes – que le FBI, l'US Marshals Service et Interpol, entre autres, avaient des listes similaires. Korotkii n'avait toutefois jamais été inquiété, il était un instrument choyé et protégé.

Elle savait aussi que le FBI et les marshals continuaient eux aussi de la rechercher. Ou tout du moins de chercher Elizabeth Fitch, témoin des meurtres de Julie Masters et d'Alexi Gurevitch, soupçonnée d'avoir joué un rôle dans la mort de John Barrow et de Theresa Norton.

John lui avait donné un précieux conseil, fidèle à sa mission jusqu'à son dernier souffle : elle ne pouvait faire confiance à personne. Dans les dossiers de police la concernant, il était stipulé qu'elle pouvait, par ennui, désespoir ou démence, être l'auteur de la fusillade qui avait causé le décès de deux marshals fédéraux et la blessure reçue par un troisième – Cosgrove ayant été touché à la hanche. Après quoi, selon cette théorie, elle avait provoqué une explosion au gaz et pris la fuite.

Elle imaginait que ce funeste plan pour se débarrasser d'elle avait été mis au point des jours, voire des semaines avant son dix-septième anniversaire. Keegan et Cosgrove en étaient les instigateurs. Elle était censée mourir dans l'explosion avec John et Theresa.

Elle pensait rarement à ses premiers mois de cavale, à cette première année de clandestinité, de terreur et de chagrin. Elle avait réussi à surmonter l'adversité, elle avait une vie, à présent, et entendait bien la conserver.

Le chien à ses pieds, elle s'immisça dans les comptes d'Ilya. Il changeait ses mots de passe régulièrement, mettait à jour ses systèmes de sécurité et ses pare-feux. Mais elle avait passé dix ans à étudier, développer et programmer ce type de dispositifs. Chaque rempart qu'il dressait, elle était capable de l'abattre. Ces intrusions dans sa vie privée lui procuraient une immense satisfaction. Elle n'avait qu'un regret : il ne saurait jamais que le moindre de ses mouvements était épié.

Il ne connaîtrait jamais la peur qu'elle avait connue.

Elle lui causait du tort, néanmoins. Dès qu'elle mettait la main sur des informations compromettantes, elle les communiquait à un agent du FBI, une femme sur laquelle elle s'était soigneusement renseignée, qu'elle estimait connaître aussi bien qu'elle se connaissait elle-même.

Elle signait ses messages *Tvoi drug*, « Votre ami » en russe. Une enquête avait été ouverte sur cet indicateur anonyme, on avait tenté d'établir son profil. On pensait qu'il s'agissait d'un homme, en lien avec la *bratva* Volkov.

Tvoi drug avait causé des morts, Abigail espérait avoir sauvé des vies. Sa plus belle réussite : avoir compilé suffisamment de données pour générer un raid sur un entrepôt de South Chicago à partir duquel opérait un réseau de prostitution forcée. Lequel avait été démantelé.

Les comptes d'Ilya épluchés, elle se plongea dans ses activités récentes. Elle passa sans s'y attarder sur les fraudes informatiques. Si les agents fédéraux n'étaient pas capables d'en venir à bout tout seuls, ils ne méritaient pas son aide.

Le blanchiment d'argent l'intéressait davantage. Créer des fuites dans les fonds des Volkov ne serait peut-être pas aussi gratifiant que de savoir qu'elle avait contribué à libérer plus de vingt filles de l'esclavage sexuel, mais elle y prendrait assurément un malin plaisir. Oui, le blanchiment d'argent constituerait son nouveau défi. Ce serait en quelque sorte son cadeau de mariage à Ilya.

Elle entreprit de rassembler divers éléments, puisés dans les e-mails d'Ilya, dans ceux de ses comptables, et d'une poignée d'autres contacts. Ces gens-là se croyaient prudents, ils avaient recours à tout un tas de codes, de phrases cryptiques, de noms d'emprunt. Mais il ne fallait pas être bien malin pour lire dans leur système comme dans un livre ouvert.

Quand elle travaillait, Abigail pensait en russe. Si bien qu'elle grommela un juron dans cette langue lorsque le téléphone sonna. Certains de ses clients, bien qu'elle leur signalât toujours expressément qu'elle ne communiquait que par écrit, s'obstinaient à préférer les conversations téléphoniques au courrier électronique et aux textos. Elle fronça les sourcils en voyant l'identité de son correspondant.

Brooks s'était débrouillé pour se procurer son numéro de mobile. Certes, rien de bien difficile, mais il avait dû se donner un minimum de mal.

Curieuse, elle répondit.

– Bonjour.

– Salut, c'est Brooks.

– Oui, je sais.

– Je prends quoi comme pizza ?

– Je… N'importe.

– On ne badine pas avec les pizzas, Abigail.

Seigneur, pourquoi était-il si charmant et si déroutant ?

– J'aime les olives noires et le piment.

– Un bon point de départ. Rien contre les poivrons ?

– Non.

– Parfait. J'arrive dans une demi-heure.

– J'ai du travail.

– Il est bientôt 19 heures, l'heure de s'arrêter. En plus, j'ai une nouvelle à t'annoncer.

– Quoi donc ?

– Tu le sauras dans une petite demi-heure. À tout de suite.

Elle posa son téléphone et le contempla.

Elle n'était pas préparée. Pourquoi diable fallait-il qu'il débarque toujours à l'improviste ? Voilà qu'elle était obligée d'interrompre ses recherches.

Elle devrait lui faire la conversation, alors qu'elle n'avait rien à lui dire. Elle n'était pas comme lui, ni comme sa mère, elle ne savait pas parler de tout et de rien.

Il l'avait cependant intriguée : que pouvait-il avoir à lui apprendre ?

Résignée, elle éteignit son ordinateur et rangea à contrecœur son holster dans un tiroir.

Elle devrait aussi lui offrir à boire. Dans son armoire à vins, elle choisit un chianti.

Puis s'immobilisa, les yeux rivés sur la bouteille.

Elle allait de nouveau dîner avec lui, ce qui ferait deux fois en une semaine, sans compter la tarte aux myrtilles.

Elle fréquentait le chef de la police.

Bon sang, comment a-t-il fait ?

Elle devait trouver une solution, régler cette… situation. Refuser carrément de le voir ne ferait que renforcer sa détermination et ses suspicions. En tout cas, ses tentatives en ce sens avaient jusque-là échoué.

Elle comprenait le concept du jeu de la séduction. En présence d'une femelle éveillant ses instincts reproducteurs, le mâle se sentait mis au défi de persuader, de capturer, de conquérir… Tout compte fait, il valait peut-être mieux coucher avec lui. Quand il aurait obtenu ce qu'il voulait, il cesserait de lui courir après. Du reste, elle assouvirait par la même occasion ses propres appétits. Elle n'aurait ensuite plus de raisons de penser à lui à des moments inopportuns, et la routine reprendrait son cours.

La stratégie tenait la route.

Soulagée, satisfaite de sa décision, elle monta à l'étage, Bert sur ses talons, afin de vérifier que rien de compromettant ne traînait dans sa chambre ni dans la salle de bains. Il n'aurait pas de raisons de demander à voir la chambre d'amis, et celle-ci était fermée à double tour.

Soudain assaillie de scrupules, elle faillit se raviser. Était-il bien raisonnable d'enfreindre l'une de ses règles d'or, d'avoir une aventure avec un homme qui habitait si près de chez elle ?

Oui, elle ne risquait pas grand-chose. Quoi qu'il advienne, il n'y aurait pas de deuxième fois.

Elle jeta un coup d'œil au moniteur de sa chambre lorsque l'alarme bipa : Brooks avait fait vite, il était déjà là. Elle murmura à Bert de se tenir tranquille.

Bien... Elle redescendit ouvrir en se répétant qu'elle avait pris une sage décision, que cette petite incartade ne porterait pas à conséquence.

12

Toujours ce regard méfiant, secret, se dit-il en descendant de voiture avec la pizza et un pack de six bières. *Toujours son compagnon canin à ses pieds.*

Toujours jovial, décontracté, pensa-t-elle en surveillant chacun de ses mouvements.

Bert ne le quittait pas des yeux, lui non plus.

– Salut, dit-il en gravissant les marches du porche.

Il lui déposa un baiser sur les lèvres.

– Salut.

Machinalement, elle referma toutes les serrures derrière lui.

– Tu as apporté de la bière. J'avais mis du vin à décanter…

– Parfait. On mettra les bières au réfrigérateur, dit-il en les lui tendant. J'ai aussi quelque chose pour Bert.

De sa poche, il sortit un os en peau de bœuf.

– Il ne l'acceptera pas de ta part, dit-elle, touchée par cette attention.

– Donne-le-lui, alors.

Le regard du dogue se braqua sur l'os changeant de main, mais pas un de ses muscles ne frémit.

– C'est très gentil, il adore ça.

Elle se tourna vers le chien, lui murmura un ordre. Il s'assit aussitôt et elle lui donna l'os.

– Viens, allons nous installer dans la cuisine. Tu es tout sourire, aujourd'hui.

– Je suis en repos, je m'apprête à partager une pizza avec une jolie femme qui aime le piment, comme moi, et qui a ouvert une bouteille de vin. Ce serait idiot d'être de mauvais poil.

— Tu n'es pas idiot, dit-elle en sortant deux verres à pied. Et bien que tu exerces un métier hyperstressant, tu n'as jamais l'air stressé.

— J'aime mon métier.

— Mais si ton père n'était pas tombé malade, tu serais resté à Little Rock.

— Avec des « si », on mettrait Las Vegas en bouteille. Mon destin était de revenir ici.

En secouant la tête, elle sortit des assiettes, étonnée que la conversation lui soit si facile.

— Le destin n'existe pas. La vie est une suite de choix et de circonstances, d'actions et de réactions, de conséquences des décisions d'autrui. La maladie de ton père t'a incité à te rapprocher de lui. C'était un choix guidé par l'amour et le devoir, mais rien n'était écrit nulle part.

Brooks versa lui-même le vin.

— Je crois au libre arbitre et au destin.

— Les deux ne sont pas compatibles. On ne peut pas être à la fois maître de son existence et le jouet d'une destinée.

— La vie est une suite de mystères…

Il paraissait si à l'aise, dans sa cuisine, en jean et chemise, baskets montantes et veste de cuir vieilli… Devait-elle s'en alarmer ?

— Si on s'installait sur la terrasse ? Il fait doux, ce soir.

Cette suggestion la dérouta. Elle ne mangeait jamais dehors, et ne sortait jamais sans arme.

— Je vois que ça tourne là-dedans, ajouta Brooks en lui tapotant la tempe. Tu es restée enfermée à travailler toute la journée, j'imagine. Pourquoi as-tu acheté cette maison si tu ne profites même pas des belles soirées de printemps ?

Un choix parmi d'autres, se dit-elle.

Elle ouvrit le tiroir où elle rangeait son holster.

— Je ne sors jamais sans arme.

Le Glock 19 était apparemment son favori.

— Si seulement tu me disais de quoi tu as peur…

— Je n'ai pas peur.

Si c'était un mensonge, c'en était un petit. Elle se sentait trop bien préparée, trop bien protégée, pour avoir vraiment peur.

— C'est juste que je préfère être armée, à l'extérieur, ajouta-t-elle.

— Comme tu veux, acquiesça-t-il, et il attendit qu'elle ait mis son holster, déverrouillé la porte de la cuisine. Mais quand tu te décideras à me dire pourquoi, je trouverai un moyen de t'aider.

— Comment sais-tu que je ne suis pas une criminelle ? Une fugitive recherchée par la justice ?

— Tu crois en l'instinct ?

— Oui, bien sûr. L'instinct est…

— Inutile de m'expliquer ce qu'est l'instinct.

Elle avait une petite table sur la terrasse, une seule chaise. Brooks posa la pizza et retourna à l'intérieur en chercher une deuxième.

— C'est agréable ici… La vue est magnifique, il n'y a pas trop de courants d'air.

Brooks s'installa sur l'une des chaises. Son assiette en équilibre sur ses genoux, il étendit les jambes et garda le silence.

— Tu ne veux pas savoir ? demanda-t-il enfin.

— Quoi donc ?

— Je t'ai dit que j'avais une nouvelle à t'annoncer et tu ne me poses pas la moindre question. La plupart des gens n'auraient pas tenu plus de trois minutes.

— C'était peut-être un prétexte.

— Pas cette fois.

Il attendit un instant, puis poussa un profond soupir.

— Maintenant, tu ne vas rien me demander juste pour me faire enrager.

Elle afficha un grand sourire, qui remplit Brooks d'un sentiment de victoire, comme chaque fois qu'elle incurvait les lèvres.

— Bon, je vais te dire. J'ai suivi ton conseil. Je suis allé chercher un chiot à la fourrière pour ma mère.

— Elle est contente ?

— Elle a pleuré de joie. Après un vif débat, auquel je me suis abstenu de participer, les heureux parents ont baptisé leur nouvel enfant Platon. Crois-moi, il sera traité comme un petit prince. Mon père voulait l'appeler Bob, ou Sid, mais ma mère prétend qu'il a l'air philosophe. Par conséquent, il mérite un nom important.

— C'est un bon choix. Les noms à forte sonorité consonante sont plus faciles à utiliser pour le dressage. Voilà une bonne nouvelle.

Brooks décrocha son téléphone mobile de sa ceinture.

— J'ai une photo de lui.

Il l'afficha à l'écran et la montra à Abigail.

— Il est adorable, et c'est vrai qu'il a un regard intelligent. Tu es un bon fils.

— Grâce à mes parents. Comment sont les tiens ?

— Je n'ai que ma mère. Nous sommes fâchées.

– Désolé. Où habite-t-elle ?

– Nous ne nous sommes pas adressé la parole depuis des années.

Il franchissait des limites, en déduisit Brooks.

– Je me brouille avec mes parents au moins une fois par an, dit-il. C'est l'un des avantages, ou des inconvénients, selon les points de vue, de vivre dans la même petite ville.

– Il me semble que, dans ton cas, ça doit être un avantage. Tu as l'air de bien t'entendre avec ta famille.

– Oui. Quand j'étais à Little Rock, on se téléphonait souvent, ou on communiquait par mail. Et je venais voir mes parents, mes sœurs et mes amis au moins une fois par mois.

– Délicieuse. Quand j'en fais moi-même, je fais la pâte au blé complet, mais je préfère celle-ci.

– Tu fais de la pizza maison ?

– Oui, de temps en temps.

– Même ma mère n'en fait jamais, dit-il en découpant deux autres parts, puis en remplissant les verres.

Le chien se dressa sur son séant et leva un regard implorant vers sa maîtresse.

– « Allez »… lui dit-elle.

Il dévala les marches du porche et fonça vers un arbre.

– Ça, c'était du français. Il te demande toujours l'autorisation de faire ses besoins ?

– Il ne quitte pas la maison sans ma permission.

Abigail s'agita nerveusement sur sa chaise, but une gorgée de vin.

– Au fait, j'ai changé d'avis, dit-elle.

– Trop tard. Tu en es déjà à ta deuxième part.

– Je ne parlais pas de la pizza. Je veux bien coucher avec toi.

Brooks manqua s'étrangler.

– Ah, oui ?

– Oui. Après avoir pesé le pour et le contre, j'ai décidé que nous en retirerions tous les deux de la satisfaction. Tu es attirant et plaisant. Et propre. Tu embrasses bien. Certes, ça ne signifie pas nécessairement que tu es une bête de sexe, mais en général les deux sont liés. Si tu veux bien, terminons de manger, je te montre la serre et nous pourrons monter dans ma chambre. Je prends la pilule, mais je te demanderai de mettre un préservatif.

Brooks en resta sans voix.

– Eh bien, quelle invite… murmura-t-il enfin.

Elle n'avait pas envisagé la possibilité d'un refus.

– Tu n'es pas d'accord ? Je croyais que je te plaisais, physiquement. Ce n'est pas le cas ?

Il posa son assiette sur la table et se leva. Trop abasourdi pour se soucier du chien, il prit la main d'Abigail, la tira de sa chaise, la plaqua contre lui et l'embrassa fougueusement.

– Attends, attends… bredouilla-t-elle, agrippée à lui afin de ne pas perdre l'équilibre.

À cause du tremblement de sa voix – ou peut-être du grondement du chien –, il desserra son étreinte, sans toutefois la lâcher.

– « Ami. Ami », Bert. *Pillow.*

D'une main aussi tremblante que sa voix, elle adressa un geste au dogue, qui s'assit docilement.

– Il croyait que tu m'agressais.

– Je t'ai agressée ?

– Non, mais j'aimerais m'asseoir.

– Regarde-moi.

Elle reprit sa respiration, puis leva les yeux vers Brooks.

– Tu es en colère ?

– Non. Je ne saurais analyser mes sentiments, mais je ne suis pas en colère.

– Tu n'as pas envie de moi ?

– Il me semble avoir déjà répondu à cette question.

– Je… Oh…

Il entendit l'humiliation dans son soupir.

– Je comprends, dit-elle. J'ai été trop directe. J'aurais dû attendre que tu abordes le sujet, ou me montrer moins terre à terre. Il faut vraiment que je m'assoie.

Il la lâcha, s'assit à côté d'elle.

– Tu me plais beaucoup, Abigail, je te l'ai déjà dit. Mais s'il doit se passer quelque chose entre nous, laissons les choses se faire naturellement, non ? On dirait que tu veux te débarrasser d'une corvée.

Tout à fait vrai, pensa-t-elle.

– Je suis désolée. Je croyais bien faire. Tu n'es pas en colère, mais tu te sens insulté. Excuse-moi.

Elle rassembla suffisamment de courage pour le regarder avant de poursuivre :

– Je sais que l'approche est importante pour certaines personnes. J'ai été aussi grossière que ton ancienne petite amie la potière.

– Je n'irais pas jusque-là. Et j'espérais bien que tu finirais par changer d'avis.

– Je ne voulais pas… J'étais nerveuse, j'ai été maladroite.

– Nerveuse ?

– D'habitude, je…. Je ne sais pas comment t'expliquer.

– Tu n'es pas obligée de me dire ce que tu n'as pas envie de me dire. Bon, voilà ce que je te propose : terminons ce verre de vin, montre-moi la serre, et ensuite nous aviserons.

– Je ne suis pas douée pour l'improvisation.

– Je le suis, moi. Essayons. Si tu n'aimes pas ma façon de procéder, on pourra toujours procéder selon la tienne. Dans tous les cas, je ne serai pas perdant.

– Tu veux dire que tu coucheras avec moi de toute manière ?

Il éclata de rire, lui prit la main et la serra entre la sienne.

– Quelle drôle de fille tu es, Abigail ! Arrête donc de te poser toutes ces questions…

Il fut interrompu par la sonnerie de son téléphone mobile.

– Oui, Ash, que se passe-t-il ?

Elle vit son visage se rembrunir.

– Non, tu as bien fait. J'arrive. Attends-moi. Ne fais rien avant que je sois là, d'accord ? Je suis désolé, dit-il à Abigail en raccrochant.

– Ce n'est pas grave, dit-elle sans le regarder, en ramassant les assiettes.

– L'un des inconvénients de mon boulot…

– Je comprends, ne t'inquiète pas. Mais je croyais que tu étais en repos.

Avec douceur, il lui posa une main sur le bras.

– Il s'agit d'une situation que je souhaite régler moi-même, une situation qui perdure depuis trop longtemps. J'avais expressément demandé à mes collègues de me prévenir, que je sois en service ou non.

– Je comprends.

– J'espère que je pourrai revenir.

– Ne te sens pas obligé de…

– Abigail, j'espère sincèrement que je pourrai revenir. Si je ne peux pas, je t'appellerai. Crois-moi, j'aurais préféré rester avec toi. Bon, allez, il faut que j'y aille.

Il se pencha vers elle et l'embrassa.

Elle le croyait, et la franchise qu'elle percevait dans sa voix la réconfortait, lui ôtait un peu de la gêne qu'elle éprouvait à s'être comportée comme elle l'avait fait. En le tenant par la main, elle l'accompagna jusqu'à sa voiture.

Le genre de situations pour lesquelles il maudissait son métier, pensait Brooks tout en roulant vers chez Tybal et Missy Crew. Néanmoins, il avait sérieusement réfléchi au problème depuis la dernière fois où Ty avait eu l'alcool mauvais. Ce soir il avait la ferme intention de lui faire entendre raison, d'une manière ou d'une autre.

Toutes les fenêtres de la maison des Crew étaient illuminées, comme un soir de Noël. Les voisins étaient rassemblés sur la pelouse, à croire que la violence domestique constituait une distraction. Ash les tenait à distance de la porte grande ouverte, d'où s'échappait de la musique tonitruante et le fracas de meubles renversés.

À peine Brooks fut-il descendu de sa voiture que Jill Harris, la voisine de gauche, accourut à sa rencontre.

– Il faut faire quelque chose avant qu'il casse tout.

– Missy est là ?

– Elle est partie en courant, pieds nus, en larmes, la bouche en sang. À quoi ça sert qu'on vous appelle si vous ne faites jamais rien ?

– Vous déposeriez une plainte ?

– Contre mes voisins ? répliqua Jill, un mètre cinquante, les bras croisés sur son cardigan rose. Je n'ai pas envie que le cinglé de mari vienne défoncer ma porte, un soir où il sera soûl comme un cochon.

– Comme vous voudrez, madame Harris. Allons-y, Ash.

– Vous voulez que j'envoie quelqu'un à la recherche de Missy, chef ?

– Non, elle ne doit pas être bien loin. Chez sa sœur, sans doute. Elle sait que nous sommes là.

Brooks se demandait si elle n'en était pas arrivée à un stade où elle prenait un certain plaisir à ces drames, et cela le mettait particulièrement hors de lui.

– Elle va attendre qu'on l'embarque, ajouta-t-il, et puis elle reviendra chez elle. Et demain matin, elle viendra nous raconter qu'elle a glissé sur une savonnette ou sur une peau de banane. Viens avec moi, mais ne dis rien, laisse-moi parler à Ty. Compris ?

– Compris, chef.

Brooks n'eut pas besoin de frapper. Missy avait laissé la porte grande ouverte en s'enfuyant. Il se posta sur le seuil et appela.

– Je ne suis pas sûr qu'il vous entende, avec ce boucan, dit Ash.

– Il finira bien par entendre. On n'entre pas. Restons dehors, où nous avons une bonne douzaine de témoins.

– Témoins de quoi ?

– De ce qui va se passer. Ty ! Il y a du monde qui te demande !

– Je suis occupé !

Une lampe vola à travers le living-room.

– Je redécore la baraque !

– Je vois ça, Ty ! Je ne te prendrai pas plus de deux minutes de ton temps.

– Entre ! C'est la fête, ce soir, à la maison !

– Si j'entre, je te traîne en prison. Si tu sors, on pourra discuter.

– Je ne peux pas ranger ma baraque tranquillement, nom d'un chien ?!

Ty s'amena à la porte d'une démarche titubante, les yeux vitreux, une entaille sanguinolente à la joue, probablement due à un éclat de verre, se dit Brooks.

– Eh ! salut, Ash. Que puis-je pour vous, messieurs les représentants de la loi ?

– On dirait que tu as un peu abusé du whisky, répondit Brooks avant que son jeune collègue n'oublie la consigne et prenne la parole.

– Et alors ? hoqueta Ty. Ce n'est pas interdit par la loi, que je sache. Je ne conduis pas. Je ne manipule pas de machine dangereuse.

Son rire aviné se mua en une quinte de toux qui lui coupa la respiration et l'obligea à se courber en deux.

– Où est Missy ?

– Qu'est-ce que j'en sais ? Je rentre à la baraque. Pas de souper sur la table. Et l'autre qui commence à pleurnicher et à me harceler ; où j'étais, qu'est-ce que je faisais, avec qui ?

– C'est pour ça que tu l'as frappée ?

Une lueur sournoise s'alluma dans le regard de Ty.

– Tu sais comme elle est maladroite. Et quand elle s'énerve, on dirait qu'elle a des peaux de saucisson devant les yeux. Cette nouille, elle s'est encore pris une porte. Et elle s'est barrée en couinant. Et eux, là ? s'emporta-t-il avec un geste du bras en direction des voisins. Ils n'ont rien de mieux à foutre que de faire le pied de grue devant chez moi ? De quoi ils se mêlent ? Je suis chez moi, non ?

– En train de redécorer.

– Cor-rect !

– Peut-être que si tu baisais ta femme un peu plus souvent, au lieu de redécorer, elle arrêterait de se cogner la tête contre les murs.

– Qu'est-ce que tu as dit ?

– Tu m'as très bien entendu, répliqua Brooks en regardant Tybal droit dans les yeux. Avec tout ce que tu picoles, c'est plus une queue que t'as, ou alors tout juste une queue de cerise.

Ash se retint de pouffer de rire. Ty oscilla d'avant en arrière dans ses santiags, les yeux injectés de sang.

– Fais gaffe à ce que tu dis ! proféra-t-il.

– Quand on a une bite pas plus grosse qu'un cornichon, on est mal placé pour jouer au costaud.

– Fous le camp d'ici, espèce d'enfoiré !

Ty poussa Brooks, ce qui aurait suffi à clore l'épisode, mais Brooks voulait enfoncer le clou.

– Pas plus de nerfs que ça ? railla-t-il. Pas de couilles, pas de nerfs… Tu vas me faire quoi, maintenant ? M'empoigner par les cheveux et te mettre à chialer ?

Bien qu'il fût préparé à encaisser le coup, et que Ty tînt à peine sur ses jambes, Brooks sentit le goût du sang. À côté de lui, Ash lâcha un juron.

Et Ty chargea en grognant.

Brooks s'écarta lestement et lui fit un croche-pied. L'ivrogne valdingua dans le jardin.

– Et voilà, tu as gagné : tu es en état d'arrestation pour voies de fait sur un représentant de la force publique.

– Je vais te tuer !

Tant bien que mal, Ty se remit sur pied et s'avança vers Brooks en le menaçant du poing.

– Aggravées de résistance à l'arrestation, ajouta Brooks en lui bloquant le poignet. Ash, aide-moi à le tenir, s'il te plaît.

Le jeune agent s'empressa de prêter assistance à son supérieur.

– Ne me touchez pas ! beugla Ty en se débattant.

L'un de ses moulinets de bras atteignit Ash à l'épaule.

– Voies de faits sur un deuxième agent. Plus ivresse publique et manifeste, évidemment.

À deux, ils parvinrent à maîtriser le prévenu, à le menotter, et à le traîner jusqu'au véhicule de Brooks, sous le regard ahuri des voisins.

– Quelqu'un va venir prendre vos dépositions ! leur lança Brooks. Si vous ne racontez pas exactement ce que vous avez vu, vous serez inculpé d'entrave à la justice. Je ne plaisante pas !

Une main sur le crâne de Ty, il le fit monter à l'arrière de la voiture, puis essuya sa lèvre ensanglantée.

– Agent Hyderman, vous me suivez jusqu'au poste.

– Entendu, chef.

Durant le bref trajet, il s'efforça d'ignorer les élucubrations de son passager, ainsi que sa mâchoire endolorie. Et lorsqu'ils enfermèrent

Ty dans une cellule, le regard d'avertissement qu'il jeta à Ash coupa court à tout commentaire.

– Je veux un avocat. Je te collerai un procès et je te ferai ravaler tes dents pour ce que tu as dit.

– Qu'est-ce que j'ai dit ? rétorqua Brooks en verrouillant la porte de la cellule.

– Que j'avais pas de couilles, et que Missy était mal baisée. Tu me le paieras.

– Mais tu es encore plus soûl que je le croyais, Ty. Je ne t'ai pas vu à poil depuis les vestiaires du lycée, et je ne me suis jamais permis de regarder tes parties génitales. Je n'ai jamais rien dit de tel.

– Menteur, tu as dit que j'avais une queue de la taille de… de…. de quelque chose de ridicule.

– Tu es bourré, tu avais la musique à fond, tu as mal entendu. Officier, ai-je fait une quelconque allusion à propos de la virilité du prévenu ?

– Je… euh, je n'ai rien entendu.

– Voilà ce qui va se passer maintenant, Ty, et cette fois je te conseille d'ouvrir grand tes oreilles. Tu as droit à un avocat, pas de problème. Tu en auras bien besoin, d'ailleurs. Je t'inculpe de voies de fait, résistance à l'arrestation, état d'ébriété et trouble à l'ordre public. Tu es bon pour la prison, et pas seulement jusqu'à demain matin cette fois.

– C'est ça, ouais !

– Pour coups et blessures volontaires sur deux agents de police, tu pourrais y croupir cinq ans.

– C'est ça, ouais… répéta Ty.

Cependant, son visage cramoisi devint soudain blême.

– Que ça te donne à réfléchir. Un avocat réussira peut-être à réduire ta peine à, oh ! dix-huit mois, avec sursis. Mais tu n'échapperas pas à la détention, je te le garantis.

– Tu peux pas me mettre en taule. Ça me ruinera la vie.

– Qu'est-ce que tu as fichu ces deux ou trois dernières années ? Tu t'es toi-même ruiné la vie.

Brooks repensa à Tybal sur le terrain de foot, rapide comme un lièvre, adroit comme un singe. À Ty et Missy, le couple le plus populaire du lycée. Et se dit qu'il n'agissait que pour leur bien.

– Tu as toute la nuit pour réfléchir, Ty. Pense aux deux ans, voire plus, que tu passeras au centre pénitentiaire de Little Rock. Ou à la chance que je pourrais t'accorder de passer ce temps en liberté surveillée, à condition que tu fasses une cure de désintoxication, que tu suives une thérapie de gestion de la colère, et que vous alliez chez un conseiller conjugal, Missy et toi.

— Je sais pas de quoi tu parles, dit Ty en se laissant tomber sur le lit de fer, la tête entre les mains. J'me sens pas bien.

— Tu es malade. Tu as besoin de te faire soigner. Réfléchis bien.

Là-dessus, Brooks s'éloigna de la cellule.

— Vous l'avez provoqué.

— Que me chantes-tu, Ash ?

— Je vous en prie, chef, il ne peut pas nous entendre. Vous l'avez provoqué, c'est pour ça qu'il vous a agressé.

— Écoute-moi bien, Ash, je ne me répéterai pas. Tôt ou tard, Missy se serait retrouvée avec plus grave qu'un œil poché ou une lèvre fendue. Les voisins allaient se fatiguer de nous appeler. Peut-être l'un d'eux aurait-il fini par s'en mêler et Dieu sait comment ça aurait pu tourner ! Ou Missy en aurait eu marre de ramasser des coups et se serait servie pour se défendre d'une des armes à feu qu'ils ont chez eux. Ou alors, c'est lui qui n'aurait plus supporté de la voir se barrer sans cesse de la maison, et l'aurait frappée suffisamment fort pour qu'elle ne puisse plus s'enfuir.

— Il n'avait encore jamais tout cassé, comme ce soir.

— Non, c'est l'escalade. Je ne voudrais pas qu'ils s'entretuent.

— Vous pouvez l'obliger à suivre une cure de désintoxication, et tout ça ?

— Oui, je prendrai les mesures nécessaires. Quant à toi, officielle-ment, tu m'as entendu lui faire mon baratin habituel : a-t-il frappé Missy, où est-elle, que s'est-il passé, etc. Compris ?

— D'accord, chef.

— Très bien, je vais rédiger le constat, envoyer Boyd prendre les témoignages des voisins et s'assurer que Missy est bien rentrée chez elle.

— Elle va se pointer ici, demain, comme d'habitude.

Certainement, mais, cette fois, elle devra faire un choix différent, pensa Brooks.

— Je m'en occuperai. Tu peux rentrer chez toi, Ash.

— Non, chef, rentrez, vous. Je reste.

— Tu es déjà resté la dernière fois.

— Je reste. Vous devriez aller mettre de la glace sur votre mâchoire. Vous avez pris un sacré gnon. Demain matin, vous m'apporterez des beignets.

– Ça marche. Avec un café ?

– Au chocolat et à la chantilly.

– Entendu. Et toi, comment va ton épaule ?

– Ça va… J'aurai probablement un hématome, mais j'en ai vu d'autres. Tybal est un bon gars quand il ne boit pas. Ce serait bien qu'il puisse se faire soigner.

Bien qu'il fût tard, il y avait toujours de la lumière chez Abigail. Sous l'effet des quatre comprimés que Brooks avait avalés, la douleur à la mâchoire s'était atténuée. D'autres s'étaient cependant réveillées. Dans sa furie, Ty lui avait porté quelques autres coups de poing et de pied.

Sans doute aurait-il été plus intelligent de rentrer chez lui, se dit-il en s'extirpant de sa voiture. Prendre une bonne douche chaude, deux doigts de whisky et se mettre au lit.

De toute façon, il n'était plus d'humeur pour la bagatelle. Il demanderait juste à Abigail de lui servir un petit remontant et puis il s'en irait.

Elle ouvrit la porte avant qu'il ait frappé et l'observa de son regard méfiant.

– Que t'est-il arrivé ?

– Une longue histoire.

– Je vais te donner de la glace.

La première fois, se dit-il en la suivant jusqu'à la cuisine, le chien entre elle et lui, qu'elle le laissait entrer sans se faire prier.

– Ça a pris du temps. Désolé.

– J'en ai profité pour travailler.

Du congélateur, elle sortit une compresse instantanée.

Il s'assit et l'appliqua contre sa mâchoire.

– Tu reçois souvent des coups ?

– Non. Et toi ?

– Ça faisait longtemps. J'avais oublié que ça faisait si mal. Tu n'aurais pas une goutte de whisky, par hasard ?

Sans un mot, elle prit une bouteille dans un placard et lui versa deux doigts de bourbon dans un verre à brandy. Il lui aurait embrassé les pieds.

Dès la première gorgée, il sentit sa mauvaise humeur se dissiper.

– Merci. Tu veux que je te raconte cette longue histoire ?

– Apparemment, les longues histoires sont un mode de vie dans les Ozarks.

Elle se servit un verre et s'installa sur une chaise.

– Tu es vraiment une femme reposante.

– Pas vraiment, non.

– Pour l'instant, en tout cas, tu m'apportes la sérénité dont j'ai besoin. Bon, que je te raconte l'histoire de Tybal et Missy. Au lycée, ils formaient un couple de rêve, tu vois le genre ?

– Ils jouaient un rôle important dans la culture des adolescents.

– Le roi et la reine. Il était la vedette de l'équipe de football. Elle était cheftaine des pom-pom girls, jolie comme un cœur. Il a obtenu une bourse sportive et il est parti dans l'Arkansas, elle l'a suivi. D'après ce que j'ai entendu dire, ils étaient adulés, là-bas aussi. Jusqu'à ce que Ty se blesse au genou, au cours d'un match. La carrière de pro qu'on lui prédisait s'est envolée en fumée. Ils sont revenus à Bickford. Ils se sont séparés, remis ensemble, re-séparés. Et puis ils se sont mariés.

Brooks but une gorgée de whisky. L'alcool, les antalgiques et le calme d'Abigail lui offraient un réconfort délicieusement bienfaiteur.

– Pendant un temps, poursuivit-il, il a entraîné une jeune équipe, mais le cœur n'y était pas. Il avait perdu la foi, je crois. Il s'est fait embaucher dans une entreprise de construction. Missy a fait quelques photos de mode mais sa carrière de mannequin n'a jamais décollé. Elle travaille chez le fleuriste, en ville. À mon humble avis, ils ne s'attendaient pas à une vie aussi morne. Ils n'ont pas encaissé le coup. Ty s'est mis à boire. Mon prédécesseur m'avait signalé qu'il devenait parfois violent quand il était soûl. Il provoque des bagarres dans les bars et, surtout, il frappe sa femme.

– Il n'a jamais été arrêté ?

– Bien sûr que si. Il s'en tire à chaque fois avec un avertissement ou quelques petits travaux d'intérêt général. Missy refuse de porter plainte quand il la frappe. Elle prétend qu'elle est tombée, qu'elle a glissé, qu'elle est rentrée dans une porte.

– Elle lui donne des bâtons pour se faire battre.

– Exactement, et tout le monde ferme les yeux. Le genre d'aura dont ils jouissaient met du temps à se ternir dans une petite ville comme la nôtre. Moi qui en suis parti quelques années, je vois peut-être les choses, et les gens, différemment. J'ai déjà tenté je ne sais combien de fois de les convaincre de se faire aider. En pure perte. Du coup, aujourd'hui, j'ai employé une autre méthode.

– Qui t'a valu un poing dans la figure.

– Les risques du métier. Quand l'un de mes agents m'a appelé, tout à l'heure, pour me dire que Ty avait encore cogné Missy, je suis allé chez lui et je l'ai fait sortir devant la maison, à la vue des quatorze voisins qui assistaient au spectacle. Personne d'autre que lui et mon collègue ne m'ont entendu l'inciter à la violence en remettant en question la taille et la vigueur de son pénis.

Brooks soupira en secouant la tête.

– Cet imbécile m'a collé un pain devant les quatorze témoins. Il est à présent au frais, en train de réfléchir à ce que ses âneries vont lui coûter.

– Très bonne stratégie. Les hommes sont susceptibles quand il est question de leur virilité.

En riant, Brooks se passa une main sur le visage.

– Dieu seul sait à quel point, acquiesça-t-il.

– Ta méthode n'était pas orthodoxe, mais elle a porté ses fruits. Pourquoi as-tu l'air d'avoir des regrets ?

– Ty était un ami, autrefois. Pas un très bon copain, ni même un bon, mais je l'aimais bien, et je l'admirais, moi aussi, comme tout le monde. J'ai de la peine pour eux, pour ce qu'ils sont devenus. Et ça me contrarie de les faire tomber encore un peu plus bas.

– Il ne tient qu'à eux de se faire aider. Tu lui as juste montré les choix qu'il avait : la prison ou la thérapie. Quand il aura dessoûlé, il y a des chances qu'il choisisse la thérapie. Comme sa femme semble dépendante de lui, elle approuvera. Tu as fait exactement ce que tu devais faire, en tant que gardien de la paix et en tant qu'ami.

Brooks posa son verre vide sur la table.

– Je me disais en venant ici que j'aurais mieux fait de rentrer chez moi, avec mes bobos et mes contrariétés. Je me réjouis d'être là.

Sur ces mots, il se pencha vers Abigail et lui prit les mains.

– Si nous montions dans ta chambre ?

– D'accord, acquiesça-t-elle, les yeux dans les siens.

13

D'accord.

Comment pouvait-on être d'une simplicité aussi touchante, aussi désarmante ?

D'accord.

Il se leva. Elle l'imita.

Main dans la main, ils traversèrent le salon et s'engagèrent dans l'escalier.

– Comment Bert va-t-il réagir ?

– Il est très bien élevé. Théoriquement, il ne devrait pas interférer.

Brooks jeta un coup d'œil au dogue.

– Théoriquement est un mot ambigu. Et par « interférer », tu veux dire qu'il ne me réduira pas en lambeaux ?

– Il ne devrait pas.

Devant la porte de la chambre, il se tourna vers Abigail et scruta son visage.

– Je n'arrive pas à déterminer si tu plaisantes.

– L'humour est un bon antidote à la gêne. Cela dit, si Bert pense que tu me fais du mal, ou que tu essaies de m'en faire, il me protégera, il t'en empêchera. Il t'a vu me toucher, je lui ai dit que tu étais un ami. Il voit que tu es le bienvenu à la maison, que je te touche.

Elle posa une main sur la poitrine de Brooks, regarda le chien et lui donna un ordre. Bert gagna un panier confortable, en fit trois fois le tour et s'y lova en grognant de plaisir.

– En quelle langue lui as-tu parlé, cette fois ?

– En farsi.

– Sérieux ? Vous parlez le farsi, toi et Bert ?

– Pas très bien, mais nous travaillons à progresser. Je lui ai dit d'aller se coucher. Je ne veux pas le chasser de la chambre. Il ne comprendrait pas.

– OK.

Tandis qu'elle repliait la couette au bas du lit, Brooks examina le poste informatique, très semblable à celui du rez-de-chaussée.

– Ça t'intrigue, hein ? La sécurité est mon métier.

– Certes, mais à mon avis, ce n'est pas pour cette seule raison que ta maison est protégée comme une forteresse.

Elle sortit un préservatif du tiroir de la table de chevet et le posa dessus.

– Nous ne sommes pas obligés de parler de cela maintenant, dit-il. Je peux poser mon arme sur la commode ?

– Oui.

Après s'être débarrassé de son holster, il lui caressa les cheveux, la joue, l'épaule. Puis l'embrassa en laissant ses mains descendre le long de son corps, en veillant à ne pas l'effaroucher davantage qu'elle ne l'était déjà.

– J'aime tes caresses.

– Le meilleur reste à venir…

– Je suis impatiente, dit-elle en lui déboutonnant sa chemise.

– Tu es la créature la plus sexy et la plus étrange que j'aie jamais vue, dit-il en lui ôtant son tee-shirt.

– Je…

– Chut.

Les lèvres contre les siennes, il l'attira sur le lit.

Le chien ne broncha pas, mais Brooks sentait son regard lui transpercer le dos.

Elle avait la peau douce et chaude, la nuque et les épaules nouées par la tension. Et bien qu'elle répondît à ses baisers avec avidité, son regard restait aussi vigilant que celui du dogue.

– Ferme les yeux… murmura-t-il en l'embrassant dans le cou.

– Je préfère te voir.

– Ferme les yeux et concentre-toi sur tes autres sens.

Il attendit qu'elle ait baissé les paupières avant de fermer les yeux à son tour.

Elle était en sécurité, se remémora-t-elle, et les caresses n'en étaient que plus érotiques dans le noir. De toute façon, elle gardait le contrôle. Et elle avait envie de lui.

– Ne réfléchis pas, dit-il en lui mordillant le menton.

Elle n'était pas sûre de savoir comment cesser de penser. Néanmoins, elle garda le silence et s'efforça de faire le vide dans son esprit.

Différent, tout était différent avec lui. Elle aurait voulu en analyser les raisons, mais il était si agréable de simplement se laisser aller....

Juste pour une fois.

Elle se sentait fondre. Il fit courir ses lèvres sur le léger renflement de sa poitrine, le long de son soutien-gorge, glissa la langue sous le fin voile de coton, l'entendit retenir son souffle. Il s'attarda sur le mamelon, laissant ses mains errer.

Il prenait son temps, le temps de découvrir les angles, les courbes, les creux, le parfum naturel de sa peau, le tressaillement des muscles de son ventre quand il l'effleurait des lèvres.

Son bassin ondulait déjà d'un mouvement fluide lorsqu'il termina de la déshabiller.

Et tout à coup, elle entra en éruption, se dégagea de sous son corps et inversa les positions. Elle lui prit fougueusement la bouche, réduisant sa langueur rêveuse en cendres brûlantes. Le souffle court, elle lui racla l'épaule des dents puis se laissa glisser tel un serpent jusqu'à son torse tout en lui défaisant fébrilement sa ceinture.

– J'ai envie de toi, gémit-elle, à cheval sur lui.

Sa voix était rauque et pressante. À tâtons, elle s'empara du préservatif posé sur la table de nuit et en déchira l'emballage.

Dans la pénombre, embrasé de désir, il distinguait l'intensité de ses yeux, le chatoiement de sa peau dans la lueur de la lune. Elle reprit sa position au-dessus de lui, introduisit son sexe en elle. Un instant, tout s'arrêta. Son regard enflammé ne quittait pas le sien.

L'œil de la tempête, songea-t-il avant de se laisser emporter par son ardeur.

Elle bougeait au-dessus de lui comme si sa vie en dépendait. Il adopta son rythme effréné, le cœur battant à tout rompre. Lorsque l'orgasme lui arracha un cri à la limite du sanglot, elle ferma ces yeux fascinants, le buste rejeté en arrière, les mains derrière la tête, image du plaisir le plus pur.

Ses paupières se soulevèrent quand il la fit rouler sous lui et prit ses lèvres enflées entre les siennes, étouffant un petit cri de surprise lorsqu'il la pénétra de nouveau.

À présent, c'était lui qui la chevauchait, qui impulsait le rythme. Il sentit son excitation remonter, puis culminer. Ses ongles lui labourant le dos, il explosa à son tour avec un gémissement de jouissance.

Il lui fallut quelques secondes pour s'apercevoir qu'il pesait sur elle de tout son poids. Aussi essoufflé qu'un marathonien venant de franchir la ligne d'arrivée, il bascula à son côté et s'étendit sur le dos, en espérant que s'il faisait une crise cardiaque, elle saurait le réanimer.

— Ça va ? s'enquit Brooks au bout d'un long moment de silence.

Un homme qui avait grandi avec deux sœurs savait reconnaître une femme au bord des larmes.

— Que se passe-t-il ?

— Rien. Tu m'as comblée de plaisir. Merci.

— Abigail…

— J'ai soif, dit-elle. Tu veux de l'eau ?

Il la saisit par le bras alors qu'elle s'apprêtait à rouler hors du lit.

— Abigail…

— J'ai besoin d'un moment, et de boire un verre d'eau.

Bien qu'elle eût de l'eau à l'étage, elle descendit au rez-de-chaussée. Elle avait réellement besoin d'être seule un moment. Pourquoi était-elle si bouleversée, si… Elle ne savait pas ce qu'elle ressentait. Peut-être cet état de trouble était-il dû au fait qu'elle connaissait Brooks davantage que les précédents partenaires qu'elle s'était choisis. En tout cas, une chose était certaine : cette expérience n'était comparable à nulle autre.

Pourquoi avait-elle envie de pleurer ? Si elle avait été seule, elle se serait pelotonnée dans son lit, et aurait évacué cet inexplicable sentiment par les larmes.

Cette réaction était irrationnelle, idiote. Maudite angoisse de fond qui la rongeait en permanence.

Munie de deux bouteilles d'eau, elle remonta à l'étage. Brooks l'attendait assis dans le lit, confortablement calé contre les oreillers.

— Je ne sais pas comment me comporter, lâcha-t-elle en lui tendant l'une des bouteilles.

— Vises-tu certains critères ?

— La normalité.

Il dévissa le bouchon en hochant la tête et but quelques gorgées.

— La normalité, répéta-t-il. OK, je peux t'aider. Viens près de moi.

— J'aimerais refaire l'amour avec toi mais…

— Tu veux que je te montre ce qu'est la normalité ?

— Oui.

— Alors reviens dans le lit.

– D'accord.

Elle s'allongea près de lui, et essaya de ne pas se contracter lorsqu'il la prit dans ses bras.

– Voilà qui est à peu près normal, selon mes critères. Ou qui le serait si tu te détendais.

Elle blottit sa tête au creux de son épaule.

– Je suis bien, murmura-t-elle.

Elle lisait des romans, elle regardait des films. Elle savait que les amants se comportaient de la sorte, mais cela ne lui était jamais arrivé. Parce qu'elle se l'était toujours interdit.

La normalité, pensa-t-elle, était aussi plaisante qu'elle se l'était toujours imaginée.

– Tu as déjà fait des pancakes ? demanda-t-il en lui écartant une mèche de cheveux du visage.

– Oui.

– Bien. Donc tu connais la recette.

– Tu as faim ? Tu as envie de pancakes ?

– Demain matin.

Il laissa ses mains remonter le long de son buste, lui titilla les tétons du pouce.

– Tu veux rester dormir ici ?

– Ben, oui.

– Je n'ai jamais passé une nuit entière avec un homme.

– Alors tu ne sais pas si tu ronfles.

– Je ne ronfle pas !

– Je te dirai…

Il y avait tant de raisons pour lesquelles elle ne pouvait pas, ne devait pas, se permettre une telle folie. Néanmoins, elle était incapable de résister à ses caresses, à ses baisers.

Elle lui dirait que c'était impossible. Après.

Elle se réveilla peu avant l'aube et resta immobile, à écouter la respiration de l'homme à ses côtés, plus lente, plus calme que celle de Bert. Le chien ronflait. Un peu.

Elle s'était endormie d'un coup après leur deuxième étreinte. Elle n'avait pas dit à Brooks de s'en aller, comme elle en avait l'intention. Elle n'avait pas fait son dernier tour de vérification des portes et des alarmes. Elle n'avait pas mis son pistolet sur la table de chevet. Elle s'était juste lovée dans cette position confortable, normale, puis laissée glisser dans le sommeil tandis qu'il lui parlait. Non seulement impoli, mais effrayant. Comment avait-il réussi à lui faire complètement baisser la garde ?

Que faire, maintenant ? Une présence dans la maison la déroutait.

Elle devait sortir Bert, lui donner à manger, vérifier les moniteurs, envoyer des mails, des textos, se mettre au travail. Brooks allait la retarder, bouleverser son petit train-train quotidien.

Que faire ?

Préparer des pancakes, se remémora-t-elle.

La respiration du chien se modifia lorsqu'elle se glissa hors du lit. Le dogue ouvrit les yeux, remua la queue et s'étira. Elle lui chuchota un ordre et enfila son peignoir. Tout doucement, ils descendirent à la cuisine.

Quand la porte de la chambre se referma, Brooks ouvrit les yeux. Il aurait pu se douter qu'elle était matinale. Lui-même aurait volontiers dormi une heure de plus. Il se força néanmoins à se lever.

L'arôme du café frais montait dans l'escalier, ainsi que le son d'une radio.

Debout devant le comptoir de la cuisine, elle remuait de la pâte à crêpes dans un saladier bleu foncé.

– Bonjour.

– Bonjour, j'ai fait du café.

– Je l'ai senti dans mon sommeil. Tu ne ronfles pas.

– Je te l'avais dit. Je…

Il la fit taire d'un baiser.

– Je t'ai piqué un peu de dentifrice, dit-il en prenant l'un des mugs qu'elle avait posés sur la table. Tu peux me dire pourquoi tu as un flingue dans le meuble de la salle de bains ?

– Ça ne te regarde pas. J'ai un permis.

– Je sais, j'ai vérifié. Tu as plusieurs autorisations de port d'arme. Tu as du sucre, s'il te plaît ? Ah, il est là.

Il remplit les deux tasses de café fumant, ajouta deux cuillerées de sucre dans la sienne.

– Je pourrais continuer à mener ma petite enquête, poursuivit-il. Je sais où et comment me procurer des renseignements sur n'importe qui. Mais je ne le ferai pas.

– Tant que je couche avec toi.

Un nuage assombrit le regard vert ambré de Brooks.

– Tu nous insultes l'un et l'autre en disant une chose pareille. J'espère que nous nous reverrons, et que nous referons l'amour, mais,

166

quoi qu'il arrive, je serai honnête avec toi. Je n'aime pas mentir. Tu n'as pas à redouter de coups bas de ma part.

– Je ne suis pas obligée de te croire.

– Tu as ma parole d'honneur. Ton café est très bon, et je ne dis pas ça seulement parce que je n'ai pas eu besoin de le préparer moi-même. C'est des pancakes que tu fais ?

– Oui.

– Est-ce que je vais encore trouver un pistolet en mettant le couvert ?

– Oui.

– Tu es la femme la plus bizarre que j'aie jamais rencontrée, dit-il en ouvrant le placard d'où la veille elle avait sorti des assiettes pour la pizza.

– Je croyais que tu arrêterais.

– De quoi ?

– Je croyais qu'après avoir couché avec moi, tu te désintéresserais de moi.

Il ouvrit un tiroir, tomba sur le Glock.

– Il n'y a pas que le sexe dans la vie, Abigail. Ce serait plus facile, mais il y a… autre chose entre nous. Je ne sais pas quoi, mais autre chose. On verra bien.

Tandis qu'elle versait une louche de pâte dans la poêle, il dressa la table.

– Je t'ai dit que je ne savais pas me comporter dans l'intimité.

– Tu te débrouilles très bien, répliqua-t-il en lui déposant un baiser sur la joue. Où est le sirop d'érable ?

ABIGAIL

Qu'est-ce que le caractère, sinon ce qui détermine l'événement ?
Qu'est-ce que l'événement, sinon ce qui illustre le caractère ?

HENRY JAMES

14

Le petit déjeuner avec Brooks désorganisa Abigail. Lorsqu'il partit, elle avait déjà plus d'une heure de retard sur son planning de la journée, sans compter le temps perdu la veille au soir.

À présent, au lieu d'arriver à l'épicerie dès l'heure d'ouverture, elle devait terminer ses recherches sur la dernière opération de blanchiment d'argent des Volkov. Si elle ne transmettait pas les données à son contact au FBI dans les deux prochains jours, ils louperaient le principal transfert du mois, depuis Chicago vers Atlantic City.

Ces activités sont chronophages, pensa-t-elle en s'installant devant son ordinateur. Il fallait glaner les informations, les décrypter, les mettre en corrélation, les envoyer. Ses renseignements devaient être de la plus grande précision. Cette fois, peut-être, Ilya serait mis en cause. Cette fois, peut-être, il paierait. En tout cas, au moins, il lui en coûterait gêne et frustration, de l'argent et des hommes.

Elle nourrissait l'espoir que son travail de sape mènerait à la ruine des Volkov. Korotkii, Ilya, et tous leurs acolytes finiraient leur vie en prison. Keegan et Cosgrove seraient démasqués, révoqués, écroués.

Et dans ses rêves les plus fous, tous savaient qu'elle était responsable de leur revers de fortune.

Elle travailla jusqu'en début d'après-midi avant d'être satisfaite. Elle méritait une heure ou deux de pause, décida-t-elle. À tête reposée, elle procéderait ensuite à une ultime vérification et enverrait son communiqué.

Bien que ce ne fût pas son horaire habituel, elle décida d'aller faire ses courses. En rentrant, elle sortirait Bert. Puis elle effectuerait son dernier contrôle et programmerait sa série de rebonds jusqu'à l'adresse e-mail de son contact. Après quoi, elle ferait une bonne séance d'exercice physique. Sa tâche accomplie, elle aurait grand besoin de se défouler. Ensuite, dans la soirée, elle consacrerait quelques heures au développement du virus sur lequel elle travaillait depuis dix-huit mois.

Elle changea d'arme, glissa le Glock, plus discret, dans son holster, et le dissimula sous un sweat à capuche. Bientôt, il ferait trop chaud pour sortir en veste ; elle porterait alors son arme au mollet.

Tout en réglant l'alarme, Bert montant la garde dehors, elle caressa l'idée d'acquérir un nouveau pistolet. Ce soir, elle s'accorderait le petit plaisir de consulter les sites spécialisés. Cette perspective la détendit, et elle dut admettre qu'il était plutôt agréable de se rendre en ville à cette heure de la journée. La luminosité était différente, le paysage magnifique sous le soleil de l'après-midi.

Çà et là, des digitales se dressaient au bord de la route. Des liliacées jaune d'or avaient éclos sur les berges du ruisseau. Des petites prunes sauvages étaient apparues dans le feuillage vert tendre du sous-bois. La nature resplendissait. Le renouveau du printemps la parait de l'éclat de l'espérance.

Son premier printemps dans les Ozarks, pensa Abigail, dans ce petit coin de paradis sur lequel elle avait jeté son dévolu.

Après douze ans d'errance, n'avait-elle pas enfin le droit de se poser quelque part ? De cultiver un jardin et d'en récolter les fruits ? De s'aménager un chez-soi où elle pouvait travailler, s'acquitter de sa dette et vivre en paix ?

Il n'y avait aucune raison pour que les Volkov viennent la chercher là, dans cette petite bourgade perdue au fin fond de l'Arkansas. Il n'y avait aucune raison pour qu'ils fassent le rapprochement entre Abigail Lowery et cette gamine écervelée qu'ils auraient pu cueillir comme une fleur. Tant qu'elle demeurait vigilante, parée à toute éventualité, tant qu'elle restait anonyme, invisible, elle pouvait mener sa petite vie tranquillement.

Abigail n'avait guère de crainte de croiser un membre de la *bratva* Volkov flânant dans le village, pêchant dans les rivières ou se baladant sur les sentiers de montagne. Et si jamais quelqu'un de l'US Marshals Service, du FBI ou de la police de Chicago venait par hasard passer un week-end dans la région, il était peu probable qu'on la reconnaisse. Elle avait douze ans de plus, les cheveux teints d'une autre couleur, un look différent. Il aurait fallu bien la regarder pour voir Elizabeth Fitch. Or il y avait peu de risques qu'on vienne chercher Elizabeth Fitch dans cette charmante petite localité touristique des monts Ozarks.

Le cas échéant, elle se métamorphoserait une fois de plus et disparaîtrait sans laisser de traces. Elle avait l'habitude, elle savait comment procéder.

Mais ce n'était pas pour aujourd'hui, se promit-elle en se garant près de l'épicerie. Et chaque jour où ce n'était pas pour aujourd'hui était un cadeau du ciel qu'elle appréciait à sa juste valeur.

Elle verrouillait sa voiture lorsqu'elle aperçut Brooks traversant la rue pour venir à sa rencontre.

Son pouls s'accéléra, un petit frisson lui parcourut le ventre. Il marchait comme s'il avait tout son temps, néanmoins il avançait rapidement. Il fut auprès d'elle avant qu'elle ait pu réfléchir à ce qu'elle devait dire ou faire.

– Quel heureux hasard, dit-il en lui prenant la main (il fallait toujours qu'il la touche), tout sourire.

– J'allais faire mes courses.

– Je m'en serais douté. Si on allait d'abord faire un tour ensemble ? J'ai passé une sale matinée, tu tombes à pic.

– J'ai des achats à faire.

– Tu as un rendez-vous cet après-midi ?

– Un rendez-vous ? Non.

Les passants les regardaient. Elle sentait des coups d'œil derrière son dos.

– Donc, tu n'es pas pressée. Descendons jusqu'au parc. J'ai une demi-heure de pause. C'est rare que tu viennes en ville si tard dans la journée…

– J'aime bien venir le matin.

Il faudrait qu'elle ait des horaires moins réguliers, pensa-t-elle. Les habitudes réglées comme du papier à musique ne passaient pas inaperçues.

Malgré elle, sa main toujours dans celle de Brooks, elle s'engagea avec lui dans la direction opposée à l'épicerie.

– Qu'est-ce que tu as fait de beau ce matin ?

– Pardon ? Que disais-tu ?

– Je te demandais ce que tu avais fait de beau ce matin.

Elle pensa au blanchiment d'argent, à la mafia russe, au FBI.

– Rien de spécial.

– À ton tour, maintenant, de me demander ce que j'ai fait.

– Oh ! D'accord. Dis-moi…

– Principalement, je me suis fait enguirlander. Comme prévu, Missy est venue me raconter qu'elle avait trébuché, et me supplier de relâcher Ty. Elle n'a pas digéré les motifs pour lesquels je l'ai arrêté. Maintenant qu'il a dessoûlé, il est plus raisonnable qu'elle.

Brooks salua quelqu'un sur le trottoir opposé. Abigail s'efforça de dissimuler sa contrariété. Elle qui ne voulait surtout pas qu'on la remarque…

– Après m'avoir engueulé comme du poisson pourri, continua Brooks, elle s'est mise à pleurer comme une Madeleine. Je les ai laissés se parler, ils ont pleuré tous les deux. Finalement, elle est partie chercher un avocat, une espèce de petit morveux qui s'est permis de me faire la leçon. Soi-disant j'avais outrepassé mon autorité en proposant au prévenu de se faire soigner pour lui éviter un procès et une éventuelle peine de prison.

– En effet, ce n'est pas à toi de négocier la peine.

– Je sais bien, mais si on attend que Ty passe devant le juge, il risque plusieurs années de détention. Donc je discutais avec l'avocat quand Ty et Missy ont trouvé moyen de se traiter de tous les noms. Personnellement, je ne comprends pas ces couples qui restent ensemble alors qu'ils n'ont plus que mépris et animosité l'un pour l'autre. Enfin, bref, Ty braillait comme un putois, et quand je lui ai conseillé de mettre une sourdine, il a recommencé à m'insulter et à me promettre, comme la veille, qu'il allait me casser la gueule.

– Ces gens-là sont pathétiques.

– Ce n'est sûrement pas moi qui dirais le contraire. L'avocat s'en est mêlé. Ty l'a chopé par le colback à travers les barreaux de la cellule. J'avoue que j'ai été un peu long à séparer Ty de l'avocat.

– Parce que tu l'aurais volontiers étranglé toi-même, commenta Abigail.

Brooks imprima un mouvement de balancier à son bras.

– Je le reconnais, acquiesça-t-il, même si cette attitude ne reflète pas le meilleur de moi-même. L'avocat est parti furieux, sous les vociférations de Ty. Missy lui a couru après, en larmes.

– Les gens s'imaginent qu'ils sont au-dessus des lois, parce qu'ils sont riches ou pauvres, parce qu'ils sont malades ou dans la détresse, ou pour je ne sais quelle raison qui selon eux justifierait leurs actes.

– C'est vrai.

– Et le système judiciaire les conforte dans cet état d'esprit en leur trouvant des circonstances atténuantes.

– C'est vrai aussi, mais la loi et le système doivent pouvoir respirer un peu.

– Je ne comprends pas.

– La loi doit être flexible, tenir compte de certains facteurs humains. Celui qui vole une miche de pain parce qu'il a faim, reprit-il, ne mérite pas la même sanction que celui qui vole des trucs pour les revendre.

– Peut-être. Mais si la loi était plus rigoureuse, ceux qui volent pour le profit hésiteraient peut-être à récidiver.

Devant le sourire de Brooks, Abigail se demanda si elle avait dit quelque chose d'inconvenant ou d'idiot.

– Tu as déjà pensé à travailler dans la police ?

– Pas vraiment, répondit-elle. Écoute, il faut vraiment que j'aille…

– Brooks ! Venez, tous les deux…

Avec un sursaut, Abigail se tourna vers la maison aux fresques fantastiques. En salopette et baskets tachées de peinture, les cheveux ramenés sous un foulard rouge, la mère de Brooks descendait à la hâte de son échafaudage.

Dès l'instant où elle posa les pieds sur le sol, le chiot qui s'était mis à japper et à danser au son de sa voix exécuta un saut périlleux et retomba à plat ventre sur le gazon. En riant, elle le prit dans ses bras et détacha sa laisse.

– Venez ! répéta-t-elle. Viens donc présenter Abigail à ton nouveau petit frère.

– Son chouchou du moment, dit-il à Abigail. Allons lui dire bonjour.

– Il faut vraiment que j'aille faire mes courses.

Il tourna vers elle un regard de chien battu.

– Tu ne trouves pas que je me suis déjà fait suffisamment engueuler pour aujourd'hui ? Aie pitié de moi.

Partant du principe qu'elle ne ferait qu'attiser la curiosité de la mère de Brooks en se comportant comme une sauvage, et bien qu'elle eût préféré qu'il lui lâchât la main, elle le suivit dans le jardin de ses parents.

– J'espérais que vous viendriez me rendre visite, lui dit Sunny.

– En fait, je…

– Elle allait faire ses courses. Je l'ai détournée de sa mission et emmenée faire un tour avec moi.

– Ce serait dommage de rester enfermé par une si belle journée. Abigail, je vous présente Platon.

– Il est adorable.

– Et très polisson, ajouta Sunny en embrassant le chiot, puis Brooks. Très intelligent, aussi.

Comme flatté par le compliment, le chiot se laissa tomber sur le flanc et roula sur le dos, les quatre pattes en l'air. Elle lui caressa le ventre.

– On dirait qu'il aime les jolies femmes, comme mon fils. Vous aussi, vous avez le regard heureux, aujourd'hui, Abigail.

– J'adore les chiens, dit-elle puis, changeant de sujet : votre maison est superbe. Je la regarde chaque fois que je passe devant. Ce qui me plaît, dans vos fresques, c'est qu'elles n'ont pas de sens.

Sunny éclata de rire, Abigail se sentit rougir.

– Je me suis mal exprimée, bredouilla-t-elle. Je voulais dire…

– Je sais ce que vous voulez dire, et vous avez parfaitement raison. Moi aussi, j'adore les choses qui n'ont pas de sens. Venez, entrez. J'ai fait du thé à la pêche, ce matin, et des biscuits au gingembre et au citron, tes préférés, Brooks.

– Si tu me prends par les sentiments… Tu as cinq minutes, Abigail ? lui demanda-t-il en lui ébouriffant les cheveux.

Le chiot dans les bras, elle se redressa et le tendit à Sunny.

– Merci, vous êtes gentille, mais il faut que j'aille faire quelques courses et que je rentre m'occuper de mon chien. J'ai été ravie de vous revoir, et de faire la connaissance de Platon.

Elle leur tourna le dos et s'en alla rapidement. Ces gens-là l'avaient charmée, séduite. Le fils, la mère, et jusqu'au chien. Conversation, invitations, tarte aux myrtilles, étreintes torrides… Elle s'était laissé amadouer.

Tout le monde l'avait vue se promener main dans la main avec le chef de la police. Pourquoi Brooks ne se comportait-il pas comme tous les mâles ? Maintenant qu'il avait couché avec elle, qu'il avait eu ce qu'il voulait, pourquoi continuait-il à la courtiser ?

En sentant une main lui agripper le bras, elle réagit sans réfléchir. Mue par l'instinct, elle fit volte-face et arma le poing.

Brooks lui saisit le poignet juste avant qu'elle frappe.

– Waouh ! Excellents réflexes, Xena.

– Excuse-moi, tu m'as fait peur.

– Désolé, ma chérie. Je crois qu'il faudra bien que tu finisses par me dire qui t'a fait du mal.

Agitée, elle repoussa sa main, regarda autour d'elle.

– Tu ne vas pas me ficher la paix, maintenant que tu as eu ce que tu voulais ? répliqua-t-elle sèchement.

– Pour quelqu'un d'aussi intelligent que toi, tu peux être bête comme tes pieds, parfois. Si j'ai couché avec toi, et je te le rappelle, tu étais plus que consentante, c'est parce que j'avais envie de te connaître. Et depuis que nous avons couché ensemble, j'ai encore plus envie de te connaître.

– Puis-je savoir pourquoi ? Non, ne réponds pas. Tu as toujours réponse à tout. Tu m'embrouilles les idées. Je n'aime pas être comme ça.

– Comme quoi ?

– Je ne sais pas ! Il faut que je fasse mes courses, que je rentre chez moi, que je finisse mon boulot et...

– Calme-toi, dit-il en la prenant par les épaules. Respire. OK, va faire tes courses. Je te rejoindrai chez toi vers 18 heures, 18 h 30. J'apporterai des steaks que nous ferons griller au barbecue et nous discuterons tranquillement.

– Je n'ai pas envie de discuter, je veux juste...

Très doucement, très tendrement, il posa les lèvres sur les siennes.

– Il faut qu'on discute, Abigail, insista-t-il.

– Je n'ai plus rien à te dire.

– Si vraiment tu ne veux plus me voir, je te promets que tu ne me reverras plus. Mais tu dois d'abord m'expliquer pourquoi tu ne veux pas de moi, ce dont je ne suis pas du tout certain. Je ne te veux pas de mal, Abigail, et je ferai tout mon possible pour ne pas te rendre malheureuse.

– Tu ne comprends pas.

– Non, ma chérie, je ne comprends pas, mais je voudrais bien.

Cette conversation serait la dernière, se promit-elle en s'éloignant à la hâte. Elle resterait calme et rationnelle. Elle lui expliquerait simplement qu'elle ne voulait pas s'engager dans une relation, qu'elle avait trop de travail pour consacrer du temps à un homme. Elle serait ferme, il serait raisonnable, et c'en serait terminé, à l'amiable, de cette histoire qui n'aurait jamais dû commencer. Elle retrouverait alors sa tranquillité et ses petites habitudes.

Sitôt rentrée chez elle, elle réfléchirait à ce qu'elle dirait et à la façon dont elle le dirait. Elle serait préparée.

Elle repoussa néanmoins cette tâche à plus tard, se rappelant que son travail passait et passerait toujours avant tout. Bien qu'elle eût un peu de mal à se concentrer, elle relut consciencieusement toutes les données qu'elle avait rassemblées, y apporta quelques menues précisions, et rédigea son e-mail.

Ci-joint quelques renseignements susceptibles de vous être utiles. Merci pour votre attention et toute action que vous jugerez appropriée.

Tvoi drug

Par le biais du système qu'elle avait conçu, elle l'expédia vers diverses destinations, puis ferma le compte temporaire et sauvegarda une copie du message dans un dossier verrouillé. Elle regrettait de ne pouvoir communiquer directement avec son contact au FBI, de ne pouvoir échanger réflexions et opinions, mais elle devait se contenter de ce qu'elle savait de l'agent spécial Garrison au travers des fichiers qu'elle piratait.

– Allez, viens, on va se promener, dit-elle à Bert. Je préparerai ce que je dois dire à Brooks pendant la balade. Demain, tout rentrera dans l'ordre.

Le dogue se frotta contre sa jambe.

Peu à peu, la sérénité de la forêt restaura la sienne. Frémissant d'excitation, Bert leva la tête vers elle. À son signal, il dévala la pente et sauta dans le ruisseau. En riant, elle le regarda patauger et s'ébrouer. Elle le laissa jouer un moment. Un pic-vert rythmait le chant des oiseaux. Le soleil filtrait au travers des arbres, illuminant le sous-bois d'une lueur onirique.

Un peu plus loin, la forêt s'éclaircissait et offrait un panorama sur la vallée en contrebas. Elle aimait s'arrêter là et admirer le paysage. Elle s'y sentait chez elle, presque davantage qu'à l'intérieur du chalet.

Il n'y manquait qu'un banc. Oui, dans la soirée, elle chercherait un banc sur Internet, un banc en bois, organique, qui se fondrait dans la nature. Elle pourrait ainsi s'asseoir et contempler le monde s'ouvrant sur les collines et les vallons verdoyants pendant que son chien s'ébattrait dans la rivière. Un jour, peut-être, elle se sentirait assez en sécurité pour apporter un livre. S'asseoir sur un banc dans les bois, devant un horizon de rêve, et lire pendant que Bert barboterait.

Bon ! Ce n'était pas le moment de bâtir des châteaux en Espagne. Pour l'heure, elle devait préparer ce qu'elle dirait à Brooks.

Elle fit signe à Bert de revenir et s'écarta de lui lorsqu'il secoua son pelage trempé.

– « Brooks, commença-t-elle en marchant entre les arbres, bien que je te trouve très séduisant et que j'aie passé avec toi un excellent

moment, je ne peux pas me permettre de poursuivre une relation… »
Non… Je dois me montrer plus ferme… « Je ne veux pas m'engager dans une relation. » C'est mieux. Il va me demander pourquoi.
Il faut que j'aie une réponse. « Mon travail exige la priorité. Il me
prend non seulement beaucoup de temps mais réclame toute ma
concentration. »

Elle leva le visage vers le soleil, savoura sa caresse. Les relations
humaines étaient si compliquées. Comment faisaient les gens qui
avaient des parents, des enfants, des frères et sœurs, des amis, des
collègues de travail, des voisins ? Assurément, il était plus facile
de vivre seul, de s'organiser à sa guise, de ne compter que sur soi-
même et de ne rien attendre de quiconque.

C'était ce qu'avait fait sa mère, et Susan avait réussi sur tous les
fronts, excepté sur le plan maternel. Forcément, dès qu'un autre individu interférait dans votre existence, il fallait s'attendre à d'amères
déceptions.

– Je ne suis pas ma mère, murmura Abigail en posant une main
sur la tête de Bert. Je ne veux surtout pas être comme elle. De toute
façon, quand bien même je voudrais avoir des relations sociales, et
les complications qui vont avec, je ne pourrais pas. Ce n'est pas
possible. Alors, reprenons du début. « Bien que je te trouve très
séduisant… »

Elle travailla le contenu, le ton, la structure de son discours, et
même son langage corporel. Pendant près d'une heure, tout en regagnant la maison, elle peaufina le moindre détail.

Comme Brooks dînerait avec elle, et qu'elle se devait de le recevoir décemment, elle ouvrit une bouteille de syrah. Et en but un
demi-verre, afin de se calmer les nerfs. À 18 h 30, elle dut se faire
violence pour ne pas arpenter la cuisine de long en large, ni se servir
un autre demi-verre de vin.

Quand il arriva, à 18 h 45, elle était tendue comme un ressort. En
se dirigeant vers la porte, elle se répéta mentalement son laïus une
dernière fois.

15

Un sac à provisions sur le bras, il gravit les marches du porche.

– Excuse-moi, je suis un peu en retard. J'ai eu deux, trois trucs à régler.

– Ce n'est pas grave.

– Salut, Bert.

En pénétrant dans la maison, Brooks caressa la tête du chien, puis déposa un baiser sur les lèvres d'Abigail.

– Comment vas-tu ? lui demanda-t-il.

– Bien, merci.

Dans la cuisine, il posa le sac sur la table.

– J'ai acheté deux belles entrecôtes. Je vois que tu as choisi un vin qui se marie à merveille avec la viande rouge. J'ai pris aussi des pommes de terre, et un sachet de salade.

– J'ai toutes sortes de légumes frais dans le jardin.

– Qu'il faut laver, trier, etc. Assieds-toi, je m'occupe des patates.

Elle n'avait aucune envie de s'asseoir. Elle n'avait pas répété en position assise.

– Veux-tu qu'on ait notre discussion avant de manger ?

– Et on ne parlera pas pendant le dîner ni après ? répliqua-t-il en se dirigeant vers l'évier avec deux énormes pommes de terre.

– Si, bien sûr. Mais nous devons discuter de la situation. Veux-tu qu'on le fasse maintenant, ou préfères-tu attendre qu'on passe à table ?

– Quelle situation ?

– Toi et moi... Le lien social, la relation qui s'est établie entre nous.

Il posa les patates sur le comptoir et, avec un sourire si chaleureux qu'elle en eut un pincement au cœur, lui prit le visage entre les mains et l'embrassa longuement.

– Le « lien social qui s'est établi entre nous »… Je t'adore, dit-il. Tu veux bien me servir un peu de vin ?

– Je… Oui. Non. Enfin, si, je veux bien te servir du vin. Il faut qu'on discute…

– À t'entendre, on dirait que nous allons discuter politique. Pourquoi n'emploies-tu pas le verbe « parler » ?

Il étudia un instant les boutons du four, puis le régla en mode préchauffage.

– OK. Il faut qu'on parle.

– De notre lien social et de la relation qui s'est établie entre nous ?

Par réflexe, elle redressa les épaules.

– Tu te moques de moi.

– Un peu. On risque d'en avoir pour un petit bout de temps. Si nous allions nous installer dans le salon ? Je ferai du feu.

Trop confortable, pensa-t-elle.

– Brooks…

– Tu sais le prononcer.

– Quoi donc ?

– Mon prénom. C'est la première fois que je t'entends le prononcer.

Était-ce possible ?

– Tu m'embrouilles. Je n'ai encore rien dit, et tu m'embrouilles.

– Ce qui se passe entre nous t'inquiète, c'est ça ?

Soulagée de pouvoir enfin commencer, elle inspira profondément.

– Bien que je te trouve très séduisant, et que j'aie passé avec toi un excellent moment, je ne veux pas m'engager dans une relation.

– C'est déjà fait.

– Comment cela ?

– Que tu le veuilles ou non, tu l'as dit toi-même, une relation s'est créée entre nous.

– Je ne veux pas qu'elle aille plus loin.

– Pourquoi ?

– Je suis flattée que tu t'intéresses à moi, et j'apprécie ta compagnie, mais mon travail me prend beaucoup de temps et réclame toute ma concentration. Je préfère ne pas me disperser, et je pense que tu as besoin d'une compagne plus disponible et plus sociable.

Il but une gorgée de vin.

— Tu as répété ? répliqua-t-il en pointant l'index sur elle. Je parie que tu as préparé cette tirade.

De honte, tous les muscles de son corps se contractèrent.

— Je voulais être certaine d'articuler clairement mes pensées, dit-elle. Je ne vois pas en quoi ça t'amuse.

Malgré son ton glacial, il garda le sourire.

— Je ne crois pas un mot de ce que tu viens de me dire, Abigail.

— Si tu n'es pas capable de discuter sérieusement, tu peux t'en aller tout de suite.

Son verre de vin à la main, accoudé au comptoir, il resta aussi détendu qu'elle était crispée.

— Ce que tu viens de me servir n'était pas une discussion sérieuse, mais un baratin tout préparé, à l'issue duquel j'étais censé te dire adieu sans faire d'histoire. Si tu veux que je te laisse tranquille, Abigail, je crois qu'il va falloir que tu me dises ce qui te tracasse, de quoi tu as peur, ce qui se passe dans ta petite tête et te pèse sur le cœur.

— N'ai-je pas été suffisamment claire ?

— Tu ne m'as pas dit la vérité. Si tu ne veux vraiment pas de moi, je disparaîtrai de ta vie, promis. Je ne suis pas du genre collant. Mais tu dois d'abord m'expliquer pourquoi, il me semble que c'est la moindre des choses. Je ferai griller les steaks, nous les mangerons ensemble et je partirai. Voilà comment se comportent les êtres civilisés.

— Je t'ai dit : mon travail…

— Abigail…

Il faisait preuve d'une patience infinie, qui la mettait au supplice.

— Je ne peux pas discuter avec quelqu'un qui refuse de se montrer rationnel ! s'emporta-t-elle.

— Alors, arrête.

— Arrêter d'être rationnelle ? Je n'arrive pas à réfléchir !

— Réponds à cette question : as-tu des sentiments pour moi ?

— Je ne veux pas en avoir.

— J'interprète cela comme une réponse affirmative. Pourquoi ne veux-tu pas en avoir ?

— Je ne saurais pas comment les gérer. Je veux retrouver ma tranquillité, mes petites habitudes.

Sa voix montait dans les aigus, elle ne parvenait pas à la contrôler.

— Tu bouleverses mon emploi du temps et ma routine, poursuivit-elle. Je ne peux même plus aller faire mes courses tranquillement. J'ai l'habitude d'être seule. Je ne suis bien que seule.

— Allons prendre l'air.

— Je n'ai pas envie de prendre l'air !

— Tu trembles, ma chérie, et tu as du mal à respirer. Sortons prendre l'air une minute, ça te fera du bien.

— Fiche-moi la paix ! Je me débrouille toute seule depuis l'âge de dix-sept ans, je n'ai besoin de personne.

Brooks déverrouilla la porte donnant sur la terrasse à l'arrière du chalet.

— Viens, Bert, dit-il en prenant Abigail par la main et en l'entraînant à l'extérieur. Dans ce cas, il est grand temps que quelqu'un te soulage de ton fardeau. Maintenant, respire, bon sang.

— Ne me parle pas sur ce ton.

— Respire, et je te parlerai autrement.

Elle s'écarta de lui et s'appuya contre l'un des piliers de la galerie. Des larmes roulaient le long de ses joues. Brooks se passa les mains sur le visage, s'efforçant de ne pas perdre contenance.

— Si c'est moi qui te rends aussi malheureuse, dit-il, je te donne ma parole que tu ne me reverras plus. Mais j'aimerais tellement que tu me laisses t'aider…

— Tu ne peux pas m'aider.

— Comment le sais-tu ?

Elle se tourna vers lui.

— D'abord, pourquoi tiens-tu absolument à m'aider ?

— Si tu ne comprends pas, c'est que tu n'as vraiment aucune notion des relations humaines.

— Tu recommences à te moquer de moi.

— Non, répondit-il d'une voix aussi apaisante que la plus douce des caresses. J'ai des sentiments pour toi, Abigail. Je ne sais pas encore lesquels, mais tu m'apportes quelque chose qui ressemble fort au bonheur.

Elle secoua la tête.

— Ce n'est qu'une réaction chimique.

— Exactement. J'étais nul en chimie, mais tant qu'on en reste à un niveau aussi élémentaire, je suis capable de suivre. Est-ce moi qui te rends aussi malheureuse ?

Elle aurait voulu répondre que oui, juste pour en finir. Lorsqu'il la regardait dans les yeux, toutefois, elle était incapable de lui mentir.

— Non. Je suis heureuse quand je te vois. Je ne veux pas être heureuse à cause de toi.

— Être heureuse te rend donc malheureuse.

– Je sais que ce n'est pas rationnel, mais c'est la vérité. Je suis désolée.

– Ne t'excuse pas.

De sa poche, il sortit un mouchoir bleu soigneusement plié et le lui tendit. Malgré elle, elle renifla.

– Merci.

– Je vais te poser une question. Si tu n'as pas envie d'y répondre, tu n'es pas obligée, mais ne me mens pas. Est-ce un mari, un ex-mari, un amant ou un petit ami qui t'a fait du mal ?

– Non, non. Il n'y a pas d'homme dans ma vie. Personne ne m'a fait de mal.

Il lui releva le menton, essuya une larme au coin de son œil.

– Tu m'as moi, maintenant. Il va falloir que ton cerveau de génie traite cette nouvelle donnée.

– Je ne suis pas comme tout le monde, Brooks.

– Tu es unique, c'est vrai.

– Tu ne comprends pas.

– Alors, aide-moi à comprendre.

Que pouvait-elle se permettre de lui révéler pour qu'il cesse de la harceler ?

– Je voudrais boire un peu de vin, dit-elle.

– Je vais te chercher ton verre.

Avant qu'elle ait pu protester, il s'engouffra dans la cuisine. Elle profita de cet instant pour réfléchir rapidement à un moyen de se tirer d'embarras.

Quand il revint avec son verre, Brooks s'assit sur les marches de la terrasse.

– Viens t'asseoir près de moi.

Elle hésita, puis fit signe à Bert qu'il pouvait aller dans le jardin, et prit place à côté de Brooks.

– Je suis capable de beaucoup de choses, mais pas d'entretenir une relation.

– Parce que ?

– Lorsque ma mère a décidé d'avoir un enfant, elle a cherché un donneur.

– Elle n'avait pas d'homme dans sa vie ?

– Non. En tout cas pas un avec qui elle voulait procréer.

Procréer, pensa Brooks, *le mot est révélateur.*

– Elle avait atteint un point de sa vie où elle voulait un enfant. Enfin, pas tout à fait. Elle voulait un rejeton, et elle avait des exigences très

184

spécifiques quant au géniteur. Ma mère est une femme très intelligente, qui naturellement désirait produire un rejeton très intelligent. Il fallait donc qu'elle le conçoive avec un individu au QI au moins aussi élevé que le sien, en parfaite santé, exempt de tout antécédent de maladie héréditaire. Elle avait aussi des critères physiques.

– Je vois le tableau.

– Une fois le donneur sélectionné, elle a fixé la date de la conception, par insémination artificielle, en fonction de son planning professionnel et de son agenda personnel. Évidemment, elle a accouché dans la meilleure clinique qu'elle ait pu trouver. Je suis née par césarienne, un beau bébé, en bonne santé, de poids et de taille parfaits. Elle a engagé une sage-femme pour s'occuper de moi. Elle me faisait régulièrement passer toute une batterie de tests et d'examens, afin de s'assurer de mon bon développement.

Le chant des oiseaux, si joyeux, semblait déplacé. Un colibri butinait des œillets rouges en pot.

– C'est elle qui t'a raconté tout ça ou tu l'as découvert ?

– Elle me l'a raconté, je l'ai toujours su. Elle estimait qu'il s'agissait d'un élément fondamental pour mon éducation. Mon éducation et ma forme physique étaient des priorités. Ma mère est d'une beauté exceptionnelle. Elle a été déçue que je ne sois pas aussi belle qu'elle. Heureusement, mes capacités intellectuelles compensaient les petits défauts de ma physionomie. Globalement, elle était satisfaite.

– Ma pauvre chérie…

Abigail se contracta lorsque Brooks lui passa un bras autour des épaules.

– Je ne te raconte pas ça pour que tu me plaignes, mais pour que tu comprennes ma programmation génétique. Bien que globalement satisfaite de moi, ma mère ne m'a jamais aimée. Elle n'a jamais accepté que je puisse avoir des objectifs, des projets ou des désirs personnels. Elle m'avait tracé un plan d'avenir très spécifique, très détaillé. J'ai longtemps cru qu'elle ne m'aimait pas parce que je n'étais pas à la hauteur de ses exigences, et puis j'ai compris qu'elle était tout simplement incapable d'aimer, incapable du moindre geste d'affection. J'ai hérité de ce handicap. Voilà pourquoi je suis incapable de m'investir dans une relation. Je suis toutefois consciente que les émotions et l'affection sont essentielles à l'être humain.

Quel désastre ! pensait Brooks. Il s'efforça néanmoins de nuancer ses propos.

Je peux te poser une question ? Si tu es génétiquement incapable d'amour et d'affection, comment se fait-il que tu aimes ce chien, et qu'il te le rende bien ? Je t'en prie, ne me réponds pas que c'est du conditionnement.

– Nous avons besoin l'un de l'autre.

– Ce n'est pas tout. S'il se blessait, ou s'il attrapait une maladie, et ne pouvait plus jouer son rôle de chien de garde, tu te débarrasserais de lui ?

– Bien sûr que non.

– Parce que ce serait froid, égoïste et tout bonnement méchant, alors que tu n'es rien de tout cela. Et parce que tu l'aimes.

– C'est un chien, pas une personne. Certaines personnes éprouvent des sentiments très forts pour les animaux mais ne peuvent pas en éprouver d'aussi forts pour les humains.

– Tu as des sentiments pour moi.

À court de réponse, elle baissa les yeux sur son verre de vin.

– Et ton père dans tout ça ?

– Je te l'ai dit, c'était un donneur.

– Telle que je te connais, tu as dû te renseigner sur lui.

– Ma mère ne voulait pas me dire son nom. À douze ans, j'ai… accédé à certaines informations.

– Tu as fouillé dans les papiers de ta mère ?

– J'ai piraté son ordinateur.

– À douze ans ?

– J'ai toujours été passionnée par l'informatique. Il est physicien. Il a fait une belle carrière, ses travaux font référence dans la communauté scientifique. Il avait à peine plus de vingt ans quand il a donné son sperme. Ma mère était plus vieille.

– Il sait que tu existes ?

– Non.

– Tu aurais pu le contacter.

– Pourquoi bouleverser sa vie, jeter le trouble dans sa famille ? Nous n'avons rien de plus qu'un lien biologique.

– Il a une famille ?

– Il s'est marié à trente et un ans. À l'époque où j'ai accédé aux informations le concernant, il avait un enfant et en attendait un deuxième. Il en a trois, aujourd'hui. Je ne me compte pas. Je ne suis que le résultat d'un don de sperme.

– Il est toujours marié ?

– Oui.

– Cela prouve qu'il est capable de s'investir dans une relation durable. Tu as de ses gènes, aussi.

Pendant un moment, un long moment, Abigail suivit des yeux les circonvolutions du colibri.

– De toute façon, ce n'est pas seulement pour cette raison que je ne veux pas m'engager dans une relation. Je ne peux pas t'expliquer.

– Je sais que tu fuis quelque chose, quelque chose qui te fait terriblement peur. C'est pour ça que tu te blindes, au propre comme au figuré. Quand tu auras suffisamment confiance en moi, quand tu comprendras qu'avoir besoin d'aide n'est pas la même chose qu'être faible, tu me diras ce qui t'effraie à ce point. Mais pour l'instant, je vais allumer le barbecue.

Brooks se leva, Abigail l'imita.

– Dans quelle mesure ce qu'il y a derrière mes barricades contribue-t-il à l'intérêt que tu me portes ?

Elle avait besoin d'honnêteté, peut-être au-delà de tout. Il devait donc se montrer franc.

– Je reconnais que c'est ce qui a éveillé ma curiosité, au départ. Et que ça m'intrigue toujours. Déformation professionnelle, peut-être. Mais principalement, maintenant ? Quand tu sors de tes retranchements, Abigail, ne serait-ce qu'un tout petit peu, tu me touches au plus profond du cœur. Tu me touches au plus profond du cœur, répéta-t-il en lui prenant la main et en la pressant contre sa poitrine.

Elle regarda sa main, sous laquelle elle sentait un battement fort et régulier. Brooks l'entoura de ses bras. Elle posa la joue contre son torse et ferma les yeux, en proie à une bouffée d'émotion.

Se blottir contre quelqu'un, par une belle soirée de printemps, contre quelqu'un qui tenait à elle… C'était comme un miracle, même pour quelqu'un qui ne croyait pas aux miracles.

– Je ne sais pas quoi penser de cette situation, de toi, murmura-t-elle.

– Attendons de voir comment les choses évoluent.

– D'accord, je veux bien essayer. Tu restes là, ce soir ?

Il lui embrassa le sommet du crâne.

– J'attendais que tu me le demandes.

À Chicago, à deux rues seulement du club où il avait rencontré Elizabeth Fitch une nuit d'été, Ilya faisait le tour de l'appartement abritant l'une des plus fructueuses de leurs plates-formes de fraude informatique. Ses visites, fréquentes, généraient une certaine tension, mais le travail se poursuivait comme si de rien n'était.

Plusieurs opérateurs envoyaient par milliers des spams publicitaires pour des médicaments canadiens, des sites de rencontre en ligne, des téléchargements gratuits, des offres de travail à domicile. À réception de ces messages, les naïfs et les désespérés téléphonaient à un numéro surtaxé, ou cliquaient sur un lien permettant l'usurpation de leur carte de crédit ou de leur identité.

Ilya avait lui-même conçu une variante de l'arnaque nigériane qui demeurait la plus lucrative de leurs escroqueries. Il en retirait une immense fierté.

Il aimait ce genre d'activités, qu'il considérait comme un exercice intellectuel. Les résultats étaient satisfaisants, meilleurs encore que l'année précédente. Aucun des avertissements postés en ligne ou diffusés dans les journaux télévisés ne freinait l'appétit de la nature humaine pour l'argent facile. Du reste, il n'était besoin pour dépouiller les imbéciles que d'un ordinateur et d'un téléphone. Le recours aux armes n'était pas nécessaire.

Ilya acceptait la violence. Il l'infligeait parfois, ou l'ordonnait, quand il le fallait. Toutefois, il préférait éviter de faire couler le sang. Les règlements de comptes ne relevaient pas de son rang d'homme d'affaires. Bientôt, il se marierait et fonderait une famille. Il orienterait ses fils vers le domaine du business, à d'autres les sales besognes. Certes, les hommes comme Korotkii seraient toujours indispensables. Pour ses futurs enfants, il avait cependant de plus nobles projets d'avenir.

Il s'entretint brièvement avec le superviseur, nota la recette du jour, puis se dirigea vers la porte. Il adorait le soupir de soulagement général lorsqu'il prenait congé. Il était né pour le pouvoir, et portait ce don aussi naturellement que ses costumes Versace.

Sa voiture l'attendait au pied de l'immeuble. Sans un mot au chauffeur, il s'installa sur la banquette arrière et, tandis que la berline démarrait, composa un texto à l'intention de sa maîtresse : qu'elle se fasse belle, il la rejoindrait d'ici deux heures au maximum. Puis il envoya un message à sa fiancée : il rentrerait tard, mais espérait que sa réunion se terminerait avant minuit.

La voiture s'arrêta devant un restaurant, exceptionnellement fermé pour une soirée privée.

Son père tenait à cette table ronde mensuelle. Ilya, pour sa part, était convaincu que bien des affaires pouvaient se régler par visioconférence. Il reconnaissait néanmoins qu'il était important de se retrouver réellement de temps à autre. Du reste, lors de ces réunions entre hommes, on dégustait toujours des mets de choix et de la bonne vodka.

À l'entrée de l'établissement, il tendit son manteau de cachemire à une jolie brune aux yeux de biche. Lorsque son emploi du temps le lui permettait, il aimait lui donner rendez-vous dans une chambre d'hôtel. Il exigeait qu'elle garde ses lunettes à monture noire.

Son père et plusieurs de leurs associés étaient déjà installés autour de la grande table dressée dans la salle principale. Le sourire de Serguei s'élargit à l'arrivée de son fils.

– Assieds-toi, tu es en retard.

– Je suis passé chercher les chiffres des opérations de la 51e Rue, dit-il en embrassant son père puis son oncle. Vous allez être contents.

– Très bien.

Serguei servit un verre de vodka à son fils et leva le sien. À soixante-dix ans, il était toujours robuste et appréciait les plaisirs de la vie.

– À la famille, trinqua-t-il solennellement. Aux amis et au succès de nos affaires.

Ils discutèrent business tout en dînant. À l'occasion de ces réunions, la cuisine russe traditionnelle était toujours à l'honneur. En savourant un bortsch, Ilya écouta attentivement les rapports des capitaines et de leurs soldats les plus loyaux. Par respect, il ne posait de questions que sur un hochement de tête d'assentiment de son père. Au-dessus d'un agneau de printemps braisé, il fit le compte rendu des activités qu'il supervisait personnellement.

On traita ensuite de divers problèmes : l'arrestation d'un soldat pour trafic de stupéfiants ; une prostituée nécessitant des mesures disciplinaires ; l'interrogatoire d'un indicateur.

– Misha va maintenant nous parler de nos infiltrés dans la police, annonça Serguei.

Ilya repoussa son assiette. S'il mangeait trop, il ne pourrait pas apprécier pleinement les faveurs de sa maîtresse. Son verre de vin à la main, il se tourna vers son cousin.

– Pickto dit qu'il n'a pas encore réussi à trouver comment le FBI est informé de certaines de nos activités.

– Alors, pourquoi le payons-nous ? grommela Serguei.

– C'est bien la question que je me pose, mon oncle. Il nous a parfois prévenus à temps pour que nous puissions protéger nos intérêts, mais il n'arrive pas à identifier le contact au sein du Bureau, ni la source des renseignements. Il soupçonne trois agents, mais les fédéraux maintiennent une chape de plomb sur ce dossier. Il réclame encore un peu de temps, et des ressources.

– De l'argent ?

– Pour les pots-de-vin, oui.

– Je ne remets pas sa loyauté en question, mais je commence à penser qu'il n'est pas à la hauteur de la mission que nous lui avons confiée.

– Nous allons nous pencher sur ces trois agents. Ilya, Misha et toi, vous vous en occuperez. Qui que soit cet agent du FBI, qui que soit l'indicateur, nous devons mettre un terme à ces fuites. Elles nous coûtent de l'argent, des hommes et du temps. Et nous font insulte.

Serguei repoussa lui aussi son assiette avant de poursuivre.

– Ce qui m'amène à une préoccupation plus ancienne : Elizabeth Fitch.

– Elle n'a aucun contact avec sa mère, déclara Ilya, ni avec la police, en tout cas pas que nous sachions. Si elle est toujours en vie, elle vit dans la peur. Elle n'est pas une menace.

– Tant qu'elle vivra, elle en sera une. Et une injure. Ce Keegan, nous le payons grassement, et il nous est utile. Mais il ne l'a toujours pas retrouvée. Les autres non plus. Une femme ! tonna Serguei en frappant la table du poing. Où est notre honneur si nous baissons les bras devant une femme ?

– Nous n'aurons de cesse de la chercher, lui assura Ilya.

– Nous mettrons la main sur elle. Question de dignité. Yakov ?

– Oui, mon oncle ?

Les années ne semblaient pas avoir de prise sur Korotkii. Comme tout homme qui aimait son travail, il ne vieillissait pas.

– Tu parleras à Keegan. Rappelle-lui l'importance de son devoir. Tu parleras aussi à Pickto. Si l'argent ne les motive pas assez, la peur les poussera peut-être à se bouger. Fais-leur peur.

– Oui, mon oncle.

– Bien. À présent, passons au dessert.

16

C'était facile, presque naturel. Elle se demandait si elle n'avait pas franchi un cap et ne menait pas enfin la vie qu'elle avait toujours si ardemment désirée. Ignorant combien de temps le rêve durerait, elle en savourait tous les instants, aussi magiques et précieux que des diamants.

Il était avec elle presque tous les soirs. Parfois elle cuisinait, parfois il apportait des plats tout prêts. Après dîner, ils s'asseyaient dehors, ou bien ils allaient se promener jusqu'à son point de vue favori sur les montagnes. Il l'aidait à jardiner. Par une soirée pluvieuse, il lui apprit à jouer au gin rami ; elle gagna toutes les parties, il feignit l'humiliation.

Il la faisait rire.

Quand il la caressait, dans le noir, elle oubliait tous ses tracas, tous ses doutes. Quand elle se réveillait à ses côtés, c'était chaque fois la même surprise heureuse qui lui mettait du baume au cœur pour le restant de la journée.

Il lui parlait des habitants de Bickford, lui racontait des anecdotes amusantes qui lui permettaient de se faire une image des uns et des autres. L'employé de l'épicerie fine était le champion incontesté du concours du plus gros mangeur de tourtes qui se déroulait chaque année au jardin public pour le 4 Juillet. Le directeur de la banque, magicien amateur, donnait des spectacles pour les goûters d'anniversaire. Le meilleur ami de Brooks attendait un deuxième enfant.

Les soirées étaient parfois interrompues par les obligations professionnelles de Brooks. Deux fois, il avait été appelé en pleine nuit. Quand elle se retrouvait seule, la maison n'était plus la même.

Ce n'était pas comme dans la journée, où elle avait son travail, sa routine ; elle avait l'impression qu'il lui manquait quelque chose d'essentiel. Dans ces cas-là, elle s'efforçait de ne pas penser au jour où l'idylle prendrait fin.

Elle vivait au jour le jour. Advienne ce qu'il adviendrait. En attendant, elle profitait de chaque instant.

Côte à côte, ils contemplaient le massif qu'ils venaient de planter. Presque toutes les fleurs provenaient de la serre. Abigail éprouvait un immense plaisir à les voir former la mosaïque qu'elle avait imaginée. Se faire aider, découvrit-elle, ne diminuait en rien ce plaisir.

Elle avait redouté qu'il occupe trop de place – dans la maison, dans sa vie, dans son petit train-train. Au contraire, tout lui semblait plus grand. Elle était persuadée que son travail en souffrirait, mais ces dernières semaines elle avait été plus productive que jamais. Il contribuait aux corvées ménagères, elle avait ainsi davantage de temps à consacrer à sa mission personnelle.

Le mobile de Brooks sonna. *À point nommé*, se dit Abigail. Il ne la supplierait pas, une fois de plus, de venir assister à l'un de ses matchs. Elle n'était pas prête – et doutait qu'elle le serait jamais – à affronter tous ces gens qui se réunissaient les samedis après-midi autour du stade, tous ces gens qui lui parleraient, tous ces gens qui parleraient d'elle à voix basse.

– J'arrive, entendit-elle Brooks dire. Zut, maugréa-t-il en remettant son téléphone dans son étui de ceinture.

– Un problème ?

– Un gosse de riche a saccagé une chambre d'hôtel et frappé le patron.

– Ton ami Russ Conroy ?

– Ouais. Le gamin, Justin Blake, est entre les mains des vigiles. Ils m'attendent. Je suis désolé. J'en aurai sûrement pour un moment. Ce n'est pas la première fois que le fils Blake fait des siennes. Je vais devoir me colleter avec son père, et leur avocat. Je ne pourrai peut-être pas revenir.

– Ce n'est pas grave.

– Facile à dire, pour toi. Mais moi, je vais devoir faire une croix sur les lasagnes.

– Je t'en garderai, elles se conservent bien.

– Tu es un ange. Dans tous les cas, je t'appellerai. Il faut que je me débarbouille un peu avant d'y aller. Tu vas me manquer.

Il lui prit les mains et l'embrassa.

Elle n'avait jamais manqué à personne. Encore une joie nouvelle.

L'Auberge des Ozarks se trouvait sur une petite colline à la lisière de la ville. La demeure victorienne de trois étages avait été construite dans les années vingt par un trafiquant d'alcool. Quelques jours avant l'abolition de la Prohibition, il avait été abattu par un rival, sur la véranda de la maison. Sa veuve n'avait plus jamais remis les pieds dans cette résidence secondaire, restée à l'abandon pendant des années. Leur fils aîné l'avait revendue dès l'instant où il en avait hérité.

En 1948, le grand-père de Russ l'avait rénovée, en grande partie de ses propres mains, et transformée en hôtel. Le succès n'avait pas été immédiat, mais Cecil Conroy avait tant bien que mal réussi à maintenir l'affaire à flot. Dans les années soixante-dix et quatre-vingt, les artistes de Bickford avaient fait don de plusieurs tableaux à l'établissement, dont l'un avait tapé dans l'œil d'un riche collectionneur new-yorkais.

Inspirés par cette toile, le collectionneur, ainsi que certains de ses amis et associés, avaient fait de l'hôtel le Q.G. de leurs réunions d'affaires et de leurs escapades bucoliques. Au tournant du siècle, l'Auberge des Ozarks s'était dotée d'un spa et d'une piscine couverte.

Au dernier étage, dans la suite la plus prestigieuse, Russ à ses côtés, Brooks contemplait le désastre : les pendeloques du lustre de cristal émiettées sur le plancher de noyer ; le lourd vase en verre soufflé, sûrement jeté contre le grand écran plat, fracassé sur le tapis tissé main, taché de vin rouge ; les restes d'une lampe Tiffany au milieu de débris d'assiettes en porcelaine et de nourriture gaspillée, de DVD pornos, de porte-savons débordant de mégots ; le canapé en soie bleu et or constellé de brûlures de cigarettes.

— Et tu n'as pas vu la chambre, soupira Russ, la lèvre fendue et enflée. Quelle bande de salopards…

— Je suis désolé, Russ.

— Ils ont pissé dans la baignoire, ils ont même réussi à démonter un robinet, tu ne vas pas me dire…

— Il nous faudra des photos, avant et après. Tu estimes les dégâts à combien, à la louche ?

— Je ne sais pas : 75 000, 100 000 dollars si ce n'est pas davantage.

— Combien ils étaient ?

— Trois, plus les filles. Justin avait réservé la chambre au nom de son père. Il est d'abord arrivé seul, avec une fille. Il a réglé avec la carte de son père. Ses copains, Chad Cartwright et Doyle Parsins, avec deux autres filles, l'ont rejoint plus tard, je ne sais pas à quelle heure exactement, il faudra visionner les vidéos de surveillance. Justin a dit au réceptionniste de les laisser monter. Nous n'interdisons pas les invités dans les chambres. Plusieurs fois dans la nuit, les occupants des chambres voisines se sont plaints du tapage. Les filles sont parties en fin de matinée. Les trois garçons ont passé l'après-midi à fumer des joints et à regarder des films pornos. Le room-service leur a apporté des plats plusieurs fois. Vers 18 heures, on a recommencé à avoir des plaintes : cris de sauvages, coups, bris d'objets. Ils avaient barricadé la porte. La responsable d'étage n'a pas pu entrer. Je suis monté. Ça empestait la marijuana dans tout le couloir.

Brooks se contenta de hocher la tête. Son ami avait encore les mains tremblantes de rage et de désarroi.

— J'ai dit à ce petit fumier que s'il ne débloquait pas la porte immédiatement, poursuivit Russ, j'appelais la police, et son père. Sauf le respect que je te dois, je crois que c'est la menace d'avertir son vieux qui l'a convaincu d'ouvrir. Il m'a toisé de son air méprisant et m'a dit que la chambre était payée, que je n'avais pas à venir les déranger. Les deux autres étaient vautrés par terre, au milieu du saccage. J'étais tellement furieux que j'ai préféré ne pas intervenir.

— Tu as bien fait.

— J'ai dit à la responsable d'étage d'aller chercher les vigiles. C'est à ce moment-là que ce salopard m'a frappé.

Précautionneusement, Russ passa le bout du doigt sur sa lèvre meurtrie.

— Carolee… Tu connais Carolee ?

— Oui, bien sûr.

— Elle a appelé Ben sur son talkie-walkie et lui a demandé d'envoyer deux gardes, les plus costauds. Cet abruti de Justin s'est mis à lui faire des gestes et des propositions obscènes. Ses deux copains se tordaient de rire.

— Belle jeunesse…

Dans un effort pour se calmer, Russ se frotta les yeux.

— Ben et les autres sont arrivés, et c'est là qu'il a commencé à balancer coups de pied et coups de poing, en hurlant comme un dingue. Carolee a appelé le poste, Boyd est venu très rapidement, il a appelé Ash en renfort, et nous avons décidé d'un commun accord de te prévenir.

— Vous avez bien fait. Il a sans doute piqué la carte de crédit de son père, mais ses parents le soutiendront, ils prétendront qu'il avait l'autorisation de l'utiliser. On ne pourra pas prouver le contraire, mais les dégâts sont là, la violence…

Brooks se rendit compte qu'il devait lui aussi se calmer.

– Alma va venir prendre des photos, dit-il, elle prend des bonnes photos. Boyd se chargera de la perquisition, en sa présence, la tienne, et celle de Carolee. S'ils ont consommé des substances illicites, on en retrouvera trace. Je vois d'ici des mégots de joints. Le pognon de son père ne le tirera pas d'affaire cette fois. Pas si tu portes plainte.

– Bien sûr, que je vais porter plainte !

– Bien. J'appelle tout de suite Boyd et Alma. Si Carolee reste là, tu peux venir avec moi au poste déposer ta déclaration. Il faudra aussi que tu préviennes ton assurance, et que tu me fasses passer une estimation précise des dommages.

Russ acquiesça d'un signe de tête, à présent aussi pâle qu'il était écarlate un instant plus tôt.

– Je les ai déjà appelés.

– Parfait. Tu veux peut-être te reposer un moment ?

Russ se passa les mains sur le visage.

– Non, réglons les formalités au plus vite. Seigneur ! Il va aussi falloir que je prévienne mes parents. Ils vont en être malades. Enfin, bref, allons-y.

Comme chaque fois que son fils s'attirait des ennuis, Lincoln Blake, accompagné de son avocat, se trouvait déjà au poste de police lorsque Brooks et Russ y arrivèrent.

Silhouette imposante, en costume impeccablement taillé et cravate rayée enserrant son cou de taureau, le regard d'un bleu glacial au-dessus d'un nez en lame de couteau, les cheveux grisonnants coupés en brosse, Blake se leva et s'avança à la rencontre des deux hommes.

– Bonjour, Russell. On m'a dit que mon fils et ses amis avaient commis quelques petits dégâts dans votre établissement. Si c'est vrai, ne vous inquiétez pas, vous serez dédommagé dans les plus brefs délais.

– Vous m'excuserez, monsieur Blake, mais je ne veux pas vous parler. Brooks, si tu n'y vois pas d'objections, je t'attends dans ton bureau.

– Vas-y, je te rejoins.

– Écoutez-moi, Russell…

Blake tenta de le retenir, mais l'hôtelier avait déjà tourné les talons.

– Vous n'allez pas en faire toute une hisroire ! lui lança-t-il. Ce sont des choses qui arrivent. Vous ferez passer ça au compte des pertes et profits.

– Monsieur Blake, intervint Brooks, votre fils s'est comporté de manière inadmissible.

Brooks était plus grand que Blake, celui-ci ne pouvait pas le regarder de haut, mais le sentiment était clair.

– Vous êtes payé par les contribuables, rétorqua-t-il. Vous ne resterez pas un an dans vos fonctions, avec cette attitude.

– Je prends le risque. Je suppose que vous allez me dire que Justin avait la permission d'utiliser votre carte de crédit pour s'offrir la suite la plus chère de la ville, le room-service à volonté et toutes sortes de petits à-côtés ?

– Absolument.

– Ceci est votre affaire, le reste est la mienne.

– J'exige que mon fils soit relâché immédiatement. Nous paierons ce qu'il a endommagé, naturellement.

– Sachez qu'il y en a pour 100 000 dollars, au bas mot.

Les yeux de Blake s'arrondirent, son visage s'empourpra.

– Oui, oui, confirma Brooks. Votre fils et ses amis n'y sont pas allés de main morte.

– Si Russell Conroy ou son père, pour qui j'ai toujours eu beaucoup d'estime, s'imaginent une seule seconde qu'ils peuvent en profiter pour me soutirer…

– Deux de mes officiers photographient en ce moment même la suite dans l'état où Justin et ses copains l'ont laissée. L'assureur de Russ ne devrait pas tarder à arriver pour faire de même. Je me suis moi-même rendu sur les lieux et j'ai vu de mes yeux de quoi il retournait. Mes agents vont eux aussi perquisitionner la suite, qui sentait le cannabis à plein nez. J'ignore où votre fils et ses amis se sont procuré les bouteilles d'alcool qui traînaient partout, mais aucun n'a l'âge de boire. Je vous signale en outre, ne m'interrompez pas, s'il vous plaît ! que Justin a agressé Russell, devant témoins, ainsi que les agents de sécurité de l'hôtel, devant témoins également.

– Je veux parler à mon fils. Maintenant.

– Non, c'est moi qui vais lui parler. Son avocat peut être présent et l'assister. Votre fils n'a peut-être pas l'âge de boire, mais c'est un adulte. Pas très logique, je vous l'accorde, mais c'est la loi. Vous lui parlerez quand j'en aurai terminé. Et, Monsieur Blake, vous n'achèterez pas les Conroy comme vous avez acheté les autres. Cette fois, Justin devra répondre de ses actes devant la justice.

– Ne poussez pas trop loin, Gleason, ou vous risquez de perdre votre job.

– Comme je vous l'ai dit, je prends le risque. Je présume que Justin a réclamé un avocat, mais je vais m'en assurer. Personne ne lui parlera tant qu'il n'aura pas été informé de ses droits.

Brooks interpella Jeff Noelle, l'un de ses agents à temps partiel, d'une discrétion à la limite de l'effacement.

– Vous savez s'il a demandé un avocat, Jeff ?

– Oui, monsieur. Il le réclame à cor et à cri depuis que Ash et Boyd les ont amenés ici, et il n'arrête pas de répéter aux deux autres prévenus de ne surtout rien dire.

– OK. Vous avez un client, Harry.

– Je souhaiterais m'entretenir avec lui en privé.

– Bien sûr. Jeff, accompagnez maître Darnell auprès de son client.

– Oui, chef.

Ignorant Blake, Brooks se rendit dans son bureau et ferma la porte derrière lui.

– Justin est avec son avocat, dit-il à Russ. Je leur laisse un moment et j'irai lui toucher deux mots. Tu veux un café ?

– Non, juste un peu d'eau, s'il te plaît. Je ne pourrais rien avaler d'autre.

– Je vais prendre ta déposition, nous allons procéder dans les règles. Blake va essayer de faire pression sur toi et ta famille. Il espère encore sauver la mise à son fils en mettant la main au portefeuille.

Le visage de Russ redevint presque aussi rouge que sa chevelure.

– Ils pourraient me refiler tout l'or du monde, rien ne remplacera jamais ce lustre que ma mère avait acheté à Waterford, en Irlande, exprès pour ce salon. Il était sa fierté et sa joie.

– Je comprends. Je noterai cet élément.

– D'accord, fit Russ en fermant les yeux. D'accord…

Quand ils eurent terminé, Brooks observa longuement son ami, à nouveau pâle comme un linge.

– Jeff peut te ramener chez toi, mais j'imagine que tu veux retourner à l'hôtel…

– Il le faut.

– Je sais. Jeff va t'y conduire. Je suis obligé de rester là, j'en ai encore pour un moment. Je passerai te voir, dans la soirée, si tu veux.

– C'est sympa. Dans tous les cas, appelle-moi pour me dire quel tour prend la situation.

– Entendu, et je ferai un saut chez toi ou à l'hôtel avant de rentrer. Que personne ne touche à rien, dans la suite, pour l'instant, d'accord ?

– À ton avis, combien de temps… Peu importe ! À plus tard…

– J'ai dit à Boyd de poser les scellés sur la porte. Je sais que tu aurais préféré te passer de ça, mais nous devons mettre toutes les chances de notre côté si les Blake décident d'aller en justice.

– Je te fais confiance, tu connais ton métier.

Lorsque Brooks quitta son bureau, Blake avait disparu. Sans doute était-il parti se plaindre au maire, ou ameuter le gouverneur.

– Quelle honte… soupira Alma en remettant une enveloppe à Brooks. J'ai pris des dizaines de photos. Ça me fend le cœur, toutes ces belles choses saccagées gratuitement par un vaurien.

Boyd brandit trois sachets de pièces à conviction.

– Marijuana, cocaïne et oxycodone, déclara-t-il.

– Parfait. Tu as tout noté dans ton constat ?

– Tout bien comme il faut. Ash a visionné les images des caméras de vidéosurveillance, pendant que je perquisitionnais. On ne pourrait pas avoir de preuves plus accablantes.

– Bon boulot, les gars. Harry est toujours avec le prévenu ?

– Je ne l'ai pas vu sortir de la salle de garde à vue.

– Je m'occupe du fils Blake. Tu veux bien t'occuper de Chad Cartwright ? Et toi, Ash, va dire deux mots à Doyle Parsins. Informez-les à nouveau de leurs droits, OK ? Et enregistrez tout. Si l'un d'eux réclame un avocat, vous arrêtez l'interrogatoire.

– Pour l'instant, ils n'ont même pas demandé à passer un coup de téléphone, intervint Ash. La dernière fois que je suis allé les voir, ils pionçaient comme des loirs.

– Réveillez-les.

Brooks retourna à la minuscule salle de conférence, frappa à la porte et la poussa sans attendre de réponse.

– À nous deux, Justin ! Il faut qu'on cause, toi et moi.

Avachi sur une chaise, les bras derrière la tête, l'adolescent esquissa un sourire arrogant. Harry se leva et lui chuchota quelque chose à l'oreille. Justin haussa une épaule indifférente.

– Je peux vous parler deux minutes ? demanda l'avocat à Brooks.

Ils sortirent dans le couloir et refermèrent la porte. D'une quinzaine d'années l'aîné de Brooks, Harry Darnell faisait une tête de moins que le chef de la police. Autrefois, il avait entraîné l'équipe de foot de Brooks, et l'avait menée en championnat de Little League.

– Ces gamins ont fait du grabuge, c'est un fait, commença-t-il. Ils avaient bu plus que de raison. Ils répareront les dégâts, si tant est qu'ils en ont commis. Mon client va faire appel à un expert indépendant, c'est son droit. Vous savez comme moi qu'on ne peut pas leur faire grand-chose parce qu'ils ont consommé de l'alcool. Une tape sur les doigts, les obliger à consulter un thérapeute, peut-être. Quant aux soi-disant voies de fait, Justin m'a dit que Russ était dans tous ses états, ce qui se comprend, et qu'ils s'étaient juste un peu poussés et bousculés.

Brooks tira de son dossier un portrait de Russ à la lèvre fendue et enflée.

– Vous appelez ça « juste un peu poussé » ?

Harry soupira, passa une main dans ses courtes boucles brunes.

– Vous n'en avez pas marre de ces marchés de dupes ? lui demanda Brooks.

– Je fais mon boulot, Brooks.

– Il y a des jours où je maudis le mien. Le vôtre est encore pire.

Là-dessus, Brooks rouvrit la porte de la salle, sortit un magnétophone et le posa sur la table.

Après une nuit et une journée d'excès en tous genres, Justin avait un peu moins l'air d'un petit prince qu'à l'accoutumée. *Un bon point pour moi*, se dit Brooks en plantant son regard dans les yeux injectés de sang du jeune homme.

– On t'a lu tes droits ?

– Ouais. J'ai le droit de vous dire que je vous emmerde.

– Justin ! intervint Harry sur un ton de mise en garde.

– Liberté d'expression.

Brooks étala les photos sur la table et s'assit en face du prévenu.

– Voici ce qu'a fait votre client, dit-il à l'avocat.

Tandis qu'Harry examinait les clichés, Brooks observa le jeune garçon.

Justin Blake, fils unique de Lincoln et Genny Blake, était né dans l'opulence. Avec ses traits finement ciselés, sa moue boudeuse, ses yeux bleus et ses cheveux blonds décolorés par le soleil, nul doute qu'il ne devait avoir aucun mal à emballer les filles.

Il aurait pu être charmant, pensa Brooks, *mais l'argent et l'influence dont jouissait sa famille l'ont rendu arrogant, vicieux, réfractaire à toute forme d'autorité.*

– Justin, tu es inculpé de destruction de biens, vandalisme, consommation d'alcool et voies de fait.

– La belle affaire !

– Nous avons aussi des preuves que vous étiez en possession, toi et tes amis, de cannabis, de cocaïne et d'oxycodone.

– Je ne sais pas de quoi vous parlez.

– Nous avons tes empreintes dans nos fichiers. Je suis prêt à parier qu'on les retrouvera sur les sachets d'herbe, de poudre et de comprimés. Je te rappelle que tu étais déjà en sursis. Tu étais censé te tenir à carreau et ne consommer ni alcool ni drogue. Tu as failli à tes obligations. Résultat, tu vas être incarcéré.

– Dans une heure au maximum, mon père m'aura fait sortir de là. Si Harry veut toucher ses honoraires, il aura réglé le reste d'ici demain matin.

– Pas cette fois, mon grand. Russell Conroy a porté plainte. Mes agents ont interrogé les témoins. Nous avons, comme tu peux le voir, des photos montrant les dégâts dont tu es responsable. Nous avons la drogue, l'alcool, et bientôt nous auditionnerons les filles avec qui vous avez passé la soirée. S'il se trouve que l'une d'elles a moins de dix-huit ans, tu as décroché le pompon : détournement de mineure. De toute façon, même sans ça, tu es bon pour la taule.

Justin leva le majeur.

– Dans une heure, je serai libre.

– Tu as vu l'heure qu'il est ? Vingt heures passées. Trop tard pour une audition de libération sous caution. Tu es l'hôte de notre charmante petite pension jusqu'à demain matin 10 heures, heure à laquelle tu t'expliqueras devant le juge.

– Vous croyez que vous me faites peur ?

– Gleason, intervint Harry, les parents de mon client sont des membres respectés de la communauté. Je crois que nous pouvons sans risque leur confier la surveillance de leur fils, pour ce soir.

Brooks le regarda froidement.

– Non. Il reste là. Je ne pourrai peut-être pas empêcher le juge de lui accorder la liberté sous caution, mais jusqu'à demain il est à moi.

– Vous n'êtes rien. Vous n'êtes qu'un flic minable qui essaie de la ramener. Mon père pourrait vous acheter et vous revendre dix fois pour une poignée de biffetons. Vous ne pouvez rien me faire.

– Malheureux que l'estime que tu as de toi-même se mesure à l'aune du compte en banque de ton père. En tout cas, tu es en état d'arrestation et tu passeras la nuit en garde à vue.

– J'aimerais m'entretenir à nouveau en tête à tête avec mon client.

– Vous avez déjà passé plus d'une demi-heure avec lui.

– Brooks, soyez aimable, s'il vous plaît.

– OK. Quand vous aurez terminé, je le conduirai dans sa cellule.

Là-dessus, Brooks s'éclipsa. Moins de dix secondes plus tard, lui parvenaient les éclats d'un caprice digne d'un enfant de deux ans.

17

Dans la maison silencieuse, le chien ronflant à ses pieds, Abigail compulsait les fichiers du FBI. Elle était contente que l'agent spécial Elyse Garrison ait exploité la piste qu'elle lui avait donnée. L'opération qui s'était ensuivie avait abouti à la saisie de 5,6 millions de dollars, plus six arrestations. Certes, il en aurait fallu davantage pour anéantir les Volkov ; mais c'était tout de même une belle petite estocade qui leur avait été infligée, laquelle entraînerait sans nul doute un grand ménage au sein de l'organisation, afin de savoir d'où émanaient les fuites.

Satisfaite, elle ferma ses logiciels de piratage. Il était presque minuit. Si elle voulait être fraîche pour s'atteler dès le lendemain matin aux deux commandes qu'on lui avait passées dans la semaine, il était grand temps qu'elle aille se coucher. Mais elle n'était pas fatiguée. Elle était, devait-elle admettre, agitée. Sous couvert de travail et de recherche, elle attendait en fait que le téléphone sonne.

Elle qui s'était toujours moquée de ces femmes, dans les films et les romans, qui rongeaient leur frein en attendant un appel de leur bien-aimé... De ces idiotes qui se rabaissaient plus bas que terre pour un homme... Voilà qu'elle se comportait exactement de la même façon.

Tout cela interférait dans sa routine, chamboulait son emploi du temps et, pire, ne pouvait qu'entraîner des complications auxquelles il était hors de question qu'elle s'expose. Néanmoins, force lui était de reconnaître que tout cela était agréable. Au moins, en compagnie de Brooks, elle oubliait tout le reste pour être simplement Abigail.

L'Abigail qui plaisait à Brooks, celle avec qui il aimait être.

Mais n'était-ce pas tomber dans le même piège que celui où elle avait foncé tête baissée douze ans auparavant ? En essayant de se convaincre qu'elle pouvait être celle qu'elle n'était pas, qu'elle avait droit à ce qui lui était interdit ? Finalement, tant mieux s'il n'appelait pas. Il lui donnait ainsi l'opportunité de se reprendre. Elle ne s'était déjà que trop relâchée. Il était grand temps de retrouver les bonnes habitudes qu'il avait perturbées.

Elle allait se préparer une infusion, la monter dans sa chambre, et bouquiner jusqu'à trouver le sommeil. Voilà un comportement intelligent. Voilà qui elle était.

Toutefois, lorsque l'alarme bipa, elle en éprouva davantage de contentement que d'appréhension. Irritée contre elle-même, elle jeta un coup d'œil au moniteur. La voiture de Brooks apparut sur l'écran. Il avait du culot, pensa-t-elle, de se pointer chez elle comme une fleur après minuit. Elle regrettait de ne pas avoir éteint les lumières, de ne pas s'être mise au lit plus tôt. À présent, il allait s'imaginer qu'elle l'attendait.

Elle lui dirait qu'elle s'apprêtait à monter se coucher, qu'elle était trop fatiguée pour le recevoir. *Simple, et intelligent*, jugea-t-elle en se dirigeant vers la porte. Elle l'ouvrit tout en le regardant descendre de sa voiture, et vit tout de suite, dans la lueur des éclairages de sécurité, à son expression, à ses mouvements, qu'il était épuisé, contrarié, déprimé.

— Excuse-moi, dit-il en s'immobilisant au bas des marches. J'aurais dû t'appeler. J'aurais dû rentrer chez moi.

— Pourquoi tu ne l'as pas fait ?

— Les choses se sont compliquées, répondit-il en se passant une main dans les cheveux. Je n'avais pas vu l'heure… Tu n'es pas couchée ?

Il paraissait si abattu, si penaud, qu'elle renonça à ses résolutions.

— Non. Je me préparais une infusion. Tu en veux une tasse ?

— Volontiers, acquiesça-t-il en montant les marches. Je suis désolé, j'aurais dû te prévenir que je serai aussi long.

— J'en ai profité pour travailler.

Sans rien dire, il l'entoura de ses bras et enfouit son visage dans ses cheveux. Visiblement, il avait besoin de réconfort. Et il était venu le chercher auprès d'elle, ce que personne avant lui n'avait jamais fait.

Elle ferma les yeux et lui caressa le dos. Il poussa un soupir las.

— L'eau bout, dit-elle en entendant le sifflement de la bouilloire.

Il la tint encore un instant contre lui.

– Entre, que je referme la porte.

– Je m'en occupe.

– Non, je…

Elle ne se sentirait pas tout à fait en sécurité si elle ne la ver-rouillait pas elle-même.

– OK, comme tu veux… Je vais éteindre sous la bouilloire.

Quand elle le rejoignit dans la cuisine, il versait l'eau dans la théière où elle avait déjà déposé une pincée de feuilles séchées.

– Citronnelle, c'est ça ? Ma mère en boit, de temps en temps, le soir avant de se coucher.

– C'est relaxant.

– Exactement ce qu'il me faut.

Elle sortit une deuxième tasse, une soucoupe.

– Comment va ton ami ?

– Pas très bien.

– Il a été blessé ?

– Physiquement, il a juste pris un coup de poing dans la figure. Rien de bien méchant, ce n'est pas la première fois, ni la dernière.

En silence, honteuse des pensées qu'elle avait eues quelques minutes plus tôt, elle disposa les tasses, la théière, le sucrier et les cuillères sur la table.

– Assieds-toi, tu as l'air fatigué.

Mal à l'aise, elle resta debout tandis qu'il se laissait tomber sur une chaise.

– Tu veux manger quelque chose ? Tu veux que je te réchauffe une part de lasagnes ?

– Non, c'est gentil, merci.

– Tu as l'air déprimé…

– Je le suis, et en colère. Il va pourtant falloir que je me calme d'ici demain.

– Tu as envie de me raconter ce qui s'est passé, ou tu préfères qu'on parle d'autre chose ?

Il esquissa un sourire triste.

– Assieds-toi, Abigail, et bois ton infusion.

– Je ne sais pas si je vais savoir le faire, dit-elle en prenant place à la table.

– Quoi donc ? Boire une tisane ?

– Te remonter le moral.

Il posa brièvement une main sur la sienne, puis remplit tour à tour chacune des tasses.

– On va voir… La famille de Russ tient cet hôtel depuis trois géné-rations. Pour eux, ce n'est pas seulement un gagne-pain. Ils aiment cet établissement et ils en sont fiers. Je t'ai déjà parlé des Blake ?

– Oui, des gens du coin très riches et très influents.

– Justin, leur fils, s'est déjà fait arrêter je ne sais combien de fois pour conduite en état d'ivresse, troubles à l'ordre public, etc. Il aurait un casier judiciaire archiplein si son père n'avait pas le bras aussi long. Ce gamin n'a aucun respect pour la loi, ni pour grand-chose d'autre, d'ailleurs.

– Pas étonnant s'il peut faire n'importe quoi en toute impunité. Pardon, je t'ai interrompu alors que je suis censée t'écouter.

– Tu as le droit de faire des commentaires. Avec deux de ses copains, ce petit morveux a saccagé la plus belle suite de l'hôtel. Et quand je dis « saccagé », je n'exagère pas, ils ont tout détruit.

– Pourquoi ?

– Va savoir… Pour s'amuser, parce qu'ils n'avaient rien de mieux à faire, parce qu'ils se figurent qu'ils peuvent tout se permettre. Je te laisse trancher. Les clients des chambres voisines se sont plaints du tapage. Russ est monté voir. Justin lui a éclaté la lèvre, et il a voulu se battre avec les vigiles. Mes collègues l'ont embarqué au poste. Il est en garde à vue, et cette fois il ne s'en tirera pas aussi facilement que d'habitude. Il a fait pour au moins 100 000 dollars de dégâts.

– C'est énorme !

– Je ne te le fais pas dire, et Russ et ses parents ne se laisseront pas acheter par Lincoln Blake.

– Et toi non plus.

– Sûrement pas, je le lui ai fait clairement comprendre. Il va payer la caution pour que Justin et ses copains soient libérés, demain matin. Mais Justin a deux choix. Soit il plaide coupable et il écope d'une peine de prison, soit il passe en jugement et il écope d'une peine de prison. Dans tous les cas, il n'y coupera pas, cette fois. Et dans tous les cas, les Blake rembourseront la totalité des dommages. Oh, punaise, que ça m'énerve !

Brooks se leva et se posta devant la fenêtre.

– J'aurais mieux fait de rentrer chez moi, ajouta-t-il sombrement.

– Tu serais moins énervé, chez toi ?

– Non, je serais aussi furieux n'importe où. Monsieur croit me ficher la frousse en me menaçant de me faire perdre mon poste…

– Qui ? Le père ?

– Oui, le père.

– Il peut faire une chose pareille ?

– Oh, oui ! Il a des relations haut placées.

– L'argent donne du pouvoir, dit Abigail calmement, mais ce n'est pas le seul pouvoir.

– Ouais… On verra bien. En fait, si j'arrive aussi tard, c'est parce que je suis passé voir les parents de Russ. Il était chez eux avec sa femme, Seline. Ils étaient tous effondrés. J'aurais dû coffrer ce petit salopard avant qu'il aille aussi loin.

– Ça ne sert à rien de te reprocher ce qu'il a fait, ni ce que son père a pu faire pour lui, surtout si le pli était pris bien avant que tu entres dans tes fonctions de chef de la police. Tu l'as arrêté, maintenant, c'est l'essentiel.

Brooks se rassit et but une gorgée d'infusion.

– Je comprends que tu te sentes déprimé, ajouta-t-elle. C'est déplorable que l'argent et l'influence aient souvent plus de poids que la justice.

Brooks se pencha vers elle et couvrit sa main de la sienne.

– Que vas-tu faire, demain ? demanda-t-elle.

– J'ai rendez-vous à 7 h 30 avec le procureur pour faire le point sur la situation. Il y aura ensuite une audience, lecture de l'acte d'accusation et négociation de la libération sous caution. Je m'attends à ce que Justin et les deux autres soient relâchés jusqu'au procès. Ça m'étonnerait qu'il plaide coupable d'entrée de jeu. Peut-être à l'approche de la date du jugement, si les avocats ne fichent pas tout en l'air. Les Conroy sont suffisamment remontés pour porter l'affaire en civil. Ce n'est pas moi qui les en dissuaderais. Il est grand temps que la pression vienne de l'autre côté.

– Bien, donc tu sais ce que tu dois faire et comment le faire. Ils sont violents ?

– Le gamin a tendance à s'énerver rapidement.

– Je veux dire, ils seraient capables de chercher à vous intimider, toi ou la famille de ton ami ?

– Je ne pense pas. Blake se bat avec son pognon.

Abigail réfléchit un instant.

– Je ne crois pas qu'il puisse te faire virer.

– Qu'est-ce qui te fait dire ça ?

– Objectivement, ta famille est solidement ancrée dans la communauté. Appréciée et respectée. Tu l'es toi aussi. Et je suppose que les Conroy sont également estimés. Un petit voyou sans foi ni loi leur a causé un tort considérable. Ils auront la sympathie et l'indignation de leur côté. Ce sont des armes, aussi. D'après ce que tu viens de me dire, les Blake sont craints, mais pas aimés. La plupart des gens seront contents que Justin soit puni.

— Bravo, tu as réussi à me remonter le moral, déclara Brooks en souriant.

— C'est vrai ?

— Oui, opina-t-il en serrant sa main entre les siennes.

— Allons nous coucher, dans ce cas.

— Les grands esprits se rejoignent.

— Il est tard, dit-elle en se levant et en rassemblant la vaisselle. Tu es fatigué et, je sais, toujours un peu déprimé. L'acte sexuel libère des endorphines. Sur le court terme, ça t'apportera un peu…

Elle s'interrompit devant le sourire rieur de Brooks.

— Je suis à moitié amoureux de toi, dit-il, et je tends dangereusement vers les trois quarts.

Quelque chose en elle éclata comme un rayon de soleil, avant d'être balayé par un grand vent de panique.

— Ne fais pas ça.

— Je ne crois pas que ce soit quelque chose qui se commande.

— Ce n'est qu'un mélange d'attraction physique et sexuelle, associé au charme de la nouveauté, et à la tension entre intérêts communs et conflits d'intérêts. Les gens prennent souvent pour de l'amour ce qui n'est que réaction hormonale et certaines affinités.

Brooks se leva, sans cesser de sourire, mais lorsqu'il s'avança vers Abigail, quelque chose dans son regard la fit reculer d'un pas prudent. Il posa les mains sur ses épaules, la bouche sur ses lèvres.

— Chut, souffla-t-il en l'embrassant. Ne me dis pas ce que je dois ou ne dois pas ressentir, ou je vais de nouveau être énervé. Ce serait dommage, non ?

— Si, mais…

— Chut, chuchota-t-il. Belle Abigail, si méfiante, si cérébrale, si tendue.

— Je ne suis pas tendue.

— Si.

Des pouces, il traça le contour de sa poitrine tout en continuant à l'embrasser.

— Si, tu es tendue, répéta-t-il, quand tu n'es pas sûre de ce qui va se passer, ou quand il se passe des choses que tu n'avais pas anticipées. J'aime quand tu es tendue.

– Pourquoi ?

– Et j'aime tes « pourquoi » curieux.

Il lui retira son tee-shirt en surveillant ses yeux, surpris, légèrement apeurés.

– J'aime t'intriguer, ajouta-t-il en laissant courir ses mains sur son torse, j'aime te placer dans des situations imprévues. Actions et réactions, n'est-ce pas ? J'aime tes réactions.

Elle avait en effet les nerfs à fleur de peau, le ventre noué et le cœur serré, qui battait à toute allure. Chaque fibre de son corps se détendait puis se crispait, s'attendrissait puis se raffermissait. Comment y tenir ?

– Montons, dit-elle.

Elle sentit les lèvres de Brooks contre sa gorge, ses doigts remonter derrière son dos.

– Pourquoi ? murmura-t-il en dégrafant son soutien-gorge. J'aime ta cuisine...

Elle descendit la première, le lendemain matin. Elle avait laissé les lumières allumées, gaspillage d'énergie. Leurs vêtements étaient éparpillés sur le carrelage.

Perplexe, elle regarda le comptoir. Elle n'avait jamais compris l'intérêt de faire l'amour dans des lieux ou des positions insolites, persuadée qu'il n'y avait pas plus confortable que le lit ou le canapé, à la rigueur la douche. Étroitesse d'esprit, ne pouvait-elle que constater aujourd'hui.

Elle prépara du café, ramassa les vêtements, les plia soigneusement. Lorsque Brooks la rejoignit – nu –, elle avait remis la cuisine en ordre et le petit déjeuner était prêt.

– Il me semblait bien que j'avais oublié mes vêtements quelque part, dit-il, amusé, en enfilant son pantalon. Tu n'étais pas obligée de te lever si tôt et de préparer le petit déjeuner.

– J'aime me lever de bonne heure, et ça ne me dérange pas de cuisiner le matin. Du reste, ce n'est jamais qu'une omelette. Une dure journée t'attend. Autant la démarrer du bon pied.

Quand elle se retourna, il avait enfilé sa chemise et l'observait de son regard intelligent, aux couleurs changeantes.

– Ne me regarde pas comme ça.

– Comme quoi ?

– Je... je ne sais pas, bredouilla-t-elle en versant le café dans les tasses.

Par-derrière, il l'entoura de ses bras et lui déposa un baiser dans la nuque.

– À quoi, l'omelette ?

– Trois fromages, épinards et poivrons.

– Miam ! Je prépare des toasts.

De le voir agir comme s'il était chez lui, Abigail sentit l'angoisse pointer au creux de sa poitrine.

– Je ne suis pas… Comment dire ? Je ne suis pas faite pour ça.

– Pour quoi ?

– Pour tout ça.

– Moi, oui, répliqua-t-il en mettant du pain dans le toaster. Je n'en étais pas sûr, avant toi, mais maintenant je sais que oui. Et toi aussi, à mon avis. Tu verras.

– Je ne suis pas celle que tu penses.

Il l'observa en hochant doucement la tête.

– Peut-être pas exactement, mais quand je te regarde, Abigail, quand je t'écoute, et quand je te fais l'amour, tu es toi et je ne pense à rien d'autre que toi.

– Ce n'est pas…

Elle faillit presque lui avouer qu'il ne connaissait même pas son vrai nom. Perdait-elle la tête ?

– Ce n'est pas quelque chose que tu peux comprendre, se rattrapa-t-elle.

– Tu allais dire autre chose. Je suis très bon pour déchiffrer les gens. Ça doit venir de mon boulot. Je sais que tu as peur de quelque chose, ou de quelqu'un. Tu as encaissé des coups durs et tu essaies de te protéger. Je ne peux pas t'en blâmer.

La lumière qui entrait par la fenêtre jouait dans ses cheveux bruns, encore ébouriffés de la nuit, de leurs ébats.

– Je ne sais pas quoi te dire…

– Tu as des secrets derrière les yeux et un énorme poids sur les épaules. J'espère qu'un jour tu partageras ces secrets et ce fardeau avec moi, et que nous trouverons ensemble comment t'en libérer.

En secouant la tête, elle se retourna et entreprit de découper l'omelette.

– Ce n'est pas le moment de parler de ça, dit-elle. Tu vas te mettre en retard pour ton rendez-vous. Quant à moi, j'ai deux nouveaux contrats à honorer.

Quand il fut parti, elle évalua ses options.

Il était évidemment hors de question qu'elle lui révèle ses secrets mais, dans l'hypothèse où elle le ferait, quelles seraient les conséquences ?

Elle était recherchée pour être interrogée à propos des meurtres de deux US marshals. En tant que représentant de la loi, il serait obligé de la livrer à qui de droit. Et alors, elle mourrait très certainement avant de pouvoir témoigner. Les Volkov trouveraient un moyen de l'éliminer, probablement par l'intermédiaire de l'un de leurs infiltrés dans la police.

Ceci dit, toujours hypothétiquement, si Brooks la croyait, et s'il comprenait qu'en accomplissant son devoir, il risquait de causer sa perte, peut-être serait-il moins enclin à accomplir son devoir. Elle essaya de s'imaginer lui parlant de John et de Theresa, de Julie, de tout ce qui s'était passé depuis ces nuits d'horreur. Elle était tout bonnement incapable d'imaginer cette scène – qui ne se produirait jamais. Ni avec lui, ni avec personne.

Il était gentil, pensa-t-elle, animé de bons sentiments, épris de justice, soucieux d'œuvrer pour les bonnes causes. Par bien des aspects, il lui rappelait John. Si elle lui racontait tout, et s'il la croyait, sans doute, comme John, voudrait-il la protéger. Et en voulant l'aider, il se mettrait lui aussi en danger.

Une bonne raison supplémentaire de ne rien lui dire.

Si elle lui racontait la vérité, elle devrait se tenir prête à s'enfuir de nouveau, à prendre encore une nouvelle identité, une nouvelle apparence, qu'il la croie ou non. Par conséquent, logiquement, rationnellement, elle ne pouvait rien lui dire. La flamme qui s'était allumée entre eux baisserait peu à peu en intensité, jusqu'à s'éteindre, et les choses reprendraient leur cours comme avant son entrée dans sa vie.

Ces conclusions auraient dû lui apporter la tranquillité d'esprit. Elles la laissèrent cependant insatisfaite et incertaine.

18

L'audience se déroula peu ou prou comme Brooks l'avait pressenti, avec quelques points en faveur de la partie civile.

Il espérait que le juge fixerait la caution à un montant suffisamment élevé pour faire mal et fut comblé au-delà de ses espérances. Harry objecta, bien sûr – c'était son rôle –, mais le juge resta ferme. Les Conroy étaient peut-être moins riches que les Blake, mais ils étaient tout aussi respectés, et nettement plus aimés.

Justin avait poussé le bouchon trop loin, cette fois. Néanmoins, il persistait dans son attitude arrogante. Son père bouillait de rage. Ses deux copains gardaient la tête basse, leurs parents affichaient un visage de pierre.

Brooks réprima un sourire jubilatoire lorsque le procureur demanda la confiscation des passeports des trois prévenus, et que le juge accéda à sa requête.

– C'est insultant ! fulmina Lincoln Blake en se levant de son banc. Je ne tolère pas que l'on insinue que mon fils puisse tenter de s'enfuir. Le procès qu'on lui fait est absurde, mais nous tenons à ce qu'il ait lieu !

Le juge Reingold, qui jouait au golf avec lui tous les dimanches, abattit son marteau.

– Il aura lieu, n'ayez crainte. Et veuillez vous montrer respectueux de l'autorité du tribunal, Lincoln. Asseyez-vous et tenez-vous tranquille, ou je devrai vous faire sortir de la salle.

– Vous ne m'intimidez pas, riposta Blake. N'oubliez pas que c'est grâce à moi que vous portez cette robe.

Derrière ses lunettes à monture métallique, le regard de Reingold s'enflamma.

– Tant que je la porte, vous me devez le respect. Asseyez-vous et cessez de m'interrompre ou je n'hésiterai pas à vous condamner pour outrage à la cour.

Blake repoussa brutalement Harry lorsque celui-ci tenta d'intervenir.

– Méfiez-vous, Reingold…

Le juge abattit de nouveau son marteau.

– Monsieur Blake, vous êtes condamné à 500 dollars d'amende pour outrage à magistrat. Huissier, veuillez faire sortir M. Blake de la salle.

Écarlate, les dents serrées, Blake se dirigea de lui-même vers la porte, en jetant au passage un regard furibond en direction de Brooks.

Celui-ci écouta patiemment le reste de la procédure, les instructions, les mises en garde, la date et l'horaire de la prochaine audience. Après quoi, Justin et ses amis furent reconduits en cellules de garde à vue en attendant que leur libération soit effective.

Plus que satisfait, le pas léger, Brooks quitta la salle en compagnie de Russ et sa famille. Dans son esprit, il ne faisait pas l'ombre d'un doute que la présence des Conroy au grand complet – la lèvre fendue de Russ, les larmes discrètes de sa mère – avaient influencé le verdict de Reingold.

– Je suis contente que ce prétentieux de Blake ait lui-même aggravé le cas de son fils, se réjouit Seline, ses yeux verts étincelant d'indignation malgré son tempérament d'ordinaire aussi paisible qu'un dimanche après-midi. Je regrette seulement qu'il n'ait pas continué à la ramener, ça lui aurait coûté encore plus cher.

– Je n'étais pas sûr que Stan oserait tenir tête à Lincoln, déclara Mick Conroy. Il m'a remis du baume au cœur. Je vais ramener ta mère à la maison, dit-il à Russ.

– Je t'offre un café ? offrit Brooks à son ami lorsqu'ils se retrouvèrent seuls.

– Je dois retourner à l'hôtel.

– Tu as bien cinq minutes, histoire de décompresser ?

– OK, je te rejoins chez Lindy.

Dès l'instant où Brooks pénétra dans le petit restaurant, Kim s'empara d'un pot de café, lui indiqua une table, retourna le mug qui se trouvait dessus et le remplit.

– Je te sers autre chose ?

– Juste un café, merci.

– Alors ? s'enquit-elle en lui décochant une bourrade amicale dans l'épaule. Comment ça s'est passé ? Raconte-moi tout, que la Reine des potins puisse informer ses sujets.

– Ils ont été relâchés.

Le visage de la serveuse se plissa en une moue féroce.

– J'aurais pu me douter que Stan Reingold s'aplatirait comme une carpette devant Lincoln Blake.

– Je n'ai rien dit de tel, Kim. Il a fixé la caution à un prix énorme, auquel je te garantis que Blake ne devait sûrement pas s'attendre.

– Bon, c'est déjà quelque chose.

– Et il a confisqué les passeports de Justin et de ses copains jusqu'à la date du procès.

Les lèvres pincées, Kim hocha la tête d'un air satisfait.

– Bien. Je retire ce que j'ai dit. Blake devait être furax.

– Ce n'est rien de le dire, d'autant plus qu'il a écopé de 500 dollars d'amende pour outrage à la cour.

– Non ?!

– Si, si.

– La prochaine fois que Stan Reingold vient boire le café ici, je lui offre le gâteau. Tu as entendu, Lindy ? Reingold a collé une amende de 500 dollars à Blake pour outrage à la cour !

Spatule en main, poing sur la hanche, le patron se détourna de ses fourneaux.

– Voilà une nouvelle qui fait plaisir ! Ton café est pour moi, Brooks. Le sien, aussi, ajouta Lindy avec un geste du menton en direction de la porte.

Kim retourna la seconde tasse et se hissa sur la pointe des pieds pour faire la bise à Russ.

– La maison t'offre le café, et tout ce que tu désireras d'autre. Tu diras à tes parents que tous les gens bien de cette ville sont navrés de ce qui s'est passé, et vous soutiennent à cent pour cent.

– Je n'y manquerai pas. Merci, Kim. Ça me fait chaud au cœur.

– Tu as l'air complètement à plat. Que dirais-tu d'une part de tarte aux pommes pour recharger tes batteries ?

– Je crois que je ne pourrais rien avaler. La prochaine fois, si l'offre tient toujours.

– OK. Je vous laisse discuter tous les deux tranquillement. Si vous avez besoin de quoi que ce soit, faites-moi signe.

Brooks fit semblant de se renfrogner.

– Elle ne m'a pas proposé de tarte, à moi.

Un pâle sourire étira les lèvres de Russ.

– Tu ne lui fais pas pitié… Tu savais qu'on leur confisquerait leur passeport ?

– Je me doutais que le procureur formulerait la requête, mais je ne pensais pas que Reingold statuerait en ce sens. C'était une bonne surprise.

– Je m'attendais moi aussi à ce qu'il passe l'éponge une fois de plus.

– À mon avis, il regrette d'avoir été trop clément. Il joue peut-être au golf avec Blake, mais il ne pouvait pas excuser des actes aussi graves. Son Honneur était sincèrement hors de lui, aujourd'hui. Ça m'étonnerait que Blake laisse Harry convaincre son fils de plaider coupable. Il veut ce procès parce qu'il est persuadé d'être au-dessus de la loi. Mais Justin va payer, cette fois, et peut-être encore plus cher que je l'espérais.

– Il l'aura mérité.

– Je ne te le fais pas dire. En fait, je voulais te parler parce que je mettrais ma main à couper que Blake va essayer de t'acheter ou de faire pression sur toi pour que tu retires les accusations de violences. S'il reste seulement le préjudice matériel, il se figure qu'il s'en tirera en mettant la main au portefeuille, que son fils fera quelques travaux d'intérêt général, une petite cure de désintox, et bénéficiera d'un sursis.

– Sûrement pas. Tu as vu mon père, tout à l'heure ? Il a pris dix ans. Je me fiche d'avoir reçu un coup de poing. S'il n'y avait que ça, je laisserais tomber l'affaire. Mais pour le reste, il est hors de question que je baisse les bras.

– Très bien. Si jamais Blake vient te voir, tiens-moi au courant. Je l'interpellerai pour harcèlement et je demanderai une ordonnance restrictive.

En souriant, Russ se renversa contre le dossier de son siège.

– À qui tu en veux le plus, au père ou au fils ?

– Ils ont tous les deux besoin d'une bonne leçon. Je ne sais pas si Justin est né mauvais, mais en tout cas son père a contribué à le pourrir.

Brooks remua son café, et s'aperçut tout à coup qu'il n'en avait pas envie.

– Au fait, je n'ai pas vu Mme Blake, ce matin… ajouta-t-il.

– J'ai entendu dire qu'elle avait terriblement honte de son fils, et que son mari lui a ordonné de ne pas attiser le scandale. C'est lui qui commande, dans la famille.

– Peut-être, mais ce n'est pas lui qui fait la loi. Au vent du changement, dit Brooks en levant sa tasse.

– Tu es d'humeur battante, ce matin. C'est Reingold qui t'a mis du cœur au ventre, ou me cacherais-tu quelque chose ?

– Reingold n'y est pas pour rien, mais la fascinante Abigail Lowery me donne des ailes.

– Amoureux ?

– Je crois bien.

– Eh bien dis donc, ça n'a pas traîné ! Amène-la dîner à la maison, un de ces soirs, ou Seline ne me le pardonnera jamais.

– Je le lui proposerai, mais je ne suis pas sûr qu'elle accepte. Elle est plutôt du genre sauvage. Elle a dû vivre quelque chose qui l'a traumatisée, je ne sais pas encore quoi.

– Mais tu vas la travailler au corps jusqu'à ce qu'elle passe aux aveux.

– Je joue de mon affabilité et de mon charme.

– Tu crois que ça suffira ?

– Je n'ai pas encore dégainé tous mes atouts…

Abigail passa la matinée devant son ordinateur, à perfectionner le système de sécurité d'un cabinet d'avocats de Rochester. Elle était particulièrement contente de son travail, d'autant plus soigné qu'elle avait obtenu le contrat sur recommandation et failli le perdre pour avoir refusé de rencontrer personnellement l'associé principal.

Elle espérait que ses clients seraient eux aussi satisfaits. Sinon ? Elle se serait donné beaucoup de mal pour rien, mais tel était le prix à payer quand on tenait à imposer ses propres conditions.

En guise de récréation, elle sortit jardiner.

Elle était heureuse, se rendit-elle compte en délimitant un carré de terrain à l'aide de piquets et de ficelle. Tout contribuait à la rendre joyeuse : le printemps, son travail, sa maison. Brooks. Avait-elle déjà été aussi heureuse ? Elle avait connu des moments de bonheur, dans sa petite enfance, durant ses brèves études à Harvard, et même après que tout avait si radicalement changé, mais elle ne se souvenait pas s'être jamais sentie dans un état pareil à celui de ces derniers temps. Nerveuse. Brooks avait raison sur ce point, et elle n'était pas sûre que cela lui plaisait. Outre la tension, toutefois, elle était portée par une espèce de légèreté qu'elle ne savait comment interpréter. Sans doute était-ce trop beau pour durer… Mais il ne servait à rien d'anticiper. Surtout, ne pas gâcher ces instants de bonheur, s'enjoignit-elle en incorporant du compost à la terre.

Une heure plus tard, elle recula de quelques pas afin de juger de l'avancée des travaux, puis rentra chercher de la glace pour ajouter dans le thé qu'elle avait laissé posé en plein soleil.

– Ça va être magnifique, dit-elle à Bert. Quand on s'assiéra sur la terrasse, on pourra contempler les papillons. Je crois qu'on va aussi attirer les colibris. Quel spectacle féerique ce sera… On est train de planter les racines, Bert. Plus elles sont profondes, plus je les aime.

Elle ferma les yeux, leva le visage vers le soleil.

Oh ! elle aimait le bruissement de l'air, son parfum… Elle aimait le rythme de travail et de détente qu'elle avait trouvé là, les moments de calme, les moments d'activité intense. Elle aimait le contact de son chien contre sa jambe, le goût du thé glacé sur son palais.

Elle aimait Brooks.

Elle rouvrit subitement les yeux.

Non, non, elle venait juste de se laisser emporter un instant par l'euphorie, décuplée par ce qu'il lui avait dit la veille, la façon dont il l'avait regardée.

Action, réaction, pensa-t-elle. *Rien de plus.*

Le signal de l'alarme la tira de ses réflexions. Elle se raidit et posa la main sur la crosse de son pistolet. N'attendant pas de livraison, elle se dirigea rapidement jusqu'au moniteur installé par ses soins sur le porche. Et reconnut la voiture avant de distinguer le conducteur. La mère de Brooks, accompagnée – Seigneur ! – de deux autres femmes. Avant qu'elle ait pu décider de l'attitude à adopter, le véhicule franchit la dernière courbe de l'allée et Sunny donna un joyeux coup de Klaxon.

– Bonjour, bonjour ! lança-t-elle par la vitre ouverte, et toutes trois descendirent de la voiture.

L'une des deux passagères devait être la sœur de Brooks, se dit Abigail. Même couleur de cheveux, même forme de visage, la ressemblance était frappante.

– Waouh ! Un jardin à papillons ! Quelle merveille !

– Je viens juste de le planter.

– Il va être superbe ! affirma Sunny. Hum… que les héliotropes sentent bon. J'ai Platon dans la voiture. Vous croyez que Bert aimerait faire sa connaissance ?

– Je… Oui, pourquoi pas ?

– Maman se soucie de faire les présentations entre chiens, mais elle oublie les humains, c'est bien elle ! Je suis Mya, la sœur de Brooks, et voici Sybill, notre autre sœur.

– Enchantée, bredouilla Abigail tandis que les deux jeunes femmes lui serraient tour à tour la main.

– On a plaqué nos hommes et nos enfants pour la journée, déclara Mya, une jolie brune aux cheveux courts et à la silhouette élancée. On s'est offert un bon restau, et maintenant on va faire du shopping.

– On a pensé que vous aimeriez peut-être venir avec nous, ajouta Sybill.

– Venir avec vous ? répéta Abigail, décontenancée.

– Après, on ira boire des margaritas, précisa Mya.

Sybill offrit à Abigail un sourire naturel et chaleureux, qui fit apparaître de charmantes fossettes aux commissures de ses lèvres.

– C'est très gentil de votre part d'être venues m'inviter, mais je…

Abigail percevait elle-même la froideur de sa voix, comparée à l'entrain jovial de ses visiteuses.

– En vérité, on voulait surtout voir de près la nouvelle chérie de notre frère, déclara Mya.

– Oh…

– Pour tout vous dire, je vous imaginais autrement.

– Oh ! ne put qu'articuler Abigail.

– Décidément, tu es incorrigible ! intervint Sunny en passant un bras autour des épaules de sa fille. Mya ne sait pas tenir sa langue, excusez-la.

– J'avoue que le tact et la diplomatie ne sont pas mon fort. J'espère que je ne vous ai pas vexée, Abigail. Ce que je voulais dire, c'est que Brooks a le chic pour se faire mettre le grappin dessus par de ravissantes idiotes. Or vous êtes belle et naturelle, suffisamment forte et débrouillarde pour vivre là toute seule. Vous travaillez à votre compte. Et j'imagine qu'avec ce gros revolver que vous portez sur vous, vous êtes capable de vous défendre.

– Tout à fait.

– Vous avez déjà tiré sur quelqu'un ?

– Mya… soupira Sybill. Ne faites pas attention à elle. C'est elle l'aînée, mais ce n'est pas un modèle, croyez-moi. Alors, voulez-vous venir avec nous ?

– Non, je vous remercie mais il faut vraiment que je termine ce que j'ai commencé.

– Nous faisons un barbecue géant, dimanche après-midi, annonça Sunny. Vous viendrez avec Brooks, n'est-ce pas ?

– Oh, merci, mais je…

– À la bonne franquette. Et j'ai des iris jaunes à ne plus savoir qu'en faire. Je vous en donnerai. Ils adoreront les bords du ruisseau. Bon, je vais chercher ce diablotin de Platon. On discutera plus longuement dimanche.

Sybill surprit Abigail en lui prenant la main.

– Ne vous inquiétez pas, nous ferons tout pour vous mettre à l'aise. Votre chien n'a rien contre les enfants ?

– Il ne fera de mal à personne.

– Amenez-le, dans ce cas. Vous vous sentirez mieux, avec lui. Ceci dit, nous sommes des gens très accueillants, et comme Brooks semble être le plus heureux des hommes depuis qu'il vous connaît, nous vous aimons déjà. Vous verrez, tout se passera bien, je vous le promets.

Sybill pressa la main d'Abigail avant de regagner la voiture.

Et mère et filles repartirent comme elles étaient venues, en riant et en pépiant, en agitant les bras par les vitres grandes ouvertes et en lançant d'interminables au revoir.

Étourdie par ce tourbillon d'allégresse, Abigail les regarda s'éloigner et agita poliment la main lorsque Sunny donna un dernier coup de Klaxon avant de disparaître au bout de l'allée.

Brooks avait une famille fort sympathique, incontestablement, mais elle n'irait pas à ce barbecue. Pour de multiples raisons, elle ne pouvait accepter pareille invitation. Peut-être ferait-elle parvenir un petit mot d'excuse aimable à la mère de Brooks.

Elle renfila ses gants de jardinage, déterminée à terminer son massif. Maintenant qu'elle s'en était servie comme prétexte, elle n'avait plus le choix, de toute façon.

Elle n'avait jamais été conviée à faire les magasins ou à siroter des margaritas. À quoi ressemblaient ces virées féminines ? se demandat-elle en enfonçant sa pelle dans le sol. Elle savait que la plupart des femmes aimaient flâner dans les boutiques, même lorsqu'elles n'avaient rien à acheter. Elle ne comprenait pas quel plaisir elles y trouvaient, mais elle savait que c'était là l'une des activités préférées de la gent féminine.

Elle repensa à cet après-midi, si lointain, au centre commercial avec Julie, à la joie libératrice qu'elle avait éprouvée en essayant des vêtements et des chaussures en compagnie d'une amie. Certes, Julie n'était pas son amie. Pas vraiment. La rencontre avait été fortuite, dans des circonstances où elles avaient besoin l'une de l'autre. Et elle s'était soldée par un drame.

Aurait-elle aimé savoir ce que c'était que de se balader avec un groupe de femmes qui riaient, achetaient des choses inutiles, sirotaient des margaritas en papotant ? La question la taraudait, et lui gâchait quelque peu, aujourd'hui, le plaisir de la solitude.

Elle planta toutes ses boutures, en ajouta d'autres. Le soleil déclinait lorsqu'elle déversa plusieurs brouettées de paillis dans le massif. En sueur, les mains noires de terre, satisfaite, elle installait le tourniquet d'arrosage quand l'alarme bipa de nouveau.

Brooks.

Elle n'avait pas vu le temps passer. Elle voulait réchauffer les lasagnes avant qu'il arrive, se débarbouiller au moins un minimum…

Il descendit de sa voiture, un bouquet d'iris pourpres à la main.

— Ils ont souffert de la chaleur, ils sont un peu flétris.

— Ils sont magnifiques. C'est la deuxième fois que tu m'apportes des fleurs. Personne avant toi ne m'en avait jamais offert.

Il se fit silencieusement la promesse de lui en apporter encore souvent, et jeta un os à Bert.

— Je ne t'ai pas oublié, mon gros. Tu as dû travailler toute la journée pour aménager ce massif.

— Pas toute la journée, mais ça m'a pris du temps. J'espère attirer les papillons.

— Il est superbe, je pense que ton vœu sera exaucé. Toi aussi, tu es belle comme un cœur, ce soir.

— Je suis sale comme un peigne, oui.

— Ça ne me dérange pas, assura-t-il en l'embrassant. Je t'aurais donné un coup de main, tu sais, si tu m'avais demandé. Je suis plutôt bon jardinier.

— J'ai commencé et je n'ai plus pu m'arrêter.

— Si tu allais chercher du vin ? On pourrait en déguster un verre dehors et admirer ton travail.

— Il faut que je me lave et que je mette les lasagnes à réchauffer.

— OK, va prendre ta douche. Je m'occupe des lasagnes et du vin. Et donne-moi ça, ajouta-t-il en reprenant le bouquet, je vais les mettre dans l'eau.

Elle le dévisageait d'un air indécis.

— Qu'est-ce qu'il y a ?

— Rien. Je… Je n'en ai pas pour longtemps.

Elle n'a tout simplement pas l'habitude de se voir offrir l'aide la plus élémentaire, la plus anodine, se dit-il en gagnant la cuisine. *Mais elle l'a acceptée. Sans rechigner, sans discuter. Un grand pas en avant.*

Il mit les fleurs dans un vase, le posa sur le comptoir, quasi certain qu'elle les réarrangerait plus tard, probablement en son absence. Il alluma le four, y glissa le plat de lasagnes. Puis remplit deux verres de vin, les sortit sur la galerie et, le sien à la main, s'accouda à la balustrade, face au jardin à papillons.

Elle le rejoignit sur la terrasse, les cheveux humides et ondulés, dégageant un parfum aussi frais que cette belle soirée printanière.

– C'est mon premier printemps depuis que je suis de retour dans les Ozarks, dit-il en lui tendant le verre qu'il lui avait servi. J'assiste au renouveau du plus beau des paysages. Les collines verdoyantes, les fleurs sauvages, les rivières et les torrents revenant à la vie. La lumière, les ombres, le soleil sur les champs fraîchement semés. La nature se réveille pour une nouvelle saison. Et je sais que je ne voudrais être nulle part ailleurs. Il n'y a qu'ici que je me sens vraiment chez moi.

– Moi aussi, et c'est la première fois que j'éprouve ce sentiment. Je suis contente.

– C'est bien que tu aies trouvé ta place. Toi aussi, tu sais, tu fais partie des raisons pour lesquelles je ne voudrais être nulle part ailleurs, avec nulle autre que toi.

– Je ne sais pas comment interpréter les sentiments que tu m'inspires. Et j'ai peur de ce que sera ma vie si je ne t'ai plus, si je n'ai plus ces sentiments.

– Quels sont ces sentiments que je t'inspire ?

– Je suis heureuse. Incroyablement heureuse. Désorientée, et terrifiée.

– Contente-toi d'être heureuse. Un jour, tu finiras par trouver tes repères et te sentir en confiance.

Elle posa son verre de vin et se blottit contre lui.

– Je n'en suis pas certaine.

– Tu es sortie dehors sans ton pistolet.

– Tu as le tien.

Il sourit au-dessus de son crâne.

– Si tu as confiance en moi, c'est un bon début.

Non, elle était incapable d'analyser la myriade de sentiments qu'il faisait naître en elle.

– Comment ça s'est passé, ce matin, au tribunal ? demanda-t-elle.

– Asseyons-nous, dit-il en l'écartant de lui et en prenant son visage entre ses mains pour l'embrasser. Je vais te raconter.

19

Il lui relata l'audience, tandis que les ombres s'allongeaient et que le nouveau massif s'imprégnait de la bruine du tourniquet d'arrosage.

Elle avait toujours été fascinée par le droit, les tenants et les aboutissants de l'appareil judiciaire, l'illogique – et, à son avis, souvent la subjectivité – instillée dans les règles, les codes et les procédures par le facteur humain. La justice était selon elle un principe moral sans équivoque. Or les lois qui visaient à la faire régner étaient vagues et ambiguës.

– Je ne comprends pas pourquoi, parce qu'ils ont de l'argent, ils ont été remis en liberté.

– Tant que tu n'es pas reconnu coupable, tu es présumé innocent.

– Mais ils sont coupables. On sait que ce sont eux qui ont saccagé la chambre d'hôtel. Justin Blake a frappé ton ami devant témoins.

– Ils ont droit à un procès en bonne et due forme.

Elle secoua la tête.

– En attendant, ils sont libres de soudoyer ou d'intimider les témoins, de s'enfuir, ou de trouver des moyens de retarder la procédure. Tes amis ont été victimes d'un préjudice, et ceux qui l'ont causé continuent à mener leur vie tranquillement. Le système juridique est vraiment mal fichu.

– Peut-être, mais sans lui ce serait le chaos.

Selon l'expérience d'Abigail, le chaos était indissociable du système.

– Conséquences, châtiment et justice devraient être rapides et inflexibles, et non pas biaisés par l'argent, les subterfuges des avocats et les vices de la loi.

– C'est comme ça qu'on condamne injustement des innocents.

Elle fronça les sourcils.

– Tu arrêtes des gens qui enfreignent la loi. Tu sais, quand tu les arrêtes, qu'ils ont enfreint la loi. Tu n'es pas frustré, furieux même, quand l'un d'eux profite d'une lacune juridique pour échapper à la sanction qu'il mérite ?

– Je préfère voir un coupable libre qu'un innocent condamné. Parfois, on peut avoir des raisons d'enfreindre la loi. Je ne parle pas, bien sûr, des trois abrutis qui ont été relâchés ce matin, mais en général.

– Question de point de vue, murmura-t-elle.

– Tout à fait, question de point de vue, répéta-t-il en laissant courir un doigt le long de son bras. As-tu enfreint la loi, Abigail ?

C'était une porte, elle en avait conscience, qu'il l'invitait à franchir. Mais s'il la refermait derrière elle ?

– Je n'ai jamais été verbalisée pour excès de vitesse, répondit-elle, mais il m'est arrivé d'en commettre. Je vais voir les lasagnes.

Lorsqu'il la rejoignit dans la cuisine, quelques minutes plus tard, elle coupait des tomates.

– J'ai eu de la visite, tout à l'heure.

– Ah bon ?

– Ta mère et tes sœurs.

Il s'apprêtait à lui remplir son verre de vin, il suspendit son geste.

– Tu peux répéter, s'il te plaît ?

– Elles sortaient du restaurant. Elles allaient faire du shopping et boire des margaritas. Elles passaient par là, et sont venues m'inviter à me joindre à elles.

– Mouais…

– Mya m'a avoué qu'elles voulaient surtout voir à quoi je ressemblais. J'ai apprécié sa franchise bien que, sur le coup, je l'aie trouvée un peu culottée.

– Mya peut être très culottée, répliqua Brooks avec un petit rire.

– Ton autre sœur, Sybill, est très aimable, très douce. Physiquement, tu ressembles plus à Mya, mais tu as des traits de caractère des deux.

– Mya t'a raconté des anecdotes embarrassantes à mon sujet ?

– Non, malheureusement. Elle était surtout curieuse de moi. D'après elle, il paraît que tu avais le chic, avant, pour te faire mettre le grappin dessus par de ravissantes idiotes.

– Je parie que c'est du mot pour mot.

– Paraphraser risque de modifier le sens.

– En effet.

– Et c'est vrai ?

Brooks réfléchit un instant, puis haussa les épaules.

– Sans doute, maintenant que j'y pense.

– Je trouve que c'est flatteur pour moi.

– Ce qui m'étonne, c'est qu'à trois contre une, elles aient accepté la défaite.

– Elles ont vu que j'étais occupée à jardiner. Par contre, ta mère m'a invitée à un barbecue, dimanche.

Abigail prit son verre de vin et en but une gorgée. En riant, Brooks leva le sien.

– Ah, tu vois ! je savais bien qu'elles ne seraient pas reparties sur un échec.

Abigail n'avait pas envisagé les choses sous cet angle, mais sans doute Brooks connaissait-il ses proches…

– Ta mère a fait comme si j'avais accepté, elle ne m'a même pas laissée lui expliquer pourquoi je ne pouvais pas venir. Je lui enverrai un petit mot de regret.

– Pourquoi ? Sa salade de pommes de terre est un régal.

– J'ai prévu de faire un grand ménage, dimanche.

– Son poulet mariné est à se damner.

– Je n'en doute pas une seconde, mais…

– Trouillarde !

Blessée, Abigail se rembrunit.

– Tu n'es pas obligé d'être désagréable.

– La vérité n'est pas toujours agréable à entendre. Écoute, tu n'as pas de raison d'avoir peur de venir manger des grillades chez mes parents. Au contraire, je suis sûr que tu t'amuseras bien.

– Non, je ne m'amuserai pas, parce que j'aurai négligé les corvées ménagères. Et je ne sais pas comment me comporter à un repas familial. Je ne saurai pas quoi dire à des gens que je ne connais pas, ou si peu, ni comment satisfaire la curiosité que je vais susciter, je présume, parce que je couche avec toi.

– Je t'aiderai à faire le ménage, d'ici dimanche. Et bien que tu aies de la conversation, je resterai tout le temps avec toi. Ma famille va se montrer curieuse, c'est sûr, mais ils seront gentils avec toi parce que tu es mon amie, et que ma mère t'aime bien. En plus, je te fais une promesse.

Il attendit qu'elle le regarde.

– Quelle promesse ?

– Tu restes une heure, et si au bout d'une heure tu te sens toujours mal à l'aise, je trouverai un prétexte pour qu'on s'en aille. Je dirai que j'ai reçu un appel urgent et nous partirons.

– Tu mentirais à ta famille ?

– Oui. Ils devineront que c'est un mensonge, mais ils comprendront.

– J'y réfléchirai.

– Bien. Tes lasagnes sentent délicieusement bon.

– Espérons que nous pourrons les déguster tranquillement, ce soir.

Brooks ne fut pas dérangé durant le repas, ni pendant les heures qui suivirent ; mais vers 2 heures du matin, l'alarme les réveilla brutalement. Abigail bondit hors du lit et s'empara du pistolet posé sur la table de chevet.

– Ne t'affole pas, lui dit Brooks d'une voix parfaitement calme. Ni toi non plus, ajouta-t-il à l'intention du chien, qui s'était réveillé aussi promptement que sa maîtresse et grondait sourdement.

– Il y a quelqu'un.

– Si ce sont des malfaiteurs, laissons-les croire que nous n'avons rien entendu. N'allume pas la lumière.

– C'est une voiture que je ne connais pas, dit Abigail en se penchant vers le moniteur.

– Je la connais, moi. Mince ! soupira Brooks avec lassitude. C'est celle de Doyle Parsins, le copain de Justin Blake. Laisse-moi enfiler mon pantalon, je m'occupe d'eux.

Tout en scrutant le moniteur, il s'habilla à la hâte.

– Ils ont l'air de n'être que deux. Bizarre que Chad Cartwright ne soit pas de la partie… Ne t'inquiète pas, Abigail, dit-il en lui posant une main sur l'épaule, ce n'est pas après toi qu'ils en ont. Détends-toi.

– Me détendre ? Alors que des inconnus s'introduisent chez moi à 2 heures du matin ! Tu en as de bonnes…

– C'est vrai, reconnut-il en la prenant dans ses bras et en lui frictionnant le dos. Je voulais dire qu'ils ne sont pas là pour te chercher des noises. C'est à moi qu'ils en veulent. Je parie qu'ils ont l'intention de crever mes pneus, ou de barbouiller des obscénités sur ma voiture. Oh, punaise ! ils ont l'air soûls comme des cochons.

– S'ils ont pris des drogues, on ne sait pas de quoi ils sont capables.

– Déjà qu'ils sont capables de tout en temps normal… marmonna Brooks sans quitter l'écran des yeux, tout en boutonnant sa chemise.

Appelle le 911. C'est Ash qui est de garde, cette nuit. Explique-lui la situation. Je vais leur dire deux mots.

Il enfila ses chaussures et boucla son holster.

— Toi et Bert, restez à l'intérieur, ajouta-t-il.

— Je n'ai pas peur de deux petits délinquants.

— Abigail, c'est moi qui porte un insigne, rétorqua-t-il sur un ton sans appel. Et c'est à moi qu'ils veulent causer du tort. Inutile de te les mettre à dos. Appelle le 911 et attends-moi ici.

Brooks descendit l'escalier dans le noir, en prenant tout son temps, dans l'espoir de les prendre en flagrant délit. Abigail serait contente, pensa-t-il. La justice serait appliquée à la manière où elle l'entendait : ils attendraient la date du procès derrière les barreaux.

Discrètement, il les observa un instant de derrière la fenêtre. Exactement comme il l'avait prédit, ils s'accroupirent à côté de sa voiture de patrouille, Justin ouvrit un sac, lança une bombe de peinture à son copain.

Il les laissa se mettre à l'œuvre. Il devrait faire repeindre la carrosserie, mais tant pis : il aurait des preuves incontestables.

Puis il déverrouilla la porte d'entrée et s'avança sur le porche.

— Vous êtes perdus, messieurs ?

Doyle sursauta, lâcha l'aérosol et tomba sur les fesses.

— Désolé d'interrompre votre petite balade nocturne, mais je crois que vous êtes sur une propriété privée, et commettez des actes de vandalisme, sur un véhicule de police, qui plus est. Voilà qui va vous coûter cher. Sans compter que je vais sûrement trouver de l'alcool et ou des substances illicites en votre possession et dans votre organisme. Pour résumer, les gars ? Vous êtes dans la mouise.

Doyle fit mine de se redresser.

— Ne bouge pas ! lui intima Brooks, si tu ne veux pas que j'ajoute un délit de fuite à la liste. N'oublie pas que je sais où tu habites, grand bêta. Justin, montre-moi tes mains, tu seras gentil.

— Vous voulez voir mes mains ?

Justin enfonça un couteau dans le pneu arrière et se redressa fièrement.

— C'est toi que je vais crever, maintenant ! proféra-t-il.

— Tu as un couteau, j'ai un flingue, rétorqua Brooks en tirant son arme d'un geste posé, presque désinvolte. Tu n'es franchement pas malin, Justin. Jette ce couteau et suis l'exemple de ton copain : couche-toi à plat ventre, les mains derrière la tête.

Dans la lueur des éclairages de sécurité, Brooks distingua les pupilles de l'adolescent : dilatées comme des soucoupes.

— Tu n'oseras pas me tirer dessus, tu n'as pas les tripes.

— À mon avis, il n'hésitera pas.

Son Glock favori à bout de bras, Abigail apparut à l'angle du chalet.

— Et s'il n'ose pas, moi, je ne me gênerai pas.

— Tu te planques derrière une femme, Gleason ?

Brooks fit quelques pas de côté. Non seulement afin de protéger Abigail au cas où Justin tenterait de l'agresser mais parce qu'il n'était pas sûr, pas sûr du tout, qu'elle plaisantait.

— Ai-je l'air de me cacher ?

— Je lui logerais volontiers une balle dans la jambe, dit Abigail sur le ton de la conversation. Il s'est introduit chez moi, et il est armé, je crois que je serais dans mon droit. Tu sais que je suis une excellente tireuse.

— Abigail… fit Brooks, mi-amusé mi alarmé. Justin, lâche ce couteau immédiatement, avant que cette histoire tourne mal.

— Tu ne me colleras pas en taule.

— Tu l'auras bien cherché.

En brandissant son couteau, Justin se rua vers Brooks.

— Ne tire pas ! hurla celui-ci.

Et de la main gauche, il bloqua le poignet qui tenait le couteau, tout en décochant du bras droit un coup de coude dans le visage de Justin. Il entendit le sinistre craquement des cartilages juste avant que le sang jaillisse des narines du garçon. Le couteau tomba sur le sol. Brooks agrippa Justin par le col et le contraignit à se mettre à genou. À bout de patience, il le poussa face contre terre et lui posa un pied sur le dos.

— Abigail, va me chercher mes menottes, s'il te plaît.

— Je les ai, répondit-elle en les sortant de sa poche arrière.

— Prévoyante, bravo ! Jette-les moi.

Il les attrapa au vol, puis s'accroupit pour attacher les mains de Justin.

— Attention, Doyle, pas un geste ou Mlle Lowery te tire dans la jambe.

— Oui, monsieur. Je ne savais pas qu'il avait l'intention de faire ça, je vous le jure. On voulait juste graffiter votre voiture, je vous le jure devant Dieu.

— La ferme, Doyle, tu es trop bête pour parler !

Une sirène se fit entendre.

— Bon sang ! s'exclama Brooks. Il avait besoin de sortir le grand jeu ?

— J'avais vu le couteau, précisa Abigail, je l'ai signalé à ton collègue quand je l'ai appelé.

— Ah ! Justin, tu m'as menacé et agressé avec une arme blanche. Je crains fort que le procureur ne voie là une tentative de meurtre. Tu aurais pu mieux t'en sortir, mon grand, c'est dommage. Tu es en état d'arrestation pour violation de propriété, dégradation d'un véhicule de police et agression à main armée sur un représentant des forces de l'ordre. Tu as le droit de garder le silence.

— Tu m'as cassé le nez, salopard, tu le regretteras.

— Suis mon conseil, garde le silence.

Brooks terminait l'énoncé de la loi lorsqu'une voiture conduite par Ash apparut au bout de l'allée.

— Où est Chad Cartwright ? demanda-t-il à Doyle.

— Il n'a pas voulu venir. Il a dit qu'il s'était déjà attiré assez d'ennuis comme ça et que son père le tuerait s'il faisait une autre connerie.

— En voilà au moins un qui a un minimum de bon sens.

Brooks se redressa tandis que Ash claquait la portière de son véhicule.

— Ça va, chef ? Oh, mon Dieu, vous saignez !

Brooks baissa les yeux sur sa chemise.

— C'est le sang de ce crétin, bougonna-t-il avec dégoût. Zut ! Il a bousillé ma chemise préférée.

— Ça partira avec de l'eau froide et du sel.

Ash et Brooks se tournèrent tous deux vers Abigail et son chien, en alerte à ses côtés.

— Bonsoir, madame ! lui lança Ash.

À nouveau, une sirène se fit entendre.

— Qu'est-ce que c'est que ça, Ash ?

— J'ai appelé Boyd en renfort. Mlle Lowery m'a dit avoir vu un couteau, et que les intrus étaient deux, alors que ces lascars se déplacent en général par trois. Vous êtes sûr que vous n'êtes pas blessé, chef ?

— Sûr et certain, ne t'inquiète pas. Vous emmènerez ces deux garçons au poste, je vous rejoins.

— Entendu, chef. Désolé pour le dérangement, mademoiselle Lowery.

— Je vous en prie, vous n'y êtes pour rien, agent Hyderman.

Brooks s'approcha d'Abigail.

– Rentre, lui dit-il. Je te rejoins dans cinq minutes.

– D'accord.

Le dogue sur les talons, elle disparut à l'arrière de la maison.

Dans la cuisine, elle récompensa Bert de l'un de ses biscuits pré-férés, prépara du café et, après un instant d'hésitation, disposa des cookies sur une assiette, ce qui lui sembla approprié.

Puis elle s'assit à la table et observa Brooks et ses collègues sur le moniteur. Le dénommé Doyle pleurait, elle n'éprouvait toutefois pour lui aucune pitié. Justin ne disait plus rien mais toisait les poli-ciers avec un rictus plein de hargne. Des ecchymoses commençaient à se former autour de son nez.

Les prévenus installés dans le premier fourgon, Brooks s'entretint avec ses hommes pendant quelques minutes, puis dit quelque chose qui les fit rire.

Il s'efforçait de détendre l'atmosphère, signe qu'il était un bon chef, en déduisit-elle. Elle se leva pour aller lui ouvrir la porte, puis vit qu'il contournait le chalet, comme elle l'avait fait elle-même. Elle lui servit une tasse de café, y ajouta la quantité de sucre qu'il avait l'habitude de prendre.

– Des cookies ? dit-il en découvrant l'assiette.

– J'ai pensé que tu voudrais grignoter quelque chose.

– Avec plaisir, mais il faut que j'aille au poste régler l'affaire.

– Oui, bien sûr.

Il prit sa tasse, et un biscuit.

– Je ne te demande pas si tu vas bien, tu as été solide comme un roc.

– Ce garçon est stupide et violent, mais à aucun moment nous n'avons été réellement en danger. N'empêche qu'il aurait pu te blesser. Avait-il raison ?

– Qui, de quoi ?

– Justin Blake, quand il a dit que tu n'oserais pas tirer.

Brooks croqua son biscuit et s'adossa contre le comptoir, aussi détendu que s'il ne s'était rien passé.

– Plus ou moins, répondit-il. Si j'avais dû tirer, je l'aurais fait… mais ce n'était pas nécessaire, ce qui est tout aussi bien. Et toi, tu aurais tiré ?

– Oui, répondit-elle sans hésiter. S'il t'avait touché, oui. Heureu-sement, tu as d'excellents réflexes, et il était ralenti par l'alcool ou par la drogue. Tu n'as pas eu peur.

– Tu m'as déstabilisé, pourtant. Je t'avais dit de rester à l'intérieur.

– Et je t'avais dit que je n'avais pas peur de deux gamins. Ils n'avaient rien à faire dans ma propriété, et j'étais armée.

– Tu l'es en permanence, dit Brooks en croquant une autre bouchée de son cookie.

– Du reste, bien que je n'aie vu personne sur le moniteur, je n'étais pas sûre qu'il n'y en avait pas un troisième caché quelque part qui risquait de te prendre par surprise.

– J'apprécie.

– Tu devrais faire tremper ta chemise avant que les taches s'incrustent.

– J'en ai une de rechange au poste. Abigail, il va falloir que tu portes plainte. Tu iras au bureau de police ou tu voudras que je t'envoie quelqu'un ?

– Je suppose que tu ne peux pas prendre ma déposition, dans ces circonstances.

– Non.

– Alors je préfère aller au commissariat. Je peux venir maintenant avec toi.

– Ça peut attendre demain matin.

– Le plus vite ce sera fait, le mieux ce sera. Je monte me changer et je te rejoins.

– OK, je t'attends.

– Ce n'est pas la peine. Vas-y tout de suite, tes hommes ont besoin de toi.

– Comme tu voudras. Vu la façon dont tu as géré la situation, j'ai l'impression que tu as déjà affronté le danger. J'espère que tu auras bientôt assez confiance en moi pour m'en parler.

Ressentant un besoin de contact physique, elle lui attrapa les poignets.

– Si je pouvais en parler, ce serait à toi.

Il posa sa tasse, lui prit le visage entre les mains et l'embrassa.

– En tout cas, merci de m'avoir épaulé. Et pour le cookie.

– Il n'y a pas de quoi.

Abigail arriva au commissariat une demi-heure après Brooks. Le plus âgé des agents qui était venu chez elle – Boyd Fitzwater, se rappela-t-elle – se leva de son bureau et le contourna afin de l'accueillir.

– Merci de vous être déplacée, mademoiselle Lowery. Le chef est en entretien avec le procureur. Je vais prendre votre déposition.

– D'accord.

– Vous voulez un café, une boisson fraîche ?

– Non, je vous remercie.

– Asseyez-vous, je vous en prie. Nous ne devrions pas être dérangés. Ash est avec l'infirmier qui s'occupe du nez cassé de Blake. Le chef l'a bien amoché, précisa Boyd avec un demi-sourire.

– Mieux vaut une fracture qu'une balle. Gleason aurait pu faire feu quand Justin s'est jeté sur lui avec son couteau.

– Tout à fait. Mais si nous pouvions commencer par le début… Je prendrai des notes et j'enregistrerai votre déclaration, si vous le permettez.

– Pas de problème.

Boyd alluma un dictaphone puis énonça la date, l'heure, ainsi que les noms de toutes les parties concernées.

– Bien, mademoiselle Lowery, pouvez-vous me raconter ce qui s'est passé ce soir ?

– À 2 h 07, mon alarme s'est déclenchée.

Elle rapporta les faits avec clarté et précision, relatant mot pour mot les échanges verbaux, rapportant mouvement par mouvement le déroulement des faits. Boyd ne l'interrompit qu'à une ou deux reprises, afin de lui demander des éclaircissements.

– Voilà un compte rendu on ne peut plus détaillé. Votre témoignage nous sera d'une grande utilité, mademoiselle Lowery.

– Je l'espère. Il aurait tué Brooks s'il l'avait pu.

Boyd s'apprêtait à éteindre le magnétophone. Il se ravisa.

– Vous disiez ?

– Justin Blake aurait été capable de poignarder M. Gleason et il l'aurait tué s'il l'avait pu. Ses intentions étaient très claires. Il était en proie à une folie furieuse, et je crois qu'il avait peur. Il ne sait réagir que par la violence. Il est persuadé qu'il est au-dessus de tout et qu'il peut éliminer tout ce qui le gêne.

Des images des meurtres dont elle avait été témoin lui revinrent à l'esprit. Ce garçon ne ressemblait pas à Korotkii ; il était moins froid, moins détaché, moins mécanique. Mais il lui rappelait Ilya, la rage et la haine qu'elle avait lues sur son visage lorsqu'il avait insulté le cadavre de son cousin en le rouant de coups de pied.

– Il n'a peut-être encore jamais tué ni blessé personne sérieusement. Il aurait été moins maladroit, sinon, il me semble. Mais si cet incident n'était pas survenu, il s'en serait pris à quelqu'un d'autre, un jour ou l'autre, à quelqu'un qui n'a pas forcément les ressources

et les réflexes de M. Gleason, la même maîtrise de soi. Et les conséquences auraient été plus graves qu'une fracture du nez.

– Vous avez sans doute raison, mademoiselle.

– Excusez-moi. Cet incident m'a secouée. Plus que je ne le
pensais. Je n'ai pas à vous donner mon opinion. Si vous n'avez plus
de questions à me poser, j'aimerais rentrer chez moi.

– Quelqu'un peut vous ramener en voiture.

– Non, je peux conduire. Merci, monsieur Fitzwater, vous avez
été très aimable.

Sur ces mots, elle se dirigea vers la porte, et s'immobilisa en entendant Brooks l'appeler. Il la rejoignit et lui posa une main sur le bras.

– Je reviens dans deux minutes, lança-t-il à Boyd, et il entraîna
Abigail à l'extérieur.

– Ça va ?

– Oui, je te l'ai déjà dit.

– Tu viens aussi de dire à Boyd que tu étais plus secouée que tu
ne pensais.

– C'est vrai, mais je m'en remettrai. Je suis juste un peu fatiguée.
Je vais rentrer et essayer de me rendormir.

– OK. Je t'appellerai, ou je passerai.

Elle ne voulait pas de sollicitude. Surtout, elle ne voulait plus
parler de Justin Blake, qui lui avait rappelé Ilya Volkov.

– Ce n'est pas la peine, ne t'inquiète pas pour moi. Tu as mis ta
chemise à tremper avec du sel ?

– Je l'ai balancée. J'y aurais vu le sang de cette petite ordure,
même si les taches étaient parties. Ce n'est qu'une chemise, je m'en
fiche.

Elle repensa à un joli cardigan, taché de sang.

– Je comprends. Tu es fatigué, toi aussi, dit-elle en lui caressant la
joue. J'espère que tu pourras dormir au moins un moment.

– J'espère aussi. Sois prudente, sur la route.

Il lui embrassa le front, puis les lèvres, et lui ouvrit la portière de
sa voiture.

– C'est vrai ce que tu as dit à Boyd, ajouta-t-il. Il aurait sûrement
fini par tuer ou blesser quelqu'un grièvement.

– Je sais.

– Ne pense plus à lui.

Submergée par l'émotion, elle l'enlaça et se blottit contre lui.

– Heureusement que tu as de bons réflexes.

Là-dessus, elle s'installa derrière le volant et démarra.

20

Il était 15 heures passées de quelques minutes lorsque Abigail vit sur son moniteur une grande Mercedes noire remonter l'allée du chalet. Un frisson glacial lui parcourut l'échine. Elle ne connaissait pas cette voiture, ni son conducteur – épaules larges, cheveux bruns et courts, la trentaine avancée ou une petite quarantaine – pas plus que le passager – la cinquantaine, grisonnant, visage carré.

Elle releva le numéro d'immatriculation. Qui que soient ces hommes, elle était prête – à tout. Une rapide recherche dans les fichiers du Département des véhicules motorisés lui indiqua que la berline appartenait à Lincoln Blake. Sa nuque et ses épaules se dénouèrent.

Un contretemps fâcheux, mais pas une menace.

En costume parfaitement taillé et chaussures de ville, Blake descendit de la voiture avec une attitude suffisante, hautaine. L'homme qui l'accompagnait, lui aussi en costume, tenant une mallette à la main. Un léger renflement sous sa veste, du côté droit, trahissait qu'il portait une arme.

Qu'à cela ne tienne, elle aussi était armée.

Ils frappèrent à la porte. Un instant, elle envisagea de ne pas répondre. Après tout, rien ne l'obligeait à recevoir le père du garçon qui avait essayé de tuer Brooks. Et puis, d'après ce qu'elle savait de Blake, il était peu probable qu'il rebrousse chemin sans insister. En tout état de cause, elle était un peu curieuse.

Bert à ses côtés, elle alla leur ouvrir.

Avec un sourire mielleux, Blake lui tendit la main.

– Excusez-moi de vous importuner, mademoiselle Lowery. Je suis Lincoln Blake, l'un de vos voisins.

– Vous habitez à l'autre bout de la ville, me semble-t-il. On ne peut pas dire que nous soyons vraiment voisins.

– Nous sommes tous voisins ici, déclara Blake jovialement. Voici mon assistant personnel, Mark. J'ai appris que mon fils s'était par inadvertance introduit dans votre propriété, hier soir. Je viens vous présenter mes excuses. Pouvons-nous entrer ?

– Non.

Elle était toujours étonnée par l'air stupéfié, voire outré, que prenaient les gens quand on leur opposait un refus.

– Voyons, mademoiselle Lowery. Je suis parfaitement conscient du désagrément que mon fils vous a causé et je tiens à vous faire toutes mes excuses. Nous serions mieux pour discuter si nous nous installions plus confortablement.

– Je suis très bien ici. Merci pour vos excuses, monsieur Blake, mais c'est votre fils qui m'en doit, bien que ses actes soient difficilement excusables. Il a tout de même tenté de poignarder M. Gleason. L'affaire est entre les mains de la police. Je ne vois pas de quoi nous pourrions discuter.

– Justement, c'est de cela que je voulais vous parler, et je déteste m'entretenir avec les gens sur le pas d'une porte.

– Je déteste faire entrer des étrangers chez moi. Au revoir, monsieur Blake.

– Je n'ai pas terminé, rétorqua-t-il en brandissant un index menaçant. J'ai cru comprendre que vous êtes amie avec Brooks Gleason, et que…

– Nous sommes amis, parfaitement. Il n'aurait pas été là à 2 heures du matin, sinon, heure à laquelle votre fils et son copain ont pénétré illégalement dans ma propriété dans l'intention de dégrader le véhicule de patrouille de M. Gleason. Cela dit, mes relations avec celui-ci ne changent absolument rien aux faits.

– Vous n'habitez pas là depuis très longtemps, n'est-ce pas ? Vous ne semblez pas vous rendre compte de qui je suis, de mon poids au sein de la communauté.

– Je sais très bien qui vous êtes. Il n'empêche que j'ai été choquée de voir votre fils attaquer M. Gleason avec un couteau.

– Je vous l'ai dit, je comprends qu'il ne soit pas très agréable d'être réveillé en pleine nuit par une intrusion chez soi. Dans l'affolement, Brooks Gleason a dû menacer mon fils. Justin a simplement essayé de se défendre.

– Pas du tout, répliqua Abigail calmement. Les éclairages de sécurité étaient allumés. J'ai une excellente vision et je me trouvais à moins de trois mètres durant la tentative d'agression. M. Gleason a clairement demandé à votre fils de lui montrer ses mains. Au lieu de quoi, celui-ci a crevé l'un des pneus de la voiture, puis menacé Brooks d'un couteau.

– Mon fils…

– Je vous prie de ne pas m'interrompre. C'est seulement à ce moment-là que Brooks a sorti son arme. Votre fils a néanmoins refusé de lâcher la sienne. Et lorsque j'ai fait mine d'intervenir, armée d'un pistolet, il s'est jeté sur Brooks avec son couteau. Brooks aurait pu tirer, en légitime défense. Il a cependant préféré désarmer votre fils au corps à corps, à ses risques et périls.

– Personne ne vous connaît ici, mademoiselle Lowery. Vous êtes une femme étrange, solitaire, sans aucune racine dans la région. Si vous racontez cette histoire ridicule devant la cour, mes avocats démoliront votre témoignage et vous feront subir une cuisante humiliation.

– Je ne crois pas, bien que je ne doute pas une seule seconde que vos avocats feront leur travail. À présent, je vous prie de bien vouloir vous en aller.

– Une minute, insista Blake en s'avançant.

Bert grogna.

– Vous contrariez mon chien, dit Abigail froidement. Et si votre assistant tente de dégainer son arme, je le lâche. Je vous assure qu'il sera plus rapide. Moi aussi, je suis armée, comme vous pouvez le voir. Je suis une excellente tireuse et je n'aime pas que l'on cherche à m'intimider. Je n'aime pas les hommes qui ont fait de leurs enfants des êtres violents, pleins de haine.

Comme Serguei Volkov, pensa-t-elle.

– Je ne vous aime pas, M. Blake, et pour la dernière fois je vous demande de partir d'ici.

– Je suis venu m'arranger avec vous, m'excuser et vous offrir une compensation pour les désagréments que vous avez subis.

– Une compensation ?

– Dix mille dollars. Un geste généreux pour un incident sans gravité, un simple malentendu.

– Très certainement.

– Cette somme est à vous, en liquide, contre votre accord qu'il ne s'agissait, en effet, que d'un regrettable malentendu.

– Vous me proposez 10 000 dollars pour que je fasse un faux témoignage ?

– Ne soyez pas stupide. Mon assistant a cette somme dans sa mallette. Acceptez-la en guise d'excuses. Je vous promets par ailleurs que mon fils ne mettra plus jamais les pieds chez vous.

– Primo, je ne suis pas certaine que vos promesses garantissent la conduite de votre fils. Secundo, c'est lui qui me doit des excuses, pas vous. Enfin, votre proposition ne constitue ni plus ni moins que du chantage, un délit réprimé par la loi. Il est hors de question que j'accepte un pot-de-vin. Maintenant, au revoir.

Là-dessus, Abigail ferma la porte et verrouilla toutes les serrures.

Que Blake tambourine contre le battant ne la surprit guère. Son fils avait hérité de son tempérament brutal et de l'illusion que tout lui était dû. La main sur la crosse de son pistolet, elle retourna dans la cuisine et regarda sur le moniteur l'assistant essayer de calmer son patron.

Elle ne voulait pas appeler la police. Ce ne serait que tracas supplémentaires. Cette visite l'avait cependant ébranlée, elle n'avait pas honte de l'admettre. Mais elle avait résisté aux intimidations et aux menaces. *Pas de panique*, se dit-elle, *il n'y a pas péril en la demeure*.

Elle ne croyait pas au destin, rien n'était inéluctable. Néanmoins, peut-être était-il fatal, tôt ou tard, qu'elle traverse ce genre d'épreuves, des piqûres de rappel, en quelque sorte, qui avaient ravivé le souvenir d'Ilya, et à présent de son père Serguei Volkov. Au moins, elle s'était prouvé sa capacité à faire front.

Non, elle ne quitterait pas son havre de paix pour si peu.

– On lui laisse deux minutes, dit-elle à Bert. S'il est toujours là d'ici deux minutes à compter de maintenant, on ressort.

Arme au poing, décida-t-elle. Déterminée, elle lança le chronomètre de sa montre et continua d'observer les deux hommes sur le moniteur. Le visage cramoisi, les yeux exorbités, Blake tempêtait contre son assistant. Elle espérait qu'il n'était pas sujet à l'hypertension artérielle, sinon il ne faudrait pas seulement appeler les autorités mais aussi l'assistance médicale. Que ce type odieux se dépêche de ficher le camp… Elle avait du travail à terminer.

À une minute quarante-deux secondes, il regagna sa voiture d'un pas rageur, talonné par son assistant. Abigail poussa un soupir de soulagement lorsque la Mercedes disparut au bout de l'allée.

Ironie du sort, pensa-t-elle. Elle avait de nouveau été témoin d'un crime, et de nouveau soumise à des menaces et des intimidations.

Elle avait beau ne pas croire au destin, tout portait à croire qu'il s'acharnait sur elle. En soupirant, elle essaya de se replonger dans son travail.

– Je crois qu'on va aller se promener, dit-elle à Bert. Je n'arrive pas à me concentrer.

Le grand air l'apaisa. À travers bois, elle se rendit jusqu'à la clairière d'où elle aimait contempler le panorama sur les montagnes, et se souvint qu'elle devait sans tarder se mettre à la recherche d'un banc.

Un texto de Brooks lui fit chaud au cœur.

« Je rapporte du chinois ? Ne cuisine pas. Tu dois être fatiguée. »

Elle réfléchit un instant avant de répondre : « Je ne suis pas fatiguée, mais OK pour le chinois. Merci. »

Quelques minutes plus tard, elle reçut un deuxième message : « Pas de quoi. »

Qui la fit rire et finit de dissiper ses idées noires. Puisqu'elle était déjà dehors, elle accorda à Bert une heure complète d'exercice, puis retourna travailler l'esprit frais et dispos.

Chose qui lui arrivait rarement, elle perdit la notion du temps, si bien que lorsque l'alarme bipa de nouveau elle maugréa un juron, persuadée que Blake revenait à la charge, et résolue cette fois à se montrer moins courtoise.

À la vue de la voiture de Brooks, elle se radoucit. Un coup d'œil à l'horloge de son bureau lui indiqua qu'il était plus de 18 heures. Pas de jardinage, aujourd'hui, pensa-t-elle. La faute à Blake : il l'avait privée de ce plaisir. Elle éteignit néanmoins son ordinateur gaiement, contente de retrouver Brooks.

Son sourire s'effaça devant ses traits tirés.

– Tu n'as pas dormi ?

– Pas eu le temps.

– Tu as l'air mort de fatigue. Laisse-moi te débarrasser. Tu as apporté à manger pour quinze ! Assieds-toi, prends une bière. J'ai réussi à me rendormir deux heures. Et j'ai fait une balade d'une heure avec Bert. Je me sens reposée. Je m'occupe de réchauffer les plats.

– Je leur ai demandé de me donner un peu de tout, je ne savais pas ce que tu aimais.

– J'aime tout, affirma Abigail en ouvrant les barquettes. Je suis désolée que tu aies eu une journée difficile. Tu as envie de m'en parler ?

— Avocats, discussions oiseuses, accusations, menaces, soupira Brooks en décapsulant une cannette et en s'installant au comptoir. Paperasse, réunions. Les avocats m'ont mis les nerfs en pelote, à essayer de faire pression sur moi et sur mes agents.

— Blake est un type puant, dit-elle en garnissant un bol de riz, de porc à l'aigre-doux et de quelques crevettes. Moi aussi, il m'a hérissée, cet après-midi.

— Quoi ? Il est venu ici ?

— Avec son assistant. Soi-disant pour excuser son fils de s'être introduit « par inadvertance » sur ma propriété. Il n'a pas apprécié que je refuse de le laisser entrer.

— Tu m'étonnes ! Il n'a pas l'habitude qu'on lui refuse quoi que ce soit. Tu as bien fait de ne pas lui ouvrir.

— Je lui ai ouvert, mais nous sommes restés sur le pas de la porte.

Abigail se décapsula une bière et, comme Brooks, décida de la boire à la bouteille.

— Tu savais que son assistant était armé ?

— Oui. J'espère qu'il n'a pas sorti son flingue…

— Non, non, rassure-toi. Je l'ai deviné sous sa veste, et j'ai vu comment il réagissait quand Bert a commencé à grogner.

Brooks but une longue goulée de bière.

— Qu'est-ce qu'ils t'ont dit ?

— Tu as déjà tellement de soucis… murmura Abigail. J'aurais mieux fait de me taire.

— Sûrement pas.

— En gros, Blake qualifie ce qui s'est passé cette nuit de « malentendu ». Son fils se serait senti menacé, et c'est pour ça qu'il aurait sorti son couteau. Je lui ai dit que c'était faux, que j'avais été témoin de toute la scène. Il a insinué que mon témoignage pouvait être sujet à caution, du fait de nos relations. Pas en ces termes, mais c'est ce que ça voulait dire. Il a commencé à s'énerver quand je l'ai prié de s'en aller, et que je l'ai prévenu que si son assistant dégainait son arme, je lâchais Bert, et que j'étais moi aussi armée.

— Seigneur…

— Il m'a alors proposé une « compensation » de 10 000 dollars pour que je reconnaisse qu'il s'agissait d'un malentendu. J'ai commencé à m'énerver moi aussi.

— Combien de fois lui as-tu demandé de partir ?

— Trois. Je n'ai pas pris la peine de le lui répéter une quatrième fois, je lui ai dit au revoir et je lui ai fermé la porte au nez. Il a tambouriné pendant deux minutes. Ce type est vraiment un goujat. Et puis son assistant a fini par le convaincre de laisser tomber.

– Pourquoi tu ne m'as pas appelé ? demanda Brooks en arpentant la cuisine.

– Ce n'était pas utile, j'ai pu gérer la situation moi-même. Je…

Elle s'interrompit lorsqu'il se tourna vers elle, les traits déformés par la rage contenue.

– Écoute-moi. Deux hommes que tu ne connais pas se présentent à ta porte, l'un d'eux armé, et refusent de partir quand tu le leur demandes, plusieurs fois. Que fait-on dans ces cas-là, normalement ?

– On ferme sa porte, c'est ce que j'ai fait.

– Non, Abigail, on ferme sa porte et on appelle la police.

– Je ne suis pas d'accord, désolée. De toute façon, ils ont fini par partir. C'est l'essentiel, non ?

Elle s'abstint de mentionner que s'ils n'étaient pas partis, elle serait ressortie le pistolet à la main. Plus tard, elle se demanderait si la complexité des rapports humains n'était pas due, entre autres, à ce genre d'omission.

– J'étais armée, ajouta-t-elle, et j'avais Bert. Je n'étais pas en danger. En fait, Blake était tellement agité que j'ai bien cru que j'allais devoir appeler une ambulance.

– Tu veux porter plainte ?

– Non. Tu es en colère contre moi, il n'y a pas de raison… J'ai fait ce que j'ai jugé approprié. Si tu te sens blessé dans ton orgueil parce que je ne t'ai pas appelé à l'aide…

– Un peu, c'est vrai, je le reconnais. Bien sûr, je suis content de savoir que tu es capable de te défendre toute seule, mais je connais Blake. Il a essayé de t'intimider.

– Il a essayé, oui, mais il n'y est pas arrivé.

– C'est déjà suffisamment grave. Il a aussi tenté de t'acheter.

– Je lui ai dit que le chantage était un délit puni par la loi.

– Ça ne m'étonne pas de toi, grommela Brooks en se rasseyant. Mais tu ne le connais pas, tu ne sais pas quel genre d'ennemi tu viens de te faire.

– Je crois que si, répliqua-t-elle calmement. Je crois que je sais très bien. Mais ce n'est pas ma faute, ni la tienne.

– Peut-être. Mais si je ne réagis pas, il considérera ça comme une faiblesse de ma part. Il reviendra, il tentera à nouveau de t'acheter, en s'imaginant que tu ne m'as rien dit, ou que tu espères lui soutirer une plus grosse somme.

– J'ai été très claire.

– Ça ne change absolument rien, avec ce genre de personnes.

Douze ans de cavale, pensa-t-elle. Elle ne connaissait que trop bien ce genre de personnes.

– Je préfère te prévenir qu'il essaiera d'être encore plus persuasif, s'il revient. Auquel cas, je tiens à lui signaler que le harcèlement est passible de sanctions pénales. J'ai donné la même consigne à Russ, à son épouse, à ses parents et à mes agents, en leur demandant de la transmettre à leur famille.

– D'accord, opina Abigail.

– Il est furieux. Son argent et son influence ne sauveront pas la mise à son fils, cette fois. Justin est derrière les barreaux et il n'est pas près d'en sortir.

– Il aime son fils.

– Ça, je n'en sais rien, mais il ne peut pas admettre qu'il soit incarcéré, question d'honneur. Personne ne mettra son fils en prison. Personne ne salira le nom des Blake. Il se battra bec et ongles pour sauver la face, et s'il doit pour cela s'en prendre à toi, il n'hésitera pas.

– Je n'ai pas peur de lui.

– Je vois bien, et je ne veux pas te faire peur. Je veux juste que tu m'appelles s'il revient ici, ou s'il t'aborde dans la rue, ou si quelqu'un en rapport avec lui te contacte par quelque moyen que ce soit. Tu es un témoin, et de ce fait sous ma protection.

Le cœur d'Abigail fit un bond.

– Ne dis pas ça. Je ne veux dépendre de personne.

– Que tu le veuilles ou non, je suis responsable de toi.

– Non, non, non ! s'écria-t-elle, en proie à une vague de panique. Je t'appellerai s'il tente à nouveau de m'acheter, parce que c'est illégal, mais je ne veux pas et je n'ai pas besoin qu'on me protège.

– Calme-toi, Abigail.

– Je ne peux pas être avec toi si tu refuses de comprendre que je ne dépends de personne.

Elle avait reculé de plusieurs pas et le chien s'était posté devant elle.

– Abigail, tu es très certainement capable de gérer la plupart des problèmes. Mais mon devoir est de protéger tous les citoyens de ma juridiction, toi y compris. Ce n'est pas bien de jouer sur mes sentiments.

– Je ne me le permettrais pas.

– C'est pourtant ce que tu fais.

– Ce n'était pas mon intention. Excuse-moi.

– Je ne veux pas de tes excuses.

– Tu es si furieux contre moi… Je t'assure que tu as mal interprété mes propos. Tout simplement, je ne veux pas que tu te sentes responsable de moi. Je ne sais pas comment t'expliquer à quel point cela me perturberait.

– Et si tu essayais ?

Elle essuya les larmes qui ruisselaient le long de ses joues.

– Tu es énervé, fatigué, et ton plat refroidit. Je ne voulais pas que la discussion prenne cette tournure. Je ne pensais pas que tu prenais cette affaire autant à cœur. Je me comporte bêtement, je ne devrais pas pleurer, mais je ne fais pas exprès.

– Je sais.

– Je… Je vais te réchauffer ton bol.

– Non, ce n'est pas la peine.

– Je… Tu es toujours en colère. Tu essaies de ne pas le montrer parce que j'ai pleuré. Les larmes peuvent être des armes, je sais, mais les miennes n'en étaient pas.

– Oui, je suis en colère, et je m'efforce de me calmer, en partie parce que tu as pleuré, c'est vrai, mais aussi parce que je vois bien qu'il y a des choses dont tu ne veux pas, ou ne peux pas me parler, et parce que je t'aime.

Un nouveau sanglot lui monta à la gorge. Elle se précipita à la porte, la déverrouilla et se rua à l'extérieur.

– Abigail !

– Laisse-moi ! Laisse-moi… J'ai besoin de réfléchir, de reprendre mes esprits. Rentre chez toi. Nous reprendrons cette discussion quand j'aurai les idées plus claires.

– Tu crois que je vais te laisser toute seule dans cet état ? Je viens de te dire que je t'aime et on dirait que je t'ai brisé le cœur.

Elle se retourna, le poing sur le cœur, les yeux noyés de larmes.

– Personne ne m'a jamais dit ça. De ma vie, personne ne m'a jamais dit ces mots-là.

– Je te promets de te les redire tous les jours.

– Non, non, ne fais pas de promesses, par pitié ! Je ne sais pas ce que je ressens. Tu me déstabilises. Je ne sais pas si je dois te croire…

– On ne peut pas tout savoir. Parfois, il faut juste faire confiance, se fier à son instinct.

– C'est ce que je m'efforce de faire, dit-elle, la main toujours sur le cœur, comme si elle redoutait qu'il lui échappe. Mais je n'y arrive pas.

– Ce n'est pourtant pas difficile.

– Tu ne comprends pas, tu ne peux pas comprendre.

– Abigail…

– Ce n'est même pas mon nom ! explosa-t-elle.

Elle se plaqua une main sur la bouche et éclata en sanglots. Il s'avança vers elle et essuya les larmes qui roulaient sur ses joues.

– Je sais.

Blême, elle s'écarta de lui et agrippa la rambarde de la galerie.

– Comment peux-tu savoir ?

– Tu fuis quelque chose ou quelqu'un. Peut-être les deux. Tu es trop intelligente pour te cacher sous ton vrai nom. Je suis amoureux d'Abigail, mais je sais depuis le début que tu n'es pas Abigail. Peu m'importe ton vrai nom. Je voudrais juste que tu me fasses suffisamment confiance pour te confier à moi.

– Quelqu'un d'autre est au courant ?

– Regarde-moi, dit-il doucement. Écoute-moi. Quoi qu'il arrive, tu n'as rien à craindre de moi. Tu dois me croire. Partant de là, je te répète que je t'aime.

Il la prit dans ses bras, l'embrassa tendrement et la serra contre lui jusqu'à ce qu'elle cesse de trembler.

– Je… Je t'aime, moi aussi, murmura-t-elle.

– Redis-le, et embrasse-moi.

– Je t'aime, répéta-t-elle en fermant les yeux, ébranlée par la force de ces mots, par la réalité qu'ils recouvraient.

Elle n'avait jamais cru à l'amour, jamais cru aux miracles. Et pourtant, un miracle s'était produit : elle aimait, et elle était aimée. Elle inspira profondément, expira lentement. Tout lui semblait différent. Elle se sentait plus libre, plus complète.

– Je vais réchauffer les bols, déclara-t-elle. Dînons tranquillement, oublions un instant les choses sérieuses. D'accord ?

– D'accord.

– Tu as tout changé.

– En bien ou en mal ?

Elle hésita un instant.

– Je ne sais pas, mais tu as tout changé.

21

Durant le repas, elle reprit contenance. La simplicité, la routine restaurèrent sa sérénité. Brooks ne lui posa pas davantage de questions sur son passé. Là était sa force et la plus grande de ses qualités : il savait être patient, respecter son espace privé. Et il savait détendre l'atmosphère, lui changer les idées.

Sa maladresse avec les baguettes la faisait rire, bien qu'elle le soupçonnât d'en rajouter.

De sa vie, elle n'avait pas ri autant que depuis qu'elle le connaissait. Rien que pour ça, il méritait qu'elle prenne le risque de se dévoiler. Elle pouvait refuser, bien sûr, réclamer un peu de temps. Il lui en accorderait et, dans l'intervalle, elle chercherait un autre endroit où s'installer, se forgerait une nouvelle identité et reprendrait la fuite une fois de plus.

Mais si elle s'enfuyait, elle ne connaîtrait jamais ce qui aurait pu être. Elle ne ressentirait plus jamais ce qu'elle ressentait avec lui. Elle n'essaierait même pas, jamais. Elle retrouverait la tranquillité, la sécurité. Elle les avait trouvées ailleurs. Mais elle ne connaîtrait jamais l'amour.

Le choix lui appartenait : jouer la carte de la prudence – partir, se protéger – ou tout risquer – la sécurité, la liberté, sa vie, même, peut-être – pour l'amour.

– On va se promener ? suggéra-t-elle.

– Si tu veux.

– Je sais que tu es fatigué, dit-elle tandis qu'ils sortaient du chalet. On devrait peut-être attendre pour parler de… tout ça.

– Demain il fera jour.

– Je ne sais pas si j'aurai le courage, demain.

– Alors, dis-moi de quoi tu as peur.

– De tant de choses… Mais là, tout de suite ? De te perdre si je te raconte tout.

Brooks se baissa, ramassa une branche et la jeta au loin. Bert leva les yeux vers sa maîtresse et attendit son signal pour s'élancer à sa poursuite.

– L'amour ne s'éteint pas comme une ampoule électrique.

– Je ne sais pas, je n'ai jamais été amoureuse. Tu as un devoir et, plus encore, tu as un code. J'ai connu un homme comme toi. Je ne m'en suis pas aperçue tout de suite, mais tu lui ressembles beaucoup. Il est mort en voulant me protéger.

– De qui ?

– C'est compliqué.

– OK. Il t'aimait ?

– Pas au sens où tu l'entends. Il n'y avait rien de romantique ni de sexuel entre nous. Il avait un devoir envers moi, mais il s'était attaché à moi, au-delà de son devoir. Personne avant lui n'avait jamais tenu à moi de cette manière. Il n'attendait rien de moi. Avec lui, je pouvais être moi-même. Il voulait juste que je sois bien, qu'il ne m'arrive rien.

– Tu m'as dit que tu ne connaissais pas ton père, donc ce n'est pas ton père. Un flic ? As-tu été placée sous programme de protection des témoins ?

La main d'Abigail trembla. L'avait-il vu, ou simplement senti ? Il lui la prit, la réchauffa.

– Oui. On devait me donner une nouvelle identité, une nouvelle vie, mais… les choses ont mal tourné.

– C'était il y a combien de temps ?

– J'avais seize ans.

– Seize ans ?

– Le jour de mon dix-septième anniversaire… (Elle revit le sang de John sur ses mains.) Je ne raconte pas dans le bon ordre. Je n'aurais jamais imaginé que j'en parlerais un jour à quelqu'un.

– Si tu commençais par le début ?

– Je ne sais pas trop où il se situe. Peut-être quand j'ai réalisé que je ne voulais pas devenir médecin, dès le début de mon premier semestre de prépa.

– Tu étais en prépa à seize ans ?

– Oui, j'étais surdouée, j'ai sauté plusieurs classes. Pendant ce premier semestre à Harvard, je logeais chez une famille très stricte.

Ma mère les payait pour qu'ils me surveillent. Le semestre d'après, je suis allée à la cité universitaire, en dortoir. Là aussi, le règlement était très sévère. Je crois que la rébellion a commencé le jour où j'ai acheté mon premier jean et un sweat-shirt à capuche.

– Attends… Tu as acheté ton premier jean à seize ans ?

– Ma mère me choisissait tous mes vêtements. (Parce que cela lui semblait encore énorme, elle esquissa un sourire.) C'était horrible. Je voulais tellement être comme les filles de mon âge, m'habiller comme elles, parler de garçons au téléphone avec des copines. Et surtout, surtout, je ne voulais pas devenir médecin. Je voulais travailler au FBI, au département de la lutte contre la cybercriminalité.

– Ça ne m'étonne pas de toi, murmura Brooks.

– Je suivais des cours en ligne. Si ma mère l'avait appris… je ne sais pas ce qu'elle aurait fait.

Abigail s'arrêta à l'endroit où elle voulait installer un banc, et se demanda si ça valait toujours le coup d'en acheter un. Maintenant qu'il était trop tard pour interrompre ses aveux.

– Elle m'avait promis que nous partirions en vacances, cet été-là, une semaine à New York, puis au bord de la mer. Elle me l'avait promis et c'est ce qui m'a aidée à tenir jusqu'à la fin de l'année universitaire. Mais à la dernière minute, elle m'a inscrite à un stage d'études accélérées, qui devait me permettre d'intégrer plus vite la Harvard Medical School. Pour la première fois de ma vie, je lui ai tenu tête.

– Il était temps.

– Peut-être, mais ça a entraîné une terrible réaction en chaîne. Elle préparait ses bagages. Elle devait remplacer un confrère à un séminaire médical. Elle partait pour une semaine. Nous nous sommes disputées. Enfin, non, pas vraiment disputées.

Irritée contre elle-même, Abigail secoua la tête. Elle devait donner à Brooks une idée la plus précise possible des circonstances. C'était vital.

– Ma mère ne haussait jamais le ton, précisa-t-elle. Elle avait d'autres moyens, qu'elle croyait infaillibles, de se faire obéir. Elle a clos la discussion en disant que mon comportement, mes revendications, mon attitude étaient une phase normale de mon développement. Et elle est partie sans un mot de plus pendant que je boudais dans ma chambre. Je ne sais pas pourquoi, mais j'ai été choquée qu'elle parte comme ça, sincèrement choquée. Et puis, la colère passée, j'ai vu le bon côté de la situation. J'ai pris les clés de la voiture et je suis allée au centre commercial.

– Au centre commercial ?

– Ça paraît bête, n'est-ce pas ? Mon premier vrai goût de la liberté, et je suis allée au centre commercial. C'était l'un de mes rêves : flâner au centre commercial avec des copines, ricaner en regardant les garçons, faire les boutiques, essayer des vêtements. Et là j'ai rencontré Julie, une ancienne camarade de classe, un peu plus vieille que moi, une jolie fille, très populaire. Je crois que si elle a daigné me parler, ce jour-là, c'est parce qu'elle s'ennuyait. Elle venait de rompre avec son petit copain. Et à partir de là tout a commencé à s'enchaîner.

Elle lui énuméra les vêtements que Julie l'avait aidée à choisir, lui expliqua comment leur était venue l'idée d'aller en boîte, puis de fabriquer des faux permis.

– Pour une révolte, c'était une révolte !

– Elle couvait depuis longtemps.

– Tu as réussi à faire des faux crédibles, à seize ans ?

– D'excellentes contrefaçons. J'étais passionnée par l'usurpation d'identité et les cybercrimes. J'espérais faire une carrière d'enquêtrice. À l'époque, c'était mon désir le plus cher. Au centre commercial, j'ai pris Julie en photo. Pour la mienne, il fallait d'abord que je me transforme. Je me suis coupé les cheveux et je les ai teints en noir. Noir corbeau. J'avais aussi acheté du maquillage et Julie m'avait montré comment l'appliquer.

– J'essaye de t'imaginer avec les cheveux courts et noirs. Tu devais faire un peu gothique, ça devait bien t'aller.

– En tout cas, j'étais très différente de ce à quoi ma mère voulait que je ressemble. C'était le but de la manœuvre. J'aurais dû m'arrêter là. En rentrant, elle aurait découvert ma nouvelle coiffure, mon nouveau style vestimentaire et, par-dessus le marché, que je n'étais pas allée au stage d'été, qui commençait le lundi suivant. Elle aurait été furieuse et j'aurais pu me contenter de ce coup d'éclat. Mais non…

– Emportée dans ton élan, tu as fabriqué les faux permis et tu es allée en boîte.

– Julie avait décidé dans quel club on irait. J'ai cherché des infos sur Internet et j'ai vu que l'établissement appartenait à une famille soupçonnée, plus que soupçonnée même, de faire partie de la mafia russe, les Volkov.

– Ça me dit vaguement quelque chose.

– La discothèque appartenait officiellement à Serguei Volkov, le *pakhan*, le parrain de la *bratva* Volkov, et à son frère. Mais c'était son fils Ilya qui en assurait la direction, avec son cousin, Alexi. Qui buvait, se droguait et draguait plus qu'il ne travaillait. Ce dont je ne me serais pas doutée une seule seconde quand nous l'avons rencontré. Julie a commandé des cosmos. Nous avons dansé toutes les deux, c'était la soirée la plus excitante de ma vie. Et puis Alexi Gurevich est venu à notre table.

Elle lui décrivit le décor du club, la musique, comment Ilya l'avait abordée, comment il la regardait, ce qu'il lui avait dit. Son premier baiser, avec un gangster russe.

– Nous étions si jeunes, si insouciantes… continua-t-elle. Je ne voulais pas aller chez Alexi mais je ne savais pas comment refuser. Le comble, c'est qu'Ilya n'est pas venu avec nous, il a été retenu à la discothèque. Dans la voiture, j'ai commencé à me sentir malade. Alexi n'habitait pas très loin de chez ma mère. Je voulais rentrer, me mettre au lit. Je n'avais jamais été ivre. Je ne l'ai plus jamais été. Rien que la vue d'un cosmo me soulève le cœur. (Et lui glaçait le sang.) Il avait une maison magnifique avec vue sur le fleuve. Aménagée avec un goût douteux, trop moderne. Il a préparé des cocktails, mis de la musique, mais je ne me sentais pas bien, je suis allée vomir aux toilettes. Je n'ai jamais été aussi malade de ma vie. Je n'avais qu'une envie…

– Te recroqueviller dans un coin et mourir.

– Exactement, acquiesça-t-elle avec un petit rire. Je suppose que beaucoup de gens ont vécu cette expérience au moins une fois. Quand je suis sortie des toilettes, Julie et Alexi étaient en train de… faire l'amour sur le canapé. J'étais fascinée et horrifiée à la fois, et terriblement gênée. Je suis sortie prendre l'air sur la terrasse. Je me suis installée sur une chaise longue et je me suis endormie. Des voix m'ont réveillée.

Elle frissonna. Brooks lui passa un bras autour des épaules.

– Tu as froid.

– Un peu, faisons demi-tour. Ce sera plus facile pour moi de te raconter la suite en marchant.

– D'accord.

– J'avais envie d'installer un banc, ici, un banc en bois, qui se fondrait dans le paysage. J'adore cet endroit, la vue sur les montagnes, et ce calme… On n'entend que le ruisseau et les oiseaux. Tu as vu comme Bert aime jouer dans l'eau ? J'ai un peu l'impression que ce petit coin de paradis est à moi. C'est bête.

– Pas du tout.

– Pour en revenir à mon histoire, je me suis approchée des baies vitrées et j'ai vu deux hommes avec Alexi. Julie n'était plus dans le salon. Ils parlaient en russe, au début, mais j'avais suivi des cours de russe. J'aime les langues étrangères et je les apprends facilement. L'un des deux types, qui s'appelait Yakov Korotkii, a accusé Alexi de voler de l'argent à la famille. Le ton est monté. Alexi s'est d'abord montré très arrogant, mais ça n'a pas duré. Soi-disant qu'il avait balancé des informations à la police parce qu'il avait été arrêté en possession de stupéfiants. Le deuxième type, une armoire à glace, l'a forcé à se mettre à genoux. Alexi a commencé à avoir peur, il a essayé de plaider sa cause, menacé, supplié. Tu peux me donner la main ?

Il la lui prit, la serra doucement.

– Arrête-toi, si tu veux.

– Non, il faut que j'aille jusqu'au bout. Korotkii lui a tiré une balle dans le front, et deux dans la tempe. Comme tu démarrerais ta voiture ou enfilerais ta chemise. Un geste ordinaire, anodin. Et puis Julie a reparu, toute nue. Elle devait sortir des toilettes, elle avait du mal à parler, elle arrivait à peine à garder les yeux ouverts. Korotkii l'a tuée, froidement, comme un réflexe, comme tu écraserais un moucheron. Oh ! mon Dieu…

Il lui lâcha la main et l'enveloppa de son bras, la serra contre lui.

– Il était furieux, parce qu'il ne savait pas qu'elle était là, personne ne le lui avait dit. Ils ne savaient pas non plus que j'étais cachée dehors, derrière la baie vitrée, pétrifiée.

Abigail tremblait de tous ses membres, elle arrivait à peine à mettre un pied devant l'autre. Elle avait l'impression de revivre la scène.

– Tu me raconteras la suite plus tard, murmura Brooks. Rentrons vite nous mettre au chaud.

– Ilya est arrivé à ce moment-là. L'homme qui m'avait donné mon premier baiser. Il était si beau… Entre ses bras, je devenais réelle.

– Tu t'écartes du sujet.

– Pas vraiment. Il s'est mis en colère. Pas parce que son cousin avait été assassiné, mais parce que Korotkii n'était censé exécuter Alexi que le lendemain. Il savait, lui, que j'étais là et je savais, moi, qu'il allait me tuer. L'homme qui m'avait donné mon premier baiser. Il a insulté Alexi, et roué son cadavre de coups de pied. Justin Blake m'a fait penser à lui… Il avait le même regard, plus effrayant qu'une arme.

Elle sentait l'odeur du potager, à présent, épicée et douceâtre, un réconfort aussi grand que le bras de Brooks autour de ses épaules.

– Je me suis enfuie. J'avais enlevé mes chaussures à talons, je les ai oubliées sur la terrasse. Je suis partie en courant droit devant moi, sans savoir où j'allais, terrifiée, persuadée qu'ils allaient me rattraper et me tuer, parce que j'avais défié ma mère, parce que j'avais fait ce que j'avais envie de faire, et que Julie était morte. Elle n'avait que dix-huit ans. Dans ma course, je suis tombée. Mon sac à main m'a échappé. Je ne savais même pas que je l'avais toujours. Dedans, il y avait mon téléphone. J'ai appelé la police. Ils sont arrivés très vite. Je leur ai expliqué ce qui s'était passé. Deux inspecteurs m'ont interrogée, très gentils, M. Riley et Mme Griffith.

– Donne-moi tes clés.

– Mes clés ?

– On ne va pas rester devant la porte. J'ai besoin de tes clés pour ouvrir.

Elle plongea la main au fond de sa poche, les lui tendit.

– Ils m'ont emmenée dans une maison, une résidence protégée, et confiée au marshal John Barrow et à sa coéquipière, Theresa Norton. C'est à lui que tu ressembles, à John. Tu es aussi patient et aussi attentionné que lui.

– Viens, installons-nous dans le salon. Je vais allumer du feu, te préparer un thé. Repose-toi pendant que je m'occupe de tout.

– Ils ont appelé ma mère. Elle est revenue de son séminaire. Elle ne voulait pas que je témoigne, ni que je sois placée sous programme de protection des témoins.

– Elle se faisait du souci pour toi, dit Brooks en disposant des bûches dans la cheminée.

– Non, elle voulait que je fasse ce stage d'été, que je poursuive mes études à Harvard, que je devienne le plus jeune neurochirurgien du Silva Memorial Hospital, à Chicago. J'avais ruiné ses espérances. J'ai refusé de la suivre. Elle est partie et je ne l'ai plus jamais revue.

– Probablement une bonne chose…

Brooks s'assit sur ses talons, craqua une allumette et regarda les flammes s'élever dans l'âtre. Lui aussi se sentait prêt à s'embraser. Mais c'était bien la dernière chose dont Abigail avait besoin. Il avait envie de donner un coup de poing dans un mur, de casser quelque chose. Elle avait été victime de maltraitance, aussi grave que des coups et violences. Elle avait été traumatisée par une mère capable d'abandonner son enfant dans la détresse et la terreur.

Il passa dans la cuisine et mit la bouilloire à chauffer. Abigail avait besoin d'être réconfortée et rassurée. Il fallait qu'il sache ce qu'elle avait vécu, mais il ne voulait pas que cette sordide histoire revienne la hanter, qu'elle plane entre eux comme un sinistre nuage. Toutefois, il sortit son calepin et nota tous les noms qu'elle avait cités. Puis il lui prépara une tasse de thé et la rejoignit dans le salon.

Elle était assise très droite sur le canapé, très pâle et très droite, le regard sombre, cerné.

– Merci.

Il s'installa à côté d'elle.

– Avant que tu continues, je dois te dire certaines choses.

Elle plongea le regard au fond de sa tasse.

– Je t'écoute.

– Rien de tout cela n'est de ta faute.

Ses lèvres tremblèrent, elle se les mordit.

– Je suis en partie responsable. J'étais jeune, oui, mais personne ne m'a forcée à fabriquer des faux permis ni à aller dans cette boîte.

– Ce n'est pas ça qui a provoqué ce qui s'est passé ensuite. Ta mère était un monstre.

Elle releva la tête avec une expression stupéfiée.

– Ma… cette… elle…

– Elle voulait faire de toi un robot qu'elle aurait manipulé à sa guise. Et par-dessus le marché, tu aurais dû lui être reconnaissante de t'avoir faite aussi belle, aussi intelligente, aussi bien portante. C'est une honte. Elle t'habillait comme elle voulait, elle t'a fait étudier ce qu'elle voulait, et je parie que tu ne fréquentais que des gens triés sur le volet, que tu ne lisais que les bouquins qu'elle te donnait à lire, que tu ne mangeais que ce qu'elle t'autorisait à manger. Je me trompe ?

Abigail ne put que secouer la tête.

– Elle n'a peut-être jamais levé la main sur toi, et tu n'as sans doute jamais manqué de rien, matériellement… mais pendant les seize premières années de ta vie, ma chérie, tu as été maltraitée. À ta place, plus d'un môme aurait fugué, ou pire. Tu n'as fait que te couper les cheveux et aller en boîte. Si tu veux blâmer quelqu'un d'autre que les mafiosi sur lesquels vous avez eu la malchance de tomber, c'est ta mère qu'il faut blâmer.

– Mais…

– As-tu déjà suivi une thérapie ?

– Je ne suis pas folle.

– Non, bien sûr que non, je te pose juste la question.

– D'aussi loin que je me souvienne, jusqu'à ce que je quitte la maison, j'ai été suivie par l'un des meilleurs pédopsychologues de Chicago.

– Je suppose que tu n'avais pas le choix.

– Non, soupira Abigail. Non, elle ne me laissait aucun choix.

Il lui prit le visage entre ses mains, posa les lèvres contre les siennes.

– Tu es une miraculée, Abigail. Avec tout ce qu'elle t'a fait subir, tu as de la chance d'être telle que tu es. Souviens-t'en. Maintenant, tu peux continuer, si tu veux.

Elle lui parla de John, de Theresa, des longues journées qu'elle avait passées cloîtrée avec eux en attendant la date du procès, sans cesse ajourné. Elle faisait traîner le récit, s'attardait sur des détails sans importance, elle en avait conscience. Elle lui raconta que Bill Cosgrove lui avait appris à jouer au poker, que Lynda lui avait coupé les cheveux.

– Aussi terrible que ça puisse paraître, je crois que ça a été la plus belle période de ma vie. Je regardais la télé, j'écoutais de la musique, j'étudiais, je cuisinais, j'avais des gens avec qui discuter. John et Theresa étaient devenus ma seconde famille, même s'ils ne faisaient que leur boulot. Et puis est arrivé le jour de mon anniversaire. Je ne pensais pas qu'ils marqueraient le coup, mais ils avaient acheté un gâteau, et des cadeaux. John m'a offert des boucles d'oreilles. Je m'étais fait percer les oreilles au centre commercial, juste avant de rencontrer Julie. C'était ma première vraie paire de boucles. De la part de Theresa, j'ai eu un cardigan, un joli cardigan avec le caraco assorti. Je suis montée dans ma chambre les essayer. J'étais tellement heureuse…

Elle s'interrompit un instant, se demandant comment exprimer ce qu'elle ne s'était jamais totalement expliqué.

– Je savais que je porterais ce cardigan et ces boucles le jour où je témoignerais devant la cour. Rien ne ramènerait Julie à la vie, mais ils me porteraient bonheur, ils m'aideraient à lui rendre justice. Ensuite, je deviendrais celle que je voulais être. On me donnerait un nouveau nom et je serais libre d'être moi-même… Je ne sais pas exactement ce qui s'est passé pendant que j'étais dans ma chambre.

Je ne peux qu'émettre des hypothèses. Theresa devait être seule dans la cuisine lorsque Cosgrove est arrivé avec le marshal qui remplaçait Lynda ce soir-là. On entrait dans la maison par la cuisine. Elle a dû flairer un truc louche, je ne sais pas quoi ni pourquoi. Elle a crié, pour alerter John. Ils l'ont tuée, ou tout du moins ils l'ont neutralisée, dans un premier temps. Tout s'est passé très vite. J'ai entendu des coups de feu. Je suis sortie de la chambre. John était dans l'escalier, il saignait. Il m'a poussée à l'intérieur et il s'est écroulé.

Elle baissa les yeux sur ses mains.

– Il avait reçu une balle dans le ventre. J'ai essayé de stopper l'hémorragie, je savais comment faire, mais il perdait trop de sang. Il m'a ordonné de m'enfuir, de me sauver par la fenêtre, de ne surtout pas appeler la police : ils étaient infiltrés. Je ne voulais pas le laisser comme ça, mais il a insisté. J'ai pris mon argent, mon ordinateur portable, des vêtements, le pistolet qu'il portait à la cheville et je suis sortie par la fenêtre. J'avais l'intention d'appeler une ambulance. Peut-être que s'il était pris en charge rapidement, il ne mourrait pas. J'étais à peine au bout de la rue quand la maison a explosé.

– Où es-tu allée ?

– Chez moi. Ma mère était encore à l'hôpital. J'avais toujours les clés. Je pensais rester cachée là-bas jusqu'à l'heure où ma mère quitterait le travail. J'ai découvert qu'elle avait mis toutes mes affaires dans des cartons, qu'elle s'était déjà débarrassée de certaines choses. J'aurais pu m'y attendre, mais ça m'a fait un choc, je ne sais pas pourquoi.

– Tu parles…

– Enfin, bref… J'ai ouvert le coffre-fort, j'ai pris de l'argent, 10 000 dollars, et je suis repartie. Je n'ai plus jamais remis les pieds dans cette maison. J'ai marché au hasard, sous la pluie, en essayant de réfléchir. John m'avait dit de m'enfuir. Devant un café, j'ai vu un pick-up immatriculé dans l'Indiana. Je me suis cachée à l'arrière, sous la bâche. Je me suis endormie et je me suis réveillée à Terre Haute. J'ai pris une chambre dans un motel, et payé en liquide. Dans un drugstore, j'ai acheté une coloration et je me suis teinte en rousse. Moi-même, je ne me reconnaissais pas. J'ai dormi, très longtemps. À mon réveil, j'ai allumé la télé. On parlait de moi aux infos. On pensait que j'avais péri dans l'explosion avec John et Theresa. On cherchait nos dépouilles. J'ai failli appeler la police, j'avais les coordonnées de l'inspectrice Griffith, mais j'ai eu peur.

J'ai décidé d'attendre, j'ai acheté un téléphone jetable. J'ai passé toute la journée du lendemain enfermée dans la chambre du motel, à écouter les journaux télévisés et à surfer sur Internet dans l'espoir de trouver d'autres informations.

Elle s'interrompit, prit une longue inspiration.

— Finalement, la police s'est rendu compte que je n'étais pas dans la maison. Selon les uns, j'avais été enlevée… Selon les autres, j'étais devenue folle, j'avais tué John et Theresa, puis fait exploser la maison. Cosgrove et Keegan affirmaient être arrivés quelques secondes trop tard. Cosgrove avait été blessé.

— John avait reçu une balle, il y a sûrement eu une expertise balistique.

— Il avait reçu plusieurs balles, mais toutes l'avaient traversé de part en part. Ils ont raconté que les lumières s'étaient brusquement éteintes, qu'ils n'avaient pas vu qui leur avait tiré dessus. Keegan a traîné Cosgrove à l'extérieur. La maison a explosé pendant qu'il appelait des renforts. De Terre Haute, j'ai pris un bus pour Indianapolis. J'y suis restée quelques jours, dans un motel, le temps de me fabriquer des faux papiers et d'acheter une voiture d'occasion. Et je suis partie à Nashville. Pendant trois mois, j'ai été serveuse dans un fast-food. Puis je me suis teint les cheveux d'une autre couleur, j'ai à nouveau changé d'identité, et j'ai repris la route.

Elle inspira profondément.

— Les médias s'étaient désintéressés de l'histoire et je n'arrivais pas à m'introduire dans les fichiers de l'US Marshals Service ni du FBI. Je me suis inscrite au Massachusetts Institute of Technology, sous une fausse identité, avec de faux diplômes. J'ai suivi des cours d'informatique, et de tout ce qui pouvait m'être utile. À la fac, j'ai sympathisé avec un hacker, beaucoup plus calé que moi, qui m'a appris un tas de trucs sur le piratage. Nous avons eu une petite aventure et puis je l'ai quitté, en lui laissant un mot d'adieu. Je crois qu'il tenait un peu à moi, mais je ne pouvais pas me permettre de rester plus de quelques mois au même endroit. Tous les ans, au maximum, j'ai changé d'identité, de look, de ville. Voilà…

Elle garda un instant le silence.

— Je suis recherchée pour être interrogée à propos des meurtres de deux marshals.

Brooks ne fit aucun commentaire. Il se leva, se posta devant la fenêtre. Quand il reprit la parole, Abigail se prépara au pire.

— Tu sais ce que sont devenus Cosgrove et Keegan ?

– Oui. Ils travaillent toujours à l'US Marshals Service. Keegan est monté en grade, au fil des ans.

– Bien, donc tu sais où ils sont, ce qu'ils font. Ça nous fera gagner du temps.

– Je ne comprends pas.

Il se tourna vers elle.

– Tu ne penses tout de même pas que nous allons laisser ces deux ordures poursuivre tranquillement leur petite vie ? Ils ont tué deux bons agents, et c'est à cause d'eux que tu es obligée de te cacher depuis ton dix-septième anniversaire. Et que l'assassin d'une jeune fille innocente est encore en liberté.

Elle le dévisagea un instant, bouche bée.

– Tu me crois ?

– Bon sang, bien sûr que je te crois ! Et ce n'est pas l'amour qui déforme mon jugement. C'est tellement évident que tu dis la vérité.

– Tu m'aimes encore ?

Il revint près d'elle, lui prit la main et lui enjoignit de se lever.

– Abigail, ne me manque pas de respect, s'il te plaît. Je ne suis pas du genre à retourner ma veste dès que le vent change. Je t'aimais il y a une heure, il n'y a pas de raison pour que je ne t'aime plus. Arrête de croire que je vais te laisser tomber. C'est insultant, et ça m'énerve.

– Je suis désolée.

– C'est bon, tu es pardonnée pour cette fois, dit-il en l'embrassant. Où as-tu appris à tirer ?

– John m'avait montré comment me servir d'un pistolet. Ensuite, j'ai pris des leçons avec un vieil homme, en Arizona, un survivaliste adepte de la théorie du grand complot, très intéressant bien qu'un peu cinglé. Il m'aimait bien, et c'était un puits de science.

– Qu'y a-t-il dans la pièce qui est toujours fermée, à l'étage ?

– Je vais te montrer.

Elle le précéda dans l'escalier, déverrouilla les trois serrures.

– C'est une chambre forte, dit-elle en poussant la porte.

Effaré, Brooks parcourut les rayonnages du regard. Pistolets, revolvers, fusils, carabines, couteaux. Un stock ahurissant de conserves et d'eau minérale, du matériel informatique, un W-C chimique. Vêtements, perruques, teintures, piles, lampes torches, aliments pour chien, livres, outils en tous genres.

– Toi aussi, tu attends l'apocalypse ? demanda-t-il en s'avançant dans la pièce.

– Je suis prête à tout. J'ai aussi une collection de cartes d'identité et de passeports, dans un coffre. De l'argent liquide, des cartes de crédit, et tout le matériel pour fabriquer des faux papiers. C'est contre la loi, je sais.

– Je t'arrêterai plus tard. Bon, d'accord, tu sais te protéger et tu es prévoyante. Ça fait combien de temps que tu mènes cette vie ?

– Douze ans.

– Il est grand temps que ça cesse.

– J'aimerais bien… Aujourd'hui, j'ai pensé…

– Quoi donc ?

– Ce n'est pas rationnel.

Malgré lui, il ne put s'empêcher de rire.

– Seigneur ! Abigail, sois irrationnelle.

– On dirait que le destin me poursuit. Justin et Lincoln Blake m'ont rappelé Ilya et Serguei Volkov. Et toi, tu ressembles tellement à John… Les Blake m'ont donné à réfléchir. À cause d'eux, j'aurais pu paniquer et quitter Bickford. Mais non. Alors je me suis dit que, peut-être, je pouvais enfin cesser de vivre comme une fugitive.

– Tu peux. Nous allons réfléchir, trouver une solution.

– Brooks…

– Tu n'es plus seule, Abigail. Au fait, quel est ton vrai nom ?

Elle inspira profondément. Il y avait si longtemps qu'elle ne l'avait pas prononcé.

– Elizabeth. Elizabeth Fitch.

– Tu n'as pas une tête à t'appeler Elizabeth.

– Pendant quelques mois, j'ai été Liz.

– Ça te va mieux. Je préférais Abigail, mais Liz a son charme. Je m'y ferai.

Il s'avança vers elle, lui prit la main.

– Enchanté de faire votre connaissance, Liz.

22

Calée dans l'angle du canapé, Abigail s'était endormie, épuisée par son récit. À côté d'elle, Brooks sirotait une bière, plongé dans ses réflexions. Le feu crépitait doucement dans la cheminée. Dehors, un vent violent s'était levé.

La tempête approche, pensa-t-il.

Douze ans de cavale. Douze ans à se terrer, persuadée qu'elle ne pouvait compter sur personne d'autre que sur elle-même. Il essaya de l'imaginer à dix-sept ans, tenta de se rappeler quel était le plus gros de ses soucis à cet âge-là. Se faire offrir une nouvelle batte ou un nouveau gant de base-ball. Ses amours contrariées avec Sylbie. Le stress des contrôles scolaires. Les disputes avec ses parents.

Il était incapable d'imaginer ce qu'elle avait vécu : un double meurtre de sang-froid, les derniers instants de celui qui avait réussi à lui donner un sentiment de sécurité, de famille même, puis la peur, la peur constante d'être en danger de mort.

Il était grand temps qu'elle cesse de se sentir traquée, se dit-il en la regardant. Grand temps qu'elle trouve quelqu'un en qui avoir confiance, quelqu'un pour l'aider, pour réparer le mal qu'on lui avait fait.

Serguei et Ilya Volkov, Yakov Korotkii, Alexi Gurevich.

Il ferait des recherches sur ces sinistres individus, ou bien il se baserait sur celles d'Abigail. Elle devait très certainement savoir tout ce que l'on pouvait savoir à leur sujet. Il lui faudrait aussi un maximum de renseignements sur les marshals Cosgrove et Keegan. Un flic véreux méritait de croupir dans une cellule hantée par ceux qu'il avait envoyés dans la tombe. Un flic véreux capable de tuer l'un de ses collègues pour de l'argent ? Un cercle spécial de l'enfer était réservé à ces gens-là. Brooks mettrait un point d'honneur à jouer un rôle dans la descente aux enfers de Cosgrove et de Keegan.

Il avait des idées, oui, quelques idées sur la façon dont il pourrait s'y prendre. Bien sûr, il devrait les peaufiner, rassembler des informations concrètes, élaborer un plan d'action. Rien ne devait être laissé au hasard, ni entrepris dans la précipitation. Quelques jours, voire quelques semaines, lui seraient nécessaires. Abigail aurait ainsi le temps de s'adapter à sa nouvelle situation. Du reste, il devrait la convaincre de le laisser faire ce qui devait être fait, quand il aurait décidé exactement de la marche à suivre.

Dans l'immédiat, il ne pouvait rien faire d'autre pour elle que de la porter jusqu'à son lit. La nuit leur serait favorable à tous deux. Il se leva, la prit doucement entre ses bras. Un coup de genou dans l'entrejambe lui coupa la respiration. Et il tomba comme une pierre sous l'effet d'un coup de coude au larynx.

– Oh, mon Dieu ! Brooks… Je suis désolée.

Il tenta de se redresser, mais ne put émettre qu'un râle sifflant.

– Je m'étais endormie, tu m'as fait peur.

Elle s'agenouilla auprès de lui, essaya de le tourner sur le côté, lui écarta les cheveux du visage. Le chien lui lécha la joue sympathiquement.

– Tu peux respirer ? Ça va ?

Une quinte de toux le secoua, lui arrachant la gorge aussi férocement que la douleur lui tordant l'entrejambe.

– Merde… parvint-il à articuler.

– Je vais te chercher de l'eau et de la glace. Ne bouge pas, respire lentement.

Elle avait dû ordonner au dogue de rester avec lui. Bert se coucha à ses côtés, la tête près de la sienne.

– Merde… répéta Brooks, et le chien lui donna un coup de langue sur la joue.

Prudemment, Brooks se redressa sur les mains et les genoux, et resta un instant dans cette position, pris de vertige et de nausée.

Lorsque Abigail revint à la hâte avec une compresse réfrigérée et un verre d'eau, il était assis par terre, une main entre les cuisses, l'autre devant la bouche, les yeux fermés.

– N'approche pas ce truc glacé de mes parties… maugréa-t-il. J'ai déjà bien assez mal.

Il prit le verre d'eau. Les premières gorgées furent aussi dures à avaler que des lames de rasoir. Les suivantes atténuèrent quelque peu la torture.

– Qu'est-ce qui t'a pris ? demanda-t-il.

– Un réflexe. Je suis désolée. Je suis vraiment confuse. J'étais en train de rêver… que j'étais chez Alex… Ilya me trouvait et… Quand tu m'as touchée, j'ai cru que c'était lui. J'ai réagi.

– C'est le moins qu'on puisse dire. Si nous ne pouvons pas avoir d'enfant, ce sera de ta faute.

– Il en faut davantage pour affecter la virilité.

Elle détourna le regard, soudain très pâle.

– Je suis vraiment désolée, répéta-t-elle.

– Je survivrai. La prochaine fois que je voudrai te porter dans ton lit, je mettrai une coque. Maintenant, c'est toi qui vas devoir me porter.

– Je vais t'aider à monter.

– Pas la peine. Laisse-moi vérifier l'état… de mes bijoux de famille. Pour ma tranquillité d'esprit.

– D'accord. Je sors Bert.

Quand elle rejoignit Brooks dans la chambre, il était en boxer, debout devant le moniteur, à l'étudier.

– Il faudra que tu me montres comment fonctionne ce système, un de ces jours. Comment changer de vue, zoomer, élargir le plan, etc.

– C'est très simple. Tu veux que je te montre maintenant ?

– Demain. Je suppose que tu as tout un tas de données sur les Volkov, et sur les agents qu'ils ont dans la poche. J'aimerais y jeter un coup d'œil.

– Oui.

La tiédeur de ton ne lui échappa pas.

– Qu'est-ce qu'il y a ?

– Je ne t'ai pas tout dit.

– Eh bien, c'est le moment.

– Je voudrais d'abord faire un brin de toilette.

Et rassembler ses esprits, devina-t-il.

– D'accord.

– J'en ai pour cinq minutes, dit-elle, prenant une chemise de nuit dans un tiroir avant de disparaître dans la salle de bains.

Combien d'horreurs pouvait-elle encore avoir vécues ? Il ouvrit le lit, baissa l'intensité des lumières.

En ressortant de la salle de bains, elle prit deux bouteilles d'eau dans le mini-frigo, lui en tendit une et s'assit au bord du lit.

– Tu ne me demandes pas pourquoi je ne me suis jamais rendue aux autorités ? À ta place, je crois que c'est la première question que j'aurais posée.

– Tu ne savais pas à qui faire confiance.

– Au début, oui, en effet. Et j'avais peur. Pendant longtemps, j'ai eu des cauchemars et des flash-backs, des attaques de panique. Je fais encore des crises d'angoisse, parfois… tu as vu. Mais surtout, bien qu'il m'ait fallu du temps pour le comprendre, je voulais me conformer aux ordres de John. Il est mort pour moi. Tout s'est passé tellement vite, dans la violence et dans l'urgence, il était tellement insistant… Aujourd'hui, j'ai conscience que nous étions tous les deux dans le feu du moment. À ce moment-là, ma survie dépendait de ma fuite. Les premiers jours, les premières semaines, j'étais en pleine panique. Si les Volkov me trouvaient, ils me tueraient. Si les autorités me trouvaient, vu qu'ils étaient en cheville avec les Volkov, ils me tueraient. Ou bien on m'arrêterait pour meurtre. Par conséquent, j'étais persuadée que je devais fuir, me cacher.

– Personne ne peut t'en blâmer.

– J'étais jeune, traumatisée. Quel que soit ton QI, à dix-sept ans, tu es encore immature. Au bout d'un moment, néanmoins, j'ai commencé à réfléchir. Forcément, tout le monde n'était pas mauvais et corrompu. Il devait y avoir des gens comme John et Theresa, qui m'écouteraient, me croiraient et feraient tout leur possible pour me protéger. J'étais le seul témoin du meurtre de Julie, j'étais la seule à connaître la vérité sur la mort de John et de Theresa. Je ne pouvais pas continuer à me terrer, je ne pouvais pas garder le silence… Je me suis introduite dans les bases de données de l'US Marshals Service et du FBI.

– Tu… tu sais faire ça ?

– Je le fais régulièrement. J'ai appris énormément de choses sur le piratage pendant mes deux premières années de cavale, notamment grâce à ce garçon dont je t'ai parlé. Je voulais en savoir le plus possible sur Cosgrove et Keegan, et sur Lynda Peski. Elle était soi-disant malade, ce jour-là. Était-ce vrai ? Était-elle à la solde des Volkov, elle aussi ? Son dossier médical indiquait qu'elle avait été traitée pour une intoxication alimentaire, donc…

– Tu as accédé à son dossier médical ?

– J'ai enfreint beaucoup de lois. Tu dis toi-même qu'il est parfois nécessaire de faire des entorses à la loi.

Brooks se gratta le front.

– Ouais… Laissons cela de côté pour l'instant. À dix-neuf, vingt ans, tu étais capable de pirater les fichiers des agences gouvernementales ?

– J'aurais fait une excellente cyberenquêtrice. Mais bref… Lynda Peski était manifestement hors de cause. Je n'ai pas de preuves, et je n'ai pas osé la contacter, mais j'imagine que Cosgrove avait mis quelque chose dans sa nourriture. J'ai aussi mené ma petite enquête sur les inspecteurs Riley et Griffith, d'où il est ressorti qu'ils étaient eux aussi irréprochables. Mais j'hésitais. Ils faisaient partie de la police de Chicago, l'affaire relevait de la police fédérale. Du reste, je craignais de mettre leur vie en danger. Il me semblait plus judicieux, et plus sûr, de poursuivre mes investigations. En même temps, j'avais besoin d'argent. J'avais 15 000 dollars quand je me suis enfuie, mais mes déménagements à répétition et mes changements de look me coûtaient cher. Comme j'avais des compétences en informatique, je me suis lancée dans le développement et la vente de logiciels. Une activité lucrative. J'ai aussi créé un jeu vidéo, en trois épisodes, qui m'a rapporté beaucoup d'argent.

– Quel jeu ?

– *Street Wars*. La plupart des amateurs de jeux vidéo sont des jeunes garçons qui aiment les scénarios de guerre ou de bataille. Je…

– J'y ai joué, déclara Brooks. Avec Russ, on faisait des tournois-marathons chaque fois que je revenais de Little Rock. C'est un jeu brutal et sanglant. Mais super.

– Mon segment démographique cible raffole des jeux violents. Le premier épisode a vite rencontré le succès, les suites étaient attendues avec impatience. Un distributeur m'a acheté la série à prix d'or. Dans ma situation, c'était moins compliqué que de demander des royalties.

– Tu es riche ?

– Oui, et je continue à gagner pas mal d'argent grâce à mes activités dans la sécurité.

Un sourire étira les lèvres de Brooks.

– C'est cool d'avoir une petite amie pleine de pognon.

– Je n'ai jamais été la petite amie de personne.

– Si tu ne veux pas être la mienne, je te demanderai en mariage. Je suis un homme vénal.

Elle esquissa un sourire.

– Tu m'as fait des déclarations d'amour avant de savoir que j'étais riche, répliqua-t-elle. Cela dit, heureusement que j'ai de l'argent. Je ne sais pas comment j'aurais fait, sinon… J'aurais été obligée de voler.

— Tu aurais pu ?

— Sans problème. J'ai accès aux comptes en banque de Cosgrove et Keegan. Ils touchent des bakchichs des Volkov. J'aurais siphonné leurs fonds. Ou ceux des Volkov.

— Tu pirates aussi le réseau des Volkov ?

— Oui, je t'expliquerai. J'en étais à mes recherches sur les uns et les autres… J'avais repéré un agent du FBI, une femme, qui me paraissait digne de confiance, mais je voulais la surveiller pendant un an au moins avant de la contacter. À cette époque-là, j'habitais à New York. Je m'y sentais en sécurité, au milieu de tout ce monde, dans toute cette effervescence. Dans une grande ville, personne ne fait attention à toi.

Elle repensa à cette période, avec un peu de nostalgie.

— J'avais une jolie maison à SoHo. C'est là que j'ai commencé à envisager de prendre un chien. Pour garder la maison et me tenir compagnie. C'est là aussi que j'ai commencé mes activités de consultante en sécurité. Au début, je me sentais obligée de rencontrer mes clients en tête à tête, d'aller chez eux diagnostiquer leur système et dévaluer leurs besoins.

— C'était quand ?

— Il y a six ans. J'avais vingt-trois ans, vingt-six sur mes papiers d'identité. Dans cette branche, j'avais tout intérêt à me vieillir. J'ai commencé petit, je concevais et installais des systèmes de sécurité pour des résidences particulières et des commerces, les réseaux informatiques de petites entreprises. Ça me laissait du temps pour mes recherches. Je suis restée là-bas plus d'un an, c'est l'endroit où je suis restée le plus longtemps. J'avais l'intention d'acheter une maison à la campagne, mais le côté pratique de la ville me convenait bien. Par l'un de mes clients, j'ai obtenu un gros contrat avec un cabinet d'avocats. Je me suis donné encore six mois à New York pour l'honorer et finaliser mes recherches. Ensuite, si j'étais absolument sûre de mon coup, je me mettrais en contact avec l'agent du FBI et j'enclencherais le processus.

— Que s'est-il passé ?

— J'étais presque prête. Les avocats ont été tellement contents de moi qu'ils m'ont recommandée à une très grosse entreprise. Le travail qu'ils me proposaient était passionnant. J'étais persuadée qu'enfin je me trouvais au seuil d'une nouvelle vie. Je sortais du siège de cette entreprise, sur Houston Street, en plein centre de Manhattan. Je pensais m'acheter une bonne bouteille de vin pour fêter cette commande. Je pensais que les six mois que je m'étais donnés pour contacter l'agent du FBI étaient presque écoulés. Je pensais au chien que j'allais adopter, à l'endroit où je m'installerais quand je pourrais vivre une vraie vie. Je pensais à plein de choses, sauf aux Volkov. Et c'est là que je l'ai vu.

– Qui ?

– Ilya. Ilya Volkov, avec un autre homme, l'un de ses cousins, ai-je su par la suite. Je m'apprêtais à héler un taxi, ils descendaient d'une voiture. Nous nous sommes retrouvés presque nez à nez. Il m'a regardée, j'étais tétanisée… et il m'a souri, comme n'importe quel homme aurait souri à une femme le dévisageant, je suppose. Et puis il m'a reconnue, et son sourire s'est effacé.

– Tu es sûre qu'il t'a reconnue ?

– Il a prononcé mon nom. Il a dit : « Liz, te voilà. » Il m'a attrapée par le bras. Je me suis dégagée et je suis partie en courant. Il m'a poursuivie. Je l'ai entendu crier en russe, j'ai entendu la voiture redémarrer en trombe. J'ai pensé : il va me tirer dans le dos, ou bien ils vont m'embarquer dans la voiture.

Elle pressa une main sur son cœur. Sans doute battait-il aussi fort que ce jour-là à New York.

– Je courais comme une dingue, j'ai failli me faire renverser. Peu m'importait. Je préférais me faire écraser que de tomber entre leurs mains. J'ai perdu mes chaussures. Comme huit ans plus tôt, j'ai continué à courir pieds nus. Heureusement, je connaissais bien la topographie de New York, je l'avais étudiée. Je me suis engagée dans une petite rue à sens unique, où ils ne pouvaient pas me suivre. Je ne sais pas pendant combien de temps j'ai encore couru avant de réaliser que je les avais semés. J'ai sauté dans un bus qui m'a emmenée à l'autre bout de la ville, et puis j'ai pris un taxi.

En proie à une bouffée de chaleur, elle se leva et ouvrit une fenêtre.

– À aucun moment, on n'a remarqué que je n'avais pas de chaussures. L'un des avantages des grandes métropoles.

– Je dois être un gars de la campagne, je ne considère pas ça comme un avantage.

– C'en a été un pour moi ce jour-là. Arrivée chez moi, j'ai fourré quelques affaires dans un sac de voyage. Je serais partie avec trois fois rien, mais je me suis calmée. J'ai rassemblé tout ce dont j'avais besoin. Je ne savais pas de combien de temps je disposais, s'il avait vu de quel immeuble j'étais sortie, s'il avait réussi à se procurer le nom que j'utilisais, mon adresse. J'avais une voiture, sous un autre nom, dans un garage. Une dépense qui finalement s'est révélée utile. J'ai appelé un service de voiture privé et je me suis fait conduire au garage. Il n'était pas impossible qu'ils remontent ma piste jusque-là, mais il leur faudrait du temps. D'ici là, je serais partie, j'aurais acheté une autre voiture, changé d'identité.

— Où es-tu allée ?

— De motel en motel, pendant plusieurs semaines. Je payais en liquide. Je surveillais les e-mails d'Ilya. Ils ont mis plusieurs jours avant de retrouver ma trace. Je n'aurais pas eu besoin de partir si précipitamment. Depuis que j'avais quitté New York, ils n'arrivaient pas à savoir où j'étais. Personne ne m'avait vue partir de chez moi, ou personne n'avait fait attention. Mais j'ai appris une leçon. J'avais baissé la garde, j'avais cru que je pouvais vivre normalement. Or ils ne cesseraient jamais de me traquer, je devais m'y résigner et trouver un autre moyen de rendre justice à John, Theresa et Julie. Depuis, je suis en permanence connectée au réseau des Volkov, je passe au peigne fin tous leurs e-mails, fichiers électroniques, textos. Dès que je tombe sur un truc qui me paraît important, je transmets anony-mement les données à l'agent du FBI. J'ignore pendant combien de temps encore je pourrai procéder de la sorte. Si les Volkov apprennent que cette femme est en contact avec moi, ils l'élimineront, après avoir essayé de lui faire révéler la source des fuites, logiquement. Vu qu'elle ne sait pas qui je suis, ils sont capables de la torturer. Personnellement, je ne risque rien. Elle si. Et toi aussi, si tu te mêles de cette affaire.

— Tu aurais fait un bon flic, cyber ou autre, j'en suis convaincu. Mais en l'occurrence, c'est moi qui suis flic. Tu n'es que la riche petite amie d'un flic.

— Ne plaisante pas ! S'ils font le lien entre toi et moi, ils te tueront. Et pas seulement toi. Ils tueront ta famille. Ta mère, ton père, tes sœurs, leurs enfants. Tous ceux qui te sont chers.

— Je protégerai ma famille, Abigail. Restons-en à Abigail, pour le moment, dit-il en lui caressant les cheveux. Je m'habituerai à Liz quand tout sera fini.

— Ce ne sera jamais fini.

— Tu te trompes. Je veux que tu me promettes quelque chose. (Il lui releva le menton, de façon à la regarder dans les yeux.) Donne-moi ta parole que tu ne t'enfuiras pas en pensant me rendre service.

– Je ne veux pas faire une promesse que je ne suis pas sûre de pouvoir tenir.

– Donne-moi ta parole et, de mon côté, je te promets que je ne ferai rien sans ton accord. Ce n'est pas non plus une promesse facile à tenir.

– Tu ne feras rien sans m'en parler d'abord ?

– Je te le promets. À ton tour, maintenant, de me promettre que tu ne t'enfuiras pas.

– Et s'ils me retrouvent, comme Ilya m'a retrouvée à New York ?

– Tu commences par venir te réfugier chez moi.

– Tu es comme John. Ils ont tué John.

– Parce qu'il a été pris au dépourvu. Maintenant, si tu me regardes dans les yeux et me dis que tu crains sérieusement que la mafia russe infiltre le Département de police de Bickford, on prend Bert, tout ce dont tu as besoin, et nous partons dès ce soir, où tu veux.

– Non, je ne crois pas qu'il y ait de risques.

– Bien. Alors promets-moi.

– Tu ne feras rien sans m'en parler, je ne m'enfuirai pas sans te le dire.

– OK, ça ira comme ça. Tu as eu suffisamment d'émotions pour ce soir. Essayons de dormir. Je réfléchirai à tout ça. J'aurais sûrement d'autres questions mais rien qui ne puisse attendre. Quand j'aurai mis de l'ordre dans mes idées, nous discuterons de ce que nous pouvons faire. J'ai bien dit « nous ». Tu n'es plus seule. Tu ne seras plus jamais seule.

Il insista pour qu'elle se mette au lit, éteignit la lumière et la serra contre lui.

– Ça va ? Tu es bien, comme ça ? lui demanda-t-il.

– Oui.

– J'ai quand même une dernière question pour ce soir.

– Vas-y.

– As-tu piraté le système du poste de police ?

Elle soupira et, dans le noir, ne vit pas le sourire de Brooks.

– Il me semblait important de me renseigner sur la police locale. Votre réseau est très mal sécurisé.

– Je suggérerai aux conseillers municipaux de t'engager pour remédier à cette faiblesse.

– Je coûte très cher. Mais vu les circonstances, je vous ferai un bon prix. (Elle soupira de nouveau.) Je sécuriserai ton ordinateur personnel gratuitement.

– Tu as lu mes mails privés ?

– Désolée. Tu posais trop de questions, et tu fouinais partout à la recherche de renseignements à mon sujet. Tu n'as trouvé que des informations générées par moi, mais c'était dérangeant.

– J'imagine.

– Tu ne devrais pas traiter le maire actuel de bon à rien, même dans ta correspondance avec ton meilleur ami. On ne sait jamais qui peut lire nos messages personnels.

– C'est un bon à rien, mais je tâcherai d'être plus prudent, à l'avenir, dit-il en lui embrassant le sommet du crâne. Je t'aime.

Elle enfouit son visage au creux de son cou.

– Ces mots sont merveilleux, dans le noir, quand tout est calme.

– Parce qu'ils sont sincères. Ils le seront autant demain matin.

Elle ferma les yeux, s'accrochant à ces mots aussi fort qu'il la tenait contre lui.

ELIZABETH

Que justice soit faite,
Même si le ciel doit s'écrouler.

LORD MANSFIELD

23

Roland Babbett arriva à l'Auberge des Ozarks par un après-midi de printemps aussi chaud qu'un mois d'août. Dans sa chambre avec vue sur les montagnes, il installa son ordinateur portable sur le bureau ancien en bois verni. Il appréciait les commodités : la wi-fi gratuite, la télé à écran plat, le mobilier de goût et la salle de bains ultramoderne.

La plupart du temps, lors de ses déplacements professionnels, il dormait dans des motels sordides aux douches déglinguées et aux rideaux crasseux, quand ce n'était pas dans sa voiture, avec un bocal de conserve en guise de pot de chambre.

Telle était la vie d'un détective privé.

Il ne s'en plaignait pas. Pour avoir travaillé deux ans dans la police, il savait qu'il n'était pas fait pour se plier aux lois et aux règlements. Il avait toutefois été un bon enquêteur, ce qui lui avait valu d'être embauché chez Stuben-Pryce Investigations. Depuis bientôt dix ans au service de la firme, il avait fait ses preuves. Fiable, inventif, opiniâtre : ses patrons n'avaient de cesse de louer ses qualités. En contrepartie, ils lui versaient des primes généreuses.

Il déballa ses affaires : short et pantalon de treillis, tee-shirts, sweats, chaussures de marche. Avec sa couverture de photographe free-lance, il pourrait tranquillement explorer la ville et ses environs, prendre des photos, discuter avec les gens du coin.

Le client ne lui plaisait guère. Roland considérait Lincoln Blake comme un goujat de premier ordre, et son rejeton comme le dernier des petits merdeux. Mais le boulot était le boulot, et Blake avait beaucoup d'argent. Quand son patron lui avait proposé la mission,

Roland l'avait acceptée sans hésiter. Avec un môme scolarisé dans un établissement privé, un autre qui entrerait à l'école à l'automne et, surprise, un troisième en route, il ne pouvait pas refuser.

Goujat ou non, le client était donc roi. Si Blake voulait savoir tout ce qu'il y avait à savoir – en particulier le moins reluisant – sur la dénommée Abigail Lowery, Roland se débrouillerait pour lui donner de quoi se mettre sous la dent. Idem au sujet de Brooks Gleason, le chef de la police de Bickford et, accessoirement, selon les dires du client, l'amant de Lowery. Blake prétendait que ces deux-là, de mèche avec les Conroy – les propriétaires de l'Auberge des Ozarks – avaient monté un coup contre son fils dans le but de lui extorquer de l'argent. Blake jurait ses grands dieux que son garçon n'avait pas commis les dégâts dont on l'accusait, dans la plus belle des suites de l'établissement, pas plus qu'il n'avait porté la main sur Russell Conroy, encore moins menacé d'un couteau le chef de la police.

Roland, qui ne s'en laissait pas conter, était persuadé que le petit merdeux était coupable de tout cela, et sans doute pas seulement. Il avait cependant l'intention de faire son boulot et de mériter son salaire.

Il rassembla son matériel photo, son magnétophone, son calepin et son trousseau de passes. Sacoche sur l'épaule, Nikon autour du cou, sur un tee-shirt de REM, il mit ses lunettes de soleil et se regarda dans le miroir. Délibérément, il ne s'était pas rasé : ce détail, trouvait-il, ajoutait à son look. Il aimait se déguiser et, quand il le pouvait, il se créait des personnalités proches de la sienne. Naturelles, décontractées.

Il se considérait lui-même comme quelqu'un de sociable. Il pouvait parler à n'importe qui de n'importe quoi, un outil de travail aussi essentiel que l'informatique. *Bonne allure*, jugea-t-il en se vissant une casquette Greenpeace sur le crâne. Une seule chose l'ennuyait : sa calvitie naissante. À trente-six ans, son frère, de deux ans son aîné, était déjà complètement dégarni. Il songea furtivement à un traitement antichute. S'il y avait moyen de ralentir le processus, pourquoi ne pas essayer ?

Bien qu'on l'eût prévenu que des travaux étaient en cours et qu'il risquait d'être dérangé par le bruit, il avait tenu à prendre une chambre au dernier étage, de façon à pouvoir accéder plus facilement à la suite que le fils du client n'avait soi-disant pas saccagée.

Il passa devant. La porte était fermée. La direction s'excusait pour la gêne occasionnée. Il y avait effectivement du vacarme, évoquant davantage la démolition que de simples réparations. Il jetterait un œil plus tard, quand les ouvriers ne seraient pas là, le personnel de l'hôtel réduit au minimum.

Comme il surveillait sa ligne, il descendit à pied et sortit dans la chaleur.

Jolie petite ville, pensa-t-il. Jen, sa femme, aimerait les boutiques, les ateliers d'artisanat. Il lui rapporterait un souvenir, et des cadeaux pour les enfants, y compris pour la surprise dont il ne connaissait pas encore le prénom.

Beaucoup de touristes, constata-t-il. Un type avec un appareil photo se fondrait aisément dans la masse. Il prit quelques clichés de l'hôtel, zooma sur les fenêtres de la fameuse suite, dont tous les rideaux étaient tirés. Il avait l'œil pour la photo et songeait, quand viendrait l'heure de se retirer du métier de privé, à en faire un hobby semi-professionnel. Un peu plus loin dans la rue, il fit un gros plan d'une fenêtre fleurie, tel un vacancier lambda flânant sans but précis. Il avait néanmoins en tête toutes les adresses qui l'intéressaient. Lowery habitait en dehors de la ville, il lui faudrait prendre sa voiture. Dans un premier temps, il allait faire un tour du côté de chez le chef de police, et passer devant la maison de ses parents, histoire de se faire une idée du milieu dont le bonhomme était issu.

Brooks Gleason habitait un appartement au-dessus d'un café-restaurant. Roland leva les yeux vers les fenêtres. Les stores étaient relevés. Rien de spécial à voir. Il entra dans la cour et photographia les plantes en pots tout en examinant la porte de derrière. Au besoin, les serrures seraient faciles à crocheter. Si ce n'était pas absolument nécessaire, il préférait toutefois éviter de s'introduire chez les gens à leur insu.

Un plan de la ville à la main, il poursuivit sa balade. Et s'arrêta, fasciné, devant la maison aux fresques murales. Il vérifia l'adresse. C'était bien là que vivaient les parents du chef de police. Pour avoir fait des recherches sur leur compte, il savait que la mère était artiste, le père professeur de lycée.

La femme au foulard arc-en-ciel noué autour des cheveux, juchée sur un échafaudage, en salopette constellée de taches de peinture, ne pouvait être que la mère du sujet. Attaché au pied de l'échafaudage, un petit chien dormait à l'ombre. Roland prit quelques photos et s'approcha. Lorsqu'il s'avança dans le jardin, le chien se redressa en jappant. La femme se retourna.

– Bonjour ! lança-t-elle.

– Bonjour, navré de vous déranger. Ces fresques sont superbes. C'est vous qui les avez faites ?

– Oui. En vacances dans la région ?

– Je suis photographe. Je prépare une expo sur les Ozarks.

– Ce ne sont pas les beaux endroits qui manquent, par ici. Tais-toi, Platon, j'arrive.

Agilement, elle descendit de son perchoir et détacha le chien, qui vint aussitôt renifler les mollets du visiteur.

– Gentil toutou, lui dit Roland en se baissant pour le caresser. Tu faisais la sieste ? Je t'ai réveillé ? Je suis désolé.

– Un redoutable chien de garde, comme vous voyez, déclara sa maîtresse. Sunny O'Hara, se présenta-t-elle en tendant une main tachée de peinture.

– Roland Babbett. Vous permettez que je photographie votre maison ? Elle est magnifique.

– Bien sûr. D'où êtes-vous, Roland ?

– Little Rock.

– Mon fils y a habité quelques années. Il était inspecteur de police. Brooks Gleason.

– Le nom ne me dit rien, mais j'évite en général d'avoir affaire à la police.

– Tenez-vous à carreau ici aussi, répliqua Sunny en riant. Brooks est chef de la police de Bickford, maintenant.

– La ville a l'air très agréable. J'espère qu'il n'a pas trop de travail.

– Bah ! il y a toujours des petites histoires. Où logez-vous ?

– À l'Auberge des Ozarks. Je m'offre un peu de luxe avant de dormir sous la tente pour la suite de mon voyage.

– Le meilleur hôtel de la ville, un petit bijou. Il y a eu du grabuge, là-bas, il y a quelques jours. Des petits voyous ont vandalisé une suite.

– Ah bon ? C'est pour ça qu'il y a des travaux ? On m'a prévenu qu'il risquait d'y avoir du bruit à l'étage où je suis.

– De gros travaux, oui, les dégâts sont énormes. Vous feriez mieux de changer d'étage.

– Oh ! ça ne me dérange pas, j'ai un sommeil de plomb, affirma Roland sur un ton amical. Quelle tristesse que cet hôtel ait été saccagé… C'est un véritable joyau. L'architecture, la déco, tout est splendide. Et il y règne l'atmosphère d'une demeure familiale. Pourquoi tant de haine ?

– À croire que certaines personnes aiment faire le mal.

– Déplorable… Malheureusement, il y a des délinquants partout, même dans les petites villes. Je tâcherai de ne pas croiser leur chemin.

– Le coupable est en prison, certainement pour un bon bout de temps. Ne vous inquiétez pas, la plupart des gens sont très chaleureux, ici. Nous dépendons du tourisme, et des artistes comme vous. C'est un bel appareil que vous avez là.

– Mon bébé, répondit Roland en le tapotant. Je fais encore de l'argentique, de temps en temps, mais le numérique a tellement d'avantages.

– Si vous avez des tirages à vendre, proposez-les à la Shop Street Gallery. Ils achètent pas mal de photos locales.

– Merci pour le tuyau.

Il bavarda avec elle quelques minutes encore, puis repartit en direction du centre-ville. Si toute la famille du chef de police était à l'image de la mère, le client serait déçu par le rapport.

Roland entra dans le café en dessous de chez Gleason. Les cafés et les serveuses constituaient en général de bonnes sources de renseignements. Dans un box lui permettant de surveiller les allées et venues, il posa soigneusement son appareil photo sur la table, bien que tenté de tirer le portrait de la serveuse. Elle avait un visage intéressant, et il aimait jouer son rôle à fond.

– Un café, s'il vous plaît.

– Nous avons une excellente tarte aux cerises maison, aujourd'hui.

Il pensa à ses bourrelets. Il ferait une série de cinquante abdos, ce soir.

– Une tarte aux cerises maison ? Je ne peux pas refuser.

– Avec de la glace à la vanille ?

D'accord, soixante-quinze abdos.

– S'il vous plaît… Je ne connais personne d'assez fort pour résister à pareille tentation.

– En vacances ? s'enquit la jeune femme sur le même ton enjoué que Sunny.

Il lui donna la même réponse, et lui montra même quelques-unes des photos qu'il avait prises de la maison aux fresques murales.

– Elle déborde d'idées, commenta la serveuse. Vos photos sont superbes.

– Merci.

– Je vous apporte votre tarte.

En attendant, il sirota son café tout en feuilletant un guide touristique. Elle revint rapidement avec une généreuse part de tarte, légèrement réchauffée, surmontée d'une boule de glace qui commençait à fondre.

– Un délice, commenta Roland en la goûtant. Merci, Kim.

– Bon appétit, lui dit-elle en se retournant vers la porte qui s'ouvrait. Salut, Brooks ! lança-t-elle au nouvel arrivant.

Et elle lui indiqua une table juste en face de celle de Roland, qui décida de lui laisser un double pourboire.

– Un café, s'il te plaît.

– Nous avons une tarte aux cerises aujourd'hui, à laquelle nul ne peut résister.

Elle adressa un clin d'œil à Roland. Il lui répondit par un sourire, la bouche pleine.

– Pas le temps. J'ai rendez-vous avec les avocats.

– Pauvre chou… Dans ce cas, c'est deux boules de glace à la vanille qu'il te faut sur ta tarte.

– Une autre fois. Je suis juste venu boire un café et relire mes notes tranquillement.

– Comme tu voudras. Les avocats de Blake ? demanda Kim en remplissant une tasse.

– Ses nouveaux avocats. Harry a été remercié. Entre nous, il doit danser de joie. Blake a fait appel à un cabinet du Nord.

– Des Yankees ? fit Kim avec une moue de dédain. Ça ne m'étonne pas.

– Costumes Armani et mallettes Louis Vuitton, d'après la secrétaire du procureur qui m'a apporté le dossier. Ils déposent motion après motion. Ils comptent sur un changement de juridiction. Le juge ne les aime pas, c'est déjà un bon point.

– Ils veulent que le procès ait lieu quelque part où personne ne sait quelle petite vermine est Justin Blake.

– Ils font leur boulot, mais ici ou sur Pluton les faits sont les faits. Le problème, c'est que les faits ne pèsent pas toujours suffisamment lourd dans la balance de la justice.

– Tu ne penses tout de même pas qu'il va s'en tirer, avec ce qu'il a fait ? se récria Kim, les poings sur les hanches.

– J'espère que non, sinon, la prochaine fois, il est capable de tuer quelqu'un.

– Mon Dieu, Brooks, tu me fais peur !

– Excuse-moi… marmonna-t-il en se frottant les yeux d'un geste las. J'aurais mieux fait de rester dans mon bureau, avec ma mauvaise humeur.

Kim se pencha en avant et lui déposa une bise sur le sommet du crâne.

– Bois ton café, et ne te laisse pas miner par cette affaire. Tu as fait ton travail, tout le monde le sait. Tu ne peux pas en faire plus.

– C'est bien ce qui me désole.

En secouant la tête, Kim s'éloigna, et remplit au passage la tasse de Roland.

Ce flic paraît sensé, se dit celui-ci. Lui-même méprisait « la petite vermine ». Mais, comme l'avait souligné la charmante Kim, Gleason ne pouvait pas faire plus que son boulot. Quant au sien, il consistait à trouver quelque chose qui fasse pencher la balance en faveur du client.

Il faillit s'étouffer à l'apparition qui se matérialisa à la porte du restaurant.

Il savait que les petites villes du Sud recélaient des beautés et à son avis les femmes du Sud soignaient leur beauté comme des roses sous serre. Peut-être était-ce le climat, l'air, la chance de pouvoir porter de fines robes d'été comme celle dont était vêtue l'apparition. Peut-être était-ce le rythme de vie alangui, ou un secret transmis de mère en fille. En tout cas, elles avaient un truc.

La créature se dirigea tout droit vers Gleason et se glissa dans son box tel du beurre fondu sur un toast chaud.

– Le moment est mal choisi, Sylbie.

De l'avis de Roland, il n'y avait pas de bon ou de mauvais moment pour une fille aussi ravissante que Sylbie.

– Je veux juste te poser une question. Ne t'affole pas, je ne vais pas te refaire le même coup qu'au mois de mars. J'ai retenu la leçon.

– L'incident est clos, n'en parlons plus. Je suis désolé, tu es désolée, oublions.

– Je ne pourrai pas oublier tant que je ne saurai pas.

– Que tu ne sauras pas quoi ?

– Pourquoi elle et pas moi ? Tout le monde sait que tu couches avec Abigail Lowery. Qu'est-ce qu'elle a de plus que moi ?

Roland était curieux, lui aussi, et pas seulement pour les besoins de son enquête. Il avait vu Lowery en photo. Elle pouvait plaire, indiscutablement. Elle était jolie, peut-être même belle, à sa façon. Mais à côté de la sculpturale Sylbie ? Il n'y avait pas photo.

– Je ne sais pas quoi te dire.

– Dis-moi juste la vérité. Elle baise mieux que moi ?

– Seigneur… soupira Brooks.

Avec un geste impatient, Sylbie rejeta ses longs cheveux derrière ses épaules.

– Je suis vulgaire, je sais. N'empêche que je me pose la question. Explique-moi, s'il te plaît, que je comprenne.

– Elle me rend heureux. Je me sens bien avec elle. Il y a quelque chose de profond entre elle et moi. Je ne sais pas pourquoi on tombe amoureux d'une personne et pas d'une autre.

– Tu es amoureux d'elle ?

– Je suis amoureux d'elle.

Sylbie garda un instant les yeux baissés sur la table.

– Tu étais amoureux de moi ?

– J'avais envie de toi, je te désirais, comme un loup affamé. La première fois, nous étions trop jeunes pour savoir. La deuxième ? Peut-être que nous voulions tous les deux essayer de savoir. Je ne pouvais pas te rendre heureuse. Tu ne pouvais pas me rendre heureux. Il n'y avait rien de profond entre nous.

– On s'entendait bien, au lit.

Brooks eut un petit rire.

– Certes, je te l'accorde. Mais le sexe ne fait pas tout.

– Je sors avec Grover.

– Tu... oh. Bien.

Brooks but une gorgée de café.

– Je sais, il n'est pas beau, il a de la brioche. Mais il est gentil. Toi aussi, tu étais gentil, mais je ne savais pas apprécier ta gentillesse. Il me rend heureuse, alors que je pensais ne jamais pouvoir l'être. On verra si ça dure.

– Je te le souhaite.

Sylbie se glissa hors du box.

– Je ne suis pas encore tout à fait prête à te souhaiter d'être heureux avec Abigail Lowery, mais presque.

– C'est un bon début.

– À bientôt, Brooks.

Là-dessus, elle s'en alla, laissant Roland songeur. Sa tarte terminée, il s'en alla lui aussi. De toute façon, Gleason était lui aussi sur le départ.

Incapable de se concentrer, Abigail consultait des recettes de cuisine sur Internet. Cette activité l'empêchait de se faire du souci. Ou tout du moins de s'en faire trop. Elle savait que Brooks voudrait parler des décisions qu'ils devaient prendre. Elle redoutait les décisions qu'il voudrait prendre.

Depuis le début de la journée, elle ne tenait pas en place. Elle avait fait tourner des lessives, désherbé le jardin, pensant qu'après ces pauses elle parviendrait à se mettre au travail. En vain. Elle était absolument inefficace.

Et cela ne lui ressemblait pas.

Elle avait envie que Brooks soit là.

Elle avait envie d'être seule.

Elle avait envie de savoir de quoi elle avait vraiment envie. Elle détestait cette incertitude, cette anxiété latente. Ce n'était pas productif.

Lorsque l'alarme bipa, elle pivota sur sa chaise, persuadée que le fait de s'être confiée à Brooks avait amené les Volkov à sa porte. Illogique. Ridicule, même, devait-elle admettre. Son pouls s'accéléra quand un homme coiffé d'une casquette de base-ball apparut sur le moniteur. Bon appareil photo, observa-t-elle. Chaussures de marche. Sac à dos. Un randonneur ou un touriste, sûrement, qui n'avait pas tenu compte des panneaux « propriété privée ».

Il sortit des jumelles, les dirigea vers le chalet. L'angoisse d'Abigail monta d'un cran.

Qui était-il ? Que faisait-il ?

Il s'approcha, s'immobilisa, regarda dans ses jumelles, tourna lentement sur lui-même, s'arrêta pile face à l'une des caméras de surveillance, puis continua à tourner.

Il enleva sa casquette, se gratta la tête avant de sortir une bouteille d'eau et de boire longuement. Puis il plongea la main dans sa poche, en retira une boussole, fit quelques pas, trébucha. Sa boussole lui tomba des mains. Abigail vit ses lèvres remuer tandis qu'il se baissait pour la ramasser. Il la secoua, leva les yeux au ciel, puis s'assit par terre, la tête sur les genoux. Il demeura ainsi un instant avant de se relever, s'épongea le visage et se dirigea vers le chalet.

Après avoir vérifié son arme, Abigail fit signe à Bert et sortit par-derrière.

Elle entendait les pas de l'homme. Il n'essayait pas d'être discret. Il grommelait, respirait bruyamment. De derrière la serre, elle l'observa, et l'entendit très clairement prononcer « Merci, mon Dieu ! » tout en se dirigeant vers la porte de derrière. Il frappa, essuya la sueur de son visage, et attendit. Il frappa de nouveau, plus fort.

– Bonjour ! Il y a quelqu'un ? Mon Dieu, faites qu'il y ait quelqu'un !

Il colla son visage contre une vitre et regarda à travers.

Abigail sortit de derrière la serre, le chien à ses côtés.

– Que voulez-vous ?

Il tressaillit comme un lapin, se retourna.

– Punaise, vous m'avez fichu une de ces…

Ses yeux s'agrandirent lorsqu'il vit le revolver. Il leva les mains.

– Ne tirez pas, je vous en supplie ! Je suis perdu. Je me suis égaré. Je cherche juste le chemin pour retourner à ma voiture.

– Que faites-vous dans ma propriété ? Il est clairement indiqué qu'il est interdit d'entrer.

– Je suis désolé. Excusez-moi. Je prenais des photos. Je suis photographe. J'ai marché sans faire attention où j'allais, je me suis enfoncé dans la forêt plus que je n'en avais l'intention. Je suis navré. J'aurais dû respecter les panneaux d'interdiction d'entrer. Vous pouvez appeler la police, mais ne tirez pas. Je… Je m'appelle Roland Babbett. J'ai pris une chambre à l'Auberge des Ozarks. Vous pouvez vérifier.

– Posez votre sac à dos et reculez.

– D'accord. Pas de problème.

Il n'avait pas d'arme sur lui. Elle l'avait vu faire un tour complet sur lui-même. S'il portait une arme, elle l'aurait vue. En revanche, il pouvait en avoir une dans son sac.

– Vous pouvez le garder, bredouilla-t-il en le déposant à ses pieds. Mon portefeuille est dedans. Vous pouvez garder l'argent.

– Votre argent ne m'intéresse pas.

– Écoutez-moi, je me suis perdu. J'ai fait tomber ma boussole, elle est cassée. J'ai vu le chalet avec mes jumelles. J'ai pensé que quelqu'un pourrait m'indiquer mon chemin. Appelez la police.

– Où avez-vous laissé votre voiture ?

– Si je le savais, je ne serais pas perdu. J'ai quitté Bickford par le sud, j'ai dû rouler un ou deux kilomètres et je me suis arrêté. Il y avait une belle luminosité, des ombres intéressantes. Je voulais prendre quelques photos.

– À l'avenir, respectez les propriétés privées.

– Oui, vous avez raison. Je suis vraiment désolé.

Elle indiqua une direction du doigt.

– Prenez par là, vous arriverez à la route. Tournez à gauche. Vous devriez retrouver votre voiture à quatre ou cinq cents mètres.

– D'accord. Merci. Je…

– Votre sac, lui dit-elle alors qu'il s'apprêtait à partir sans le prendre.

Il le ramassa, ses yeux allant nerveusement du visage d'Abigail à son pistolet, du chien au visage d'Abigail.

– Merci ! répéta-t-il.

– Il n'y a pas de quoi.

Elle le regarda s'éloigner, presque en courant, jusqu'à ce qu'il ait disparu. À l'intérieur de la maison, elle continua de l'observer sur le moniteur. Il regagna la route sans cesser de jeter des regards effrayés derrière lui.

Elle lui avait fait peur. Mais lui aussi. Ils étaient quittes.

Roland savait exactement où sa voiture était garée. Il ne s'attendait pas au flingue. Il ne s'attendait pas non plus aux caméras. On lui avait dit qu'elle était équipée d'un système de sécurité, notamment de caméras de surveillance. Toutefois, personne n'avait précisé qu'elle en avait placé jusque dans la forêt. S'il ne les avait pas repérées, il se serait mis dans l'embarras.

Heureusement, elle avait cru à l'histoire du promeneur égaré, effrayé. Certes, il n'avait pas eu besoin de simuler la frayeur. Elle tenait le Glock comme quelqu'un qui sait s'en servir. Comme quelqu'un prêt à s'en servir. Pour cela, il l'admirait… maintenant qu'il n'était plus dans sa ligne de mire. Et le chien… Il savait qu'elle en avait un mais, bon sang ! il s'agissait d'un sacré molosse. Quant aux verrous… Aussi habile soit-il à manier le rossignol, pensa Roland, il ne viendrait jamais à bout de ceux-ci. De toute façon, il ne risquait pas de s'approcher du chalet sans déclencher les alarmes.

Pourquoi un tel dispositif de sécurité ? La mission devenait soudain plus intéressante. Lowery avait quelque chose à cacher. Il adorait faire surgir les squelettes du placard.

24

Brooks s'avança dans la cuisine avec un bouquet de marguerites et un os à mâcher pour Bert.

– Encore des fleurs ! J'avais peur que ce ne soit plus comme avant, après ce que je t'ai raconté hier. Et te voilà avec des marguerites.

– Tu peux cesser d'avoir peur.

Elle sortit un vase, regrettant de ne pas avoir plutôt une jolie petite cruche, et se promit d'en acheter une à sa prochaine virée en ville.

– Il y a toujours quelque chose qui sent bon, chez toi, en plus de toi.

– C'est le romarin, dit-elle en arrangeant les fleurs. J'ai testé une nouvelle recette de poulet.

– Content d'être le premier à la goûter.

– Elle se mariera à merveille avec un pouilly fumé.

Il lui écarta les cheveux du visage et l'embrassa dans le cou.

– Si tu le dis. Comment s'est passée ta journée ?

– J'étais agitée et distraite, je n'ai pas beaucoup avancé dans mon travail. Et j'ai eu la visite d'un promeneur égaré, un photographe. Je ne comprends pas pourquoi les gens ne respectent pas les propriétés privées. Il y a tellement d'endroits où se balader librement.

– Il est venu jusqu'ici ?

– Oui. Il a déclenché l'alarme et je l'ai vu sur le moniteur. Il a fait tomber et cassé sa boussole. Apparemment, il a aperçu le chalet à la jumelle.

Brooks, qui servait le vin, s'interrompit.

– À la jumelle ?

– Oui. Je me suis demandé s'il avait repéré les caméras mais, manifestement, il cherchait son chemin, ou quelqu'un pour le lui

278

indiquer. Je suis sortie par-derrière et je me suis cachée à l'angle de la serre, pour le surprendre. Il a frappé à la porte. Il a été dérouté de me voir apparaître le Glock à la main.

Brooks termina de verser le vin et en but une gorgée.

– Tu m'étonnes… marmonna-t-il.

– Je l'ai brièvement questionné, et je lui ai indiqué comment retourner à l'endroit où il avait laissé sa voiture. Il est parti rapidement.

– Une femme armée avec un gros chien ? Il aurait été idiot de s'attarder. Que faisait-il par là ?

– Des photos. Il m'a dit s'appeler Roland Babbett et avoir pris une chambre à l'hôtel des Conroy.

Brooks sortit son téléphone.

– Ce ne sera pas difficile à vérifier. À quoi ressemblait-il ?

– La trentaine, à peu près un mètre soixante-quinze, quatre-vingts kilos. Teint clair, léger hâle, cheveux châtains, yeux marron, menton en galoche. Il portait une casquette beige au logo Greenpeace, un tee-shirt du groupe REM, un bermuda kaki et des chaussures de randonnée. Il avait un sac à dos bleu marine et un appareil photo Nikon en bandoulière, sur une courroie avec des *Peace and Love* de toutes les couleurs.

– Ouais, tu aurais fait un bon flic. Je l'ai vu, cet après-midi, chez Lindy. Il mangeait de la tarte aux cerises. Quelle heure était-il quand il est venu là ?

– L'alarme s'est déclenchée à 16 h 18.

– Bizarre… Il était au café vers 16 heures. Et moins d'une demi-heure plus tard, il était là.

Les doigts d'Abigail se crispèrent autour du pied du verre.

– Tu crois que les Volkov m'ont retrouvée ?

– Ma chérie, est-ce qu'il avait l'air d'un gangster russe ? Est-ce qu'un émissaire de la mafia russe aurait rôdé autour de chez toi en catimini avant de passer à l'action ?

Les épaules d'Abigail se relâchèrent.

– Non. Il n'était pas armé. Tout du moins, il ne portait pas d'arme sur lui. Les Volkov n'auraient pas envoyé un homme seul et sans arme.

– Sûrement pas, non, répondit Brooks tout en composant un numéro sur son mobile. Allô, Darla, comment vas-tu ? Dis-moi, vous avez un client du nom de Roland Babbett ? Roland Babbett, oui. Dans quelle chambre est-il ? Non, non, ne t'inquiète pas, c'est juste une vérification de routine. À bientôt. Au revoir.

Brooks reprit son verre de vin.

— Il est bien enregistré à l'hôtel. Il a insisté pour qu'on lui donne une chambre au même étage que la suite Ozarks.

— Celle que Justin Blake et ses amis ont vandalisée ?

— Ouais… Curieux, non ?

— C'est peut-être une coïncidence, mais ça paraît louche, en effet.

Brooks s'appuya contre le comptoir.

— Tu paries que si je gratte un peu, je découvre que Roland Babbett est un détective privé, engagé par Blake ?

Il aurait donc vu les caméras, et réfléchi très rapidement à un moyen de me duper, pensa Abigail, contrariée.

— Tu gagnerais sûrement ton pari, répondit-elle. Mais je ne vois pas ce qu'il a gagné en venant là.

— Il s'est fait une idée des lieux. Il a eu de la chance de repérer tes caméras. Ça lui a laissé le temps d'inventer un stratagème pour engager la conversation avec toi. J'imagine qu'il a dû passer un sale quart d'heure, avec l'accueil que tu lui as réservé… mais globalement, il a eu ce qu'il voulait : il a échangé quelques mots avec toi, il t'a vue de près, et la maison aussi. Il devait m'observer, moi aussi, cet après-midi, chez Lindy. Oh, merde !

— Quoi ?

— Il a dû entendre tout ce que j'ai dit à Sylbie. Et je lui ai parlé de toi.

— Tu parles de moi avec Sylbie ?

Abigail se détourna et alluma le feu sous la poêlée de haricots verts qu'elle avait préparée dans l'après-midi.

— C'est elle qui est venue me trouver, pour s'excuser de… de ce malheureux incident, dirons-nous, qui a eu lieu entre elle et moi en mars dernier, et pour me poser une question. Elle voulait savoir ce que je te trouve de plus qu'à elle.

Abigail retira le poulet du four.

— Légitime, rétorqua-t-elle sèchement. Elle est beaucoup plus belle que moi, je le reconnais. Mais tu n'as pas à parler de moi à… l'une de tes ex.

— Je lui ai dit que je me sentais bien avec toi, que tu me rendais heureux, et que j'étais incapable de lui expliquer pourquoi on tombait amoureux de telle personne et pas de telle autre.

— Bon, ça va, je suis moins énervée.

— Tant mieux. Enfin, bref… ce qui m'ennuie, c'est que Roland Babbett a dû tout entendre.

– Et alors ? Ta vie sentimentale n'a pas de rapport avec les charges qui pèsent contre Justin Blake.

– Non, mais notre relation apporte de l'eau à leur moulin, comme ton flingue, et ton système de sécurité ultraperfectionné. Pour qui vas-tu passer ?

– La police peut contrôler mon casier et fouiller dans mon passé, ils ne trouveront rien de compromettant.

– Un privé n'est pas la police, souligna Brooks.

– Il ne trouvera rien non plus : je suis en règle, je n'ai jamais eu d'ennuis. Mes clients font souvent des recherches sur moi avant de me passer commande, en raison de la nature sensible de mon travail. Aucun n'a jamais trouvé quoi que ce soit qui l'ait fait tiquer.

– Bon à savoir, fit Brooks en hochant la tête d'un air satisfait. La seule différence, c'est que Babbett n'enquête pas sur toi pour un client souhaitant te confier du travail, mais pour quelqu'un à l'affût de quelque chose pouvant lui servir à te discréditer ou à te menacer.

– Il faudrait qu'il soit très malin, et très persévérant.

– On devrait peut-être quand même prendre des précautions.

Elle détestait ce nouveau stress, ces complications qui n'avaient rien, rien à voir avec les Volkov.

– Si j'étais restée à l'intérieur, si je ne lui avais pas ouvert, ou si je lui avais simplement…

– Ça n'aurait rien changé. Il a un boulot à faire. Ce que nous allons faire, nous, ou plutôt toi, vu que tu es sans aucun doute plus rapide et plus efficace que moi, c'est te renseigner sur lui, voir à qui nous avons affaire. Pendant ce temps… Pourrais-tu me prêter quelques-unes de tes caméras ?

– Pourquoi ?

– J'ai une petite idée pour me débarrasser de Babbett. Je t'expliquerai. Serait-il possible que le département de police de Bickford t'emprunte du matériel pour un jour ou deux ?

Abigail sortit un trousseau de clés de sa poche.

– D'accord. Prends ce que tu veux…

– Merci. J'enverrai Ash ou Boyd chercher ce qu'il me faut, si ça ne t'embête pas.

– D'accord. Même si ce privé est très malin et très déterminé, il lui faudra du temps pour découvrir que je ne suis pas celle que je prétends être, dit-elle. Ça m'en laisse, à moi, pour réfléchir et m'organiser.

Brooks lui prit les mains.

– Il est hors de question que tu prennes la fuite à nouveau. Je t'ai promis, hier, que nous allions trouver une solution. J'y ai réfléchi et je crois que j'ai trouvé. Où est basé l'agent du FBI à qui tu communiques des infos ?

– Elyse Garrison ? À Chicago, comme les Volkov.

– Logique, en effet.

– Je ne peux pas entrer directement en contact avec elle. Elle serait obligée de me placer en détention provisoire et je me ferais éliminer avant d'avoir pu témoigner. J'ai pensé à lui envoyer un mail à son adresse personnelle, lui révéler qui je suis, lui raconter toute l'histoire, tous les détails. Si je le route de la même manière que les renseignements que je lui fournis, on ne pourra pas me localiser. Mais si l'information tombe entre les mauvaises mains, les Volkov sauront non seulement que je suis toujours vivante…

– Les Volkov t'ont vue. Ils savent que tu es vivante.

– Ils m'ont vue à New York, il y a cinq ans. J'ai pu avoir un accident, depuis, ou mourir de maladie.

– Mouais…

– Ils sauront aussi que j'ai accès à leurs comptes, à leurs systèmes informatiques, et que c'est moi qui renseigne le FBI sur leurs activités. Alors, évidemment, ils prendront des mesures pour me bloquer ces accès, et ça me coûtera du temps et du travail. Du reste, ils seront encore plus vigilants quant au contenu de leurs e-mails et de leurs fichiers électroniques. Mais surtout ils seront furieux, et redoubleront d'efforts pour me retrouver. Ils ont des informaticiens brillants.

– Tu es plus douée que leurs informaticiens.

– Sûrement, mais j'ai passé un temps fou à mettre au point les programmes qui me permettent de m'introduire dans leur système. Il me faudra du temps pour forcer leurs nouvelles sécurités. À leur place, je tendrais des pièges, et la moindre erreur de ma part serait fatale. Le temps, j'insiste, est primordial. Dès que j'aurai contacté le FBI, tout ira très vite : Keegan et Cosgrove tomberont, d'autres infiltrés seront démasqués, et Korotkii et Ilya arrêtés.

– Comme des dominos qui tombent.

– À peu près. Mais avant que le processus se mette en branle, il faudra que l'agent spécial et ses supérieurs me croient.

– Ils te croiront.

– La parole d'une fugitive, soupçonnée par certains d'avoir tué ou tout au moins causé la mort de deux US marshals ; contre la parole de deux autres marshals, dont l'un a été décoré et promu…

Brooks couvrit sa main agitée de la sienne.

— La parole d'une femme qui à l'âge de seize ans leur a servi sur un plateau un redoutable assassin de la mafia. Ce sont eux qui n'ont pas assuré.

— Tu n'es pas objectif parce que tu es amoureux.

— Je suis amoureux, mais j'ai aussi un bon instinct. Tu penses que le FBI, l'US Marshals Service et le département de police de Chicago ne seraient pas prêts à quelques compromis pour anéantir l'organisation des Volkov ?

Elle dut se maîtriser pour ne pas retirer sa main de sous celle de Brooks.

— Tu me demandes de leur faire confiance, de croire qu'ils me protégeront ?

— Non, je te demande de te faire confiance à toi-même, et de me faire confiance à moi. Avant toute chose, nous avons besoin d'un intermédiaire, de quelqu'un qui parlera en ton nom, établira le contact et ouvrira la porte des négociations.

— Tu ne peux pas...

— Non, répliqua-t-il avant qu'elle ait terminé sa phrase. Non, pas moi. Je suis trop proche de toi, affectivement et géographiquement. Mais ils n'auront aucune raison de faire le lien entre toi et mon ancien capitaine au département de police de Little Rock.

— Je ne le connais pas.

— Moi si. Écoute-moi. Il s'appelle Joseph Anson. Tu peux faire des recherches sur lui. C'est un flic solide, décoré, vingt-cinq ans de métier. C'est un bon chef, un enquêteur perspicace. Respectueux du règlement, mais capable au besoin d'en sauter une page. C'est un homme de confiance, et il est courageux.

Abigail se leva et alla se poster devant la fenêtre. Un intermédiaire... L'idée était sensée. Elle-même resterait ainsi à l'abri. Mais...

— Pourquoi me croirait-il ?

— Il me croira, moi.

— Admettons, mais pourquoi l'agent spécial Garrison le croirait-elle ?

— Parce qu'il est fiable et respecté, parce qu'il a de la bouteille, parce qu'il est irréprochable. Parce qu'il n'a pas de raisons de mentir. Ce n'est plus un gamin, il n'est pas non plus à la veille de la retraite. Pourquoi prendrait-il le risque de raconter des bobards aux fédéraux ?

Abigail hocha la tête, comprenant peu à peu le raisonnement de Brooks.

– Mais pourquoi prendrait-il le risque de se mêler de cette affaire ?

Il se leva et la rejoignit devant la fenêtre.

– Parce qu'il est humain et que c'est un bon flic. Parce qu'il a élevé deux filles et que s'il ne les imagine pas à ta place, je lui soufflerai cette idée.

Elle regarda de nouveau au-dehors. Son jardin était magnifique. Sa vie n'avait jamais été aussi sereine qu'au cours de l'année qui venait de s'écouler.

– Tu placerais ta vie entre ses mains ? demanda-t-elle.

– Sans hésitation. Tu es ma vie, à présent.

Il la prit par les épaules, la força à lui faire face.

– Tu ne peux pas rester une fugitive, Abigail. Tu ne peux pas continuer à t'enfermer, à te replier sur toi-même.

– Je pensais que si… mais non. Je ne peux plus. Comment comptes-tu t'y prendre ?

– Nous ne pouvons pas risquer de téléphoner à Anson, ni lui envoyer un mail. Non seulement nous ne devons pas laisser de traces mais, en plus, Anson est du genre à préférer les tête-à-tête. Little Rock est à moins de deux heures de route. En partant tout de suite, il est possible d'être de retour avant demain matin.

– Tu veux y aller ce soir ?

– Pourquoi attendre ? En ce moment même, un détective privé furète dans nos vies. Nous avons l'avantage, ce serait dommage de le perdre. Prends ton ordinateur portable, ou ton iPad. Tu feras des recherches sur Anson en chemin. Si tu n'es pas satisfaite, nous ferons demi-tour.

– Tu veux que je t'accompagne ? s'écria Abigail.

– Toujours. Mais en l'occurrence, je veux qu'il te voie, qu'il t'entende. Je veux que tu lui racontes ton histoire exactement comme tu me l'as racontée.

– Je vais prendre une autre carte d'identité, et de l'argent. Mon sac de voyage. Si jamais les choses tournent mal, je ne pourrai pas revenir ici.

– Si les choses tournent mal, j'irai où tu iras.

– Je veux emmener Bert.

Brooks esquissa un sourire.

– Je ne serais allé nulle part sans lui, déclara-t-il.

Il prit le volant de la voiture d'Abigail. Les voisins d'Anson n'y feraient pas attention. En revanche, ils se souviendraient d'un véhicule de police s'ils venaient à être interrogés.

Bert sortait la tête par la vitre arrière, heureux de la balade. Abigail pianotait sur son ordinateur portable.

— Ton capitaine Anson a d'excellentes références.

— C'est un bon flic, je te l'avais dit.

Avantage ou désavantage ? s'interrogeait Abigail.

— S'il accepte de nous aider, sauras-tu s'il dit la vérité ?

— Oui. Fais-moi confiance.

— Je te fais confiance, murmura-t-elle en regardant le paysage défiler. Si tout se passe bien, si on me croit, il s'ensuivra des arrestations, des procès, je témoignerai. Et il y aura des répercussions. Il ne suffira pas de porter un coup à l'organisation des Volkov, de juste l'affaiblir. Pour que nous soyons en paix, et en sécurité, il faudra la détruire.

— Nous nous y emploierons.

— J'ai des idées. Mais toutes ne sont pas strictement légales.

Un sourire étira les lèvres de Brooks.

— Tu ne me surprends pas. Qu'as-tu en tête ?

— Un début de plan, à peaufiner. C'est assez technique.

Il lui jeta un coup d'œil.

— Un truc de génie de l'informatique.

— Je suppose. Si nous décidons de le mettre à exécution, j'aurai besoin de temps pour travailler sur les programmes que j'ai commencé à développer. De ton côté, si ton ami Anson est d'accord pour nous aider, tu devras trouver un moyen de communiquer avec lui. Dès qu'il aura pris contact avec le FBI, ses communications seront surveillées.

— On s'arrêtera en chemin et on achètera des téléphones mobiles à carte prépayée. Dans un premier temps, ça devrait faire l'affaire.

— Ça devrait.

Il posa brièvement une main sur la sienne.

— Nous nous organiserons, dit-il.

Elle se crispa lorsque Brooks s'engagea dans une petite rue d'un quartier résidentiel, bordée de grands arbres, de pelouses verdoyantes, de maisons aux fenêtres éclairées. Le capitaine Anson tenterait peut-être de l'arrêter sur-le-champ. Il appellerait peut-être les fédéraux. Et peut-être n'était-il pas chez lui, ce qui serait décevant et, d'une certaine manière, encore plus stressant.

Peut-être…

— Détends-toi, lui dit Brooks en se garant devant une maison.

Un bel érable rouge se dressait dans le jardin.

— Je ne peux pas, murmura-t-elle.

Il plongea son regard dans le sien.

— On peut toujours faire demi-tour. C'est toi qui décides, Abigail.

— Allons-y, mais ne me demande pas de me détendre.

Si elle devait s'enfuir, elle ne laisserait pas Brooks la suivre. Elle ne le laisserait pas abandonner sa vie, sa famille, son petit monde. Elle avait le double des clés de la voiture dans son sac. Au besoin, elle n'hésiterait pas à prendre la poudre d'escampette. Si jamais…

Elle ordonna à Bert de rester dans la voiture, puis elle en descendit. Brooks lui prit la main. Elle se concentra sur ce contact. Son cœur tambourinait dans sa poitrine. Elle ferma les yeux lorsque Brooks appuya sur le bouton de la sonnette.

La porte s'ouvrit sur un homme aux épaules larges et aux tempes grisonnantes, vêtu d'un pantalon kaki et d'un polo de golf bleu, des lunettes de lecture accrochées à la poche, pieds nus, les yeux très bleus, souriant. Il était talonné par un vieux labrador.

— Ça alors ! s'exclama-t-il. Gleason !

— Ça fait plaisir de te voir, capitaine.

— Ça alors ! répéta Anson en donnant l'accolade à son ancien collègue. Tu ne me présentes pas ton amie ?

— Abigail Lowery. Joe Anson.

— Enchanté, mademoiselle. Nadine va être déçue d'avoir loupé ta visite. Elle a emmené sa mère en virée pour son anniversaire. Elles font une cure de thalasso ou je ne sais quoi. Elle ne sera pas de retour avant dimanche. Venez, entrez.

— Désolés de te déranger. On débarque à l'improviste.

— Vous tombez à pic. Je m'ennuyais comme un rat mort, tout seul depuis deux soirs. Allons nous installer dans la cuisine. Comment va ton père, Brooks ?

— Bien. Très bien.

— Tant mieux. Et le boulot, ça se passe bien ?

— Impec, mon capitaine. J'ai trouvé ma place, à Bickford.

— C'est un bon flic, dit-il à Abigail. Ça m'a fait mal au cœur de le perdre. Je vous offre une bière ?

— Avec plaisir.

— Pas pour moi, dit Abigail, se rendant compte qu'elle parlait un peu sèchement. Juste un verre d'eau, s'il vous plaît.

286

– J'ai fait de la citronnade. Vous en voulez ?

– Une citronnade, d'accord.

Ils s'installèrent dans une vaste cuisine aux baies vitrées donnant sur un patio où l'on distinguait un énorme barbecue recouvert d'une housse noire, une table et des chaises de jardin.

Un chien renifla les mollets d'Abigail puis posa la tête sur son genou. Elle lui gratta les oreilles.

– S'il vous embête, dites-lui de s'asseoir.

– Il ne m'embête pas.

– Abigail a un chien, Bert. Il est dans la voiture.

– Pourquoi l'avez-vous laissé dehors ? Allez le chercher. Il fera connaissance avec Huck. Nous irons nous asseoir dehors.

– Bert sera content.

– Allez le chercher, et revenez par-derrière. Vous verrez la porte, à gauche. Elle est ouverte.

– Merci.

Abigail sortit. Anson tendit une bière à Brooks.

– Quoi de neuf, mon vieux ? lui demanda-t-il en ouvrant les baies vitrées.

– Beaucoup de choses.

– Ton amie, pour commencer. Elle a l'air tendue.

– Elle a ses raisons. Pour tout te dire, nous avons besoin de ton aide.

Anson prit place sur une chaise de jardin, invita Brooks à faire de même, et but une longue gorgée de bière.

– Quel genre d'ennuis a-t-elle ?

– Je préfère que ce soit elle qui t'explique. Ne l'interromps pas, s'il te plaît. Je compte sur toi.

– Entendu. Elle n'est pas de la région, n'est-ce pas ?

– Non, mais elle habite à Bickford depuis quelque temps.

Ils entendirent la porte s'ouvrir, puis se refermer. Anson écarquilla les sourcils en découvrant Bert.

– Belle bête, dit-il.

– Il est très bien élevé, lui assura Abigail. « Ami », dit-elle lorsque Huck s'approcha du nouvel arrivant. « Ami, jouer. »

En remuant la queue, les deux chiens se reniflèrent, puis Huck se dirigea vers la clôture et leva la patte. Bert l'imita. Et ils commencèrent à gambader ensemble.

– Ce bon vieux Huck a encore de l'énergie, dit Anson en offrant un verre de citronnade à Abigail et en lui indiquant un siège. Brooks m'a dit que vous aviez une histoire à me raconter, Abigail.

– Oui. Pour commencer, je ne m'appelle pas Abigail Lowery. Mon vrai nom est Elizabeth Fitch. Quand j'avais seize ans, un homme du nom de Yakov Korotkii, membre de la mafia Volkov, a abattu sous mes yeux son cousin Alexi Gurevich et mon amie Julie Masters.

Anson se renversa contre le dossier de son fauteuil et jeta un regard à Brooks. Puis il reporta son attention sur Abigail.

– Continuez, je vous écoute.

25

Elle ne savait pas s'il la croyait ou non. Son visage n'exprimait rien, ni surprise, ni doute, ni compassion. Comme Brooks, il l'interrompit de temps à autre par une question puis, de la tête, lui faisait signe de poursuivre.

À plusieurs reprises au cours de son récit, les chiens vinrent réclamer des caresses. Quand elle eut terminé, ils étaient tous deux couchés, épuisés par leurs jeux.

– Je me souviens de cette histoire, déclara Anson. On en a beaucoup parlé, à l'époque, surtout dans les services de police. Deux marshals tués, un autre blessé, une jeune fille témoin d'un double meurtre, portée disparue. Votre nom et votre visage ont été diffusés dans tous les médias du pays pendant plusieurs semaines. Un certain nombre de notes interagences à votre sujet ont également circulé.

– Oui, je sais.

– Ainsi qu'un avis de recherche et un mandat d'arrêt. Les autorités voulaient vous interroger à propos de la mort de ces agents et de l'explosion de la résidence surveillée.

Sur ses genoux, ses doigts entrelacés se crispèrent douloureusement.

– D'après les communiqués interagences, les déclarations de Keegan et de Cosgrove n'ont à aucun moment été mises en doute. On me recherchait soi-disant pour m'interroger, mais ce n'était qu'une ruse pour m'inculper de meurtre, ou de complicité de meurtre.

– Comment savez-vous ce qu'il y avait dans les communiqués interagences ?

Sans un mot, Brooks délaça les doigts d'Abigail et couvrit ses mains de la sienne.

– Je suis informaticienne, spécialisée dans la sécurité. Je pratique le piratage.

– Êtes-vous en train de me dire que vous pouvez accéder aux dossiers confidentiels de l'US Marshals Service et du FBI ?

– Oui, il était capital pour moi d'être au fait de ma situation. La théorie avancée est que j'ai paniqué et contacté les Volkov afin de passer un marché avec eux. Je me suis battue avec John en tentant de m'enfuir. Soit moi, soit des personnes inconnues à la solde des Volkov ont tué John, tiré sur Cosgrove et Keegan. Dans la confusion, je me suis échappée, ou bien on m'a emmenée. Les assassins – ou moi – ont ensuite fait sauter la maison pour couvrir leurs traces.

Brooks secoua la tête.

– Une gamine de seize ans ouvrant le feu sur deux marshals et provoquant une explosion… Franchement, c'est peu probable.

– Une gamine de seize ans exceptionnellement intelligente, formée personnellement par un marshal au maniement des armes à feu, qui avait demandé et reçu 5 000 dollars en liquide prélevés sur l'un de ses comptes d'épargne, fabriqué des faux papiers, passé un été entier, pendant que la roue de la justice tournait lentement, à réfléchir à ce qu'il adviendrait d'elle dès qu'elle aurait témoigné… On peut raisonnablement penser que cette fille a pété les plombs et tenté d'échapper à son sort, rétorqua Abigail.

– D'autant plus, commenta Anson, que rien ne contredit les déclarations des deux marshals qui ont eu la vie sauve. Il n'y avait pas d'autres témoins.

– Je ne crois pas que la théorie selon laquelle j'aurais tué John et Theresa, ou contribué à leurs meurtres, soit crédible, lui dit Abigail. Quoi qu'il en soit, si on me retrouve, on me réglera mon compte dans les vingt-quatre heures. On essaiera peut-être de maquiller ma mort en suicide mais je penche plutôt pour l'élimination directe.

– Vous dites cela avec un calme remarquable, souligna Anson.

– J'ai eu un certain nombre d'années pour penser à ce qu'ils feraient de moi si je leur tombais sous la main.

– Pourquoi vous rendre maintenant ?

Elle regarda Brooks.

– Si je ne le fais pas, rien ne changera. Alors que tant de choses ont déjà changé. Brooks m'a demandé de lui faire confiance et, par là, de vous faire confiance à vous. J'essaie.

— Elle fournit des renseignements sur les Volkov, anonymement, à un agent du FBI basé à Chicago.

— Des renseignements que vous obtenez, je présume, en piratant le réseau des Volkov. Vous devez être un génie de l'informatique.

Anson se pencha en avant, puis se cala de nouveau au fond de son fauteuil.

— Oui, je suis douée. L'organisation des Volkov repose en grande partie sur l'usage de l'informatique. Ils se croient très bien protégés. Ils ont d'excellents techniciens, ajouta-t-elle. Je suis meilleure qu'eux. Du reste, Ilya n'est pas prudent. À mon avis, c'est une forme d'arrogance. Il envoie beaucoup d'e-mails et de textos, tant pour sa correspondance privée que pour affaires.

— Les informations fournies par Abigail ont permis un certain nombre d'arrestations, précisa Brooks.

— Qui est votre contact au FBI ?

Abigail se tourna vers Brooks et attendit son assentiment.

— L'agent spécial Elyse Garrison.

— Pourquoi vous adresser à moi plutôt qu'à elle ?

— Je sais que les Volkov ont au moins un flic acheté au bureau de Chicago. Si cette taupe apprend qu'Elyse Garrison est en relation avec moi, elle risque d'être enlevée, torturée, assassinée. Ou bien on se servira d'elle pour m'attirer dans un guet-apens. Jusqu'à présent, les Volkov n'ont pas réussi à faire le lien entre elle et moi. S'ils découvrent que c'est moi qui la renseigne, nous sommes toutes les deux en sérieux danger de mort.

— Vous voudriez donc que quelqu'un prenne contact avec elle à votre place, quelqu'un qui n'aurait aucun rapport avec Elizabeth Fitch…

— Quelqu'un, enchaîna Brooks, qui ait un dossier en béton dans la force publique, quelqu'un qui ait un poste respectable, l'autorité, la crédibilité. Quelqu'un que Garrison soit susceptible de croire.

— À supposer que j'accepte de me rendre à Chicago et de me mettre en contact avec elle, que se passera-t-il ensuite ?

— Nous pourrons organiser une rencontre entre elle et Abigail, dans un lieu de notre choix.

— Je continuerai à surveiller les communications au sein de l'administration, de façon à savoir si l'on cherche à me tendre un piège, ou si l'une des personnes que je soupçonne être de mèche avec les Volkov est au courant du rendez-vous.

— Vous franchissez beaucoup de limites, dit Anson en jetant à Brooks un regard dur. Tous les deux.

– Dis-moi, capitaine, combien de chances crois-tu qu'elle ait de rester en vie et de pouvoir témoigner si elle se rend directement, avec les taupes en place, l'organisation des Volkov intacte ?

– Je crois en ce système, Brooks. Je crois qu'ils la protégeront. Ceci dit, je comprends qu'elle en soit moins certaine. S'il s'agissait de l'un des miens, je serais sans doute moins confiant.

Anson poussa un profond soupir.

Dans le patio, on n'entendait que le ronflement des chiens, le gargouillis d'une petite fontaine. Abigail se demandait si le grincement de ses nerfs était perceptible.

– On pourrait procéder comme vous le suggérez, reprit Anson, faire tomber Keegan et Cosgrove, démasquer les autres infiltrés, décapiter l'organisation des Volkov. Et après ? Serais-tu prêt, en tant que témoin, à être placé sous protection judiciaire ? demanda-t-il à Brooks. À quitter Bickford, ton métier, la vie que tu aimes ?

– Oui.

– Non, intervint Abigail. Non, je n'aurais pas accepté de venir ici si j'avais pensé à cette conséquence. Elizabeth Fitch rencontrera l'agent spécial Garrison, et elle témoignera. Seules trois personnes savent qu'Elizabeth Fitch et Abigail Lowery ne font qu'une. Personne d'autre ne doit le savoir. Au moindre problème, je disparais. Je peux disparaître très facilement.

– Abigail…

– Non, répéta-t-elle posément mais farouchement en regardant Brooks droit dans les yeux. Tu dois accomplir ton devoir, et tu dois me protéger. Tu peux faire les deux, je compte sur toi. Tu dois me faire confiance. Le temps de mener cette mission à bien, je serai de nouveau Elizabeth Fitch. Après quoi, Elizabeth Fitch disparaîtra et Abigail pourra vivre sa vie. Je sais comment faire tomber les Volkov, de façon à ce qu'ils ne se relèvent jamais. Il n'y aura ni coups de feu, ni coups de couteau, ni effusions de sang. Mon arme est mon ordinateur.

– Vous allez les anéantir depuis votre ordinateur ? demanda Anson.

Elle soutint calmement son regard.

– Tout à fait. Si les autorités m'écoutent et agissent en conséquence, c'en sera fini des Volkov. Je place ma vie entre vos mains, capitaine Anson, parce que Brooks a pour vous un respect et une confiance sans bornes.

– Rentrons, suggéra Anson au bout d'un moment. Je vais préparer du café. Nous continuerons à discuter à l'intérieur.

Sur le chemin du retour, elle insista pour prendre le volant. Brooks n'avait pas dormi depuis trente-six heures et devait prendre bientôt son service. Il abaissa donc le dossier de son siège et tenta de somnoler.

Abigail pouvait ainsi faire le point tranquillement.

Joseph Anson irait à Chicago et prendrait contact avec l'agent spécial Garrison. Il ne mentionnerait pas Abigail Lowery. Il lui dirait qu'Elizabeth Fitch était venue le trouver, lui avait raconté son histoire, et lui avait donné son nom. Il énumérerait les informations fournies par Abigail à Garrison. Si Garrison ne modifiait pas ses habitudes, elle n'en référerait qu'à son supérieur direct. Et le processus s'enclencherait.

Tant de choses pouvaient mal tourner. Mais si tout se passait bien...

Elle pourrait appartenir à l'homme qui dormait à côté d'elle. Elle pourrait apprendre comment se comporter à un barbecue entre amis. Elle pourrait devenir Abigail, et chaque instant de la vie d'Abigail serait alors réel.

Elle comparaîtrait enfin à la barre des témoins. Elle regarderait Korotkii, Ilya et Serguei Volkov droit dans les yeux, et elle dévoilerait la vérité. Par la voix d'Elizabeth. *Non, de Liz*, se corrigea-t-elle. Par la voix de Liz, elle témoignerait pour Julie, John et Theresa.

Et elle mettrait à profit toutes les compétences acquises au cours des douze dernières années pour mettre les Volkov à nu.

Brooks remua lorsqu'elle s'engagea dans l'allée du chalet.

– J'ai réfléchi, dit-il.

– Je croyais que tu dormais.

– J'ai réfléchi en dormant. Je crois que tu devrais me demander de venir m'installer chez toi. De toute façon, je vis déjà quasiment chez toi, ajouta-t-il devant son silence. Ce serait peut-être mieux si tu officialisais la chose.

– C'est pour me protéger que tu veux venir t'installer chez moi ?

– Entre autres, mais pas seulement. La raison principale, c'est que je t'aime et que je veux être avec toi tout le temps.

Elle coupa le contact et regarda le chalet. Sa maison, pensa-t-elle, son jardin, son potager, sa serre, le petit ruisseau, la forêt. Elle se sentait chez elle, ici, pour la première fois de sa vie. Chez elle.

– Si tu viens habiter ici, il faudra que je te donne les clés et les codes de sécurité.

– Ce serait plus pratique, oui.

– Il faut que je réfléchisse.

– Bien sûr.

Leur maison, essaya-t-elle d'intégrer. *Leur jardin, leur potager, leur serre, le ruisseau et la forêt. Chez eux.*

Chez elle, elle était plus en sécurité, plus tranquille.

Chez eux était synonyme de concessions. Et de promesses.

Elle déverrouilla la porte, arrêta l'alarme.

– Veux-tu venir vivre avec moi ?

– Une telle décision ne se prend pas à la légère. Il faut que je réfléchisse.

– Tu viens de me dire… bredouilla-t-elle. Tu te moques de moi !

Un sourire jusqu'aux oreilles, il lui passa un bras autour du cou et l'entraîna à l'étage.

Brooks arrêta Roland Babbett le lendemain en prenant son service. Avec un malin plaisir, il frappa à sa chambre à 7 heures du matin. Un Babbett aux yeux lourds et aux cheveux en bataille apparut à la porte.

– Roland Babbett ?

– Oui. Il y a un problème ?

– Brooks Gleason, chef de la police de Bickford. Et voici mon collègue Boyd Fitzwater. J'ai un mandat d'arrestation.

– Hein ?

– Et un autre de perquisition, pour fouiller votre chambre, vos bagages et votre véhicule. Habillez-vous, vous allez devoir nous suivre.

– Qu'est-ce que c'est que cette histoire ? Je suis en état d'arrestation ? Ça ne tient pas debout.

– Vous êtes en possession d'outils de cambriolage, que vous avez utilisés à 2 h 15 cette nuit pour vous introduire illégalement dans la suite Ozarks.

Les yeux de Roland, à présent tout à fait réveillé, scrutèrent longuement le visage de Brooks.

– Je veux passer un appel téléphonique.

– Pas de problème. Vous le passerez du poste de police. Dépêchez-vous de vous habiller si vous ne voulez pas qu'on vous emmène en peignoir. Boyd, lis-lui ses droits pendant qu'il enfile son pantalon.

Brooks brandit le mandat de perquisition et arpenta la chambre.

– Belle vue, commenta-t-il en jetant un coup d'œil par la fenêtre. Et mobilier de charme. M. Conroy a du goût. Vous avez dîné au restaurant ? On y mange très bien.

– Je me suis fait monter un steak par le room-service.

– Comment était-il ?

– Saignant et succulent.

Brooks ouvrit le sac à dos bleu marine, en retira le trousseau de passes et le glissa dans un sachet de pièces à conviction.

– En vacances ? demanda-t-il.

En dépit des circonstances, Roland eut un petit rire goguenard.

– Manifestement, vous savez bien que non.

– Stuben-Pryce, dit Brooks d'une voix mielleuse, en scellant un mini-magnétophone dans un autre sachet. J'ai travaillé à Little Rock, vous devez le savoir. Une agence de détectives privés pour clients fortunés, monsieur Babbett.

– Nous faisons du bon travail.

– Je n'en doute pas, répliqua Brooks avec un sourire cordial. Dommage que vous ne soyez pas plus regardants sur l'intégrité de vos clients.

– Ce n'est pas moi qui choisis les clients. Vous permettez que je me brosse les dents et que je vide ma vessie ?

– Je vous en prie.

Brooks continua à inspecter la chambre, tandis que Boyd montait la garde devant la porte ouverte de la salle de bains.

– Bickford est une petite ville tranquille, dit Brooks sur le ton de la conversation. Oh, il y a bien quelques échauffourées, surtout quand reviennent les beaux jours. Beaucoup de touristes, beaucoup de conflits de personnalité, dirons-nous, attisés par la chaleur. Mais je n'avais encore jamais eu l'occasion de constater une effraction commise par un détective privé haut de gamme dans notre plus bel hôtel.

– Mon patron va être furax, maugréa Roland en crachant dans le lavabo. Et je vais perdre ma prime. Je voulais emmener ma femme en week-end ici, quand elle aura accouché.

– La naissance est pour quand ?

Babbett sortit de la salle de bains.

– Pour le 15 août.

– Nous avons de beaux automnes dans les Ozarks. Nous serons heureux de vous revoir en octobre, et de faire connaissance avec votre épouse. Boyd, tu termines la perquisition, s'il te plaît. J'emmène M. Babbett au poste.

– Vous n'allez pas me mettre les menottes ?

Brooks offrit à nouveau son sourire cordial.

– Vous les voulez ?

– Non. Merci. C'est sympa.

– Je suppose que vous n'allez pas vous enfuir. Et si vous essayiez ? Où iriez-vous ?

Le prévenu ne tenta pas de s'enfuir. Quand bien même aurait-il eu quelque part où aller, il était fait. Sa couverture était percée à jour, son enquête compromise.

Au poste, Brooks lui apporta une tasse de café, un téléphone, et lui laissa quelques minutes d'intimité – dans une petite salle meublée d'une table et d'une chaise, lui épargnant la cellule.

Il le retrouva maussade.

– Vous avez passé votre coup de fil ?

– Oui.

– Allons discuter dans mon bureau. Jeff ? lança-t-il à l'un de ses agents. Qu'on ne me dérange pas, qu'on ne me passe aucun appel, à moins que ce ne soit urgent.

– Bien, chef.

– Asseyez-vous.

Brooks ferma la porte de son bureau et s'adossa contre sa table de travail.

– Je n'irai pas par quatre chemins, dit-il. Vous êtes en fâcheuse posture, Roland.

– Mon avocat sera là dans un instant.

– Un avocat haut de gamme, je présume. Il n'empêche, les faits sont les faits. Vous avez été filmé par les caméras de surveillance en train de crocheter la porte de la suite, puis de fureter à l'intérieur. Et j'ai vos passes. Vous risquez une peine de prison, même avec le meilleur des avocats, et un retrait de licence professionnelle. Ça me ferait de la peine pour votre femme, enceinte, qu'elle soit obligée de vous apporter des oranges au parloir.

Roland se pressa les doigts sur les yeux.

– Je doute de la peine de prison. Quant à ma licence, on ne me la retirera pas. Je n'ai jamais commis de faute.

Brooks haussa les épaules.

– En tout cas, ajouta Roland, je ne me suis jamais fait épingler. Je suis plus prudent, d'habitude. Je n'ai pas repéré les caméras, cette fois.

– Ne soyez pas trop dur envers vous-même. Elles n'étaient pas là avant votre visite chez Abigail Lowery.

Le regard de Roland rencontra celui de Brooks.

– Elle m'a fichu une sacrée trouille, avec son Glock et son chien !

– Vous lui avez fait peur, vous aussi. C'est une fille de la ville, mentit Brooks sans vergogne. Toute seule au milieu des bois, sans voisins. Avec le métier qu'elle exerce, en plus… J'imagine que vous le savez, elle travaille dans la sécurité. Elle est bien placée pour être au courant de toutes les horreurs qui se passent, de nos jours. Ça la rend un peu nerveuse.

– Complètement parano, oui, pour installer des caméras de surveillance dans la forêt.

– Oh ! elle teste constamment du matériel, des nouveaux programmes, et ce qu'elle appelle des scénarios. Vous êtes arrivé au beau milieu de l'un de ces scénarios. Vous lui avez fait tellement peur qu'elle s'est enfermée chez elle jusqu'à mon retour. Au cas où vous auriez été un dangereux psychopathe et non un photographe égaré…

– Elle n'avait pas l'air terrorisée, marmonna Roland.

– Elle sait faire bonne figure, et le chien la rassure. Elle m'a raconté l'incident. Je suis étonné que vous lui ayez donné votre vrai nom.

– Elle aurait trouvé ma carte d'identité si elle avait fouillé dans mon sac. Elle était armée, je ne voulais pas la contrarier. Je ne pensais pas qu'elle, ou vous, se renseignerait sur mon compte.

– Les flics sont de nature cynique et suspicieuse. Alors, voilà, Roland : je sais qui a engagé un privé hors de prix pour se renseigner sur Abigail, sur moi et les Conroy.

– Je ne peux ni confirmer ni nier sans la présence de mon avocat.

– Je ne vous le demande pas, je vous informe juste. Lincoln Blake serait prêt à n'importe quoi pour éviter des ennuis à son crétin de fils, y compris à engager quelqu'un pour fabriquer de fausses preuves ou faire de fausses déclarations.

Roland, jusque-là affalé sur son siège, se redressa brusquement.

– Écoutez, je ne fais pas ce genre de choses, pour personne, et à aucun prix. Mes patrons sont réglo, eux aussi. Sans quoi, notre agence n'aurait pas la réputation qu'elle a.

– Officieusement, je vous crois. Officiellement ?

Brooks haussa les épaules d'un air indifférent.

– Vous allez me proposer un marché ?

– Peut-être bien. Russ Conroy est mon plus vieil ami et le plus proche. Ses parents sont comme ma famille. Sa mère en a pleuré quand elle a vu les dégâts commis dans la suite par cet abruti et ses copains. Les ouvriers ont commencé les réparations mais… regardez !

Brooks tendit une chemise en carton à Roland.

– Ces photos ont été prises juste après le saccage.

– Merde… murmura Babbett en les examinant.

– Ces dommages ne sont pas le fait de gamins stupides ou désœuvrés. Justin Blake est un être malfaisant, déclara Brooks en reprenant le dossier. À peine libéré, il s'est introduit dans la propriété de mon amie, en plein milieu de la nuit, armé, sous l'emprise de je ne sais quelle substance, et il a été assez stupide pour crever mes pneus et me menacer d'un couteau. Abigail a été choquée. J'espère que vous comprenez mieux, maintenant, la réaction qu'elle a eue envers vous.

– Oui, peut-être. Oui.

– Justin a causé pour plus de 100 000 dollars de dégâts à l'Auberge des Ozarks, il a endommagé mon véhicule professionnel, il a tenté de me porter un coup de couteau et il a traumatisé Abigail. Sans compter toutes les infractions qu'il a commises depuis que j'occupe ce poste. Il doit payer, Roland, et je m'en fais une mission personnelle. Il mérite d'être puni, et il en a besoin. S'il ne finit pas par tuer quelqu'un, c'est lui qu'on retrouvera sur le carreau, un jour ou l'autre.

– Je peux dire quelque chose, officieusement ?

– Je vous écoute. Ça restera entre vous et moi.

– Ce n'est pas de gaieté de cœur que je travaille pour Blake. Ce type me déplaît foncièrement, et j'ai de son fils la même opinion que vous.

– Alors, voilà ce que je vous propose, avant que votre avocat n'arrive. Fichez le camp d'ici, Roland. Vous pourrez revenir avec votre épouse, vous serez les bienvenus. Et laissez tomber cette affaire. De toute façon, vous perdriez votre temps. Justin Blake n'échappera pas à la justice, cette fois. Je ne vous en veux pas, vous n'avez que tenté de faire le job pour lequel vous êtes payé. Mais si vous insistez, je pourrais vous faire payer cher votre petite entorse à la loi. J'imagine que vos patrons ne recherchent pas la mauvaise publicité.

– Je dois rédiger des rapports.

– Rédigez-les : vous n'avez rien découvert sur moi, ni sur Abigail, ni sur les Conroy, parce qu'il n'y a rien à découvrir. Si vous continuez à fureter, je le saurai, et vous le regretterez. Vous êtes allé assez loin dans votre enquête pour savoir qu'Abigail est un génie de l'informatique.

– Est-ce une menace déguisée ?

– Pas déguisée du tout. Remettez vos rapports à votre client, rentrez chez vous auprès de votre femme enceinte et vous serez tranquille. Votre avocat ne pourrait pas vous concocter de meilleur arrangement.

– Pourquoi le faites-vous ?

– Pour les raisons que je vous ai données, plus une : je n'ai pas envie de vous causer du tort, Roland. Vous m'avez l'air d'un honnête gars. Autrement, vous seriez déjà dans une cellule.

– Je voudrais téléphoner à mon boss, l'informer de l'avancement de l'enquête.

– Allez-y, dit Brooks.

Là-dessus, il sortit de son bureau.

26

Abigail relégua tout le reste au second plan, afin de se consacrer uniquement au développement de son virus. Elle avait fait de nombreuses tentatives pour le greffer au ver qu'elle avait déjà mis au point, mais les résultats n'étaient pas satisfaisants.

Le ver pouvait causer des dommages considérables. Il créerait des failles dans le réseau des Volkov. Le virus se propagerait par ces brèches et serait encore plus dévastateur. Pour cela, il devait être ultra-rapide, ultra-efficace, et ne déclencher aucune alerte. Elle avait toujours considéré ce projet comme une sorte de hobby, espérant qu'un jour viendrait où elle pourrait le mettre à profit. À présent, il s'agissait d'une mission.

Elle lança un nouveau test, regarda les codes défiler tout en pensant : *Non, non, non ! Encore trop lourd, trop lent.* Elle se renversa contre le dossier de son siège, les cheveux rassemblés au-dessus de la nuque par un crayon. Sans quitter l'écran des yeux, elle but une gorgée de thé vert, une boisson qui stimulait ses facultés intellectuelles. Ni le thé, cependant, ni les deux séances de yoga qu'elle s'était forcée à effectuer ne semblaient l'aider.

Lorsque l'alarme bipa, et que Bert se redressa, elle jeta un coup d'œil au moniteur. Brooks. Elle ne l'attendait pas si tôt. Elle consulta son horloge. Elle avait travaillé sans interruption depuis le début de la matinée. Six heures, au total, sans véritable progrès. Peut-être la tâche était-elle au-dessus de ses capacités, après tout…

Elle s'apprêtait à se lever, puis se souvint qu'elle lui avait donné un double des clés, les codes de sécurité. Cela lui avait coûté, devait-elle admettre, mais, au moins, elle n'avait pas besoin de se déranger pour l'accueillir. Il y aurait toutefois quelqu'un dans la maison, dans son espace. Comment ferait-elle pour se concentrer sur une tâche aussi complexe, aussi délicate, elle qui avait l'habitude de travailler dans la solitude ?

– Salut ! lança Brooks en posant un sac sur le comptoir. Ça avance ?

– Pas aussi vite que je voudrais. Il faut que je teste une autre séquence.

– Combien de temps as-tu déjà passé dessus ?

– Peu importe. Il n'est pas prêt.

– OK. J'ai fait quelques courses. Je les range et je te laisse bosser tranquillement. J'ai aussi apporté des affaires de chez moi, je vais les mettre en haut. Si je termine avant toi, je trouverai de quoi m'occuper.

– Mmm… fut la seule réponse d'Abigail.

Elle s'efforça de faire abstraction du bruit du réfrigérateur, des placards ouverts et refermés. Quand le silence revint, elle poussa un soupir de soulagement et se remit au travail. Elle oublia sa présence. Durant les deux heures suivantes, elle s'absorba dans les codes et les séquences. Jusqu'à ce qu'une migraine ophtalmique l'oblige à s'arrêter.

Elle se souvint alors de la présence de Brooks.

Elle monta à l'étage, où régnait un tel calme qu'elle le crut endormi. Mais il n'était pas dans la chambre. Curieuse, elle ouvrit l'armoire. Il avait suspendu des vêtements aux côtés des siens. Des chemises, des pantalons. Un costume. Elle ne l'avait jamais vu en costume. Elle passa les doigts sur la manche, tout en examinant les chaussures alignées sur le rayonnage inférieur.

Ils partageaient une armoire, se dit-elle. Tellement plus intime et significatif que de partager un lit. Elle ouvrit les tiroirs de la commode. Elle avait l'intention de les réorganiser, afin de faire de la place à Brooks. Obnubilée par son travail, elle avait oublié. Il avait casé son linge où il avait pu. Elle devrait déplacer certaines choses, mais ce n'était pas grave. Elle balaya la pièce du regard. Devrait-elle acheter une autre penderie, une autre commode ? En auraient-ils besoin ?

Resterait-il ?

Du mouvement derrière la vitre attira son attention. Elle s'approcha de la fenêtre. Brooks désherbait le potager. Sa chemise était trempée de sueur. Une casquette lui protégeait le visage du soleil.

Quelle joie… Quelle joie inespérée et inouïe de savoir ses vêtements rangés avec les siens et de le regarder jardiner par la fenêtre, sous un ciel pareil à du denim délavé. Submergée d'émotion, elle redescendit à la cuisine.

Il avait rempli le réfrigérateur.

Avec les citrons qu'elle avait achetés quelques jours plus tôt, elle prépara de la citronnade, remplit deux grands verres de glace pilée, et sortit dans le jardin avec un plateau.

– Il fait trop chaud pour désherber. Tu vas te déshydrater.

– C'est déjà fait.

Il terminait la dernière rangée, les bras luisants, le front ruisselant.

– Tiens, c'est frais.

Il avala d'un trait la moitié de son verre.

– Merci.

– Tu as fait du bon boulot. Le mien est frustrant, en ce moment. Je ne pensais pas que ce virus me donnerait autant de fil à retordre.

– Malheureusement, je ne peux pas t'aider. Je ne comprends rien à ce que tu fabriques. Alors je peux bien te donner un coup de main au jardin, et faire griller les steaks que j'ai apportés. Mais je crois qu'il est l'heure de la pause générale. Pour ma part, en tout cas, j'ai grand besoin d'une douche.

– Tu es en nage, acquiesça-t-elle en lui prenant la binette des mains et en se dirigeant vers la petite cabane où elle rangeait ses outils. Je vais ramasser une laitue, et de quoi préparer une salade composée.

– Allons-y ensemble.

– Tu as déjà fait suffisamment de choses, aujourd'hui.

– Je voulais dire : allons ensemble sous la douche.

– Je dois…

– Viens avec moi ! Je t'ai déjà parlé de l'endroit où nous allions nous baigner dans la rivière ?

– Non.

– Ce n'est pas très loin d'ici, un peu plus haut dans les collines. L'eau a la couleur du tabac, mais elle est propre. On y allait à vélo, pendant les vacances d'été, avec Russ et les copains. C'est là que je me suis montré pour la première fois tout nu devant une fille. Le coin s'appelle « la tête de violon », parce qu'il y a plein de fougères têtes de violon.

Elle imagina qu'ils se baignaient dans une rivière couleur tabac, au milieu des fougères, sous la lueur de la lune filtrant au travers des arbres.

– Je veux que tu m'emmènes à l'endroit où tu te baignais.

– Nous irons.

— Au clair de lune, ajouta-t-elle en renversant la tête en arrière tandis qu'il promenait ses lèvres sur sa gorge. Je n'ai jamais été romantique, avant toi. Mais tu me donnes des envies de clair de lune, de fleurs sauvages et de chuchotements dans le noir.

Il écarta ses cheveux, entoura son visage de ses mains.

— Je t'offrirai tout cela. Et davantage.

— Des promesses et des secrets, et toutes ces choses que je n'ai jamais comprises. Je veux les découvrir avec toi. Je t'aime tellement. Je t'aime. C'est déjà plus que ce que j'ai jamais eu.

Il l'attira contre lui et l'embrassa longuement, lentement, langoureusement. Il lui offrirait la lune, s'il le pouvait, et un océan de fleurs sauvages.

Après leur longue douche brûlante de plaisir, debout devant la table de la cuisine, elle se demandait comment accommoder les pommes de terre – Brooks aimait les pommes de terre. Tout en remplissant deux verres de vin, elle jeta un coup d'œil coupable vers son ordinateur.

— Je devrais me remettre au travail, après cette pause.

— Laisse donc ton cerveau de génie se reposer un peu. Assieds-toi une minute. J'ai du nouveau.

— Du nouveau ? Et c'est seulement maintenant que tu me le dis !

— Tu étais préoccupée, tout à l'heure, quand je suis arrivé. Et après, j'ai oublié, sous la douche.

Il se hissa sur un tabouret devant le comptoir.

— Pour commencer, j'ai eu une petite discussion avec Roland Babbett. Les caméras que je t'ai empruntées l'ont filmé pénétrant par effraction dans la suite Ozarks.

— Tu l'as arrêté ?

— En quelque sorte. Je dois dire qu'il m'a fait plutôt bonne impression.

Bien qu'Abigail ne voulût pas s'asseoir, il lui raconta l'épisode, pendant qu'elle frottait les petites pommes de terre à peau rouge et les découpait en quartiers.

— Tu lui as dit qu'il m'avait fait peur !

— J'ai un peu déformé la réalité. J'ai pensé que ta fierté n'en souffrirait pas trop.

— Tu as… Tu as affabulé pour qu'il éprouve de la sympathie à mon égard et se montre moins curieux quant aux caméras, mon arme, etc.

— J'aime bien le verbe « affabuler ». Il est joli, et plus classe que « mentir ».

– Tu l'as cru, toi aussi. Tu crois qu'il va s'en aller et abandonner son enquête.

– Oui. Avec sa femme enceinte d'un troisième enfant, il ne peut pas se permettre de perdre son gagne-pain, et il ne tient pas à avoir un procès, ni à générer de la mauvaise pub pour son agence. Du reste, il n'aime pas Blake et son fils.

– Mais il travaille pour eux.

– Moi aussi, en tant qu'agent de la fonction publique. Ce n'est pas pour autant que je suis obligé de les aimer.

– Certes…

– Je lui ai proposé un arrangement qu'il avait tout intérêt à accepter.

– Si tout danger est écarté de ce côté-là, il n'y a plus d'urgence à ce que je me rende aux autorités, alors…

Il lui prit les mains et plongea son regard dans le sien.

– Rien ne nous dit que ce genre d'incident ne se reproduira pas. Tant que tu n'auras pas mis un point final à cette histoire, tu ne seras pas tranquille.

– C'est vrai, acquiesça-t-elle. Ce serait reculer pour mieux sauter. Je veux que cette situation prenne fin, Brooks. Je le veux vraiment. Les décisions que nous avons prises m'effrayent, mais elles m'apportent aussi du soulagement.

– Alors tu seras soulagée d'apprendre qu'Anson est à Chicago. Il a l'intention de contacter l'agent Garrison dès ce soir.

– Il t'a téléphoné ?

– En fin d'après-midi, sur mon nouveau portable.

Abigail entreprit d'émincer de l'ail, les yeux rivés sur ses mains, sur le couteau, la tension lui serrant la poitrine.

– Je lui suis reconnaissante. Espérons qu'elle le croira. Finalement, je suis contente que ça aille vite. Quand les décisions sont prises, il ne sert à rien de tergiverser.

Elle versa de l'huile d'olive dans un saladier, ajouta une cuillerée de moutarde de Dijon puis, après un instant de distraction, un trait de vinaigre balsamique.

Brooks ne parvenait pas à détacher son regard d'elle. Elle remuait, humait, plissait les yeux, ajoutait un nouvel ingrédient. *Belle comme une image*, se dit-il, avec ses cheveux encore humides attachés en queue-de-cheval. Elle portait un tee-shirt sans manches gris pâle, et un jean qu'elle avait retroussé aux genoux. Son visage, ses grands yeux verts calmes et sér…

– Épouse-moi, Abigail.

La cuillère lui tomba des mains. Bert vint la renifler.

– C'est sorti tout seul, dit Brooks devant son regard.

Elle ramassa la cuillère, la posa dans l'évier, en prit une autre dans un pot en terre cuite.

– Tu plaisantais… Parce que je cuisine et que ça t'évoque la famille.

– Pas du tout. Je voulais te demander ta main dans une ambiance plus romantique. Avec ce clair de lune dont tu rêves, des fleurs, du champagne. Pour tout te dire, j'avais en tête un pique-nique. Un pique-nique au clair de lune dans la petite clairière que tu aimes tant. Mais en te regardant, c'est sorti tout seul.

Il descendit de son tabouret, lui prit les deux mains.

– Épouse-moi, Abigail.

– Ma situation est trop incertaine.

– Justement. Nous devons être capables de nous faire des promesses malgré l'adversité.

– Si les choses se passent mal…

– Elles se passeront comme elles se passeront. Ça ne changera rien à ce qu'il y a entre nous.

Elle se libéra les mains et reprit ses préparatifs.

– Le mariage, dit-elle, est un contrat civil qu'un simple document suffit à annuler. Les gens se promettent fidélité éternelle et dans cinquante pour cent des cas, en moyenne…

– Je te promets fidélité éternelle.

– Tu ne peux pas savoir si tu m'aimeras toujours.

– Je le crois.

– Tu… Tu viens juste de t'installer ici. D'accrocher tes vêtements dans l'armoire.

– Tu es allée regarder ?

– Oui. On se connaît depuis moins de trois mois. Nous avons une situation épineuse à gérer. Si tu es vraiment déterminé à m'épouser, nous en rediscuterons à un moment plus approprié.

– Tu recules pour mieux sauter.

Elle ouvrit brutalement la porte du four pour y glisser un plat de pommes de terre et se tourna vers lui.

– Tu trouves que c'est malin de me renvoyer mes propres paroles à la figure ?

– Je trouve que c'est approprié.

– Tu m'énerves ! Je n'aime pas m'énerver ! Pourquoi tu ne t'énerves jamais, toi ?

Brooks haussa les épaules, but une gorgée de vin.

– Oh ! ça m'arrive, de temps en temps. En l'occurrence, je ne m'énerve pas parce que j'essaie de comprendre pourquoi tu te mets dans tous tes états alors que je t'ai seulement dit que je t'aimais et que je voulais t'épouser.

– Je ne me mets pas dans tous mes états. Je t'ai simplement donné mon opinion et…

– Non, tu m'as donné l'opinion de ta mère, pas la tienne.

Visiblement blessée, elle régla le thermostat du four et s'essuya les mains avec un torchon.

– Tu n'aurais pas dû dire une chose pareille.

– Je ne voulais pas te faire de peine, mais reconnais que tu te comportes comme ta mère, avec ta logique et tes statistiques froides.

– Je suis une scientifique.

– Certes, mais tu es aussi une femme sensible, qui rêve de clair de lune et de fleurs sauvages. Dis-moi ce que cette part de toi désire, ce qu'elle ressent, pas ce que ta mère t'a enfoncé dans le crâne pendant aussi longtemps qu'elle a pu.

– Comment peux-tu me demander en mariage aussi facilement ?

– Tu es la femme de ma vie. Je n'ai jamais ressenti ce que je ressens pour toi. Je veux faire ma vie avec toi, Abigail. Je veux fonder un foyer, une famille avec toi. Je veux faire des enfants avec toi, les élever avec toi. Si tu ne veux pas de tout ça, je te donnerai le meilleur de moi-même, en espérant que tu changes d'avis. Dis-moi juste ce que tu veux.

– Je veux tout ça ! Mais je…

– Mais quoi ?

– Je ne sais pas ! Je ne peux pas réfléchir, je suis trop émue.

– Mais si, tu peux réfléchir. Tu as un cerveau exceptionnel. Épouse-moi, Abigail.

Il avait raison, bien sûr. Elle pouvait réfléchir. Elle pouvait penser à ce que sa vie avait été sans lui, à ce qu'elle serait si elle refoulait ses sentiments et continuait à ne se fier qu'à une logique glaciale.

– Je ne pourrai pas mettre mon vrai nom sur un contrat de mariage.

Il arqua les sourcils.

– Ah… Dans ce cas, laissons tomber.

Elle éclata de rire.

– Non, je n'ai pas envie de laisser tomber. J'ai envie de dire oui.

– Alors, dis oui.

– Oui.

Elle ferma les yeux, se sentit prise d'un délicieux vertige.

– Oui ! répéta-t-elle en se jetant à son cou.

– Je suis le plus heureux des hommes, murmura-t-il en effleurant de ses lèvres sa joue humide, puis en l'écartant de lui afin de l'embrasser sur la bouche, sur l'autre joue.

Il la serra contre lui, à lui couper la respiration.

– Je n'aurais jamais cru que je serais un jour aussi comblée. Nous sommes un couple, dit-elle en reculant d'un pas et en lui prenant les mains. Et plus encore. Nous allons unir nos vies. C'est incroyable, ce que l'on peut faire à deux. Rester soi-même, avec chacun sa personnalité propre, tout en formant une entité. Une entité composée de toi, moi, nous.

– « Nous », c'est un mot formidable. Employons-le souvent.

Abigail s'immobilisa soudain, comme figée par une révélation.

– Deux conceptions différentes, deux codes distincts, fondus en une seule entité… Je crois que j'ai trouvé la solution ! Pourquoi n'y ai-je pas pensé plus tôt ? J'y suis, je crois que j'y suis ! Il faut que j'essaie quelque chose.

– Va vite faire ce que tu as à faire. Je m'occupe du dîner. Sauf que je ne sais pas quand retirer les pommes de terre du four.

Elle regarda la pendule.

– Encore trois quarts d'heure de cuisson. Mais remue-les dans une quinzaine de minutes.

En une heure, elle avait recalculé, réécrit les codes, restructuré l'algorithme. Elle procéda à des tests préliminaires, repéra les séquences à modifier. Quand elle s'arracha à son travail, les pommes de terre étaient cuites, au chaud dans le four éteint. Brooks et Bert avaient disparu. Elle les trouva sur la galerie, Brooks plongé dans un livre, Bert mâchouillant un os.

– Je t'ai fait attendre pour le dîner…

– Il n'y a qu'à jeter les steaks sur le gril. Alors, où en es-tu ?

– Il me reste du boulot, on est encore loin de la perfection. Notamment, il faut que je le romulianise.

– Que tu le quoi ?

– Oh ! c'est un terme que j'emploie dans mon langage de programmation. Les Romuliens sont une race d'aliens. Dans *Star Trek*. J'adore *Star Trek*.

– Comme tous les geeks.

Le mot « geek », prononcé avec tendresse, la fit sourire.

– Je n'en sais rien, dit-elle. Moi, en tout cas, je suis fan. Les Romuliens ont un bouclier occulteur, qui leur permet de rendre leur vaisseau invisible.

– Alors, en romulianisant ton virus, tu le rendras indétectable ?

– Oui. Je pourrais le déguiser, en cheval de Troie, par exemple, de façon à ce qu'il paraisse bénin, mais il vaut mieux l'occulter. Je suis sur la bonne voie, je le sens.

– Nous devons fêter ça.

Au coucher du soleil, ils dégustèrent ce qu'Abigail considérait comme leur repas de fiançailles.

Au lever de la lune, le mobile de Brooks sonna dans sa poche.

– C'est Anson.

Abigail croisa les mains sur ses genoux, et s'efforça de respirer calmement tout en essayant, d'après les réponses de Brooks, de deviner ce qu'Anson lui disait.

– Il l'a contactée, dit-elle lorsque Brooks eut coupé la communication.

– Oui. Elle est sceptique, suspicieuse. Je n'en attendais pas moins de sa part. Elle lui a posé un tas de questions, vérifié ses références. Elle l'a passé au gril, pour ainsi dire. Elle connaît l'histoire d'Elizabeth Fitch. Comme tous les agents et marshals de Chicago, je suppose. Il ne peut pas jurer qu'elle l'a cru quand il lui a dit ignorer où tu te cachais, mais elle n'a aucun moyen de retrouver ta trace, vu qu'il n'y a eu aucune communication entre lui et toi.

– Ils voudront me voir, m'interroger, interroger Elizabeth Fitch en personne.

Il posa une main sur les siennes, crispées.

– Tu iras quand tu seras prête. Ils ont discuté pendant plus de deux heures, et convenu de se revoir demain. On en saura plus à ce moment-là.

– Elle a dû prévenir son supérieur, à l'heure qu'il est.

– Dix minutes après le départ d'Anson, elle a pris sa voiture. Il l'a suivie jusqu'au domicile du directeur adjoint. Il ne sait pas si elle l'a vu ou non. Il nous a appelés juste après qu'elle est entrée à l'intérieur de la maison. Il est parti, pensant qu'il valait mieux ne pas prendre le risque de se faire remarquer.

– Ils savent que je suis encore en vie, maintenant. Ils savent que je suis *Tvoi drug*.

– Deux éléments en ta faveur, de leur point de vue.

– Logiquement, soupira-t-elle. De toute façon, on ne peut plus faire machine arrière, maintenant.

– Non.

– Il faut que je me remette au travail, au moins une heure ou deux.

– D'accord. Ne te surmène pas, nous avons un barbecue demain.

– Oh, mais...

– Ne t'inquiète pas, tout se passera bien, et ça nous changera les idées. Fais-moi confiance, dit-il en lui caressant les cheveux. Ma famille sera ravie d'apprendre que nous sommes fiancés.

– Oh, mon Dieu !

En riant, il lui tira une mèche de cheveux.

– Il faudra que je t'offre une bague.

– Tu ne voudrais pas attendre un peu, pour l'annoncer à ta famille ? Si jamais les choses tournaient mal...

– Tout se passera bien, affirma-t-il en l'embrassant. Ne travaille pas trop tard.

Dans ce domaine, au moins, se dit-elle quand il l'eut laissée seule, elle savait ce qu'elle faisait. De toute façon, il n'était plus question de faire machine arrière, se rappela-t-elle en s'installant devant son ordinateur.

Paradoxalement, elle redoutait moins de s'attaquer à la mafia russe que d'assister à un barbecue familial.

27

Elle se redressa en sursaut.

Non, ce n'était pas un coup de feu, réalisa-t-elle, seulement le tonnerre. Pas une explosion, mais des éclairs.

Ce n'était qu'un orage. La pluie et le vent.

– Tu as fait un mauvais rêve ? murmura Brooks, en cherchant sa main dans le noir.

– La tempête m'a réveillée.

Elle sortit du lit et ouvrit la fenêtre. Elle avait besoin d'air. Un éclair déchira le ciel, une bourrasque secoua les arbres et lui souleva les cheveux.

– J'ai fait un mauvais rêve, oui. Tu m'as demandé un jour si j'avais des cauchemars ou des flash-backs. Je ne t'ai pas vraiment répondu. Ça m'arrive de temps en temps.

Elle resta debout devant la fenêtre, face au ciel d'un noir d'encre.

Il attendait qu'elle lui en dise davantage, elle le savait. Il possédait une patience infinie. Contrairement à sa mère, toutefois, la sienne était nourrie de bienveillance.

– Je suis dans ma chambre, dans la résidence surveillée. C'est mon anniversaire. Je suis heureuse. Je viens de mettre les boucles d'oreilles et le cardigan que John et Theresa m'ont offerts. Dans mon rêve, comme dans la réalité, je les trouve magnifiques. Je me dis que je les porterai le jour où je témoignerai, qu'ils me porteront bonheur. Et puis j'entends des coups de feu.

Laissant la fenêtre grande ouverte, elle se tourna vers Brooks. Assis dans le lit, il l'observait avec une douceur infinie.

– Dans le rêve, tout se déroule très lentement, alors que dans la réalité tout s'est passé très vite. Je me rappelle pourtant chaque détail, chaque son, chaque mouvement. Si j'avais des talents artistiques, je pourrais dessiner chaque scène, les mettre bout à bout et en faire une sorte de film animé.

– Ce n'est pas de chance, dans ton cas, d'avoir une mémoire aussi précise.

– Je... Non, c'est vrai, acquiesça-t-elle, bien qu'elle n'y eût jamais pensé. Il y avait de l'orage, comme aujourd'hui. Du tonnerre, des éclairs, beaucoup de vent. La première déflagration m'a fait sursauter, mais je ne pensais pas que c'était un coup de feu. Et puis d'autres ont éclaté, et il n'y avait plus de doute. Je suis terrorisée, je ne sais pas quoi faire. Instinctivement, je sors de ma chambre, à la recherche de John. Mais dans mon rêve, tout à l'heure, ce n'était pas John qui me repoussait derrière la porte et s'écroulait par terre, en sang. Ce n'était pas John. C'était toi.

– Pas si difficile à interpréter, commenta-t-il.

Dans la lueur d'un éclair, elle vit ses yeux calmes posés sur elle.

– Non. Le stress, les émotions, le fait de ressasser tous ces événements. Ce que j'éprouvais pour John et Theresa, pour John surtout, était une forme d'amour. Avec le recul, j'ai compris que j'étais amoureuse de lui. C'était innocent, dénué de toute connotation sexuelle, mais c'était un sentiment très fort. Il m'avait juré qu'il me protégerait et j'avais en lui une confiance absolue.

Elle revint près du lit mais resta debout.

– Les gens disent à ceux qu'ils aiment, je mourrais pour toi. Ce n'est pas à prendre au sens littéral, bien sûr, mais ils sont sincères. C'est une façon d'exprimer un profond attachement. Je comprends, maintenant, ce que ces paroles signifient vraiment. Elles traduisent une émotion d'une puissance indicible. Je sais que tu mourrais pour moi. Tu risquerais ta vie pour me protéger. Et ça me terrifie.

Il prit ses mains dans l'une des siennes, aussi ferme, aussi rassurante que son regard.

– Je ferai en sorte qu'il ne m'arrive rien, promis.

– Je compte sur toi, dit-elle en se glissant sous la couette.

Contre lui, elle se détendit, écoutant la tempête s'éloigner.

Au matin, le ciel était d'un bleu radieux, les températures à la hausse. Sitôt son petit déjeuner avalé, elle s'installa devant l'ordinateur.

– Tu devrais laisser tout ça reposer un peu ! lui lança Brooks depuis la cuisine.

– Tu as raison. Je regardais un autre truc, sans rapport avec le virus.

– J'ai eu Anson au téléphone. Il a rendez-vous avec Garrison et le directeur adjoint Cabot dans une heure et demie.

– J'ai encore besoin d'au moins une journée complète pour affiner le programme. Je préfère attendre d'avoir fini, d'être sûre de pouvoir mettre mon plan à exécution.

Elle s'apprêtait à en dire plus, mais secoua la tête.

– Je t'expliquerai en temps voulu. Pour l'instant, je ne sais pas comment m'habiller pour le barbecue, ni… Pourquoi tu ne me l'as pas dit ? s'écria-t-elle en pivotant sur son siège de bureau, horrifiée.

Devant ce désespoir aussi soudain que violent, Brooks faillit renverser le bol de céréales qu'il venait de se servir.

– Pas dit quoi ?

– Que je devais préparer quelque chose pour apporter chez ta mère ! Tu sais bien que je ne connais pas les règles du savoir-vivre en société.

– Il n'y a pas de règles. Chacun…

– C'est écrit là, dit-elle en pointant l'index sur l'écran de l'ordinateur. Les invités apportent en général un plat qu'ils ont eux-mêmes préparé.

– Où est-ce écrit ?

– Sur ce site. Je me renseigne sur l'étiquette des barbecues.

– Seigneur ! marmonna Brooks, partagé entre l'amusement et la stupéfaction. Ce n'est qu'un repas à la bonne franquette, pas un dîner officiel avec étiquette. J'ai acheté des bières. On apportera aussi une bouteille de vin.

– Je dois préparer quelque chose, tout de suite.

Elle se rua dans la cuisine, ouvrit frénétiquement les placards, le réfrigérateur.

Son bol à la main, Brooks se leva.

– Abigail, calme-toi. Tu n'as pas besoin de préparer quoi que ce soit. Il y aura assez à manger, trop, même, sans doute.

– Ce n'est pas la question. La politesse veut que j'apporte l'une de mes spécialités. Orzo ! Je crois que j'ai tous les ingrédients pour une salade d'orzo.

Voilà au moins qui lui change les idées, se dit Brooks. Toutefois, vu son état d'agitation, mieux valait ne pas rester dans ses pattes.

– Il faut que je passe au poste, dit-il.

– D'accord.

– Tu as besoin de quelque chose ? Je peux m'arrêter faire des courses en revenant.

– J'ai tout ce qu'il me faut.

– À tout à l'heure, alors. Je reviens d'ici une heure ou deux.

En sortant, il roula les yeux à l'intention de Bert, comme pour lui dire : « Bon courage, mon vieux. »

À peine avait-il franchi le seuil de la porte que son mobile sonna.

– Gleason à l'appareil, j'écoute.

– Bonjour, chef. Il y a un petit problème à l'église baptiste de Hillside, lui dit Ash.

– Je ne m'occupe pas des petits problèmes quand je suis en repos.

– Il s'agit de M. Blake et des Conroy. J'ai pensé que vous souhaiteriez être prévenu.

Brooks sauta dans sa voiture et exécuta une marche arrière tout en poursuivant la conversation.

– Merde ! J'arrive. Quel genre de problème ?

– Prise de bec qui risque fort de s'envenimer. Je me rends moi-même sur les lieux.

– Si tu arrives avant moi, tâche d'empêcher que ça dégénère.

En s'engageant sur la route principale, Brooks mit les gaz et la sirène. Quelques minutes plus tard, il faillit emboutir le véhicule de Ash venant de la direction opposée.

Sur la pelouse fraîchement tondue de l'église de brique rouge, Lincoln Blake et Mick Conroy semblaient sur le point d'en venir aux mains, au centre d'un attroupement de fidèles endimanchés prenant parti pour l'un ou l'autre. Même le révérend Goode se tenait au milieu de ses ouailles, sa Bible à la main, le visage écarlate d'indignation.

– On se calme, s'il vous plaît ! cria Brooks en se frayant un passage dans la foule.

Blake était accompagné de son assistant, et Brooks ne doutait pas que celui-ci était armé. L'Arkansas avait des lois interdisant le port d'arme à l'église – Dieu seul savait pour combien de temps encore. Brooks aurait néanmoins mis sa main à couper que plus d'un avait un flingue sous son costume du dimanche.

– Je vous rappelle que vous vous trouvez devant une église, dit-il sur un ton désapprobateur, teinté d'une légère déception. Je suppose que vous sortez tous de la messe. J'ai entendu des mots déplacés. Je vous prie de vous montrer respectueux.

– C'est Lincoln qui a commencé, déclara Jill Harris, les bras croisés sur la poitrine. Mick était à peine sorti de l'église que Lincoln lui est tombé sur le râble.

– Chacun a le droit de dire ce qu'il veut, rétorqua Mojean Parsins, la mère de Doyle. Et vous, vous n'avez pas à vous mêler de ce qui ne vous regarde pas.

– Votre fils est un hooligan.

Brooks s'interposa entre les deux femmes.

– Mesdames, s'il vous plaît, veuillez rentrer chez vous. Et vous autres aussi ! lança-t-il à la ronde.

– Vous avez monté un coup contre mon fils, avec l'autre grognasse de Lowery, proféra la mère de Doyle. Lincoln m'a tout expliqué. Quant aux Conroy, ils font une montagne d'une petite bêtise d'adolescents.

Hilly Conroy donna un coup de coude à son mari et s'avança vers Mojean Parsins.

– Vous savez que vous mentez, lui dit-elle, furieuse. Je vous connais depuis toujours et je vois que vous êtes de mauvaise foi.

Enfin, elle laissait éclater sa colère, se dit Brooks.

– Ne me traitez pas de menteuse ! Votre fils a mis son hôtel dans le rouge, et vous essayez de faire payer le mien.

– Ne comparez pas mon fils au vôtre, Mojean ! Et si jamais vous colportez des rumeurs calomnieuses à notre sujet, vous le regretterez.

– Allez au diable !

– Ça suffit, Mojean, intervint son mari, Clint. Viens, rentrons à la maison.

– Tu pourrais au moins prendre la défense de ton fils !

– Pour quoi faire ? Toute sa vie, sa maman s'est chargée de le défendre, quoi qu'il fasse ! Veuillez nous excuser, Hilly, Mick… Mojean, je m'en vais. Tu fais ce que tu veux, mais je te préviens, si tu restes là, tu ne me trouveras pas à la maison, en rentrant !

– Ne me parle pas sur…

Clint avait déjà tourné les talons. Mojean le rattrapa en courant.

– Je suis navré pour cette scène, Brooks, déclara Mick en lui tendant la main.

– Vous ne vous en tirerez pas comme ça, Conroy ! vitupéra Blake qui s'était avancé.

Mick lui jeta un regard froid.

– Je vous le répète une dernière fois : je ne veux rien avoir à faire avec vous. Ne m'approchez plus, ni moi, ni ma famille, ni mon hôtel.

– Si vous espérez me soutirer plus d'argent, vous vous fourrez le doigt dans l'œil. Je vous ai proposé un arrangement équitable.

– Rentrez chez vous, Mick, dit Brooks avant de se tourner vers Blake, avec une expression de dédain non dissimulé. Je m'entretiendrai ultérieurement avec M. et Mme Conroy.

– Accordez vos violons, ouais !

– Je m'entretiendrai également avec M. et Mme Goode. Vous n'oserez tout de même pas insinuer que le révérend et son épouse sont aussi des menteurs ? En fait, mes agents et moi-même entendrons toutes les personnes qui ont été témoins de l'altercation. S'il se trouve que vous avez tenté de faire pression sur les Conroy, je les encouragerai à requérir une ordonnance restrictive à votre encontre. Pareille mesure ne serait pas dans votre intérêt.

– N'essayez pas de m'intimider !

– Je vous explique seulement la situation. Vous en discuterez avec vos avocats avant de vous mettre davantage dans le pétrin. Dans l'immédiat, je vous serais obligé de quitter les lieux. Votre femme semble terriblement gênée.

– Laissez ma femme hors de cette affaire.

– Lincoln, intervint posément le révérend Goode, je comprends que vous soyez contrarié. Je suis là, si vous avez besoin de vous confier. Ramenez Jenny chez vous, s'il vous plaît. Elle me paraît très fatiguée. Et à l'avenir, ne revenez pas dans la maison de Dieu animé par des sentiments impies. Rentrez chez vous, maintenant, Lincoln. Je prierai pour vous et votre famille.

– Gardez vos prières, marmonna Blake en s'éloignant, laissant son assistant prendre sa femme par le bras et l'aider à descendre la pente jusqu'au parking.

Abigail s'était déjà changée trois fois. Cela ne lui ressemblait pas de se soucier autant de sa tenue vestimentaire, hormis si cela contribuait à la création d'un nouveau personnage, d'une nouvelle identité. Elle avait lu sur Internet qu'il fallait s'habiller décontracté, sauf autrement spécifié. Elle enfila un pantacourt bleu marine, un corsage rouge et des sandales presque jamais portées, achetées dans un moment de faiblesse. Puis elle se maquilla, ce qu'elle faisait très rarement depuis qu'elle était devenue Abigail – dont le but était de ne pas se faire remarquer. Elle mit aussi les boucles d'oreilles offertes par John, comme chaque fois qu'elle avait besoin de se donner du courage.

Dans la cuisine, elle trouva Brooks assis devant un Coca, rumi-
nant sombrement.

– Il s'est passé quelque chose ?

– Rien qui te concerne. J'ai dû intervenir pour une altercation qui
menaçait de dégénérer, à l'église baptiste de Hillside.

– La religion a toujours engendré la violence.

Il passa la cannette froide sur son front.

– La religion n'y était pour rien. Blake cherche des noises aux
Conroy. Il les a pris à partie, à la sortie de la messe, devant tout le
monde. Je vais être obligé de demander aux Conroy d'envisager…
Tu es superbe, dis donc.

– Je me suis maquillée. J'ai pensé que ce serait de bon ton.

– Ça te va très bien.

La colère et le stress qu'elle avait lus dans ses yeux laissèrent la
place à un sourire chaleureux.

– Comment fais-tu pour décompresser aussi rapidement ?

– J'emmène une jolie femme à un barbecue. Souverain pour
chasser la mauvaise humeur. Où est le plat que tu as préparé ?

Elle le sortit du réfrigérateur, ainsi qu'un pack de bières.

– Si les Conroy ont besoin de toi, je suis sûre que ta famille comprendra.

– Tu ne t'en tireras pas aussi facilement, répliqua-t-il en prenant
le saladier. Tu es prête ?

– Je crois, répondit-elle en accrochant la laisse de Bert à son
collier. Tu me brieferas sur les centres d'intérêt des uns et des autres,
pour que je puisse lier conversation.

– Ne t'inquiète pas, les conversations se lieront toutes seules,
dès que nous aurons annoncé que nous allons nous marier. Tout le
monde viendra te parler plans de mariage.

– Nous n'en avons aucun.

– Tu peux me croire sur parole, ma chérie, tu en auras avant la fin
de la journée.

Le saladier sur les genoux, elle médita ces paroles, tandis que le
chien reniflait chaque centimètre carré du véhicule de patrouille.
Elle avait l'estomac noué, son cœur battait à toute allure, et plus
ils approchaient de chez les parents de Brooks, plus elle peinait à
dominer sa nervosité. Elle s'efforça de considérer l'épreuve qui l'attendait comme une arrivée dans une nouvelle ville, sous une nouvelle apparence. Chaque fois, elle avait eu un trac fou, mais elle
savait comment dissimuler ses émotions, comment se comporter
pour qu'on voie d'elle seulement ce qu'elle voulait montrer.

Elle avait réussi à donner le change pendant douze ans. Jusqu'à Brooks. Il avait vu en elle autre chose, quelque chose de plus, et elle lui en était infiniment reconnaissante. Il lui avait offert la chance d'une vraie vie.

La vraie vie comportait toutefois des barbecues en famille.

Quand il gara la voiture, elle se sentait enfin à peu près maîtresse d'elle-même.

– Détends-toi, lui dit-il.

– J'ai l'air tendue ?

– Non, mais tu l'es.

Il prit le saladier, le pack de bières. Bert en laisse, elle lui emboîta le pas en direction de la musique, des éclats de voix, de l'odeur de viande grillée.

Elle reconnut trois visages : la mère et les deux sœurs de Brooks. Tous les autres lui étaient inconnus. À la pensée de se mêler à tous ces étrangers, elle sentit son pouls tambouriner de nouveau. Avant qu'elle ait pu se composer une contenance, Sunny posa un plateau et se précipita vers eux.

– Ah, vous voilà enfin !

– J'ai eu un petit problème à régler, lui dit Brooks.

– Je suis au courant, répliqua-t-elle en les embrassant tour à tour, puis en flattant l'encolure de Bert. Vous êtes superbe, Abigail. Oh, qu'est-ce que c'est ?

– De l'orzo, parvint à articuler Abigail. J'espère que ça ira avec votre menu.

– Absolument. Nous avons préparé un buffet avec toutes sortes de choses. Va le poser sur la table, là-bas, Brooks, et apporte un verre à Abigail. Nous avons préparé des margaritas.

– Je reviens tout de suite, dit-il à Abigail.

– Mya est la reine de la margarita. Détachez donc Bert, il jouera avec Platon.

Abigail s'exécuta, tandis que les deux chiens se reniflaient.

– « Amis », Bert. Ce sont des « amis ». Ce sont tous des « amis ».

– Il ne risque pas d'avoir une réaction imprévisible avec tous ces enfants qui courent partout ?

– Non, il est très gentil, très patient. Il n'attaque que si je lui en donne l'ordre, ou si je suis moi-même agressée.

– Personne ne vous agressera ici. Venez, que je vous présente Mick et Hilly Conroy, de vieux amis. Leur fils, Russ, est le meilleur copain de Brooks. Ils ont eu quelques ennuis, récemment, confia

Sunny tout en entraînant Abigail vers un petit groupe. Je vous présente Abigail, annonça-t-elle.

— Enfin ! s'écria une jeune femme au teint mat et aux yeux verts pétillants. Je commençais à croire que Brooks vous avait inventée.

— Non, non… bredouilla Abigail.

C'est moi qui me suis inventée, pensa-t-elle.

— Abigail, je vous présente Seline, son mari Russ et leur petite CeeCee. Les parents de Russ, nos amis Mick et Hilly.

— Je vous ai aperçue en ville une ou deux fois, déclara Hilly. Enchantée de faire votre connaissance.

— Enchantée ! Je suis navrée de ce qui s'est passé dans votre hôtel. C'est une bâtisse splendide.

— Merci, dit Hilly en posant la tête contre l'épaule de son époux, à la recherche de réconfort. Nous avons déjà commencé les réparations. Il sera encore plus beau qu'avant, n'est-ce pas, Mick ?

— Absolument, ma chérie. J'ai appris que le fils Blake vous avait causé des ennuis à vous aussi.

— C'est à Brooks qu'il en voulait. Heureusement, il y a eu plus de peur que de mal. Ce garçon est plein de haine. Il doit subir les conséquences de ses actes.

— Très bien parlé, dit Mya en s'approchant avec une margarita dans chaque main. Tenez, Abigail, Brooks est occupé une minute avec papa.

— Merci, dit Abigail en trempant les lèvres dans le verre. Hmm… délicieux.

— Attention, elle est traître, la prévint Sunny en lui passant un bras autour des épaules. Venez, que je vous montre mon jardin.

Finalement, ce n'était pas la mer à boire, se dit Abigail. Pendant une vingtaine de minutes, elle discuta jardinage avec Sunny, fit connaissance avec la famille et les amis de Brooks, répondit aux questions des enfants à propos de Bert. Et quand tout le monde se rassembla autour des tables de pique-nique, elle se sentit encore plus à l'aise, le repas lui volant la vedette.

— Ça va ? lui demanda Brooks.

— Très bien. Tu avais raison.

— Comme d'habitude, dit-il en l'embrassant, et il se leva, une cannette de bière à la main. J'ai une nouvelle qui vous intéressera tous, annonça-t-il sans élever la voix, malgré les paroles qui s'échangeaient au-dessus de la table. Abigail et moi allons nous marier.

Les conversations s'arrêtèrent net.

– Qu'est-ce que tu as dit ? demanda Mya.

– L'important, c'est ce qu'elle a dit, répondit-il en prenant la main d'Abigail. Et elle a dit oui.

– Oh, mon Dieu, Brooks !

Entre le rire et les larmes, Mya prit la main de son mari, la serra contre son cœur et courut se jeter au cou de son frère.

Tout le monde recommença à parler en même temps, à Brooks, à Abigail, les uns avec les autres. Abigail ne savait où donner de la tête. À côté d'elle, Brooks regardait sa mère, qui regardait son fils, muette.

– Maman…

Sunny hocha la tête, poussa un long soupir et se leva. Brooks l'imita. Elle le prit dans ses bras et le serra contre elle.

– Mon bébé, murmura-t-elle, et elle ferma les yeux.

En les rouvrant, elle se tourna vers Abigail et lui tendit la main. Abigail se leva.

– Madame…

Sunny secoua la tête et l'attira entre ses bras.

– Je vais pleurer, juste une demi-minute, annonça-t-elle. J'en ai le droit. Ensuite, j'irai chercher cette bouteille de champagne qui nous reste du jour de l'an et nous trinquerons à cette bonne nouvelle.

Elle serra Brooks et Abigail contre elle, puis les relâcha, embrassa son fils, et surprit Abigail en lui prenant le visage entre les mains, afin de lui déposer une bise sur chaque joue.

– Je suis heureuse. Je vais chercher le champagne.

– Elle a besoin d'être seule une minute, dit Loren en se dirigeant vers son fils. Elle est tellement émue…

À son tour, il embrassa Brooks, puis Abigail.

– Bienvenue dans la famille, lui dit-il en la soulevant presque de terre.

Tout le monde recommença à parler et Abigail fut prise dans un tourbillon d'accolades, mitraillée de félicitations, de questions. Quand aurait lieu le mariage ? Où ? Avait-elle déjà choisi sa robe ? Dans le brouhaha et les rires, elle entendit le bouchon de champagne sauter. Elle se blottit contre Brooks et leva les yeux vers lui.

La famille, pensa-t-elle.

Elle pouvait avoir une famille et comprenait, maintenant qu'elle en palpait la réalité, qu'elle ferait tout, tout, pour la garder.

28

Les plans de mariage. Abigail les voyait comme une boule de neige roulant à flanc de montagne, qui grossissait, grossissait, grossissait, gagnant en poids, en vitesse et en masse, jusqu'à produire une gigantesque avalanche.

Dans le jardin des Gleason, par ce dimanche après-midi radieux, elle était prise sous l'avalanche.

– Au printemps prochain, alors ? demanda Mya.

– Au printemps ? Je…

– Non ! intervint Brooks en caressant la cuisse d'Abigail sous la table de pique-nique. Je n'attendrai pas aussi longtemps.

– Alors ça, ce sont les hommes tout crachés ! Ils n'ont pas la moindre idée de l'organisation que réclame un mariage ! Il nous a fallu dix mois pour préparer celui de Sybill et Jack, dix mois et sans une minute de répit !

– Mais ça valait le coup, il était magnifique, déclara Sybill.

– Je pensais juste passer à la mairie, commença Abigail, provoquant une rumeur féminine de dépit.

– N'y pensez même pas ! se récria Mya.

Sa sœur lui décocha un coup de coude dans les côtes.

– Vous voulez quelque chose de simple… dit-elle à Abigail.

– Oui, très simple, répondit-elle en regardant Brooks.

– Il y a simple et simple, temporisa-t-il. On peut trouver un juste milieu entre un passage en coup de vent à la mairie et le jubilé de diamant que Mya a en tête. Je pensais fixer une date à l'automne, ça nous laisserait suffisamment de temps pour envisager une petite fête mais pas assez pour louer un chapiteau de cirque.

– Dans moins de six mois ! Moins de six mois pour trouver la robe parfaite, réserver la salle, le traiteur, le photographe...

– Le photographe ? interrompit Abigail.

– Vous ne pensez tout de même pas faire prendre vos photos de mariage par votre oncle Andy !

– Je n'ai pas d'oncle Andy.

Et elle avait toujours évité les photos. Ilya l'avait reconnue à New York, en deux secondes, dans la rue. Si une photo d'elle paraissait en ligne, ou dans un journal, ils retrouveraient sa trace.

– Ça nous ramène à la liste des invités. Je vous donnerai les coordonnées des membres et des proches de la famille. De votre côté, combien de personnes comptez-vous inviter ?

– Aucune.

– Oh, mais...

Mya n'eut pas besoin de coup de coude, cette fois, pour se mordre la langue. Elle poursuivit sur sa lancée comme s'il n'y avait là rien de plus normal.

– Il faudra qu'on se réunisse entre femmes, décréta-t-elle. Toi, tu n'as pas à t'en mêler, ajouta-t-elle à l'intention de Brooks, avec un sourire malicieux. L'organisation d'un mariage, c'est une affaire de femmes.

– Pas de problème, opina-t-il.

– Je connais une boutique de robes de mariée fabuleuse, à Little Rock, continua Mya.

– White Wedding ! s'exclama Seline. C'est là que j'ai acheté la mienne.

– Nous irons passer la journée toutes ensemble à Little Rock. Nous commencerons par un déjeuner au restaurant, suivi d'un petit *brainstorming*. Ensuite, nous irons faire les boutiques. Attendez, que je regarde quand je suis libre...

Mya sortit son téléphone mobile et consulta son agenda.

– La semaine prochaine, vous êtes dispo ?

– La semaine prochaine... bredouilla Abigail.

– Qu'est-ce que tu peux être directive ! lança Sunny à sa fille. Mya adore mener son petit monde à la baguette, il faudra vous y habituer, dit-elle à Abigail. Laisse-lui donc quelques jours pour souffler, Mya.

– On ne se refait pas, répliqua l'intéressée en rejetant ses cheveux en arrière. Et quand nous serons sœurs, vous verrez, Abigail, ce sera encore pire.

– Vous pouvez la croire sur parole, renchérit Sybill en riant.

Abigail entendit le mobile de Brooks vibrer. Il le sortit de sa poche et jeta un coup d'œil à l'écran.

– Excusez-moi, un appel important.

Il croisa brièvement le regard d'Abigail, puis se leva et s'éloigna un peu.

Elle avait l'impression d'évoluer dans un monde irréel. Mya continuait à parler robes de mariée, bouquets, repas servis à table ou buffets… Et pendant ce temps-là, Brooks discutait avec Anson de décisions dont dépendait sa vie.

Une autre boule de neige, pensa-t-elle, qui roulait, roulait, enflait, gagnant en poids et en masse jusqu'à emporter la montagne avec elle. De toute façon, il n'était plus question de l'arrêter, se souvint-elle.

– Ça va ? lui demanda Sybill.

– Oui, oui, très bien. Je me sens juste un peu submergée.

– Et ce n'est que le début !

– Oui…

Abigail jeta un coup d'œil en direction de Brooks. La conversation terminée, il revint vers elle et lui posa une main sur l'épaule.

– Désolé, dit-il, le devoir m'appelle.

– Ne t'inquiète pas, lui dit Mya. Nous déposerons ta chère et tendre chez elle.

Durant une fraction de seconde, un grand blanc se fit dans l'esprit d'Abigail.

– Oh, merci, mais j'ai laissé du travail en plan. Je crois que je vais rentrer.

– Alors je vous appellerai demain, ou je vous enverrai un mail. Un mail, oui, plutôt. Comme ça, je pourrai vous transmettre des liens. Donnez-moi votre…

– Mya ! fit Sunny en arquant les sourcils. On avait dit qu'on lui laissait quelques jours pour souffler.

– D'accord, d'accord. Je n'y peux rien si je suis née pour organiser des fêtes. Vous me contacterez quand vous serez prête, Abigail.

Et elle griffonna son adresse mail sur une serviette en papier.

– Entendu, acquiesça Abigail. Merci à vous tous pour cette merveilleuse journée.

En l'embrassant, Sunny lui chuchota à l'oreille :

– Ne vous en faites pas, je dirai à Mya de vous laisser tranquille pendant une semaine ou deux.

S'en aller prit du temps. Apparemment, personne ne se contentait de juste dire au revoir. Chacun vous embrassait, embrayait sur un nouveau sujet de conversation, lançait des invitations, jouait avec le chien… et vous interpellait en faisant des grands gestes de la main alors que vous étiez déjà à la portière de la voiture.

– Avant que tu me dises ce que t'a dit Anson, je voudrais te dire que ta famille est…

– Bruyante ? Envahissante ?

– Non. Enfin, si… mais ce n'est pas ce que je voulais dire. Affectueuse, attentionnée. Je te comprends mieux, après avoir passé un après-midi avec eux. Ta mère… Ne me regarde pas avec cet air apitoyé, je n'aime pas ça.

– D'accord.

– Ta mère m'a prise par les épaules. Un geste spontané, irréfléchi, comme elle en a sûrement tout le temps avec n'importe qui. Mais pour moi, c'était… J'ai pensé… Voilà comment une mère se comporte… Elle vous touche, elle vous entoure de petites attentions, juste comme ça. Sans raison importante. Si un jour nous avons des enfants, je veux être une mère comme la tienne. J'espère que j'y arriverai.

– Je n'en doute pas une seconde.

– Sur ce, comment s'est passée l'entrevue de Anson avec le FBI ?

– Elle a duré presque toute la journée. Au début, ils ont tenté de lui soutirer des informations sur toi, mais il a maintenu qu'il ne savait pas pourquoi tu t'étais adressée à lui, qu'il ne te connaissait pas auparavant. Ils ont été très circonspects, mais il est persuadé qu'ils vont surveiller Cosgrove et Keegan.

– Ont-ils cru à mon histoire ?

– Tu as donné des détails très précis, et depuis plusieurs années tu es pour eux une source précieuse. Pourquoi mentirais-tu au sujet de Cosgrove et de Keegan ? Ils veulent s'entretenir avec toi en personne. Ils te promettent leur protection.

– Ils veulent m'interroger, s'assurer que je n'étais pas complice de la mort de John et Theresa. Quand ils en seront certains, ils voudront que j'accepte de témoigner contre Korotkii.

– Oui, et pas seulement. Tu as accès à des données internes à l'organisation des Volkov, susceptibles de permettre l'arrestation de la plupart de ses membres et de déstabiliser le reste.

– Tant que ces données proviennent d'une source anonyme, les autorités peuvent les utiliser. Quand il sera établi qu'elles ont été obtenues par des moyens illégaux, ce ne sera plus possible.

– Gageons qu'ils trouveront une parade.

Elle avait réfléchi à tout cela.

— Je ne leur révélerai pas le procédé, même s'ils m'accordent l'immunité pour le piratage. J'ai besoin du procédé pour détruire le système des Volkov. Le FBI ne peut pas faire ce que j'ai l'intention de faire, ni techniquement ni légalement. Je serai de nouveau en danger, à moins d'anéantir leur réseau et de siphonner leurs fonds.

— Siphonner leurs fonds ? Tu y as accès ?

— À une bonne partie, oui. J'ai réfléchi à ce que j'en ferai, dès que j'aurai transféré l'argent de leurs divers comptes. Des dons anonymes à des œuvres caritatives.

Brooks détourna les yeux de la route et observa longuement Abigail.

— Tu vas les mettre sur la paille.

— Oui. Je pensais que tu avais compris. S'ils gardent près de cent cinquante millions en banque, ils pourront facilement se refaire, même après quelques arrestations. Ils ont aussi des biens immobiliers, mais j'ai quelques idées sur la manière d'en disposer.

— D'en disposer…

— Irrégularités fiscales, transferts de titres… Les autorités pourront tout bonnement confisquer certaines propriétés, qui ont été utilisées à des fins illégales. D'autres, en revanche, pour l'instant habilement masquées, ne le seront plus après mon passage. Mon témoignage ne suffira pas, Brooks, dit-elle alors qu'il se garait devant le chalet. Ça ne suffira pas pour mettre Korotkii, Ilya et Serguei en prison. Avec leurs ressources, leur argent, ils se regrouperont, se reconstruiront, et ils sauront que je suis à l'origine de leurs déboires. Je ne veux pas qu'ils sachent comment leur réseau a été infiltré.

Elle descendit de la voiture et regarda Brooks par-dessus le toit.

— Je ne veux pas retourner en résidence surveillée. Je ne veux pas que les flics sachent où je suis, même quand j'aurai consenti à témoigner. Je n'ai pas confiance en leur protection. Je n'ai confiance qu'en moi, et en toi.

— D'accord, acquiesça-t-il en ouvrant la portière au chien. Quand nous irons à Chicago, que sera venu le temps de témoigner, personne d'autre que toi et moi ne saura où nous sommes. En attendant, pour la rencontre, tu choisiras le lieu, un hôtel en Virginie ou dans le Maryland, par exemple, et tu le leur diras seulement quand tu seras sur place.

— Très bien. Tu ne pourras pas venir avec moi.

— Si, du moment qu'ils ne me voient pas. Je pourrai avoir des yeux et des oreilles dans la chambre, de façon à rester en contact avec toi… et que nous ayons des preuves concrètes, au cas où nous en aurions besoin.

– Je n'y avais pas pensé. C'est une excellente idée.

– Tu réfléchis, je réfléchis. L'union fait la force.

Elle se tourna vers lui, puis se blottit contre sa poitrine. Elle ne l'arracherait pas à sa famille, si jamais les choses se passaient mal. Une autre leçon qu'elle avait tirée du barbecue.

– Il faudra que tout aille très vite, dès que la machine sera lancée. Nous n'avons pas droit à l'erreur. Cela dit, dans l'immédiat, je dois terminer le programme.

– Va travailler… De mon côté, je vais commencer à faire des recherches pour le lieu de rencontre.

– En Virginie. Dans le comté de Fairfax. C'est assez loin de Washington et à moins d'une heure d'un petit aéroport régional dans le Maryland. J'affréterai un avion.

– Sans blague ?

– N'oublie pas que tu as une fiancée pleine aux as.

Il éclata de rire.

– Comment ce détail a-t-il pu me sortir de l'esprit ?

– Si jamais on est suivis, on pourra facilement les semer sur ces routes. Et ils essaieront sans doute de me cueillir au Dulles Airport ou au Reagan National.

– Bien vu. Allez, va faire mumuse avec tes vers !

Il la laissa travailler tranquillement. Toutefois, après deux heures devant un ordinateur, un dimanche soir, un homme a envie d'une bière. Et de chips. Il avait dû en introduire clandestinement dans la maison, tout aliment industriel étant banni de chez Abigail.

Elle était concentrée sur son écran, les mains sur les genoux. Il prit une cannette dans le réfrigérateur, jeta un coup d'œil en direction de son bureau et, discrètement, ouvrit le placard où il avait caché les chips.

Elle se retourna.

– Je ne te dérange pas plus longtemps.

– J'ai terminé.

Il scruta son visage, posa la bière sur le comptoir.

– Le virus est au point ?

– Oui. Le programme fonctionne. En théorie. Je l'ai testé plusieurs fois. Évidemment, je n'en serai absolument certaine qu'après l'avoir envoyé dans le réseau, mais je suis confiante.

Avec un grand sourire, Brooks s'approcha d'elle et lui donna un baiser.

– Tu es un génie.

– Oui.

– Alors, pourquoi fais-tu cette tête ? Tu n'as pas l'air contente.

– Je le suis. Mais je me sens dans un état… bizarre, dit-elle en se massant la tempe gauche, sentant poindre une migraine. J'étais sûre d'y arriver… mais maintenant je me rends compte que je n'y croyais pas vraiment. Brooks, je peux infester leur réseau, corrompre tous leurs fichiers, tous leurs programmes. Je peux les paralyser, quels que soient le système d'exploitation ou l'ordinateur que chaque individu utilise. Je peux le faire, et si je le fais immédiatement après avoir siphonné leurs fonds, ils seront ruinés. Brisés.

Elle se posa une main sur le cœur.

– Je peux aussi donner aux autorités les moyens de mettre un terme à tout un tas d'activités illicites, ajouta-t-elle, et d'arrêter un certain nombre de lieutenants et de soldats. La *bratva* Volkov sera dissoute et ne pourra jamais se reformer.

– Tu vas les écraser.

Elle éclata de rire.

– Oui, oui ! Je ne pensais pas en être capable, murmura-t-elle. Sinon, je l'aurais fait avant d'accepter de témoigner.

Brooks garda une expression impassible.

– Tu ne veux plus témoigner ?

Comme il le faisait souvent avec elle, elle lui entoura le visage de ses mains.

– Je t'aime tellement, dit-elle. Tu me laisserais revenir sur ma décision, bien que ce soit à l'encontre de tes principes. Bien sûr que j'irai témoigner. Je dois le faire, pour être celle que je veux être. Mon témoignage, mes données, le piratage, le supervirus, tout cela forme un tout. Bientôt, Elizabeth aura la conscience tranquille.

Elle ferma les yeux, puis les rouvrit en souriant.

– Et Abigail pourra t'épouser avec la conscience tranquille, ajouta-t-elle. J'ai tellement envie de me marier avec toi ! Je suis même prête à aller faire les boutiques de robes de mariée.

– Waouh !

– J'ai un peu peur, mais je suis prête. Dès que nous aurons trouvé un hôtel, je réserverai l'avion. Anson pourra fixer le rendez-vous. La phase suivante pourra commencer.

– J'ai trouvé l'hôtel, à Tysons Corner, en Virginie. Catégorie moyenne, tout près de l'autoroute.

– Je voudrais voir le site web de l'hôtel, et une carte des environs.

– Je m'en doutais. Je les ai mis en signets sur mon portable.

– Il faut arranger le rendez-vous pour demain ou après-demain. En un laps de temps aussi court, les autorités pourront difficilement me retrouver.

– Après-demain… Je dois m'organiser pour pouvoir m'absenter.

– Après-demain, oui, ce sera mieux. Je dois aussi prendre des dispositions pour Bert.

– Ma mère s'en occupera.

Elle hésita, regarda le chien.

– Je pensais à un chenil professionnel.

– Tu vas le mettre en prison ?

– Un chenil n'est pas une prison. Il s'est plu, cet après-midi, chez tes parents, mais je ne veux pas les déranger.

À présent, elle avait deux regards noisette rivés sur elle.

– Ils se feront une joie de le garder. C'est aussi à ça que sert la famille, à te rendre service. Il faudra t'y habituer. Allez, va jeter un coup d'œil au site de l'hôtel. Je leur passe un coup de fil.

– D'accord.

Tandis qu'Abigail quittait la cuisine, il composa le numéro de téléphone de ses parents.

– À charge de revanche, dit-il à Bert.

Tout est calé, se dit Abigail, dans sa chambre forte, tout en sélectionnant avec soin les accessoires dont elle aurait besoin.

Elle avait réservé les chambres d'hôtel à deux noms différents, à un bon moment d'intervalle, depuis deux ordinateurs différents. Brooks se présenterait comme Lucas Boman – le nom de son premier entraîneur de foot. Elle lui fabriquerait une carte d'identité. Elle-même serait Catherine Kingston, le nom qu'Anson donnerait aux fédéraux quand Brooks et elle seraient arrivés à l'hôtel. Elle avait déjà des papiers à ce nom.

Elle passa en revue sa collection de perruques, son stock de teintures capillaires.

– Rouquine ? commenta Brooks en la voyant opter pour un carré court d'un roux mordoré.

– Ma couleur naturelle tire sur l'auburn. Je n'ai pas de perruque exactement de cette couleur.

– Attends… fit-il en l'observant, la tête penchée sur le côté. Tu es rousse ?

– Châtain avec des reflets roux, plus précisément.

Avec des gestes habiles et rapides, elle se coiffa de la perruque.

– Ça te change.

Il la préférait avec les cheveux longs, pensa-t-il, et un style moins sophistiqué.

– Ça ira, décréta-t-elle. Il faudra que je m'achète une perruque plus proche de ma couleur naturelle, et plus longue, que je puisse coiffer de différentes manières. Il faudra que je ressemble aux photos qu'ils ont d'Elizabeth, bien qu'elles soient datées. Je peux mettre des lentilles de contact, changer la couleur de mes yeux, très légèrement. Hanches plus larges, poitrine plus grosse. Je me ferai le teint plus mat avec de l'autobronzant. Oui, ça ira…

Le téléphone mobile de Brooks sonna à 1 h 45 ce matin-là. Il roula sur lui-même pour l'attraper sur la table de chevet.

– Gleason, j'écoute.

– Salut, Brooks, c'est Lindy.

– Que se passe-t-il, Lindy ?

– J'ai un petit problème avec Tybal.

– Merde !

– Ce n'est pas ce que tu crois. Il a des choses à te dire.

Brooks se redressa en position assise.

– Où êtes-vous ?

– Dans mon camion, à moins d'un kilomètre de la maison de Lowery. Ta voiture n'était pas en ville. J'ai pensé que tu étais là-bas.

– Tu ferais un fin limier. Si on se retrouvait chez toi, au restau ?

– La situation est délicate. Je préférerais qu'on en discute dans un endroit tranquille. Les gens voient tout en ville, même à cette heure-ci, surtout à cette heure-ci !

– Tu as raison, approuva Brooks, et il posa la main sur l'appareil. C'est Lindy, chuchota-t-il à Abigail, le gars qui tient le petit restau où j'aime bien aller.

– Je sais qui est Lindy.

– Il me dit qu'il est avec Tybal Crew et qu'ils ont des trucs à me dire en privé.

– Ici ?

– Si ce n'était pas important, Lindy ne m'aurait pas appelé à 2 heures du matin.

– D'accord, je m'habille.

– Je les recevrai au rez-de-chaussée, ils ne te verront pas.

– Si quelqu'un éprouve la nécessité de venir te parler chez moi en plein milieu de la nuit, je m'estime en droit d'entendre de quoi il s'agit.

– D'accord, acquiesça-t-il, et il reprit la conversation. Ty est à jeun ?

– À peu près.

– Venez, je vous attends. Je suis désolé, ajouta-t-il à l'intention d'Abigail après avoir coupé la communication.

– Il y a quelques jours à peine, je n'aurais jamais accepté que quelqu'un vienne ici, même dans la journée. Mais je ne suis pas nerveuse, pas vraiment. Plutôt curieuse. Dois-je faire du café ?

– Pas de refus.

Elle le prépara de bonne grâce, en pensant que dans son avenir avec Brooks, les appels en pleine nuit, l'accueil de personnes en détresse, feraient partie de la routine. Toutefois, elle n'était pas mécontente de savoir Bert près d'elle. Et elle prit la précaution de mettre les moniteurs en veille.

Brooks venait d'accueillir les deux visiteurs quand elle apporta le café dans le salon.

– Madame… la salua Lindy en inclinant la tête, sa longue tresse grise pendant dans le dos d'un tee-shirt Grateful Dead délavé. Je suis désolé de vous déranger à cette heure-ci.

Et il décocha une petite bourrade dans les côtes de Ty.

– Oui, m'dame, désolé, balbutia celui-ci.

– Je suis sûre que vous avez de bonnes raisons.

– Y a intérêt, marmonna Brooks. Bordel ! Tybal, tu empestes le whisky.

Les oreilles de l'intéressé s'enflammèrent. Il baissa la tête.

– Pardon, j'ai des circonstances exténuantes. Je n'avais pas bu une goutte depuis deux mois, et maintenant il va falloir tout reprendre à zéro.

– Tout le monde a droit à l'erreur, lui dit Lindy. Ton premier jour commence aujourd'hui.

Ty se dandinait nerveusement d'un pied sur l'autre, penaud.

– Je me suis inscrit aux Alcooliques anonymes. Ty est mon parrain. Je lui ai téléphoné. Je sais que j'aurais dû l'appeler avant de boire, mais au moins je l'ai appelé.

– Bon, bon, asseyez-vous, ordonna Brooks. Et dites-moi ce qui vous amène ici à 2 heures du matin.

– Je suis censé te tuer, Brooks, dit Ty en se tordant les mains. Mais je le ferai pas.

– Heureux de l'entendre. Assieds-toi donc.

Ty prit place sur le canapé, la tête basse.

– Je savais pas quoi faire. Je sais toujours pas, alors j'ai téléphoné à Lindy. Ça m'a dessoûlé de parler avec lui. Il a dit qu'on devait tout te raconter. Il va t'expliquer, je sais pas par où commencer.

– Bois ton café, Ty, je lui explique. Apparemment, la femme de Lincoln Blake a fichu le camp.

– Quand ? demanda Brooks en fronçant les sourcils par-dessus sa tasse. Je l'ai vue ce matin.

– À l'église, ouais, j'ai appris ce qui s'était passé. Toute la ville est au courant. À mon avis, c'est la goutte d'eau qui a fait déborder le vase. D'après ce que j'ai compris, sitôt rentrée chez elle, elle a fait ses valises et s'est barrée. La petite Carly, la petite-fille de Mme Harris, l'a vue mettre ses bagages dans le coffre. Elle lui a demandé si elle partait en voyage. Mme Blake lui a répondu, très calmement, qu'elle quittait son mari, qu'elle ne reviendrait plus jamais. Là-dessus, elle est montée dans sa voiture et s'en est allée. À ce qu'il paraît, lui s'est enfermé dans son bureau pour le restant de la journée.

– Son orgueil en avait déjà pris un sacré coup ce matin, commenta Brooks.

– Il l'aura bien cherché, tu vas me dire. C'est Birdie Spitzer, leur employée de maison, qui m'a tout raconté, bien qu'elle ne soit pas du genre à cancaner, tu la connais… sinon, il l'aurait virée depuis belle lurette. Lincoln et sa femme se sont disputés, ce qui n'a rien de rare, mais cette fois, d'après Birdie, c'était pire que d'habitude. Résultat, Mme Blake a mis les voiles. À l'heure du souper, Birdie a frappé à la porte du bureau, pour savoir si Lincoln voulait manger. Il lui a hurlé de déguerpir de la baraque et de ne plus y remettre les pieds.

– Blake a renvoyé Birdie ? Elle travaillait dans cette maison depuis au moins vingt ans.

– Ça en aurait fait vingt-quatre en août, qu'elle m'a dit. Probablement pour ça qu'elle est venue au restaurant tout me raconter. La pauvre, elle en était toute retournée. Elle ne sait même pas si elle a vraiment perdu son job ou non, ni si elle a vraiment envie d'y retourner, au cas où il la rappellerait. Bref, Blake se retrouve tout seul dans cette grande maison, avec son fils en taule et sa femme qui l'a plaqué. À force de ruminer, si vous voulez mon humble avis, il en est arrivé à la conclusion que Brooks était la cause de tous ses malheurs.

– Absurde ! lâcha Abigail.

– Tout à fait d'accord avec vous, madame, acquiesça Lindy avec un sourire. Ce type est un malade mental.

Abigail hocha la tête. Brooks but une gorgée de café et se tourna vers Ty :

– Combien t'a-t-il donné pour me tuer ? Raconte-moi ce qui s'est passé.

– Blake m'a téléphoné, il m'a demandé de venir chez lui. Je n'y étais jamais allé. Sacrée villa, comme dans les films... J'ai pensé que peut-être il voulait me donner du boulot, et Dieu sait que j'ai besoin d'argent en ce moment ! Il m'a fait entrer dans son bureau, il s'est assis dans un grand fauteuil en cuir et il m'a proposé un verre. J'ai dit non, merci. Il me l'a servi quand même et l'a posé devant moi. Du Rebel Yell, ma marque préférée. Je suis faible, Brooks.

– Je sais.

– Mais je n'avais pas bu une goutte depuis que tu m'as arrêté, je te le jure devant Dieu. Jusqu'à ce soir. Je me sentais mal à l'aise dans cette belle maison. Il n'arrêtait pas de dire qu'un verre ne pouvait pas me faire de mal, que j'étais un homme, non ? Que j'avais de la volonté. Au début, j'y ai pas touché à ce verre. Mais il n'arrêtait pas...

– Continue, Ty.

– Il a dit qu'il avait un boulot à confier à quelqu'un, un boulot pour un gars fort, pas une lopette, pas un... Comment qu'il m'a dit, déjà, Lindy ?

– Un eunuque. Quel salopard ! grommela Lindy. Excusez mon langage, dit-il à Abigail.

Il m'a dit que tu m'avais rabaissé, Brooks, poursuivit Ty, que tu m'avais humilié, que tu m'avais castré. Ça m'énervait qu'il dise des trucs comme ça, parce que c'est vrai, quand même, t'as pas été très sympa avec moi. Ça m'énervait tellement que j'ai pris le verre de whisky. Je voulais en boire qu'un, juste pour lui prouver que je pouvais, que j'étais pas un faible. Mais j'en ai bu un autre, et un troisième.

Les yeux de Ty s'embuèrent. Il baissa la tête et un tremblement secoua ses épaules. Abigail se leva, quitta la pièce.

– Je sais pas combien j'en ai bu, poursuivit Ty. Mon verre était tout le temps plein. Je suis alcoolique, je le sais... si je bois un verre, je peux plus m'arrêter.

Abigail revint avec une assiette de biscuits qu'elle posa sur la table. Elle en prit un, puis poussa l'assiette vers Tybal. Brooks pensa qu'il l'aimait plus que la prunelle de ses yeux.

– Il a été cruel, dit-elle. Il devrait avoir honte.

– L'alcool m'est monté à la tête. Et l'autre qui répétait sans arrêt que Brooks m'avait humilié, et que Brooks en voulait à la ville tout entière, qu'il avait monté un coup contre son fils, qu'il fallait se débarrasser de lui. Il m'a demandé si j'avais des tripes, et si j'avais des couilles… excusez-moi, madame, si je parle mal, mais il a dit ça comme ça. Bien sûr que j'en ai, que je lui ai répondu.

Ty secoua tristement la tête avant de continuer.

– J'ai fait ma cure, et je vais au groupe de soutien. Je sais que j'ai l'alcool mauvais. Quand je picole, il faut que je cogne sur quelqu'un, c'est plus fort que moi, je le sais. Il m'a bourré le mou, j'étais soûl. J'avais envie de te filer une dérouillée, Brooks. Je suis désolé… Mais l'autre, il a dit qu'une dérouillée, ça suffisait pas, qu'il fallait se débarrasser de toi une bonne fois pour toutes. Tu m'avais émasculé. Tu méritais la mort. C'était le seul moyen pour moi de retrouver mon honneur. Et comme il serait bien content, quand tu serais plus là, il me donnerait 5 000 dollars. Pour me récompenser, il a dit. Il m'en a donné la moitié tout de suite.

– Il t'a donné de l'argent ? demanda Brooks.

– En liquide, et je l'ai pris. J'ai honte, mais je l'ai pris. Mais je l'ai pas gardé. C'est Lindy qui a les billets. Blake m'a dit d'aller chercher mon fusil, d'attendre la nuit et de me planquer au bord de la route. Après, je devais te téléphoner et te dire que j'avais des ennuis. Quand tu serais passé en bagnole, je t'aurais descendu… Je suis allé chez moi. Missy n'était pas là, elle est chez sa sœur… mais à ce moment-là, j'avais oublié. J'ai pris mon fusil, je l'ai chargé et puis tout d'un coup je me suis dit que Missy aurait dû être à la maison au lieu de traîner dehors, encore, et qu'elle allait ramasser une rouste. Je sais pas comment l'expliquer, mais je m'entendais penser ces trucs-là, et ça m'a rendu malade. J'ai eu peur, alors j'ai appelé Lindy et il est venu.

– Tu as fait ce qu'il fallait faire, Ty.

– Non. J'ai accepté le verre. J'ai accepté l'argent.

– Et tu as téléphoné à Lindy.

– Vous êtes malade, monsieur Crew, intervint Abigail. Blake a exploité votre maladie, il s'en est servi pour vous manipuler.

– Merci, madame, vous êtes gentille. Lindy m'a dit la même chose. J'ai honte de raconter la vérité à Missy. Elle t'en veut toujours un peu, Brooks, mais elle est contente que je boive plus. Ça va beaucoup mieux, maintenant, entre elle et moi. Elle sera furieuse si je vais en prison. Lindy dit que tu me mettras pas en prison.

– Il a raison. Lindy, tu dois me remettre cet argent.

– Il est dans mon camion.

– Quant à toi, Ty, tu vas devoir venir au poste faire une déclaration officielle.

– Missy va être furieuse.

– Peut-être un peu, parce que tu as bu. Mais quand elle apprendra le fin mot de l'histoire, elle sera fière de toi.

– Tu crois ?

– J'en suis sûr. Moi, en tout cas, je suis fier de toi. Et content que tu n'aies pas essayé de me tuer.

– Moi aussi, Brooks. Qu'est-ce que tu vas faire ?

– Arrêter Blake pour tentative d'assassinat sur la personne d'un officier de police.

29

La phase suivante pouvait commencer, pensa Abigail en rentrant chez elle après avoir confié Bert à Sunny. Elle éprouvait une curieuse sensation, et un petit pincement au cœur, de s'être séparée de son plus fidèle compagnon. Mais c'était seulement pour une courte durée, un bref voyage qui changerait tout.

Lorsque Brooks reviendrait, ils partiraient pour l'aéroport, embarqueraient à bord d'un jet privé à destination de la Virginie et s'installeraient chacun dans sa chambre d'hôtel. Elle aurait largement le temps de mettre les caméras en place. Largement le temps de cogiter et d'appréhender…

Non, elle ne se laisserait pas envahir par les pensées négatives ! Et le meilleur moyen, pour commencer, c'était de se concentrer sur la transformation d'Abigail en Catherine Kingston.

– Où est ma femme ? cria Brooks en arrivant.

Elle esquissa un sourire. Elle était la femme de quelqu'un.

– En haut. Tout est réglé ?

– Oui. Blake a ameuté ses avocats. Je suppose qu'ils vont tenter de magouiller quelque chose, et ils sont bien capables de réussir à le tirer d'affaire, vu que Ty était soûl. Mais en tout cas, à Bickford, Blake est grillé. Plus personne…

Il s'interrompit sur le seuil de la chambre.

– Je répète… Où est ma femme ?

– Bon boulot, estima-t-elle en s'observant dans le miroir.

Sa coiffure et son maquillage durcissaient ses traits. Avec les lentilles de contact, ses yeux étaient d'un vert plus sombre. Grâce aux sous-vêtements rembourrés, elle n'avait plus une silhouette mince mais tout en courbes.

– Ils demanderont sûrement des renseignements sur moi à la réception, dès qu'ils sauront dans quel hôtel je suis, à quelle heure je suis arrivée, si j'étais seule… Voilà pourquoi nous ne devons pas arriver en même temps. Nous prendrons des taxis séparés, à l'aéroport.

– Tu parais plus grande.

En la toisant de la tête aux pieds, il s'avança vers elle et l'embrassa.

– Tu es plus grande.

– Des talonnettes dans mes chaussures. Elles ne me rehaussent que de deux centimètres et demi, mais ça contribue à l'illusion. Si jamais l'une des taupes des Volkov était sur le coup, il ne faut pas qu'on puisse me reconnaître. Abigail ne figure pas dans le système du FBI. Ce sera difficile de faire le rapprochement entre Catherine Kingston et Elizabeth Fitch, ou Abigail Lowery. Je suis prête. Si tu l'es toi aussi, nous pouvons partir.

– Je vais chercher les bagages.

Brooks n'avait jamais voyagé en jet privé, et il devait reconnaître qu'il y prendrait facilement goût. Pas de files d'attente, pas de retards, pas de bousculades, et un confort appréciable. Dans un large fauteuil en cuir, face à Abigail – ou plutôt Catherine –, il ne se lassait pas de la regarder, penchée sur son ordinateur, tandis qu'ils volaient vers le nord.

– Ils ont ouvert une enquête sur Cosgrove et Keegan, dit-elle. Ils ont demandé des mandats pour surveiller leurs appareils électroniques et leurs communications. Ils trouveront peut-être quelque chose. Cosgrove n'est pas très prudent. Il joue, ajouta-t-elle, en ligne et dans les casinos.

– Ah bon ?

– Il perd plus qu'il ne gagne, d'après ce que je sais de l'état de ses finances. C'est ce qui a permis aux Volkov de faire pression sur lui et de le convaincre de travailler pour eux quand j'étais sous protection.

– Joueur compulsif, qui se laisse facilement embobiner, analysa Brooks. Comment réagirait-il si une source anonyme prétendait détenir des informations sur ses liens avec les Volkov ?

Elle releva la tête et remonta ses larges lunettes de soleil.

– Question intéressante.

– S'il est du genre à céder aux intimidations, le chantage pourrait le pousser à commettre un faux pas.

– Il n'est pas aussi malin que Keegan. C'est pour ça qu'il n'est pas monté en grade aussi facilement, ni chez les marshals ni dans l'organisation des Volkov. Je pensais que les Volkov finiraient par se débarrasser de lui, mais apparemment il leur est d'une certaine utilité.

– Tu es déjà allée à la pêche ?

– Non. La pêche est un passe-temps ennuyeux. Et je ne vois pas le rapport avec Cosgrove et les Volkov…

Il pointa un index sur elle.

– Primo, je t'emmènerai pêcher un de ces jours, et tu verras la différence entre reposant et ennuyeux. Secundo, il arrive parfois qu'un petit poisson te mène à une grosse prise.

– Je ne vois toujours pas… Oh ! c'était une métaphore. Cosgrove est le petit poisson.

– Je pense que ça vaut le coup d'essayer de l'appâter.

– Peut-être… La cupidité engendre la cupidité, et l'argent est sa première motivation. Je pourrais lui envoyer une menace, lui faire comprendre que j'ai des preuves solides. Et s'il se sert de l'un de ses ordinateurs ou de ses téléphones pour me répondre, le FBI aura de bonnes raisons de le soumettre à un interrogatoire.

– Et ça pourrait les orienter vers un plus gros poisson, et ça ajouterait du poids à ton témoignage. Quel est ton appât ?

– Je pense à une jeune femme placée sous protection après avoir témoigné contre son ex, un petit gangster mêlé au réseau de prostitution des Volkov, à Chicago. Trois mois après la condamnation du type, elle a été retrouvée violée et battue à mort, dans l'Ohio, à Akron.

– Cosgrove était chargé de veiller sur elle ?

– Non, mais c'est lui qui a révélé aux Volkov où elle se cachait. J'en sais suffisamment pour composer un message de menace crédible.

– Un autre pavé dans la mare.

– Quelle mare ? Celle où nage le poisson ?

– Peut-être bien, dit-il en riant.

Elle réfléchit un instant, puis entreprit de rédiger le message :

Anya Rinki témoigne contre Dimitri Barkov. 8 juillet 2008. Placée sous programme de protection des témoins. Nouvelle identité : Sasha Simka. Relogée à Akron, Ohio ; employée comme vendeuse à la boutique Monique.
Affaire confiée au marshal adjoint Roby Treacher. Dossiers consultés par William Cosgrove les 12 et 14 octobre 2008 - sans motif ni requête officielle.

Ci-joint copie d'un e-mail envoyé le 15 octobre 2008 de l'adresse personnelle de William Cosgrove à Igor Bardov, frère de Dimitri.
Le 16 octobre 2008, 15 000 dollars versés sur le compte de William Dwyer, alias William Cosgrove.
Anya Rinki, alias Sasha Simka, retrouvée violée et assassinée le 19 octobre 2008.
Ces données seront transmises par e-mail à l'administrateur Wayne Powell dans les quarante-huit heures, sauf versement de votre part de 50 000 dollars.
Détails sur modalités de paiement ultérieurement.

— Voilà qui devrait faire de jolis ricochets dans la mare, dit-elle en tournant l'écran vers Brooks.

Un sourire étira ses lèvres tandis qu'il parcourait les quelques lignes.

— Tu avais toutes ces données en tête ? demanda-t-il.

— Elles sont exactes.

— Quel est le contenu de l'e-mail que tu vas mettre en pièce jointe ?

— « Sasha Simka, Akron, 539 Eastwood, appartement 3-B ».

Le sourire de Brooks s'effaça.

— Cosgrove l'a tuée pour 15 000 dollars, dit-il sombrement.

— Pas de ses mains, mais il n'en est pas moins responsable. Je pense qu'il mordra à l'hameçon, et qu'il acceptera de payer. Dès que la surveillance sera en place, je lui envoie le message.

— Combien lui avaient-ils offert pour se débarrasser de toi ? demanda Brooks sur un ton dur et froid.

Elle prit le temps de refermer son ordinateur.

— Il avait 50 000 dollars de dettes de jeu. Ilya les a payées. Il lui était redevable.

— Mais tu n'as pas été éliminée.

— Ils ont passé l'éponge sur la moitié de la somme et lui ont réclamé ses services pour rembourser le reste. Je valais plus cher qu'Anya Rinki. Tu peux en conclure que Korotkii est plus précieux à Serguei Volkov que ne l'était Dimitri Bardov.

— Ils paieront, déclara Brooks d'une voix à présent calme et déterminée. Ils paieront pour ce qu'ils t'ont fait, pour ce qu'ils ont fait à Anya Rinki et à tant d'autres. Je te le promets.

Elle était arrivée à l'hôtel une bonne demi-heure avant Brooks, si bien que lorsqu'il frappa à sa porte elle avait déjà mis en place les caméras et les micros dans le salon de ce que l'établissement nommait la suite junior. Dans sa chambre à lui – de l'autre côté du couloir, deux portes plus loin –, elle installa les moniteurs et procéda aux raccordements.

En moins d'une heure, elle avait monté, programmé et testé le dispositif.

– Dès que nous aurons pris contact avec eux, les fédéraux mettront des hommes sur l'hôtel, lui dit Brooks.

– Je sais, mais le plus vite sera le mieux. Appelons-les.

Elle dut attendre seule, rassurée, toutefois, de savoir que Brooks la voyait. Pour meubler le temps, elle travailla et, quand elle eut confirmation que tous les appareils électroniques de Cosgrove et Keegan seraient placés sous surveillance, elle programma l'envoi de son message de chantage, avec un délai de deux heures, délai suffisant pour que la surveillance soit effective.

Un pavé dans la mare, se dit-elle en souriant à la caméra.

Connectée sur le réseau du FBI, elle sut exactement à quel moment l'avion transportant le directeur adjoint Gregory Cabot et l'agent spécial Elyse Garrison reçut l'autorisation de décoller.

– Ils sont partis, prononça-t-elle distinctement. Ils atterriront à Dulles International dans une heure quarante.

Elle consulta sa montre, procéda à un rapide calcul.

– Ils devraient arriver à l'hôtel vers 22 heures. Il se peut qu'ils attendent demain matin, mais je pense qu'ils viendront dès ce soir.

Elle se leva, regrettant de ne pouvoir ouvrir les rideaux. Avec le matériel adéquat et un bon angle depuis un immeuble voisin, ils pouvaient la surveiller dans sa chambre.

– Je crois que je vais me faire monter quelque chose à manger. Ça leur donnera l'opportunité d'envoyer un agent déguisé en serveur se faire une idée de moi. Ils verront que je suis seule.

Elle commanda une salade, une grande bouteille d'eau minérale et un thé. Trouvant cela étrangement intime, elle poursuivit son monologue avec Brooks. Elle alluma néanmoins la télé, comme l'aurait fait n'importe quelle personne seule dans une chambre d'hôtel. Elle vérifia son maquillage, sa perruque, puis froissa le dessus-de-lit, de façon à laisser penser qu'elle s'était allongée pour regarder la télé.

Lorsque le garçon d'étage arriva, elle lui fit signe de poser le plateau sur la table du salon.

Il était brun, costaud, l'œil inquisiteur.

– En voyage d'affaires, mademoiselle ?

– Oui.

– J'espère que vous aurez le temps de visiter la région... Bon appétit ! Si vous avez besoin de quoi que ce soit, n'hésitez pas à appeler la réception.

Elle signa la facture.

– Merci. En fait... peut-être pourriez-vous apporter une autre bouteille d'eau, ou du café, s'ils préfèrent, quand le directeur adjoint et l'agent spécial Garrison seront là, s'il vous plaît ?

– Pardon ?

– Vos chaussures, votre regard et l'arme cachée sous votre veste. Vous pouvez dire à Cabot et Garrison que je me tiens à leur disposition. Je peux attendre demain s'ils souhaitent me laisser plus longtemps sous surveillance, mais je n'ai l'intention d'aller nulle part. Nous gagnerons du temps à nous rencontrer aujourd'hui. Merci pour le repas. La salade a l'air délicieuse.

Il la dévisagea un instant.

– Je vous en prie, madame, dit-il, et là-dessus il s'éclipsa.

– Ce n'était pas impulsif, et ce n'était pas non plus de la frime. Qu'ils comprennent que je ne suis pas une oie blanche, les choses seront plus claires. Le pavé est tombé dans la mare pendant que je parlais au groom du FBI, ajouta-t-elle.

Dans sa chambre, en grignotant les cacahuètes du minibar, Brooks secoua la tête. Quelle femme il avait !

Quand elle eut terminé sa salade, elle posa le plateau dans le couloir. Des empreintes digitales à profusion, et suffisamment d'ADN. Qu'ils vérifient ses empreintes, ce serait encore du temps gagné.

Elle but son thé en guettant une alerte sur son ordinateur, et en pensant combien elle aurait été mieux chez elle avec Brooks, son chien, son jardin. Elle savait désormais, elle savait réellement combien il était bon d'avoir un chez-soi. Quand on frappa à la porte, elle éteignit l'ordinateur et regarda par le judas : un homme grand et maigre, une femme à la silhouette athlétique.

– Oui ?

– Elizabeth Fitch ?

– Pouvez-vous me montrer vos badges ?

Elle connaissait leurs visages, bien sûr, mais prudence est mère de sûreté.

– Entrez, je vous en prie, dit-elle en leur ouvrant.

– Directeur adjoint Cabot.

Il lui tendit la main.

– Merci d'être venu. Merci à vous aussi, agent spécial Garrison. Je suis heureuse de vous rencontrer enfin en personne.

– C'est nous qui vous remercions, mademoiselle Fitch.

– Appelez-moi Elizabeth, ou Liz. Asseyons-nous. Si vous voulez du café…

– Il arrive, nous a-t-on dit, la coupa Cabot avec un sourire en coin. L'agent que vous avez démasqué est la risée de ses collègues.

– Je suis désolée. Je me doutais que vous enverriez quelqu'un si vous en aviez l'opportunité. Et je suis très observatrice.

– Vous avez réussi pendant longtemps à déjouer tous les radars.

– Je voulais rester en vie.

– Et maintenant ?

– Je veux vivre. J'ai compris qu'il y a une différence.

Cabot hocha la tête.

– Nous souhaiterions enregistrer cette entrevue.

– Je n'y vois aucune objection, au contraire.

On frappa à la porte.

– Préparez le matériel, s'il vous plaît, agent Garrison.

Tandis qu'il allait ouvrir, elle sortit un ordinateur d'une sacoche.

– Puis-je vous demander pourquoi vous m'avez choisie comme contact ?

– Bien sûr. Vous avez un parcours exemplaire. Vous êtes issue d'un contexte familial stable, vous avez été une élève brillante, tant à l'école que dans vos activités extrascolaires, et vous avez noué des amitiés durables. J'en ai conclu que vous étiez équilibrée et intelligente, dotée d'un fort sens du bien et du mal, autant de qualités essentielles à mes yeux. Du reste, en étudiant votre cursus universitaire et votre dossier à Quantico puis à Chicago, j'ai vu que vous étiez ambitieuse, désireuse néanmoins de faire preuve de mérite. Vous respectez l'autorité et la hiérarchie. Il vous arrive parfois de contourner les règles, mais vous les considérez comme l'un des fondements du système, et le système comme l'un des instruments de la justice.

– Waouh !

– Je suis désolée d'avoir fouiné dans votre vie privée, mais la fin justifie les moyens. Je ne pouvais pas communiquer des renseignements sur les Volkov à n'importe qui. Je devais être sûre de vous.

Abigail garda un instant le silence. Elle était nerveuse, elle devait se l'avouer, et son pouls battait rapidement. Mais elle ne paniquait pas.

– Je suppose que vous avez vérifié mon identité d'après les empreintes sur la vaisselle du room-service.

À nouveau, Cabot eut un petit sourire en coin.

– Bien supposé. Sommes-nous prêts, agent Garrison ?

– Oui, monsieur.

– Mademoiselle, si vous voulez bien prononcer votre nom pour l'enregistrement…

– Je suis Elizabeth Fitch.

– Mademoiselle Fitch, vous avez contacté le FBI, par l'intermédiaire d'une tierce personne, et manifesté la volonté de fournir une déclaration quant aux événements qui se sont produits à l'été et l'automne 2000.

– C'est exact.

– Nous sommes en possession d'un document écrit de votre main mais, pour les besoins de l'enregistrement, pouvez-nous relater les faits de vive voix ?

– Oui. Le 3 juin 2000, je me suis disputée avec ma mère. Ceci est important, car jusqu'à cette date je ne lui avais jamais tenu tête. Ma mère avait, elle a toujours, j'imagine… une personnalité dominante. J'étais une enfant soumise. Ce jour-là, j'ai défié ses ordres, ce qui a entraîné les événements qui ont suivi.

En écoutant son récit, Brooks eut à nouveau le cœur brisé pour cette jeune fille désespérée. Elle s'exprimait posément, mais il la connaissait à présent. Il connaissait ces brèves pauses où elle reprenait contenance, ces inflexions subtiles, ces respirations précipitées. Combien de fois devrait-elle répéter tout cela ? s'interrogeait-il. Aux procureurs, aux juges et aux jurés. Combien de fois devrait-elle revivre ces sinistres moments ?

Interrompue sans cesse par les questions et les commentaires de son interlocuteur, elle demeurait imperturbable.

– Les marshals Cosgrove et Keegan ont tous deux déclaré, et la prépondérance de preuves corrobore leurs déclarations, que le marshal Theresa Norton était à terre quand ils sont venus prendre leur tour de garde à la résidence surveillée, qu'on leur a tiré dessus et qu'ils ont riposté sur le ou les assaillants inconnus. Cosgrove a été blessé, Keegan l'a transporté à l'extérieur. Pendant qu'il appelait des renforts, il a vu un individu s'enfuir, qu'il n'a pu identifier, de fortes pluies gênant la visibilité. La maison a explosé peu après. On a découvert ultérieurement que la chaudière à gaz avait été sabotée.

Espérant paraître calme, Abigail approuva de la tête.

– Oui, c'est un synopsis fidèle de leurs dépositions. Ils ont menti.

– Vous affirmez que deux US marshals ont établi des procès-verbaux mensongers ?

– Je déclare sur l'honneur que ces deux hommes, commandités par l'organisation Volkov, ont tué les marshals Theresa Norton et John Barrow.

– Mademoiselle Fitch…

– Laissez-moi finir, s'il vous plaît. William Cosgrove et Steven Keegan, sous les ordres de la *bratva* Volkov, avaient l'intention de me tuer, afin de m'empêcher de témoigner contre Yakov Korotkii et d'autres. Ils ont provoqué l'explosion pour se couvrir. Je déclare sur l'honneur que ces deux hommes continuent de travailler pour le compte des Volkov. John Barrow est mort dans mes bras en voulant me protéger. Il a donné sa vie pour la mienne. Il m'a sauvée en m'ordonnant de m'enfuir. Si j'étais restée dans la maison, je serais morte.

Elle se leva, et de la valise ouverte posée sur le lit retira un sachet scellé.

– Voici le cardigan que Theresa m'a offert pour mon anniversaire ce soir-là. Je l'avais sur moi lorsque j'ai soutenu John, qui avait reçu de multiples blessures par balles. C'est son sang. Le sang de John Barrow.

Sa voix se brisa, elle prit une profonde inspiration et tendit le sachet à Garrison.

– John et Theresa méritent justice, leurs familles méritent la vérité. Il m'aura fallu longtemps pour trouver le courage de dire cette vérité.

– Nous n'avons pas suffisamment de preuves concrètes qui permettraient d'identifier l'auteur des coups de feu. Certains éléments, en revanche, peuvent donner à penser que vos nerfs ont lâché et que vous avez tué vos protecteurs dans l'espoir d'échapper à votre sort.

Abigail se rassit et croisa les mains sur les genoux.

– Vous ne croyez pas à cette théorie. Vous ne croyez pas que j'aie pu attaquer et tuer deux marshals expérimentés, en blesser un troisième, faire exploser la maison et m'enfuir. C'est certainement possible, mais ce n'est pas logique.

– John Barrow vous avait appris à vous servir d'une arme de poing, souligna Garrison.

– Oui, et il a été un excellent professeur, si l'on considère le temps limité que nous avions. Et avant que vous me posiez la question, oui, j'ai réclamé et reçu 5 000 dollars en liquide, prélevés sur l'un de mes comptes d'épargne. Je voulais une illusion de sécurité et d'indépendance financières. Je sais que certaines preuves ont été détruites dans l'explosion, mais vous auriez pu procéder à une reconstitution. Vous sauriez que Theresa est morte dans la cuisine, John à l'étage. Vous sauriez également, si vous aviez lu leurs rapports, ainsi que ceux du représentant des services de protection de l'enfance, que je ne présentais aucun signe de rupture nerveuse.

Elle s'interrompit un instant avant de continuer :

– Si vous aviez pris connaissance du contexte dans lequel je vivais avant ce mois de juin, vous comprendriez que, loin d'être stressée, j'étais en fait plus heureuse que je ne l'avais jamais été de ma vie.

– Si Cosgrove et Keegan sont responsables de la mort des marshals Norton et Barrow, ils seront traduits en justice. Votre témoignage concernant les meurtres d'Alexi Gurevich et de Julie Masters, ainsi que les décès des marshals Norton et Barrow, sera essentiel aux investigations. Nous devrons vous placer en résidence surveillée.

– Non.

– Mademoiselle Fitch, vous êtes un témoin direct, et un suspect.

– Je suis innocente, vous le savez. Me placer en résidence surveillée, c'est me condamner à mort. Les Volkov me retrouveront, quels que soient les moyens de protection que vous déploierez.

– Elizabeth, Liz, intervint Garrison en se penchant en avant, vous m'avez fait suffisamment confiance pour me communiquer des informations qui ont conduit à des arrestations, à des inculpations. Faites-moi encore confiance. Je prendrai personnellement en charge la logistique de votre sécurité.

– Je ne veux pas être responsable de votre mort, du chagrin de vos parents. Je vous le promets… si je vis assez longtemps, je m'enfuirai de nouveau plutôt que de témoigner. Je saurai me cacher, et vous n'aurez jamais mon témoignage.

– Vous devez nous faire confiance, tout sera mis en œuvre pour qu'il ne vous arrive rien.

– Je ne vous crois pas. Entre les mains de qui placerez-vous ma vie ? L'agent Pickto ?

– Que vient faire ici l'agent Pickto ?

– Agent spécial Anthony Pickto, trente-huit ans, assigné au Bureau de Chicago. Divorcé, sans enfant. Sa faiblesse, les femmes, en particulier celles qui lui résistent. Il renseigne les Volkov en échange de filles qu'ils font venir de Russie et forcent à se prostituer. Ils le paient, en plus, mais c'est secondaire. Ils l'ont chargé de chercher qui, au FBI, reçoit des informations sur leurs activités... vous, en l'occurrence, agent Garrison. Il n'est pas loin de trouver. Lorsqu'il vous aura identifiée, vous serez enlevée. Questionnée, torturée, violée. Ils vous menaceront de torturer et de tuer tous ceux qui vous sont chers. Et pour vous montrer qu'ils ne plaisantent pas, ils mettront leurs menaces à exécution. Quand vous ne leur servirez plus à rien, ils vous tueront. L'agent Pickto est sous vos ordres directs, monsieur le directeur adjoint.

– En effet, confirma Cabot. Vous portez de très graves accusations contre un agent sérieux.

– Ce ne sont pas des accusations, mais des faits. Et l'une des raisons pour lesquelles je me refuse à placer ma vie entre vos mains. Je vous aiderai à mettre des individus dangereux derrière les barreaux, je vous aiderai à démanteler l'organisation des Volkov, mais je ne vous dirai pas où je suis. Si vous l'ignorez, vous ne pourrez pas le divulguer sous la contrainte.

De sa poche, elle sortit une clé USB.

– Jetez un coup d'œil aux informations que j'ai rassemblées à propos de Pickto, dit-elle, et demandez-vous si vous pouvez toujours avoir confiance en lui. Vous ne m'auriez jamais retrouvée si je n'étais pas venue à vous. Je me tiens à votre entière disposition. En échange, je vous demande seulement de me laisser vivre. De laisser Elizabeth vivre, afin qu'elle puisse contribuer à rendre justice à Julie, à John et à Theresa. Et quand ce sera fait, de la laisser disparaître.

– Je ne peux pas vous promettre de procéder comme vous le suggérez. J'ai des supérieurs au-dessus de moi.

– Croyez-vous que je me serais adressée à vous si je ne savais pas que vous pouvez autoriser exactement ce que je demande ? répliqua-t-elle avec une pointe d'impatience. Vous en avez le pouvoir, vous avez des preuves, et une marge de manœuvre considérable. Je vous offre les moyens d'éradiquer les Volkov de Chicago, de New York, du New Jersey, de Miami, et de faire le ménage dans la police et les services judiciaires.

Incapable de rester assise plus longtemps, de feindre un calme qu'elle avait de plus en plus de difficulté à conserver, Abigail se leva.

– J'avais seize ans, poursuivit-elle, j'ai été stupide et imprudente, je vous l'accorde. Un soir de ma vie, j'ai enfreint les règles. Mais je ne mérite pas pour autant de mourir, pas plus que Julie. Si vous me placez en détention contre mon gré, la presse en aura vent, et fera ses choux gras de cette jeune femme innocente qui, après douze ans d'exil, se sera rendue pour coopérer au péril de sa vie.

– Est-ce une menace ?

– Oui. Vos supérieurs n'apprécieront pas cette mauvaise publicité, alors qu'ils s'acharnent à dissoudre la *bratva* Volkov, alors que des agents de confiance tel Anthony Pickto seront mis en cause. Peut-être que si vous leur expliquiez cela, vous auriez encore une plus grande marge de manœuvre.

– Coupez l'enregistrement, agent Garrison.

– Oui, monsieur.

– Je vais passer un coup de téléphone.

Là-dessus, Cabot sortit de la chambre.

Abigail se rassit, croisa les mains sur les genoux et s'éclaircit la gorge.

– Voulez-vous encore du café ?

– Non, merci. Vous jouez dur, Liz.

– Ma vie est en jeu.

– Certes… Êtes-vous sûre de ce que vous avancez à propos de Pickto ?

– Je ne salirais pas son nom, sa réputation et sa carrière, autrement.

– D'accord. Il pose des questions, c'est vrai. Rien qui m'ait mis la puce à l'oreille, rien de déplacé, mais je sais qu'il s'est intéressé de près aux deux dernières séries d'arrestations au sein de la mafia Volkov. Avec ce que vous venez de nous dire, je le vois sous un autre jour. Je lui aurais fait confiance, admit Garrison.

– Bien sûr.

– Vous savez, si Cabot reçoit l'ordre de vous placer en détention, il le fera. Je veux que vous sachiez, si cela arrive, que je ferai tout pour vous protéger.

– S'il me place en détention, je m'enfuirai. J'y parviendrai. Vous ne me reverrez ni n'entendrez plus jamais parler de moi.

– Je vous crois, murmura Garrison.

– Je peux être très ingénieuse.

Cabot ne revint que vingt minutes plus tard.

– Je crois que nous pouvons trouver un compromis, dit-il en se rasseyant.

– Oui ?

– Un binôme de deux hommes d'élite, connus de moi seul, qui vous garderont dans un lieu également connu de moi seul.

– Lorsqu'ils apprendront que vous savez où je suis, car ils l'apprendront, c'est sûr et certain, quand ils enlèveront votre femme ou l'un de vos enfants et vous enverront une main ou une oreille, qui sauverez-vous ?

Les poings de Cabot se serrèrent.

– Vous avez une piètre opinion de notre sécurité.

– Je connais votre adresse, je sais où vos enfants vont à l'école, où votre femme travaille, où elle aime faire du shopping. Croyez-vous qu'ils ne peuvent pas avoir accès à ces informations, qu'ils n'emploieront pas tous les moyens pour se les procurer quand leur organisation sera menacée ? Je coopérerai, je parlerai aux magistrats, à vos supérieurs. Je témoignerai devant la cour. Mais je ne retournerai pas en résidence surveillée, et on ne me placera pas sous protection quand j'aurai témoigné. C'est mon prix, et il me semble raisonnable en échange de ce que je vous offre.

– Et si nous acceptons vos conditions et que vous vous enfuyez de nouveau ?

Elle reprit le sac contenant le cardigan taché de sang.

– Le cadeau de Theresa, le sang de John. Je l'ai gardé pendant douze ans. Partout où je suis allée, sous quelque apparence que je me sois cachée, il ne m'a jamais quittée. Je dois m'en séparer, me décharger de ma culpabilité, de mon chagrin et de ma douleur, d'une partie tout au moins. Ce ne sera possible que lorsque j'aurai rendu justice à Julie, à John et à Theresa. Je resterai en contact quotidien via l'ordinateur. Dès que l'on annoncera m'avoir retrouvée, et que je m'apprête à témoigner, les Volkov feront tout pour découvrir qui sait où je suis, qui me protège. Mais ils ne trouveront rien, parce qu'il n'y aura rien à trouver. Et quand je me serai présentée à la barre, ce sera fini pour eux. Ce sera fini pour nous tous. Tel est le marché.

Lorsqu'ils prirent congé, enfin, elle s'allongea sur le lit, ferma les yeux et imagina Brooks à ses côtés.

– Tiendra-t-il parole ? prononça-t-elle. Puis-je lui faire confiance ? Je suis épuisée. Je suis contente que tu sois là. Là… répéta-t-elle en posant le poing sur son cœur.

Brooks la regarda s'endormir, en pensant que si Cabot manquait à sa parole, il le paierait très cher. Un paiement que Brooks lui-même se chargerait d'exiger.

Mais pour l'instant, il n'avait rien d'autre à faire que veiller sur son sommeil.

30

Brooks repéra le FBI dès l'instant où il prit place dans la salle du petit déjeuner de l'hôtel. Il évitait de regarder en direction d'Abigail, qui lisait le journal. En feignant de passer et de recevoir des appels sur son mobile, tel un homme d'affaires en déplacement, il laissait son regard errer distraitement autour de lui. Le téléphone à l'oreille, il se dirigea vers la sortie avec son sac de voyage.

Et tira au passage l'alarme incendie.

Il s'immobilisa, comme n'importe qui l'aurait fait, surpris, vague-ment agacé. Tout le monde se leva précipitamment, dans le brouhaha.

Elle était bonne comédienne, constata-t-il. Abigail se mêla à la foule qui se dirigeait vers la porte, dans l'affolement général. Il se glissa entre elle et les agents qui la suivaient. Elle disparut dans les toilettes. S'il n'avait pas été dans le coup, il ne se serait rendu compte de rien.

Il ralentit le pas.

– Une alerte incendie, dit-il dans son téléphone. Non, non, je n'aurai pas de retard. À tout à l'heure.

Il rangea son mobile dans sa poche et sortit une casquette de son sac. Tout en marchant, il mit des lunettes de soleil, enleva la veste de costume qu'il portait au buffet, la fourra dans son sac, et passa la courroie en bandoulière.

Les agents du FBI cherchaient Abigail. L'un d'eux retourna dans la salle du petit déjeuner, l'autre se posta dans le hall d'entrée.

Moins de deux minutes après qu'il eut déclenché l'alarme, elle ressortit des toilettes et le rejoignit, en tongs et sweat-shirt rose à capuche, amincie de cinq bons kilos, coiffée elle aussi d'une casquette de base-ball d'où dépassait une longue queue-de-cheval blonde.

Ils sortirent de l'hôtel main dans la main et montèrent dans un taxi.

– Dulles Airport, Brooks indiqua-t-il au chauffeur.

– Tu crois qu'il y a vraiment un incendie ? lui demanda Abigail avec un léger accent new-yorkais.

– Va savoir… Dieu merci ! ma chérie, nous sommes partis à temps.

À l'aéroport, ils entrèrent dans le terminal American Airlines, en firent le tour, en ressortirent et prirent un autre taxi jusqu'au terminal des vols privés.

– On ne peut pas en vouloir aux feds de t'avoir fait filer, dit Brooks quand ils furent installés à bord.

– Non.

– Tu es canon, en blonde.

Elle esquissa un sourire, leva les yeux de son ordinateur portable.

– Cosgrove a répondu.

– Déjà ?

J'ignore qui vous êtes mais sachez qu'une enquête sera diligentée quant à votre tentative de chantage à l'encontre d'un agent fédéral.

– Il bluffe.

– Oui, acquiesça Abigail. Je vais relancer. Je suis très bonne au poker. Ironie du sort, c'est lui qui m'a appris à jouer.

Brooks la regarda taper une réponse.

– L'élève surpasse le maître.

Rudolf Yankivich était votre contact Volkov sur cette affaire. Il purge actuellement une peine de quinze ans au centre pénitentiaire de Joliet. Vos supérieurs seront sûrement intéressés par cette information. Le prix à payer est maintenant passé à 75 000 dollars et continuera d'augmenter de 25 000 dollars à chaque nouvelle couillonnade. Il vous reste trente-sept heures.

– À chaque nouvelle couillonnade ?

– Un langage familier me semble approprié dans ces circonstances.

– Si tu savais comme je t'aime !

Cela la fit sourire.

– Je sais dire couillonnade dans plusieurs langues. Je t'apprendrai.

– Je suis impatient.

Elle envoya le message, poussa un soupir.

– J'ai hâte de retrouver Bert et de rentrer à la maison.

Quelle merveilleuse sérénité… songeait-elle, assise sur la terrasse avec un verre de vin, le chien à ses pieds, Brooks confortablement installé dans le deuxième fauteuil de jardin qu'il avait acheté sur le chemin du retour. Quel bonheur que d'avoir quelqu'un avec qui partager cette paix, cette tranquillité !

– Tu crois que je m'habituerai à la vie à deux ? demanda-t-elle.

– J'espère bien ! Et j'espère même que tu finiras par trouver ça normal.

– Je n'arrive pas à l'imaginer, dit-elle en lui prenant la main. En principe, tout devrait aller très vite, maintenant.

– Nous sommes prêts.

Elle garda le silence un instant, la main de Brooks dans la sienne, à contempler le potager, la forêt. Un parfum d'été flottait déjà dans l'air, pensa-t-elle. Le printemps touchait à sa fin.

– Je vais préparer le dîner.

Il la suivit dans la cuisine et se jucha sur un tabouret devant le comptoir, lui faisant la conversation tandis qu'elle préparait un assortiment d'antipasti.

L'ordinateur émit un signal sonore.

– Ah ! un mail, dit-elle en délaissant la cuisine. Cosgrove, annonça-t-elle. Il a mordu à l'hameçon.

Me faire chanter, c'est faire chanter les Volkov. Vous ne vivrez pas assez longtemps pour dépenser le pognon. Si vous ne voulez pas mourir, arrêtez tout.

– Il se trahit tout seul en faisant allusion aux Volkov. Rien de concret, bien sûr, mais c'est un début.

– Laisse-moi lui répondre, dit Brooks en s'asseyant devant l'ordinateur.

Abigail hésita un instant, puis acquiesça en lisant le message composé par Brooks.

Dites aux Volkov qu'on essaie de vous faire chanter et vous devenez un boulet. Ils éliminent les boulets. Payez et vous vivrez. Le prix s'élève maintenant à 100 000 dollars. Il vous reste vingt-neuf heures.

– À lui de jouer, maintenant. À sa place, je laisserais passer le délai et j'attendrais de voir.

Il lui embrassa le sommet du crâne.

– Il n'est pas aussi malin que toi, et il a peur. Il va demander une garantie, pour être sûr que nous n'allons pas essayer de lui extorquer davantage.

– Ce serait irrationnel. Il est confronté à un chantage, à une personne malhonnête par définition. Demander une garantie n'est pas logique, et lui coûterait 25 000 dollars de plus. Soit il accepte de payer, soit il fait la sourde oreille.

– Je te parie 10 dollars.

– Pardon ?

– Je te parie 10 dollars qu'il va demander une garantie.

Elle fronça les sourcils.

– Tu veux miser sur sa réaction ? Tu ne trouves pas que c'est déplacé ?

Il lui offrit un grand sourire.

– Tu as peur de mettre la main au portefeuille ?

– Non. D'accord, 10 dollars.

Quelques minutes plus tard, le signal sonore de l'ordinateur retentit.

– Déjà ? s'étonna-t-elle.

– Il a la trouille. Il tente le *squeeze*.

– Je ne comprends pas ce que ça veut dire.

– C'est un terme de base-ball. Je t'expliquerai plus tard. Voyons voir ce qu'il raconte de beau.

Qu'est-ce qui me prouve que vous me laisserez tranquille si je paie ? Passons un accord.

– Il prend des risques, commenta Abigail.

– Tu as perdu 10 dollars. Fais-lui une réponse brève. Écris : « Rien. Pas de négociation. Le prix est passé à 125 000 dollars. L'heure tourne. »

Elle le dévisagea un instant : son nez légèrement tordu, ses yeux noisette irisés de reflets verts, ses cheveux noirs qui avaient à présent grand besoin d'une coupe sur la nuque.

– Tu sais que tu ferais un excellent maître chanteur ?

– Merci, ma chérie.

– Je vais faire cuire les pâtes, pendant qu'il réfléchit.

– Il doit suer à grosses gouttes, et se demander qui nous sommes. Je le vois d'ici, fumant clope sur clope devant une bouteille de whisky. Il échafaude sûrement des plans de fuite. Mais il n'a pas le temps de s'enfuir. Il va banquer, il n'a pas le choix.

Brooks prit une olive sur le plateau d'antipasti, remplit le verre de vin d'Abigail et, quand elle eut le dos tourné, jeta une tranche de salami à Bert.

Le signal de l'ordinateur retentit alors qu'elle égouttait les pâtes.

Paiement pour solde de tout compte. Revenez à la charge et je prends le risque de mettre les Volkov sur le coup. Dépensez le fric rapidement, avant que je vous chope.

– Que de la gueule !

– Tu le comprends drôlement bien, fit remarquer Abigail.

– C'est mon métier. Pour arrêter les criminels, il faut d'abord les comprendre. Où vas-tu lui demander de transférer l'argent ?

– J'ai ouvert un compte à cet effet. Quand il aura viré la somme, je la reverserai à une association au profit des orphelins de la police.

– Louable. C'est bien de penser aux enfants, mais…

– Tu as une autre idée ?

– Keegan. Tu peux transférer le versement de Cosgrove sur le compte de Keegan ?

Le visage d'Abigail s'illumina.

– Brillant ! s'exclama-t-elle.

– J'ai parfois des éclairs de génie.

– Ils seront mouillés tous les deux. Le FBI aura de bonnes raisons de les soupçonner tous les deux.

– Mon amour, ils sont cuits tous les deux.

– Excellent, bravo ! Oui, je peux le faire. Je n'en aurai que pour quelques minutes.

– Prends ton temps. Bert et moi, on va aller se promener, pendant que tu travailles.

Au passage, il chipa deux autres tranches de salami, une pour lui, une pour le chien. *Belle soirée pour une petite balade*, pensa-t-il.

– Nous étions destinés à nous rencontrer, elle et moi, dit-il au dogue en lui grattant la tête. Je sais ce qu'elle répondrait, mais elle se trompe.

Bert se frotta contre sa jambe, comme il le faisait souvent avec sa maîtresse.

– Ouais, on sait ce qu'on sait, hein, mon gros ?

Lorsqu'ils revinrent de leur tour, Abigail se tenait sur la galerie.

– C'est fait. Et le dîner est prêt, lança-t-elle.

Brooks passa une grande partie de la matinée à discuter du dossier Blake avec le procureur.

– Le gamin implore la clémence.

Big John Simpson, ventre de notable et ambitions politiques, avait pris ses aises dans le bureau de Brooks. Un peu trop au goût de celui-ci.

– Et vous allez la lui accorder ?

– Inutile de gaspiller l'argent des contribuables. Laissons-le plaider coupable pour les voies de fait sur un policier, la violation de propriété et le refus d'obtempérer. Il ne peut pas non plus échapper à la condamnation pour les actes de vandalisme et ses voies de fait à l'hôtel. Restons-en là. Nous passons juste l'éponge sur la tentative de meurtre. De toute manière, ça ne tiendrait pas la route devant un jury. Il en prendra tout de même pour cinq à sept ans, avec obligation de suivi psychologique.

– Et il n'en purgera que deux, trois au maximum.

Big John étendit les jambes et croisa les chevilles, contemplant le bout de ses chaussures impeccablement lustrées.

– S'il se tient à carreau. Ça vous convient ?

– Cela change-t-il quelque chose ?

Le procureur haussa une épaule, but une gorgée de café.

– Je vous pose la question.

Non, ils ne parviendraient jamais à condamner Justin Blake pour tentative de meurtre, Brooks devait bien l'admettre. Deux années sous les verrous feraient peut-être de lui un être humain à peu près civilisé... ou finiraient de le conduire à la déchéance.

Quoi qu'il en soit, Bickford serait débarrassée de lui pour une paire d'années.

– Ça me va, dit-il. Et son père ?

– Ses avocats vont remuer ciel et terre, mais il est évidemment difficile à défendre. Nous avons des traces de ses appels téléphoniques à Tybal Crew. Trois témoins ont vu le camion de Crew garé devant chez lui le jour en question. Et nous avons l'argent qu'il lui a remis, avec ses empreintes sur plusieurs des billets.

Le procureur s'interrompit, décroisa et recroisa les jambes.

– Il prétend avoir embauché Ty pour des travaux de bricolage, ajouta-t-il, et l'avoir payé à l'avance parce que Ty était dans la gêne.

– *Kosseh sher* !

– Pardon ?

– Foutaises, en farsi.

– Vous m'épatez, mon vieux, répliqua Big John en riant. Bien sûr, il n'est pas crédible pour un sou. Nous pouvons trouver deux douzaines de témoins pour affirmer que Blake ne paie jamais à l'avance, jamais en liquide, et qu'il réclame toujours une facture en bonne et due forme. D'accord, Ty était sérieusement éméché au moment des faits, mais il n'a pas modifié son témoignage d'un iota. Si Lincoln Blake veut pousser jusqu'au procès, il s'en mordra les doigts. Il est inculpé pour tentative de meurtre par instigation sur un officier de police. Ses avocats plaideront coupable à coup sûr. Dans tous les cas, il ira en taule.

– Ça me va, déclara Brooks.

Le procureur se leva.

– Très bien. Vous avez fait du bon boulot, propre et sans bavure, avec ces deux arrestations.

– Je m'efforce de toujours faire du bon boulot.

– C'est tout à votre honneur. Je vous tiendrai au courant de la suite des procédures.

Brooks raccompagna Big John jusque sur le seuil du poste de police. Alma était au standard, un crayon sur l'oreille, un mug rose à portée de main. À son bureau, Ash pianotait laborieusement sur son clavier, la voix de Boyd, à la radio, signalant un accident de la circulation mineur. Le train-train quotidien, la routine, comme aurait dit Abigail. Lui-même se surprenait à l'apprécier, ces derniers temps…

Il s'apprêtait à regagner son bureau lorsque Abigail poussa la porte d'entrée du commissariat.

Malgré son visage impassible, il vit immédiatement qu'elle était tendue.

– Bonjour, Abigail ! lança Alma. Vous permettez que je vous appelle Abigail, n'est-ce pas ? Vous faites un peu partie de notre grande famille, maintenant. J'ai appris la bonne nouvelle. Toutes mes félicitations. Vous avez choisi un mari en or !

– Merci, vous êtes gentille. Bonjour, agent Hyderman.

– Appelez-moi Ash, madame, je vous en prie.

– Appelez-moi Abigail. Je suis désolée de vous déranger. Tu as une minute ? demanda-t-elle à Brooks.

– Deux, même. Viens dans mon bureau.

Il lui prit la main et la garda dans la sienne après avoir refermé la porte derrière eux.

– Que se passe-t-il ?

– Rien de grave, ne t'inquiète pas. Garrison m'a contactée. Un message bref, mais plutôt positif. Ils sont en train d'interroger Cosgrove et Keegan, il y en a sûrement pour un certain temps. Elle n'a pas fait allusion au chantage mais j'ai suivi certaines communications internes. Évidemment, ils pensent que Keegan a tenté de faire chanter Cosgrove, ce dont ils se servent pour faire pression sur l'un et l'autre. Mais le plus important, c'est qu'ils ont arrêté Korotkii et Ilya Volkov. Korotkii pour les meurtres de Julie et d'Alexi, Ilya pour complicité par assistance.

– Assieds-toi, ma chérie.

– Je ne peux pas. La machine est lancée. Ils m'ont demandé de rencontrer le procureur fédéral et son équipe en vue de préparer mon témoignage.

– Quand ?

Elle lui prit les deux mains, les serra fort.

– Dans les plus brefs délais. J'ai un plan. Il faut que tu me fasses confiance.

– Je t'écoute.

Par une belle matinée de juillet, douze ans et un mois jour pour jour à compter de la date où elle avait été témoin du double meurtre de Julie Masters et d'Alexi Gurevich, Elizabeth Fitch comparut devant la cour fédérale, en tailleur noir et corsage blanc, discrètement maquillée, des petits pendants d'oreilles en argent pour seul bijou.

Elle prit place à la barre, jura de dire la vérité, et regarda Ilya Volkov droit dans les yeux.

Il n'a pas beaucoup changé, se dit-elle. *Pris un peu de poids, peut-être, et sa coiffure est plus stricte. Mais il est toujours aussi beau.*

Et aussi froid, sous son apparence charmeuse. Elle voyait, à présent, ce qui avait échappé à son regard d'adolescente. La glace sous le vernis.

Il esquissa un sourire, un sourire qu'il voulait intimidant mais qui n'eut sur elle pour seul effet que de l'encourager à se pardonner de s'être laissé séduire par un homme complice du meurtre de son amie.

– Mademoiselle, si vous voulez bien nous indiquer votre nom…

– Je m'appelle Elizabeth Fitch.

Elle raconta l'histoire à présent répétée tant de fois, en n'omettant aucun détail et, comme elle en avait reçu la consigne, en laissant paraître ses émotions.

– Ces événements se sont produits il y a douze ans, lui rappela le procureur. Pourquoi avoir attendu si longtemps pour les livrer à la justice ?

– Je les ai livrés le soir même aux inspecteurs Brenda Griffith et Sean Riley, du département de police de Chicago.

Ils étaient présents dans la salle. Elle se tourna vers eux. Tous deux hochèrent la tête.

– On m'a emmenée dans une résidence surveillée, puis placée sous la protection de l'US Marshals Service et transférée dans une autre résidence, où je suis restée trois mois, en raison de l'ajournement du procès, sous la protection des marshals John Barrow, Theresa Norton, William Cosgrove et Lynda Peski. Jusqu'au jour de mon dix-septième anniversaire.

– Que s'est-il passé à cette date ?

– Le marshal Cosgrove et le marshal Keegan, qui remplaçait ce soir-là le marshal Peski, ont tenté de me tuer. En voulant me protéger, les marshals Barrow et Norton ont trouvé la mort.

Les doigts entrecroisés, elle affronta stoïquement la salve d'objections.

– Comment savez-vous cela ? lui demanda le procureur.

Elle poursuivit son récit. Un joli cardigan, une paire de boucles d'oreilles, un gâteau d'anniversaire. Des cris et des coups de feu. Les derniers instants de John Barrow, ses dernières paroles.

– Il m'a dit de ne faire confiance à personne, de ne compter que sur moi-même. À l'article de la mort, il a fait tout ce qu'il a pu pour me protéger. Alors je me suis enfuie.

– Et pendant douze ans, vous avez vécu sous une fausse identité, en vous cachant des autorités ?

– Oui, et des Volkov, ainsi que des membres de la fonction publique achetés par les Volkov.

– Quel a été le déclic, mademoiselle Fitch ? Quelles raisons vous ont poussée à témoigner aujourd'hui ?

– Tant que je restais une fugitive, la vie pour laquelle John et Theresa sont morts était sauve. Mais tant que je restais une fugitive, justice ne pouvait pas leur être rendue. Justice ne pouvait pas non plus être rendue à Julie Masters. Et cette vie qu'ils avaient sauvée ne pouvait pas être une vraie vie. Je veux que la vérité éclate au grand jour, et je veux que la vie qu'ils ont sauvée vaille le coup d'être vécue. J'en ai fini de fuir et de me cacher.

On la traita de menteuse, de lâche. On déforma ses propos, ses intentions. On l'accusa de tous les maux au cours du contre-interrogatoire. Rien de tout cela ne l'atteignit. Elle garda la voix ferme, le regard franc.

L'audience levée, on l'escorta jusqu'à une salle de conférence.

– Vous avez été parfaite, lui dit Garrison.

– J'espère.

– Vous avez été forte, vous avez donné des réponses claires. Les jurés vous ont crue. Ils vous ont vue à seize ans, Liz, et à dix-sept, comme ils vous ont vue maintenant. Vous vous êtes mise à nu.

– Alors ils rendront un verdict juste. J'ai confiance en eux.

– Vous n'avez pas de crainte à avoir. Êtes-vous prête pour la suite ?

– J'espère.

Garrison lui prit le bras.

– Soyez-en sûre. Nous sommes là pour vous protéger. Vous pouvez compter sur nous.

– Merci, dit-elle en dégageant son bras et en tendant la main à Garrison. Merci pour tout. Je suis prête, nous pouvons y aller.

Garrison hocha la tête, se tourna vers ses collègues et leur donna le signal du départ, tout en rangeant dans sa poche la clé USB qu'Abigail avait glissée au creux de sa paume, curieuse de savoir ce qu'elle y trouverait.

Ils l'entourèrent et la guidèrent jusqu'à une entrée à l'arrière du bâtiment, où attendait une voiture. Toutes les précautions avaient été prises. Seule une équipe d'agents triés sur le volet connaissaient son itinéraire, l'heure de sa sortie du tribunal.

Ses genoux tremblaient un peu. Une main lui saisit le bras lorsqu'elle vacilla.

– Ne vous en faites pas, mademoiselle. Nous sommes là.

Elle tourna la tête.

– Merci. Agent Pickto, n'est-ce pas ?

– C'est exact, acquiesça-t-il en exerçant une pression rassurante sur son bras. Nous veillons sur vous.

Flanquée de sa garde rapprochée, elle s'engouffra dans la voiture.

Brooks, pensa-t-elle.

La détonation retentit comme un coup de marteau sur la pierre. Un soubresaut agita son corps, une tache de sang se forma sur son corsage blanc. Un instant, elle la regarda s'élargir. Rouge sur blanc, rouge sur blanc.

Garrison se jeta sur elle. Des cris fusèrent de toutes parts. Dans le chaos, elle se sentit soulevée, un poids sur sa poitrine.

Brooks, pensa-t-elle de nouveau avant de se laisser aller.

– Démarrez ! Vite ! cria Garrison au chauffeur. Vite ! Je ne sens plus son pouls ! Liz, revenez, je vous en supplie !

Brooks, pensait-elle. *Brooks, Bert, mon joli jardin à papillons, la petite clairière près de la rivière.*

Sa vie.

Elle ferma les yeux et lâcha prise.

Elizabeth Fitch fut déclarée décédée à son arrivée à l'hôpital, à 15 h 16.

À 17 heures pile, Abigail Lowery embarqua à bord d'un jet privé à destination de Little Rock.

– Seigneur ! Seigneur ! murmura Brooks en lui entourant le visage de ses mains et en l'embrassant. Tu es là, mon amour, tu es là…

– Arrête de répéter toujours la même chose.

Il appuya son front contre le sien et la serra si fort qu'elle pouvait à peine respirer.

– Tu es là, répéta-t-il. Je pourrais le dire jusqu'à la fin de mes jours.

– C'était un bon plan. Je t'avais dit que c'était un bon plan.

– Facile à dire, pour toi. Ce n'est pas toi qui as appuyé sur la détente !

– À qui d'autre aurais-je pu faire confiance pour me tuer, pour tuer Elizabeth ?

– Je savais que la balle était à blanc, mais n'empêche… ma main tremblait.

– J'ai à peine senti l'impact à travers le gilet.

Le choc avait néanmoins été rude. *Rouge sur blanc*, repensa-t-elle. C'est elle qui avait déclenché l'éclatement des capsules de sang, mais cette sinistre tache l'avait choquée.

– Garrison a assuré, Cabot aussi. Il conduisait comme un dingue, dit-elle en riant. Tout a vraiment fonctionné à merveille. Et cerise sur le gâteau, Pickto était là. Il a dû se faire une joie d'annoncer aux Volkov qu'Elizabeth était morte.

– Vu les rumeurs de contrat placé sur ta tête, il y a des chances pour que quelqu'un se vante de t'avoir exécutée. De toute façon, c'est officiel. Elizabeth Fitch a été abattue après avoir témoigné devant la cour fédérale.

– Le procureur a été très gentil avec Elizabeth.

À présent, Elizabeth n'existe plus, pensa-t-elle. Elle ferait le deuil d'Elizabeth.

– Dommage qu'il ne me connaisse pas, ajouta-t-elle.

– C'est aussi bien. Il n'en sera que plus dur dans sa sentence.

– À part toi, seuls Anson, Garrison, Cabot et le légiste du FBI qui a constaté le décès d'Elizabeth savent ce qui s'est réellement passé. Je leur fais confiance.

– Tu regrettes Elizabeth ? lui demanda-t-il.

– Non. Elle a fait ce qu'elle devait faire, elle peut partir en paix. À présent, il ne me reste plus qu'une chose à faire pour elle.

Abigail ouvrit son ordinateur portable.

– J'ai donné à Garrison une clé USB avec des copies de toutes les données relatives aux Volkov : références bancaires, communications, adresses, noms, activités. Maintenant, pour Elizabeth, pour John, pour Theresa, pour Julie, je vais tout leur prendre.

Elle envoya l'e-mail à Ilya, depuis l'adresse de sa maîtresse du moment, avec un petit mot aguichant, semblable à ceux qu'elle avait interceptés. La pièce jointe serait indétectable. Un détail, estimait-elle avec une immense fierté, qui faisait en partie la beauté de sa vengeance.

– Dans combien de temps agira-t-il ?

– Dès l'instant où il ouvrira le message. Tout sera entièrement corrompu d'ici soixante-douze heures, mais les dégâts commenceront immédiatement. (Elle soupira.) Tu sais ce qui me ferait plaisir ? J'aimerais ouvrir une bouteille de champagne quand on sera à la maison. J'en ai une dans ma cave. L'occasion me semble parfaite.

– On l'ouvrira, et j'ai quelque chose d'autre.

– Quoi ?

– Une surprise.

– Quel genre de surprise ?

– Si je te le dis, ce ne sera plus une surprise.

– Je ne suis pas sûre d'aimer les surprises. Je préfère… Oh, regarde ! Il a déjà ouvert le mail.

Satisfaite, elle referma l'ordinateur.

– D'accord, va pour une surprise ! dit-elle joyeusement.

ÉPILOGUE

Il voulut emporter le champagne dans la petite clairière qu'elle aimait tant.

– On va faire un pique-nique alors ? Je prépare des sandwichs.

– Le champagne suffira. Viens, Bert.

– Il t'écoute, et il t'obéit. Je crois que je sais pourquoi il est si docile avec toi : tu lui donnes des trucs à manger quand tu crois que je ne te vois pas.

– Décidément, on ne peut rien te cacher.

En riant, elle lui prit la main.

– J'aime me promener main dans la main avec toi. J'aime tant de choses. J'aime me sentir libre. C'est grâce à toi que je suis libre.

– Pas seulement.

– Tu as raison. C'est grâce à nous, nous deux. Je pensais à un truc, ajouta-t-elle.

– Les gens intelligents pensent toujours à des tas de trucs.

– Global Network va fermer. La patronne de la boîte se retire. Je vais fonder une autre société.

– Dans quelle branche ?

– J'ai envie de me remettre au développement de logiciels. Et de jeux. J'adorais ça. J'en ai marre que ma vie tout entière tourne autour de la sécurité. C'est toi, maintenant, ma sécurité.

En souriant, elle lui embrassa le bout des doigts.

– C'est sûr qu'en épousant le chef de la police, pour la sécurité, tu es parée.

– Et peut-être qu'un jour le département de police de Bickford voudra créer une unité de lutte contre la cybercriminalité. Je suis très compétente dans ce domaine, et je peux me fabriquer tous les diplômes et documents requis. Non, je plaisante, je ne ferai jamais ça, ajouta-t-elle devant le regard sceptique de Brooks.

– Plus de faux.

– Plus jamais.

– Ni de piratage.

– Plus du tout ? Plus jamais ? se récria-t-elle. Bon, d'accord ! Je vérifierai juste que le virus a bien fait son travail, dans les jours à venir, et après… plus de piratage sans t'en parler au préalable et sans ton accord.

– On en rediscutera.

– C'est un compromis. Les couples discutent et trouvent des compromis. D'ailleurs, il faudra qu'on invite ta famille et tes amis pour discuter des préparatifs du mariage et…

Elle s'interrompit, s'immobilisa.

– Il y a un banc, murmura-t-elle. Un banc magnifique exactement à l'endroit où je voulais en mettre un.

– C'est ta surprise. Bienvenue à la maison, Abigail !

Les yeux embués de larmes, elle caressa la surface lisse du bois. Le banc ressemblait à un tronc d'arbre évidé, au fini satiné. Au centre du dossier étaient gravées les initiales AL et BG.

– Oh, Brooks…

– Fleur bleue, je sais, mais…

– Oh, non ! Je déteste cette expression. Je préfère « romantique ».

– Moi aussi.

– C'est une merveilleuse surprise ! Merci ! Merci !

Elle jeta les bras autour de son cou.

– Tout le plaisir est pour moi. Et si nous l'essayions ?

Ils prirent place côte à côte.

– Quel paysage sublime… Regarde comme les montagnes sont belles au coucher du soleil, sous ce ciel flamboyant. Oh ! j'adore cet endroit. Si on se mariait ici…

– Pourquoi pas ? répondit-il en tirant une petite boîte de sa poche. Mais pour commencer, officialisons notre union.

– Tu m'as acheté une bague ?

Il souleva le couvercle de l'écrin.

– Bien sûr que je t'ai acheté une bague. Elle te plaît ?

Elle brillait dans la lumière du soir, de l'éclat de la vie, songea Abigail, de l'éclat de la vérité, de la réalité.

– Beaucoup, dit-elle en levant les yeux. Personne ne m'a jamais comprise comme tu me comprends. Je ne crois pas au destin, Brooks, mais je crois en toi.

– Je crois au destin et je crois en toi, murmura-t-il en lui passant la bague au doigt.

Puis il l'embrassa, et fit sauter le bouchon de la bouteille de champagne.

Elle prit le verre qu'il lui servit, attendit qu'il en ait rempli un autre. Et fronça les sourcils en le voyant verser quelques gouttes dans un gobelet de plastique qu'il posa devant Bert.

– On ne donne pas de champagne à un chien.

– Pourquoi pas ?

La tête penchée sur le côté, le dogue implorait sa maîtresse de ses beaux yeux noisette.

– Parce que… Bon, d'accord, juste pour cette fois.

Elle trinqua contre le verre de Brooks.

– Bientôt, et pour le reste de ma vie, je serai Abigail Gleason.

Tandis que le chien lapait joyeusement son champagne, elle posa la tête sur l'épaule de Brooks et regarda le soleil disparaître derrière les montagnes. Derrière ces montagnes qu'elle contemplerait jusqu'à la fin de ses jours.

Composition : Compo-Méca S.A.R.L.
64990 Mouguerre

Achevé d'imprimer au Canada
sur les presses de Imprimerie Lebonfon Inc.

Dépôt légal : mai 2013
N° d'imprimeur :
ISBN : 978-2-7499-1929-4
LAF 1586